LIMIAR

Jessica Warman

LIMIAR

Tradução de
REGIANE WINARSKI

1ª edição

GALERA RECORD
RIO DE JANEIRO • SÃO PAULO
2013

CIP-BRASIL. CATALOGAÇÃO NA PUBLICAÇÃO
SINDICATO NACIONAL DOS EDITORES DE LIVROS, RJ

Warman, Jessica
W24L   Limiar / Jessica Warman; tradução Regiane Winarski. – 1. ed. – Rio de Janeiro:
Galera Record, 2013.

Tradução de: Between
ISBN 978-85-01-09140-6

1. Ficção americana. I. Winarski, Regiane. II. Título.

13-00744
CDD:028.5
CDU: 087.5

Título original em inglês:
Between

Copyright © 2011 Jessica Warman

Todos os direitos reservados. Proibida a reprodução, no todo ou em parte, através de quaisquer meios. Os direitos morais do autor foram assegurados.

Texto revisado segundo o novo Acordo Ortográfico da Língua Portuguesa.

Direitos exclusivos de publicação em língua portuguesa somente para o Brasil adquiridos pela
EDITORA RECORD LTDA.
Rua Argentina 171 – Rio de Janeiro, RJ – 20921-380 – Tel.: 2585-2000
que se reserva a propriedade literária desta tradução.

Impresso no Brasil

ISBN 978-85-01-09140-6

Seja um leitor preferencial Record.
Cadastre-se e receba informações sobre nossos lançamentos e nossas promoções.

EDITORA AFILIADA

Atendimento e venda direta ao leitor:
mdireto@record.com.br ou (21) 2585-2002

Para M.C.W.
Porque combinamos um com o outro.

Esta mão viva, agora quente e capaz
De apertar com vigor, se fria estivesse
No silêncio gélido do túmulo,
Assombraria teus dias e esfriaria tuas noites de sonhos
E desejarias que teu coração ficasse árido de sangue
Para que nas minhas veias a vida rubra tornasse a correr,
E tua consciência ficasse tranquila — vê, aqui está —
Eu a estendo em tua direção.

— John Keats

Um

Passa pouco das duas da manhã. Do lado de fora do *Elizabeth*, tudo está relativamente silencioso. Barcos — iates, na verdade — estão presos ao cais, com boias brancas protegendo os exteriores de fibra de vidro e porcelana contra a madeira. O som do estuário de Long Island, da água batendo contra os barcos e contra a costa, está sempre presente ao fundo. Na maioria dos outros barcos, com nomes como *Merecido, Privacidade, Boa Vida*, a paz reina.

Mas, dentro do *Elizabeth*, há uma inquietação persistente. O barco é uma lancha cabinada de 64 pés, equipada com cozinha, dois banheiros, dois quartos e espaço suficiente para acomodar até vinte pessoas. Esta noite porém só há seis. É uma festa pequena; meus pais não me deixaram dar um festão. Acho que todo mundo está dormindo, menos eu.

Estou olhando para o relógio há vinte minutos, ouvindo um *bam-bam-bam* irritante no casco. Estamos no fim de agosto. O ar lá fora já está frio, e a água sem dúvida está gelada. Connecticut é assim: a água esquenta por mais ou menos um mês, em julho, mas perto do fim do verão já está fria de novo. Às vezes parece que só há duas estações aqui: inverno e quase inverno.

Independentemente da temperatura da água, tenho certeza de que há um peixe lá fora, preso entre o cais e o barco, se debatendo contra a fibra de vidro, tentando se libertar. Parece que estou ouvindo o barulho desde sempre. Foi o que me acordou exatamente à 1h57 da madrugada e está começando a me deixar louca.

Não aguento mais. *Bam. Bam-bam.* Se for um peixe, é um peixe *burro.*

— Ei, está ouvindo isso? — digo para minha melhor amiga e filha da minha madrasta, Josie, que está dormindo ao meu lado no sofá-cama na parte da frente do barco, com seu cabelo louro-escuro com luzes grudadas na lateral do rosto. Ela não responde, só continua a roncar suavemente, dormindo desde um pouco depois da meia-noite por causa de uma combinação de álcool e maconha que mandou todos para a cama antes que o show da madrugada chegasse ao fim. A última coisa de que me lembro antes de adormecer é de tentar manter os olhos abertos, murmurando para Josie que tínhamos que esperar até 1h37, a hora exata em que nasci. Ninguém conseguiu. Pelo menos sei que eu não.

Fico de pé na escuridão. A única luz no barco vem da TV, onde está passando um comercial de SuperMop! sem som.

— Tem alguém acordado? — pergunto, ainda mantendo a voz baixa. O barco balança com o movimento das ondas vindas do estuário de Long Island. *Tum-tum-tum.* Aí está o barulho de novo.

Olho para o relógio. São 2h18. Sorrio sozinha; oficialmente, já tenho 18 anos há meia hora.

Se não fosse o barulho, o sacolejar do barco seria como estar dentro de uma canção de ninar. Este é meu lugar favorito no mundo. Estar aqui com meus amigos o torna ainda melhor, se é que isso é possível. Tudo parece tranquilo e em paz. A quietude da noite parece quase mágica.

Bam.

— Vou lá fora soltar um peixe — anuncio. — Alguém por favor venha comigo.

No entanto ninguém, nenhuma das pessoas, nem se mexe.

— Bando de bêbados egoístas — murmuro. Mas só estou brincando. E posso ir lá fora sozinha, de qualquer jeito. Sou uma garota madura. Não há nada a temer.

Sei que parece hipócrita, por bebermos e fumarmos, mas é verdade: somos jovens legais. A cidade é segura. Todo mundo que está no barco cresceu junto em Noank, Connecticut. Nossas famílias são amigas. Nós nos amamos. Ao olhar para todos (Josie na parte da frente do barco e Mera, Caroline, Topher e Richie em sacos de dormir no chão na parte de trás), a vida dentro do *Elizabeth* parece um sonho enevoado.

Elizabeth Valchar. Essa sou eu; meus pais deram meu nome a este barco quando eu tinha 6 anos. Mas isso foi há muito tempo. Alguns anos antes de perdermos minha mãe, antes de meu pai se casar com a mãe de Josie. Ele deu muitas coisas da minha mãe depois que ela morreu, mas sempre foi inflexível quanto a ficar com o barco. Temos muitas lembranças boas nele. Sempre me senti segura aqui. Minha mãe ia querer que fosse assim.

Ainda assim, o barco às vezes era assustador tarde da noite, principalmente lá fora. Além do som das ondas e do barulho daquilo que estava se chocando contra o casco, a noite está escura e silenciosa. O cheiro de água salgada e de alga seca nas formações rochosas perto da costa é tão intenso que, se o vento o carrega do jeito certo, quase me deixa nauseada.

Não estou muito a fim de tentar descobrir de onde vem o barulho misterioso sozinha, embora tenha quase certeza de ser apenas um peixe. Então, tento chamar Josie mais uma vez.

— Ei — chamo, ainda mais alto —, acorde. Preciso da sua ajuda. — Estico o braço para tocar nela, mas alguma coisa me faz parar. É uma sensação estranha, como se eu não devesse perturbá-la. Por um minuto, acho que ainda devo estar bêbada. Tudo parece meio confuso.

As pálpebras dela tremem.

— Liz? — murmura ela. Está confusa, obviamente ainda adormecida. Por um segundo há um lampejo de alguma coisa no olhar dela. Seria medo? Será que a estou assustando? Em seguida, ela apaga de novo e estou de pé sozinha, a única pessoa acordada. *Tum-tum-tum.*

O cais parece um quebra-cabeça de madeira. As ondas vêm do oceano e, quando chegam ao estuário, normalmente estão mais tranquilas; porém esta noite parecem mais fortes do que o normal, embalando nosso sono como se fôssemos um bando de bebês. Apesar das minhas tentativas de ser corajosa, sinto-me pequena e com medo quando saio pé ante pé pela porta de vidro de correr, que está aberta, meus sapatos estalando contra o convés de fibra de vidro do barco. Cada braço do cais tem apenas duas luzes no alto: uma no meio e outra na extremidade. Não há lua visível. O ar está tão frio que eu estremeço, pensando em como deve estar a água Minha pele exposta fica arrepiada.

Fico de pé no convés, congelando, ouvindo. Talvez o barulho pare.

Bam. Não.

Vem da popa, do ponto entre o cais e o barco, como alguma coisa pesada e viva, persistente, presa. Este é o último barco nesse braço do cais, o que significa que a traseira do *Elizabeth* está quase toda iluminada. Não sei por que sinto necessidade de fazer tanto silêncio. O barulho dos meus sapatos contra o convés é enervante, cada passo faz com que me encolha, não importando o cuidado com que piso. Percorro a lateral do barco, segurando-me com força na amurada. Quando o som está diretamente abaixo de mim, olho para baixo.

Molhada. É a primeira palavra que passa pela minha cabeça antes de eu gritar.

Encharcada. Ensopada. Com a cara para baixo. Ah, merda.

Não é um peixe; é uma pessoa. Uma garota. O cabelo dela é comprido e louro, quase branco, e a cor bonita e natural cintila debaixo da água. As mechas onduladas, que se movimentam como algas, chegam quase até a cintura dela. Está usando jeans e um suéter cor-de-rosa de manga curta.

Mas não é isso que está fazendo o barulho. São os pés dela; as botas, na verdade. Ela está usando um par de botas brancas de *cowgirl*, incrustadas de pedras e com ponteiras de metal.

As botas foram presente de aniversário dos pais. Ela as tinha usado com orgulho a noite toda, e agora a ponteira de ferro da bota esquerda está presa em uma posição esquisita entre o barco e o cais, com cada onda que chega, ela chuta contra a lateral, quase como se estivesse tentando acordar as pessoas.

Como sei de tudo isso? Porque as botas são minhas. Assim como as roupas. A garota na água sou eu.

Grito de novo, alto o bastante para acordar todo mundo em um raio de um quilômetro e meio. Mas tenho a sensação de que ninguém pode me ouvir.

Dois

Estou sentada no cais há quanto tempo — horas? Minutos? É difícil dizer. Olho para mim mesma, presa na água, meu corpo esperando que alguém vivo acorde e me descubra. Ainda está escuro.

Andei chorando. Tremendo. Tentando chegar a uma explicação possível para o que aconteceu esta noite. Por um tempo, tentei acordar, pois estava convencida de que estava tendo um pesadelo. Quando vi que não ia funcionar, voltei pela porta aberta do barco — nem me esforçando para não fazer barulho, dessa vez — e tentei acordar todo mundo. Cheguei bem perto dos rostos deles e gritei. Tentei sacudi-los, dar um tapa neles; bati com as botas no chão e gritei para que alguém, *qualquer um*, abrisse os olhos e me visse. Nada. Quando toquei neles, foi como se houvesse uma fina camada de isolante invisível entre minhas mãos e seus corpos. Como se eu simplesmente não conseguisse alcançá-los.

Agora estou do lado de fora de novo, olhando para meu corpo. Estou oficialmente surtando.

— Elizabeth Valchar — digo em voz alta, com o tom mais austero que consigo produzir —, você não pode estar morta. Está sentada no cais. Está bem aqui. Tudo vai ficar bem.

Mas há dúvida na minha voz, que treme quando falo as palavras em voz alta. Eu me sinto tão jovem e solitária, tão incrivelmente indefesa. É mais do que um pesadelo. É o inferno. Quero meus pais. Quero meus amigos. Quero qualquer um.

— Na verdade, não vai ficar tudo bem.

Olho para cima, assustada. Vejo um garoto de pé ao meu lado. Não parece ter mais do que 16 ou 17 anos.

Coloco a mão na boca, dou um pulo, fico de pé e bato palmas de empolgação.

— Você consegue me ver! Ah, que bom! Consegue me ouvir também!

— Obviamente — diz ele. — Você está bem na minha frente. — Ele me olha de cima a baixo. — Você sempre foi tão gostosa — diz ele. Depois, olha para meu corpo na água. Com uma voz que quase faz com que pareça satisfeito, ele diz: — Mas não é mais.

— Como é? Espere, você também consegue ver o corpo?

Nós dois olhamos para o meu corpo. De repente, sinto-me esgotada e muito cansada. Debaixo da luz do cais, consigo ver o suficiente do rosto do garoto para saber que o conheço. Mas, por algum motivo, não consigo lembrar o nome dele. Minha mente está confusa. Estou tão cansada.

— Obviamente — repete ele.

Mordo o lábio. Não dói. Respiro fundo e tento piscar para interromper as lágrimas que surgem. Enquanto faço isso, a ação me parece ridícula. Eu já estava chorando. Uma coisa horrível está acontecendo; por que estou com vergonha de esse garoto me ver chorando? Se alguma vez existiu um momento certo para chorar, era agora.

— Tudo bem. *Obviamente* alguma coisa estranha está acontecendo. Certo?

Ele dá de ombros.

— Não é estranha, na verdade. As pessoas morrem todos os dias.

— Então você está dizendo... que eu estou... — mal consigo forçar a palavra a sair da minha boca — ...morta.

— Obvi...

— Tá! Tá. Oh, Deus. Isso é um pesadelo. Tem que ser. Não está realmente acontecendo.

Bato o pé de frustração, misturada com pânico. Minhas botas estão um pouco apertadas; sinto uma dor subindo pela panturrilha, que me dá pontadas até o tendão. Dor! Meus pés doem! Devo estar viva se consigo sentir dor, certo?

— Não posso estar morta. — Coloco as mãos nos ombros dele. — Meus pés estão doendo. Estou sentindo. E consigo sentir você. Não consegui sentir ninguém lá dentro — digo, falando de todo mundo que está no barco. — Você consegue me sentir?

— Obviamente. — Ele meio que se esquiva de mim. — Eu preferiria que você não me tocasse, se não se importar.

— Você não quer que eu toque em você?

— Obvi...

— Diga "obviamente" mais uma vez. Vá em frente, diga. — Tento olhar para ele com maldade, mas meu coração não acompanha. Ele é a única pessoa que consegue me ver. E a emoção é confusa: por que quero ser má? Ele não está tentando me ajudar? Mas não quer que eu toque nele. Qual é o problema desse garoto?

Ele só fica me olhando, com uma expressão vazia. O cabelo dele é castanho e está despenteado. O rosto é jovem e liso, os olhos têm um tom penetrante de cinza. Por que não consigo me lembrar do nome dele?

— Você é Elizabeth Valchar — diz ele.

Faço que sim com a cabeça.

— Bem, na verdade, sou Liz. Todo mundo me chama de Liz. — Enquanto falo, tenho uma sensação estranha, como se não tivesse certeza de nada, nem mesmo do meu nome. A sensação é de incerteza, e me ocorre que não me lembro muito da noite anterior. Sei que houve uma festa; ao menos isso fica claro só de ver as garrafas de cerveja vazias e o bolo de aniversário meio comido espalhados pelo barco. Mas os detalhes não estão claros. Será que eu bebi tanto assim?

Antes de poder questionar o garoto sobre qualquer uma dessas coisas, ele diz:

— E aquela ali na água é você. Na água muito fria.

Fico olhando para a garota na água. *Aquela sou eu. Estou morta.* Como? Quando? Fiquei a noite inteira no barco, não fiquei? Fico *muito* frustrada por não conseguir me lembrar exatamente do que aconteceu. Minha memória da noite anterior está fragmentada, cada pedaço tão pequeno e fugaz que não consigo forçá-los a se unirem em um todo coerente. Lembro-me de soprar as velas do bolo. Lembro a pose para uma foto com Caroline, Mera e Josie. Eu me lembro de estar de pé sozinha no banheiro, tentando me equilibrar enquanto o barco balançava na água, respirando fundo, como se estivesse tentando me acalmar. Mas não consigo me lembrar do motivo do meu aborrecimento, nem se eu estava aborrecida com alguma coisa. Talvez só estivesse bêbada.

Quando falo, minha voz mal alcança o tom de um sussurro. Sinto que estou começando a chorar de novo.

— É o que parece. Sim.

— E você não está se mexendo. Não está respirando. — Ele se inclina para a frente e olha para mim, na água. — Você está branca. Branca como um cadáver.

Olho para meus braços nus. Ali ao lado dele, não sou uma visão nem de perto tão horrível quanto a garota no mar. Ainda estou arrumada, ainda bonita.

— Sempre tive um lindo bronzeado.

O pensamento não faz sentido para mim. Por que me lembro de ser bronzeada? E quem precisa ser bronzeada em uma hora dessas?

Ele concorda com a cabeça.

— Eu me lembro. E essas botas são de matar. — Ele faz uma pausa. — Por assim dizer.

— Tudo bem. É que... elas são tão lindas. — E, de alguma forma, tenho certeza de que foram muito caras. — Sabe, aprendi na aula de história que os egípcios costumavam enterrar seus mortos com muitos de seus objetos pessoais, para que os levassem para a vida após a morte. Posso levá-las comigo? — Faço uma pausa. — Existe vida após a morte? — Olho para meus sapatos caros enquanto permaneço de pé ao lado do cara de cujo nome não me lembro. — Já as estou usando — murmuro. Elas são *muito bonitas*? Quem se importa? São apenas botas, pelo amor de Deus. E estão apertando meus dedos. Não quero *ficar* com elas; quero tirá-las.

Mas elas são tão bonitas. Eu me sinto desorientada, perplexa, quase como se fosse desmaiar. Antes de conseguir me concentrar em qualquer outra coisa, o pensamento continua. *Elas completam perfeitamente meu visual.*

Eu me sinto instável, como se nada disso estivesse realmente acontecendo. Não pode estar. É como se eu mal soubesse quem sou. Sinto um lampejo de esperança renovada de que seja apenas um sonho ruim, de que vou acordar, mexer os dedos dos pés ainda deitada na cama e mais tarde vou sair para tomar café com meus amigos e vamos rir sobre o pesadelo maluco que tive.

Só que talvez não. O garoto balança a cabeça.

— Vá devagar. Você está se adiantando demais. — Ele respira fundo. — Não quero falar sobre botas. Antes de tudo, você não está curiosa sobre por que consigo ver você? Não está se perguntando por que posso falar com você?

Faço que sim com a cabeça.

— Adivinhe — diz ele.

Coloco o rosto nas mãos. As palmas estão frias e úmidas quando as encosto na face.

— Porque não estou morta. Porque isso não está acontecendo. — Olho para ele por entre os dedos. — Faço qualquer coisa. Por favor. Só me diga que isso não é real.

Ele balança a cabeça.

— Não posso dizer isso. Lamento.

— Então o que aconteceu? Não estou morta. Está entendendo? — Dou um passo para mais perto dele. Grito o mais alto que consigo, alto o bastante para acordar todo mundo no barco, para acordar todo mundo que pode estar dormindo nos barcos ao redor. — Não estou morta! — Uma coisa me ocorre. — Havia drogas. Acho que estávamos usando drogas. É, eu me lembro, estávamos fumando. Talvez eu tenha tomado algum alucinógeno. Talvez eu esteja viajando, e isso aqui seja só um efeito colateral.

Ele ergue as sobrancelhas. Fica claro que não acredita nessa possibilidade.

— Você usou alucinógenos ontem à noite? Mesmo?

Sacudo a cabeça, desapontada.

— Não. Mas queria ter usado. Também queria ter comido mais bolo. — Minha testa se franze. — Não sei como me lembro disso. Não consigo me lembrar de quase nada. Por quê?

— Você consegue me ver — diz ele, ignorando minha pergunta — porque estou morto. — Ele acrescenta, como se quisesse garantir que eu entenderia: — Como você.

Uma suave sensação de sono toma conta de mim enquanto ele fala. Por um momento, o frio penetrante deixa meu corpo e sinto calor em todas as partes. Em seguida, tão rapidamente quanto veio, a sensação some. E de repente eu o reconheço.

— Sei quem você é — digo a ele. A descoberta me empolga. Quero me apegar a ela intensamente; cada novo pensamento me faz sentir mais estável, mais no controle. É engraçado; *é claro* que sei quem ele é. Não sei por que não me lembrei do nome dele imediatamente. Estudamos na mesma escola desde o jardim de infância. — Você é Alex Berg.

Ele fecha os olhos por um minuto. Quando os abre, com o olhar calmo e sereno, diz:

— Isso mesmo.

— Sim. Eu me lembro de você. — Não consigo parar de olhar para mim mesma na água, alternando o olhar entre Alex e o meu corpo, incapaz de sentir qualquer coisa além de um horror entorpecido. Enquanto olho, minha bota direita (que está frouxa no pé desde o primeiro momento em que me vi) finalmente sai do pé. Ela lentamente se enche de água. Depois afunda com um gorgolejar e desaparece na hora em que estico o braço em direção a ela, apaticamente. Na água, meu pé descalço fica exposto: inchado e enrugado ao mesmo tempo.

Afora o fato de estudarmos juntos desde sempre, eu me lembro de outra coisa sobre Alex. O rosto dele apareceu em todos os jornais de um ano para cá. Em setembro, logo depois que as aulas começaram, ele estava indo para casa de bicicleta depois do trabalho (ele trabalhava no Mystic Market, no fim da rua onde eu morava) quando um carro o atingiu e matou. O corpo dele foi jogado na vegetação que margeava a rua. Apesar de os pais dele terem comunicado seu desaparecimento logo, ele foi lançado tão longe que demoraram dois dias para encontrá-lo. Uma pessoa que estava correndo passou por ali, reparou no cheiro e decidiu investigar, e assim ele foi encontrado.

— Que nojento — sussurro. Mais uma vez, o pensamento me surpreende. Qual é o meu problema? Além do óbvio, é como se não houvesse filtro algum entre meu cérebro e minha boca. *Seja legal, Elizabeth. O coitado está morto.* Tentando me corrigir, acrescento: — Bem, você não *parece* ter sido atropelado por um carro. — E não parece mesmo. Fora o cabelo despenteado, não há marca alguma nele.

— Você não parece que se afogou há poucas horas. — Ele faz uma pausa. — Você se afogou, né?

Balanço a cabeça. É a primeira vez que me ocorre a incerteza.

— Eu... não sei o que aconteceu. Nem me lembro de ter adormecido. É como se, de repente, eu acordasse porque ouvi um barulho do lado de fora. — Faço uma pausa. — Não posso ter me afogado, Alex. Você precisa entender isso. Não é possível. Nado muito bem. Você sabe, nós praticamente crescemos na praia.

— Então o que aconteceu? — pergunta ele.

Olho fixamente para meu corpo.

— Não faço ideia. Não consigo me lembrar de nada. Parece... uma espécie de amnésia, sei lá. — Olho para ele. — Isso é normal? Aconteceu com você? Quero dizer, você se lembra de alguma coisa antes de você... morrer?

— Eu me lembro de mais coisas agora do que logo após... logo depois do que aconteceu comigo — diz ele. — Não sou especialista nem nada, mas acho que é normal a memória ficar meio embaralhada por um tempo. Pense comigo — explica. — As pessoas costumam ter amnésia depois de alguma espécie de trauma, certo?

Dou de ombros.

— Acho que sim.

— Bem, a morte é um trauma e tanto, não é?

— Morta. Merda. — Mordo o lábio e olho para ele. — Me desculpe, Alex. Não consigo acreditar. É um sonho... certo? Estou dormindo, é isso. Você não está aqui de verdade.

Ele olha para mim.

— Se é um sonho, por que você não se belisca?

Olho para ele. Eu me sinto tão pequena e desesperadamente triste que mal consigo falar. Consigo balançar a cabeça um pouco e fazer uma única palavra sair da minha boca.

— Não.

Não quero me beliscar. Tenho medo de fazer isso e não acordar. Lá no fundo, sei que não vou acordar.

Respiro fundo. Consigo sentir meus pulmões se enchendo de ar; me *sinto* viva.

— Você realmente já era. — Ele fala de uma maneira tão casual, tão direta, que quase tenho vontade de dar um tapa nele.

— Tudo bem. Vamos dizer, apenas hipoteticamente, que isso tudo seja real. Se estou mesmo morta, por que você não prova? — Aperto meus olhos de forma desafiadora. — É sério.

Ele está se divertindo.

— A visão do seu cadáver flutuando na água não é prova suficiente para você?

— Não estou dizendo isso. Estou dizendo que há outra explicação. Tem que haver.

— Coloque a mão no meu ombro — diz ele.

— Pensei que não quisesse que eu tocasse em você.

— Não quero. Mas estou abrindo uma exceção.

— Por que não quer que eu toque em você?

— Será que você...

— Não. Quero saber, Alex. Por que não quer que eu toque em você? — E não consigo me controlar; as palavras saem antes de eu ter a chance de pensar sobre elas. — Um garoto como você? Você não é ninguém. Eu sou *Elizabeth Valchar*. Qualquer cara daria o dedo mindinho para que eu colocasse uma das minhas mãos nele.

Por que o trato desse jeito? Estamos juntos aqui, sem ninguém mais no mundo para conversar, e eu o trato mal.

Ele olha para mim por muito tempo, mas não responde. Sei que pareço convencida, mas me ocorre que o que estou dizendo é verdade. Isso mesmo, sou bonita. Linda, na verdade.

Alex olha para algo atrás de mim, para a água.

— Você diz que sente como se tivesse amnésia. Mas é interessante que *consiga* lembrar. Você sabe que eu não era ninguém. Sabe que você era popular. — Seu olhar volta para mim. — De que mais você se lembra?

Balanço a cabeça.

— Não sei.

Ele dá de ombros.

— Não importa. Vai acabar lembrando.

— O que isso significa? — pergunto.

Ele não me responde. Em vez disso, diz:

— Apenas faça o que falei, Liz. Coloque a mão no meu ombro.

Faço o que ele pede. Ele fecha os olhos, o que me leva a fazer o mesmo. Sinto como se meu corpo inteiro estivesse sendo sugado para um vácuo gelatinoso. Quase tiro a mão do ombro dele, mas, quando estou prestes a fazer isso, o vácuo desaparece e é substituído, oh, Deus!, pelo refeitório da minha escola.

Está lotado de alunos, mas imediatamente vejo minha antiga mesa: fica ao lado do bufê de batatas, na extremidade do refeitório, perto das portas duplas que levam ao estacionamento.

— Lá está você — diz Alex, apontando para mim. — Você e o pessoal bacana.

Eu consigo me ver; é quase como estar no mundo real, mas não é. Lá estou eu e aqui estou eu, observando. Estou sentada com meus melhores amigos: Richie, Josie, Caroline, Mera e Topher. Todos estavam no barco comigo à noite. Ainda estão lá dentro, dormindo.

— Oh, Deus — murmuro. — Olha só o meu cabelo. — Na hora em que as palavras saem da minha boca, sei que soam ridículas.

— Seu cabelo está ótimo. — Alex suspira. — É exatamente igual ao de todo mundo.

Percebo que ele está certo: minhas amigas e eu estamos todas com os cabelos louros presos nas laterais, com um leve topete em cima, resultado de uns vinte minutos penteando e passando laquê de manhã. O penteado se chama *bump*, eu me lembro. Era popular alguns anos atrás. A única variação no visual é o de Caroline, cujo cabelo está enfeitado com laços vermelhos e brancos, tons idênticos ao do uniforme de líder de torcida.

— Que ano é esse? — pergunto. — Não posso ter mais do que...

— Dezesseis. Foi no seu segundo ano. Quer saber como sei?

— Como? — Odeio admitir, mas, embora possamos ser fantasmas, embora eu saiba que ninguém consegue nos ver, me sinto estranha por estar ali com Alex. É como se eu tivesse medo de meus amigos olharem a qualquer momento, me verem com ele e imediatamente me banirem do grupo. Meu Deus, o que Josie diria?

Por que me sinto assim? E que tipo de pessoa eu era, afinal? Sei que era popular, mas é tão estranho. Não lembro exatamente o motivo nem como eu era no dia a dia. E, de repente, tem uma parte de mim que realmente não quer saber.

Alex olha para nós.

— Sei que não podemos ter mais do que 16 anos porque ainda estou vivo. — Ele mostra com um gesto de cabeça. — Aí venho eu.

Observo enquanto ele entra no recinto, sozinho. Está carregando seu almoço em um saco de papel pardo.

— Por que você não compra o almoço? — pergunto. — Ninguém leva de casa no ensino médio.

Ele me lança um olhar exasperado.

— O quê? — pergunto. A mim parece uma pergunta perfeitamente legítima.

— Custa quatro dólares por dia para almoçar na escola — diz ele. — Não tínhamos dinheiro.

Olho para ele sem acreditar.

— Você não tinha quatro dólares por dia?

— Não. Meus pais eram rigorosos. Eram muito rígidos em tudo que envolvia dinheiro. Se eu quisesse gastar com alguma coisa, até mesmo comprar o almoço na escola, tinha que ganhar o dinheiro. O Mystic Market, onde eu trabalhava, pagava salário mínimo. — Ele balança a cabeça. Parece quase sentir pena de mim. — Você não sabe como sua vida era boa. Nem todo mundo ganha tudo o que quer de mão beijada. Além do mais, eu não era o único a trazer o almoço. — Ele aponta. — Olhe.

Seguimos Alex pelo local, até uma mesa vazia não muito longe de mim e de meus amigos. Em outra mesa ali perto, também sentado sozinho, está Frank Wainscott. Frank é um ano mais velho do que nós, o que o colocaria no terceiro ano, o penúltimo do ensino médio. Ele tem cabelo ruivo e sardas. Usa uma camiseta azul e jeans frouxo e curto demais. Lembro que ele é um *grande* imbecil. Como Alex, Frank levou almoço de casa. Mas, do lado de fora do saco de papel, alguém (presumivelmente sua mãe) escreveu o nome dele com caneta preta e desenhou um *coração* ao redor. Quase me encolho de vergonha por ele.

Frank abre o almoço, e Alex e eu começamos a ouvir a conversa dos meus amigos.

Caroline está olhando com desejo para uma maçã vermelha e brilhante enquanto a passa de uma mão à outra.

— Já comi seiscentas calorias hoje — diz ela. — Quantas calorias uma maçã tem?

— Oitenta — digo baixinho. *Como sei disso?*

— Oitenta — meu eu vivo informa a ela. — Mas a maçã faz bem, Caroline. Tem fibras e nutrientes. Vá em frente. Pode comer.

Ela olha para meu corpo esguio, visivelmente muito magro, embora eu esteja sentada. Estou usando uma blusa sem mangas, e meus braços são finos e musculosos.

— Você não precisa se preocupar em engordar, Liz. A genética ajuda.

Josie tira a maçã das mãos de Caroline.

— Pensei que estivesse tentando se manter nas mil e duzentas calorias por dia. Se comer isso, vai chegar a quase setecentas agora. E você sabe que estará faminta depois do treino de líderes de torcida.

Caroline franze a testa.

— Meu jantar será leve.

— Na última vez que jantei na sua casa — relembra Josie —, sua mãe fez pizza caseira. Com pão branco. — Ela faz uma pausa para enfatizar. — Com queijo *cheio de gordura*. — Josie dá uma mordida na maçã. — Estou lhe fazendo um favor — diz ela a uma Caroline infeliz, falando de boca cheia. — Acredite, você vai me agradecer depois. — Josie olha ao redor. — Acha que tem pasta de amendoim aqui? Adoro maçã com pasta de amendoim.

— Você vai ficar gorducha se não tomar cuidado — informo a minha irmã postiça. — Duas colheres de pasta de amendoim têm duzentas calorias, pura gordura.

Josie para de mastigar e fica me olhando fixamente.

— Você ouviu o que Caroline disse. Nossa genética nos ajuda.

Não respondo. Só fecho a cara para ela, em silêncio. Os demais na mesa caem numa quietude momentânea, e o constrangimento é quase palpável.

— Pensei que ela fosse sua irmã postiça — diz Alex para mim.

— Ela é.

— Então por que ela diria que a genética ajuda vocês? Vocês não são parentes de sangue.

— Certo. *Eu* sei disso. Mas Josie acha... ah, deixe para lá. É ridículo.

— Quero saber — pressiona ele. — Josie acha o quê?

Balanço a cabeça.

— Pare com isso, Alex. Você morou em Noank a vida inteira, não é? Deve ter ouvido os boatos. — Mas não tenho chance de ir além disso.

Alex e Frank estão sentados às únicas mesas vazias do refeitório inteiro. Alex começa a abrir seu almoço. Ele se encolhe na cadeira, quase como se estivesse tentando parecer invisível. Frank faz o mesmo.

Funciona para Alex, mas não para Frank. Topher repara nele imediatamente.

— Olhem só. É nosso filhinho da mamãe favorito. — O sorriso de Topher é largo, e seus dentes são tão brancos que quase brilham. — Frankie, o que mamãe preparou para você hoje?

Frank não responde.

— Ele é tão mau — murmuro. — Por que faz isso?

— Porque pode. Porque é um valentão — responde Alex.

— Mas Frank não está fazendo nada de errado. Não está incomodando ninguém.

Alex me encara como se não conseguisse acreditar na minha perplexidade.

— Liz, o refeitório era como uma zona de guerra. Você e seus amigos costumavam sentar àquela mesa como se fossem os malditos donos da escola. — Ele faz uma pausa. — Fique olhando.

Caroline, Josie e eu trocamos sorrisos sutis e Topher continua a maltratar Frank, mas não dizemos nada. Só Richie parece constrangido.

— Pare com isso — diz ele a Topher. — Dá um tempo pro garoto. Não é culpa dele que...

— Oh, meu Deus. — Topher reclina a cadeira sobre as duas pernas de trás, batendo palmas.

— Queria que ele caísse de cara no chão — diz Alex baixinho para mim.

Ele não cai. Na verdade, ele se endireita, levanta e anda até a mesa de Frank. Topher vira uma cadeira e senta nela, invertido, ao lado de Frank. Ele começa a mexer no conteúdo do almoço de Frank.

Meu estômago parece vazio pela culpa e pela vergonha quando observo meu eu mais jovem e meus amigos rindo enquanto Topher atormenta Frank.

— Vejam isso — diz Topher, erguendo o sanduíche de Frank para todo mundo ver. — Mamãe cortou em formato de *coração*. Mamãe limpa seu traseiro quando você faz cocô, rapazinho?

O rosto de Frank fica intensamente vermelho, e ele permanece sentado à mesa. Percebo que está tentando não chorar. Na mesa ao lado, Alex está evidentemente ouvindo, com uma expressão severa. Está incomodado pelo que Topher está fazendo com Frank, dá para perceber. Mas seria suicídio social se envolver.

Coloco uma das mãos sobre a boca.

— Alex — digo. — Lamento. Sei que estávamos todos sendo cruéis. Mas você tem que acreditar, eu não me lembro disso.

— Não importa se você lembra, Liz. Não muda o que aconteceu.

— Mas não fiz nada, na verdade... Quero dizer, quem fez foi Topher...

— Tem razão — interrompe ele. — Você não fez nada. Nunca fez *nada* para ajudá-lo. Você não ousaria; isso poderia torná-la menos legal.

Olho para ele, piscando sem entender.

— Você também não fez nada.

— O que eu poderia fazer? Me intrometer e tomar porrada? — Ele balança a cabeça. — Não, obrigado. Já era trabalho bastante evitar que seus amigos tornassem a *minha* vida infeliz. Eu não ia me envolver com os problemas do Frank. Já tinha problemas suficientes, acredite.

Por um momento, fico sem palavras. Por fim, pergunto:

— Você não gosta de mim, não é? Todo mundo gosta de mim.

Ele me encara.

— Você tem razão. Não gosto de você, Liz.

Eu também o encaro. Quando falo, o tom rude da minha voz me surpreende.

— Então por que não me deixa em paz?

— Tire a mão do meu ombro.

É o que faço. E num estalo estamos de pé ao lado do barco de novo, com o cais sacolejando de leve abaixo de nós enquanto olhamos um para o outro com raiva.

— O que você está fazendo aqui? — pergunto. — Se estou mesmo morta, por que você está aqui?

Ele sacode a cabeça.

— Honestamente, não sei. Porque também estou morto, acho. Porque estou por aí há um ano, esperando que alguém mais chegasse. Acredite, também não quero estar aqui. Preferia estar com *qualquer pessoa* que não fosse você.

Pela primeira vez desde que encontrei meu corpo na água, a verdade parece real. Parece indiscutível. Não estou sonhando. Não é um pesadelo do qual vou acordar. Estou morta.

Então uma coisa me ocorre — não sei por que não foi meu primeiro pensamento. No momento em que as palavras começam a sair dos meus lábios, sinto que estou começando a chorar de novo. Pessoas mortas podem chorar. Quem imaginaria?

— Alex, há outras pessoas... aqui? — pergunto. — Podemos ver outras pessoas?

— O que você quer dizer?

— Outras pessoas que estão... você sabe...

— Outras pessoas mortas? — Ele sacode a cabeça. — Acho que não.

— Mas você consegue me ver.

— Eu sei. Você é a primeira. — Ele faz uma pausa. — Por que quer saber? Por que está chorando?

— Por que estou chorando? — Seco os olhos, embora não tenha mais vergonha de Alex ver minhas lágrimas. Penso nos meus pais (no meu pai e na minha madrasta, Nicole), nos meus amigos dentro do barco, e me pergunto quando acordarão e me encontrarão. Porém, mais do que tudo, estou pensando na minha mãe. Na minha mãe *de verdade*.

— Minha mãe — conto a ele. — Ela morreu quando eu tinha 9 anos. Eu estava pensando que talvez...

— Você a veria? — Ele dá de ombros. — Não sei, Liz. Ei, não chore, tá? — O tom dele não é nada reconfortante. Parece mais estar um pouco irritado com minha demonstração de emoção. — Você não precisa ficar triste. Não sou autoridade nenhuma, mas tenho a sensação de que esta situação, a de estarmos presos aqui, é apenas temporária.

Continuo a chorar.

— E depois, o quê? — pergunto. — Você é meu guia ou coisa do tipo? Porque não está se saindo muito bem, se esse for o caso. Não respondeu nenhuma das minhas perguntas. — Faço uma pausa. — Exceto a da minha memória. E você só meio que explicou. Mas, fora isso, você é péssimo. — Estou quase histérica. Não me *sinto* morta. Eu me sinto viva e impotente, e com *muito* frio. Quero ir para casa. Quero meu pai e Nicole. E, se não posso estar com eles, quero minha mãe. Onde ela está? Por que não está aqui? E como é que fui parar na água? Isso não pode estar acontecendo — digo, embora saiba que está acontecendo. — É meu *aniversário*. As pessoas não deviam morrer no próprio aniversário! Principalmente eu. Sou Liz Valchar. — Estou quase gritando. — Sou muito popular, sabe! Ninguém vai ficar feliz com isso.

A voz dele sai seca.

— Sim, Liz. Tenho ciência do seu status social.

— Isso não é possível. — Balanço a cabeça. — Não. Não é real.

— É. É, sim. — O tom dele é inexpressivo, entediado. — Vamos. Respire fundo. Talvez eu possa... Talvez eu deva, sei lá, *ajudar* você.

Respiro. Sinto o gosto de sal no ar. Sinto o cais sacolejando debaixo dos meus pés, minhas pernas instáveis dentro das botas. Se não fosse pelo meu próprio corpo, a menos de 3 metros, tudo pareceria normal.

— Não sei muito sobre o que está acontecendo aqui — diz Alex. — Ninguém me deu um livro de regras nem nada. A mesma coisa que está acontecendo com você aconteceu comigo. Eu me lembro de estar voltando do trabalho, de bicicleta. Passava um pouco das dez da noite. Começou a chover bem forte. Eu mal enxergava. E, depois, nada. Acordei na terra, deitado ao lado do meu próprio corpo. — Ele estremece. — Eu estava péssimo.

Limpo os olhos.

— Você não se lembra de nada? Nem do carro que atropelou você? Nem o que aconteceu antes? Não se lembra de ter visto ou ouvido nada?

Ele sacode a cabeça.

— Já falei: nada. — Ele hesita. Pela primeira vez desde que nos encontramos, o tom dele se suaviza um pouco. — Eu estava sozinho, Liz. Ao contrário de você. Não tive ninguém para me ajudar. Me desculpe se fui cínico, mas você tem que imaginar como é. Estou aqui sozinho há quase um ano.

— O que você tem feito? — pergunto. — Você está aqui, então obviamente pode ir a vários lugares. Viu sua família? Seus pais?

Ele confirma, balançando a cabeça.

— Claro. Fui em casa uma vez ou outra. Mas, acredite, preferia estar em qualquer outro lugar. Minha casa não está exatamente tomada de alegria neste momento. Meus pais praticamente não saem da igreja há meses, estão ocupados demais rezando pela minha alma. E, quando estão em casa, minha mãe fica quase o tempo todo na cama. — Ele faz uma pausa. — Quando não está vagando pela casa, fazendo vigília por mim, chorando.

— Lamento muito — sussurro.

— Tudo bem. — Ele dá um meio sorriso. — Não é sua culpa, é? De qualquer modo, posso ir a vários lugares, mas não é como se existisse muita coisa que me mantenha entretido. A maior parte do tempo fico perto da estrada onde morri. E, depois, mais que de repente... aqui estou eu. — Ele sacode a cabeça. — Não sei o que estou fazendo aqui. Honestamente, estou quase tão confuso quanto você.

Fico olhando para ele.

— Mas podemos ir a alguns lugares. É isso que você está dizendo. Posso ir para casa, se quiser.

Ele concorda.

— Sim. No entanto, você não vai querer, não depois de uma ou duas vezes. É horrível ver todo mundo chorar e se arrastar, observá-los sofrer. Saber que você não pode esticar o braço para tocá-los e reconfortá-los, nem mesmo dizer a eles que você está bem.

— Mas não estamos bem — digo. — Não mesmo. Estamos? Quero dizer, estamos presos.

Ele parece pensar.

— É — concorda. — Acho que você está certa. Presos.

— E você está encurralado assim há um ano?

— Bem... não exatamente. Tem outra coisa. — Ele hesita. — É como mostrei. Você pode entrar nas lembranças. Pode voltar e se ver. Sabe como não conseguimos nos lembrar de tudo que aconteceu quando estávamos vivos?

— Sei. Por que isso está acontecendo? Você sabe?

Ele parece refletir.

— Não tenho certeza. Mas tenho uma teoria.

Eu o encaro. Ele não diz nada por um tempo.

— E aí? — pergunto. — Vai me contar ou vamos ficar aqui de pé?

Ele suspira.

— Tudo bem. Mas pode parecer estranho. Como eu disse, é apenas uma teoria.

— Me conte.

— Bem, estamos aqui. Na Terra. Não estamos... em outro lugar.

— O que você quer dizer? Que não estamos no céu?

Alex faz que sim com a cabeça.

— Céu, inferno... você está botando o carro na frente dos bois. O que quero dizer é que estamos presos aqui por algum motivo. Nós dois morremos jovens. E nós dois queremos saber o motivo, certo?

— É claro.

— Bem, quando comecei a pensar de verdade sobre o que eu conseguia lembrar, uma coisa me ocorreu. Parecia que eu só conseguia me lembrar de fatos mundanos. Sabia quem as pessoas eram. Sabia algumas das coisas que tinham acontecido. Mas não conseguia me lembrar de nada... significativo. Não, a princípio. — Ele respira fundo. — Acho que precisamos aprender alguma coisa. Não só sobre como morremos, mas acho que temos que... não sei, conquistar algum tipo de compreensão mais profunda. Antes de seguirmos em frente. — Ele faz uma pausa. — Isso faz algum sentido?

Nada faz sentido para mim agora. Mas não quero admitir isso para ele.

— Certo. Você está morto há quase um ano. O que aprendeu até agora?

Ele desvia o olhar.

— Algumas coisas.

— Viu o que aconteceu com você na noite em que morreu?

— Ainda não.

— O quê? — Quase grito as palavras. — Depois de *um ano* inteiro?

— Pode ser diferente com você! Não sei. Só estou contando o que acho, tá?

Olho para ele, irritada. A última coisa que quero é permanecer em uma espécie de limbo terrestre por um ano. Tem que haver alguma coisa mais. Não tem?

— Posso contar outras coisas — propõe Alex.

Estou tão frustrada que sinto que posso começar a chorar de novo.

— Como o quê?

— Bem, você se sente cansada?

Respondo que sim com um gesto.

— Muito cansada.

— É, eu também. Mas você vai descobrir que não consegue dormir. Pelo menos comigo é assim. Uma coisa diferente acontece.

— O quê? Vou entrar em mais lembranças? Vou me lembrar de coisas? — O sol está começando a surgir. O tempo está passando rápido; parece que estou aqui fora há dez minutos, mas já devem ter se passado horas.

Alex coça a cabeça, pensando.

— Bem, sabe o que dizem, que quando você morre sua vida passa como um filme na frente dos seus olhos?

Respondo que sim.

— É meio assim. Só que é bem mais... devagar. Você se cansa muito, como se fosse adormecer. Você fecha os olhos. Mas não dorme. Em vez disso, você vê coisas.

— Que tipo de coisas?

— Coisas da sua vida. Às vezes são lembranças aleatórias. Outras vezes são coisas mais importantes. É como se você estivesse montando um quebra-cabeça. Você vê as coisas acontecerem e, quando as está vendo de fora, consegue entendê-las melhor. Como o que mostrei a você no refeitório.

— Mas você ainda não sabe o que atropelou você?

— Não. Ainda não.

Faço beicinho.

— Está ao menos perto de descobrir?

Ele faz que sim com a cabeça.

— Sim. Estou perto. — Depois, acrescenta: — Mas pode ser diferente com você. Não sei.

— Nossa, você está ajudando muito. Muito obrigada.

— Quer um conselho? — oferece ele.

— Ah, por favor. Você já fez tanta coisa. — Minha voz treme de irritação e sarcasmo. Superei o impacto da minha grosseria inicial. Alex e eu não somos uma boa combinação. Não há sentido em fingir que nos damos bem, há?

Alex indica o barco com a cabeça.

— Pronto. As coisas estão prestes a ficar interessantes.

Eu me viro. De pé no convés, usando apenas uma cueca boxer xadrez, está meu namorado, Richie Wilson.

— Richie — digo, recomeçando a chorar. Aumento o tom da voz para gritar para ele. — Richie!

— Ele não pode ouvir você. — Alex suspira. — Você não é uma ovelha muito perspicaz, é?

— Não é assim que se fala — respondo, com a atenção ainda focada em Richie. — É "uma garota muito perspicaz".

— Certo. — Alex balança a cabeça. — Só que você *é* uma ovelha. Não sou burro, só ajustei a frase à sua *persona*...

— Ah, cale a boca. Richie! — grito de novo. Alex balança a cabeça.

— Liz? — Richie chama baixinho, olhando ao redor. Ele se abraça, tremendo no ar frio da manhã. — Liz, você está aqui fora?

Grito o nome dele, várias vezes, até que fico tão cansada que sinto que vou desmaiar. Ele obviamente não consegue me ouvir.

Richie olha em volta por alguns minutos. Não parece preocupado; por que deveria estar? A casa dos meus pais fica a uma caminhada de menos de dois minutos do barco. Posso muito bem ter acordado cedo e ido correr. Tenho certeza de que a última coisa que ele acha é que estou de pé a menos de 3 metros, praticamente do lado dele. Ou que também estou na água, abaixo de onde ele está.

Ele espera por mais alguns segundos. Depois torna a entrar, provavelmente para voltar a dormir, e fecha a porta de correr atrás de si. Richie e eu nos conhecemos desde que éramos bebês. Crescemos na mesma rua. Estamos juntos desde o sétimo ano. Nós nos amamos. De alguma forma, das profundezas de mim mesma, sei dessas coisas. Não são o tipo de coisa que posso me imaginar esquecendo.

— Droga — sussurro, observando-o entrar no barco e enxugando mais lágrimas dos olhos.

— Não se preocupe — diz Alex.
— Por que não?
— Logo ele vai saber.
— Ele nunca mais será o mesmo — murmuro. — Nenhum deles será.
— Você deve estar certa. Como qualquer um dos seus amigos vai poder viver sem você?

Decido ignorar o sarcasmo dele por enquanto; tenho coisas mais importantes para resolver.

— O que vamos fazer agora? — pergunto. O sol está ficando mais forte, se refletindo na água. Além do barco, além do cais, consigo ver a cidade de Noank começando a se iluminar.

— Vamos esperar — diz ele. O olhar dele segue o meu. Juntos, olhamos para nossa pequena cidade, onde tudo era tão seguro. — Não vai demorar muito até que alguém encontre seu corpo.

— E depois o quê? — sussurro.

Ele faz uma pausa, meditando sobre a pergunta.

— Depois descobrimos o que aconteceu com você.
— Descobrimos?
— Sim. — Outra pausa, maior do que a anterior. — Talvez.

Três

Mas demora, sim, um tempo até que alguém me encontre. E, quando acontece, é terrível. Alex e eu esperamos até o sol estar bem alto antes de decidirmos entrar no barco. Não sei por que levamos tanto tempo para ter essa ideia. Enquanto estávamos sentados no cais, olhando meus amigos de um lado para outro lá dentro, falei:

— Queria poder ouvir o que estão falando.

— Ah, nós podemos — disse ele. — Podemos entrar.

Olhei para ele sem dizer nada. Apenas me levantei para ir até lá. Mas, quando cheguei à porta de vidro, parei.

— As portas estão fechadas, garoto gênio — falei. — Como é que vou entrar?

— Você está morta, Einstein — respondeu ele com humor na voz. — Não existe mais no mundo físico. As regras não se aplicam. Atravesse-as.

Hesitei. Estiquei uma das mãos e quase engasguei quando vi que Alex estava certo; há uma sensação de frieza onde a porta está, porém a mão passa direto.

Meu corpo físico ainda está no mesmo lugar, preso de maneira estranha entre o barco e o cais, mas agora as duas botas saíram. E não estou mais tão bonita. Não que estivesse quando me vi pela primeira vez, mas algumas horas a mais na água salgada e fria não foram gentis com minha pele. Prefiro só dizer isso.

Alex me segue até o convés do barco.

— Vá em frente — diz ele. — Entre.

É o que faço. Simplesmente isso. Como se não houvesse porta nenhuma ali. Por mais apavorada que eu esteja, não consigo deixar de sentir um pouco de empolgação. Sou *sobrenatural*.

Entramos no barco e vemos todos os meus amigos amontoados no fundo, sentados juntos, em silêncio.

— Será que a gente deve ir à casa dela verificar? — pergunta Mera.

— Ótima hora — diz Alex. — Estão falando de você.

Nós nos sentamos nos degraus e observamos. Olho para Richie, que está em frente a mim em um sofá. Minha bolsa está no colo dele. Meu celular está na mão dele. Então eles obviamente chegaram a esse ponto; sabem que desapareci, e Richie parece preocupado, agora. Ele provavelmente sabe que eu não iria para casa sem levar minha bolsa. E não deixaria meu celular *de jeito nenhum*; é meu cordão umbilical com o mundo externo, desde que ganhei o primeiro aparelho aos 10 anos. Fico perdida sem ele.

Oh, Richie. Quero ir até ele e abraçá-lo. Fecho os olhos por um momento, imaginando seu toque.

De repente, a sensação desconfortável de frio é arrancada, e sinto como se tivesse submergido em um banho morno, mas consigo respirar. Acontece como antes, quando coloquei a mão no ombro de Alex e o segui até a lembrança da escola. O ambiente meio que rodopia até o esquecimento e me vejo de pé, na beirada do parquinho comunitário de Noank. Duas mulheres adultas estão lado a lado na minha frente. Cada uma está empurrando um bebê no balanço. Um garoto e uma garota. A garota sou eu. Não tenho mais que 2 anos.

— Ela é adorável — diz a mãe do garotinho, apontando com a cabeça para mim, e sorri para minha mãe.

Minha mãe! Olho fixamente para ela, tentando absorver tudo. Exceto as fotos, é a primeira vez que a vejo em nove anos. Quero me agarrar a ela, me aconchegar ao lado dela, ouvi-la sussurrar ao meu ouvido. Meu corpo todo dói por saber que não posso fazer nenhuma dessas coisas. Quero dizer o quanto a amo, mesmo ela tendo nos abandonado. Mesmo ela tendo *me* abandonado, sua filhinha. Eu tinha 9 anos e ela me deixou sozinha, para ser criada pelo meu pai, pelo menos até ele e Nicole se casarem.

Sentia tanta raiva por ela ter se permitido morrer. Mas me recuperei da perda; eu a perdoei. Agora, mais do que qualquer coisa, tudo o que quero é estar com ela, estar com ela *de verdade*, mesmo que isso signifique não estar mais viva.

Minha mãe tinha só 24 anos quando nasci, o que a colocaria na segunda metade dos vinte anos aqui, e ela está linda. Tem cabelo louro comprido, quase exatamente da mesma cor do meu. É alta, com quase 1,80m. Ela dá um sorriso nervoso para a outra mulher. Eu nunca me lembrei tanto da minha mãe, mesmo quando ela estava viva, mas me lembro de meu pai me contando que ela sempre ficava tímida perto de estranhos.

— Sou Lisa — diz minha mãe —, e esta é Elizabeth. Meu marido e eu acabamos de nos mudar do lado mais distante de Mystic para a antiga casa do pai dele, na High Street.

— Ah! Vocês são nossos novos vizinhos! — A outra mulher não é tão tímida, nem perto de estranhos nem perto de ninguém. — Eu sabia que tinha reconhecido você. Sou Amy Wilson. Este é meu filhinho, Richie.

Por um instante, vejo o olhar de Amy percorrer o corpo da minha mãe. Apesar da altura, ela não deve pesar mais do que 55 quilos. Os ossos do quadril são visíveis sob o short. E, embora esteja sorrindo, obviamente feliz por ter conhecido uma vizinha, há alguma coisa de triste no olhar da minha mãe. Parece cansada; há olheiras sob os olhos dela. Ela parece com fome.

Richie e eu já somos amigos. Sorrio ao nos observar, com lágrimas ardendo nos cantos dos meus olhos. Damos as mãos no balanço. Ele tem cabelo escuro e encaracolado e lábios cheios e vermelhos. Algum dia eles me darão meu primeiro beijo, quando tivermos 4 anos. Mais tarde, quando tivermos 12, ele me dará meu primeiro beijo *de verdade*. É a única pessoa que já beijei assim. Enquanto estou ali, de pé, observando nós quatro, percebo que não me lembro de tudo sobre mim e Richie, principalmente as coisas mais recentes. Mas lembro o bastante para saber que eu o amava. Tenho certeza disso.

— Liz? Ei, você está aí? — É a voz de Alex. Mais uma vez, tenho a sensação de ser sugada por um vácuo. Tão rapidamente quanto começou, a lembrança acaba.

— Eu o vi — falo, sem fôlego. — E vi minha mãe e a mãe de Richie. Éramos bebês.

Alex não parece surpreso. Mais uma vez, age de forma indiferente.

— É mesmo? Viu isso tudo?

Faço que sim com a cabeça. Ainda estou chorando. Parece que nunca vou parar. Minha respiração está entrecortada; estou sobrecarregada de emoções que estão vindo tão rápido que mal tenho tempo de entendê-las. É coisa demais para uma garota só entender em uma manhã de verão, que teria sido adorável.

— Estava olhando para Richie, pensando nele, e de repente eu estava lá. Foi quando nos conhecemos, no parquinho.

— Ah. — Alex pisca. — Que bom para você. — No entanto ele faz uma pausa. — Nem todas serão lembranças boas, Liz. Você sabe disso, certo?

Cruzo os braços.

— Por que está dizendo uma coisa assim? Fui feliz por um segundo, e você tinha que estragar tudo. — Sinto na defensiva, embora não tenha certeza do motivo. Só sei que Alex Berg não está sendo minha pessoa favorita neste plano de existência. — Qual é o seu problema? Estou *morta*, Alex. O dia já está bem ruim.

— Tudo bem, não precisa ter um ataque. — O tom dele é irritantemente leve, como se tudo isso fosse apenas uma distração para ele. — Eu queria que você estivesse preparada. Só isso.

Dou de ombros. Não importa; acabei de rever minha mãe! E ela estava tão jovem, tão... viva. Estava tocando em mim, cuidando de mim. Estava me amando. Sua única filhinha.

— Como eu estava? — pergunto a Alex. — Quando fui para longe agora mesmo? — A sensação de frio intenso voltou. Acho que nunca vou me acostumar.

Alex não dá importância.

— Não foi nada de estranho. Você só estava olhando fixamente para ele. Para Richie.

— Oh. — Faço uma pausa. — Por quanto tempo?

— Alguns minutos.

— É mesmo? — pergunto. Não pareceu tanto tempo. — O que perdi?

— Bem, eles mandaram Mera até sua casa para procurar você.

As palavras mal saíram dos lábios dele quando ouvimos um grito vindo do lado de fora.

Todos os meus amigos se sentam, eretos. Parecem com medo. Por um momento, observo os rostos deles, tentando entender se alguém parece diferente, talvez um pouco culpado. Mas, assim que a ideia se materializa, eu a descarto. Eles são meus melhores amigos. Ninguém me matou.

Mas, então, como é possível eu ter me afogado?

Mera não para de gritar, nem depois de eles irem lá para fora atrás dela. E então eu os escuto, todos eles, reagindo quando me veem.

É horror puro. Fecho os olhos.

— Quer ir lá fora? — pergunta Alex, num tom hesitante. Ele já sabe a resposta.

Balanço a cabeça. Quando falo, as palavras saem rápidas e frenéticas.

— Quero ir para casa. Você disse que posso ir para lá. Como faço isso?

— Logo vão ligar para seus pais, Liz. — Ele encolhe os ombros. — Não é uma boa ideia.

Olho para ele fixamente. Quem é *ele* para me dizer o que devo ou não fazer agora?

— Não me importo. Quero ir para casa.

— Você quer mesmo ver isso? Estou dizendo, vai partir seu coração.

— Agora — digo a ele com firmeza. — Antes que seja tarde demais. Antes que recebam a ligação.

— Tudo bem... — diz ele, obviamente relutante. — É como antes, quando você entrou na lembrança comigo. Apenas feche os olhos e imagine que já está em casa. — Ele faz uma pausa. — Quer que eu vá com você?

Minha respiração está instável. Não o quero comigo; eu nem *gosto* dele. No entanto, mais do que tudo, não quero ficar sozinha.

— Quero — admito. — Você vem?

Ele quase treme.

— Você vai ter que tocar em mim de novo.

— Oh, que terrível para você. — Com força, coloco a mão em seu ombro. — Feche os olhos — ordeno. — Vamos.

Meus pais ainda estão dormindo. Eu os chamo de pais; chamo minha madrasta, Nicole, de "mãe" há oito anos, que é o tempo que ela está casada com meu pai. Sei que pode parecer estranho ela ter preenchido o lugar tão rapidamente (minha mãe estava morta não havia nem um ano quando Nicole e meu pai se casaram), mas eu era muito nova. E, como falei, eu estava com raiva da minha mãe por ter nos abandonado. Nicole sempre foi legal comigo. E, quando ela virou minha madrasta, ganhei Josie também. Eu tinha uma irmã. Éramos as melhores amigas. Parecia uma festa do pijama todas as noites.

Tento não pensar no que está acontecendo no barco. Permaneço na beirada da cama por um tempo, olhando para eles enquanto dormem em paz, observando a respiração leve, sabendo que provavelmente será a última noite desse tipo que eles terão em muito tempo.

Meu pai parece um urso; é um homem grande, pesado, que gosta de uísque, charutos e comida calórica. Embora seja domingo, estou surpresa por ele estar em casa; lembro dele trabalhando quase o tempo todo. Ele é advogado corporativo, uma profissão bem estressante. Às vezes acho que é *workaholic*; teve um ataque cardíaco leve quando eu tinha 14 anos, mas voltou ao trabalho menos de duas semanas depois.

É engraçado; depois que minha mãe morreu, sempre fiquei preocupada com a saúde do meu pai. Eu costumava tentar imaginar como seria a vida sem ele. Acho que, depois de perder minha mãe tão cedo, eu estava meio que me preparando para perder o outro sapato. Por assim dizer.

Nunca me ocorreu, nem por um momento, que eu poderia morrer antes do meu pai. Só tenho 18 anos! Pessoas de 18 anos não deveriam morrer.

Mas Alex morreu, e só tinha 17 anos. E agora eu. Não consigo parar de me perguntar: por que estamos juntos? Eu mal o conhecia. Ele era reservado, tímido, obviamente um solitário. Ainda assim, apesar de nossas aparentes diferenças de personalidade, tenho que admitir que é muito melhor ter alguém com quem conversar a ter que passar por tudo sozinha, como tem sido para Alex no último ano.

Enquanto Alex me observa, deito na cama entre meus pais, por cima do edredom, devagar, como se tivesse medo de acordá-los. É uma coisa que não faço desde muito pequena, e só com meus pais de verdade, nunca com meu pai e Nicole; mas agora me pareceu que era isso que eu precisava fazer.

Deito entre eles e ouço as respirações tranquilas. Assim como aconteceu com meus amigos, não consigo realmente tocar neles. É como se houvesse alguma coisa invisível me impedindo de fazer contato completamente, por mais que eu tentasse.

Olho para o rosto cheio e envelhecido do meu pai e tento me concentrar nele através das lágrimas.

— Eu te amo, papai — sussurro.

O celular de Nicole toca na mesa de cabeceira. Não preciso olhar para saber quem é. O relógio marca 8h49. Antes das nove em uma manhã de domingo, não é preciso ser gênio para saber que há alguma coisa errada.

— Não atenda — murmuro. — Vamos. Não atenda, não atenda, não atenda.

As pálpebras de Nicole se abrem.

— Marshall — murmura ela. Esse é meu pai.

— Hum? Quem está ligando? — Ele não abre os olhos. Só boceja. — Que horas são?

Estou soluçando agora, disposta a fazer qualquer coisa para impedir que eles tenham que ouvir essa notícia.

— Estou bem aqui, pai — sussurro. Coloco a mão em seu braço, embora ele não consiga sentir nada. Mas, apesar de haver aquele espaço estranho entre nós, me impedindo de fazer contato total com ele, *quase* consigo senti-lo, e é o bastante para me dar um pouco de alento. Posso sentir seu calor sob meu toque. Sinto o sangue correndo por suas veias vivas. Oh, pai. Ter o coração partido uma vez é o bastante. Ele já perdeu minha mãe. E, agora, isso.

Nicole estica o braço e alcança calmamente o telefone. Ela vê quem está ligando.

— É Liz. — Ela olha para meu pai. — Por que ela estaria ligando tão cedo?

Ele boceja de novo.

— Não faço ideia. Atenda. Veja o que ela quer.

É Liz? Como isso está acontecendo? Estou bem aqui. E lá, estou na água. Aí percebo: quem está ligando usou o meu celular.

Eu me sinto insultada, apavorada. Não é justo que as coisas aconteçam dessa forma, não é justo que meus pais percam esse curto momento de paz antes que tudo vire um caos.

Nicole atende o telefone com voz cansada, mas alegre.

— Liz, querida, o que foi?

Há uma longa pausa enquanto ela escuta. A voz do outro lado é masculina. Reconheço imediatamente como sendo de Richie.

— Espere. Richie, mais devagar. Você está me assustando. Tudo bem, nós iremos. Logo estaremos aí.

Ela fecha o telefone. Olha fixamente para meu pai. O rosto dela está da cor da morte. Sei por experiência própria.

— Era Richie — diz ela. — Ele disse que a polícia está a caminho do barco. Disse que houve um acidente e que precisamos ir para lá agora mesmo.

Meu pai se senta.

— Que tipo de acidente?

Ela balança a cabeça.

— Ele não quis dizer.

Eles olham um para o outro.

— Por que Richie ligou? Ele usou o celular da Liz? Por que não Liz nem Josie? — pergunta meu pai.

Nicole não diz nada a princípio. Depois coloca a mão sobre a boca.

— Se vista, Marshall.

Não consigo mais assistir. Saio da cama e atravesso o quarto até Alex, que está de pé sem dizer nada, esperando. Ele não parece surpreso quando coloco a mão sobre o ombro dele e fecho os olhos de novo.

Em um instante estamos dentro do barco, e do lado de fora há gritos, cinco vozes soando ao mesmo tempo, tristeza e horror.

Não há lugar para ir que não cause sofrimento. Não há nada a fazer a não ser esperar.

Quatro

A polícia chamou mergulhadores. Quando chegam, vejo que são dois homens e duas mulheres, vestidos com trajes completos. Eles descem pela escada na parte traseira do barco e trabalham juntos para soltar meu corpo do espaço entre a fibra de vidro e a madeira. Enquanto trabalham, os policiais (muitos deles) afastam o barco do cais para abrir espaço. Meu corpo rola de lado e depois fica de costas, por causa das ondas criadas por todo o movimento. Depois, silenciosamente demais, lentamente demais, os mergulhadores me seguram e me guiam em direção à costa pedregosa. Quando estou fora da água, eles me colocam — cuidadosamente, como se tivessem medo de que eu quebrasse — em um brilhante saco preto para cadáver. Um saco para cadáver. Eu. Na porcaria do dia do meu aniversário.

Meus pais veem tudo. Meus amigos observam, silenciosos e entorpecidos. Nenhum deles está chorando agora. Nada parece real.

— Liz? — chama Alex, sua voz só um pouco além do tom indiferente. — Você está tão quieta. Você está... sabe... bem?

Olho para ele com raiva.

— Ah, estou ótima. A polícia acabou de tirar meu corpo do mar. Minha aparência está uma merda. É meu aniversário, estou morta, e, se isso já não fosse ruim o bastante, estou tão inchada e nojenta por ficar tanto tempo na água que eles provavelmente nem vão conseguir fazer um velório de caixão aberto. Estou *feia*. Se estou bem? Não, Alex, não estou nada bem.

— Vai ficar — diz ele calmamente, ignorando minha explosão. — Vai se acostumar. — Ele faz uma pausa. — Você acabou de morrer, Liz. É mesmo com isso que está mais preocupada? Com a aparência do seu corpo agora?

Mordo o lábio. Certamente é o que parece, não é? Eu era mesmo tão superficial? Tem tanta coisa mais importante. Não sei como responder.

Observo o olhar de Alex percorrendo a multidão mais ao longe, onde as mergulhadoras tiraram os trajes molhados e estão colocando calças de moletom por cima dos maiôs.

— Olhe — diz ele.

As mergulhadoras estão juntas, de pé, conversando. Uma delas está chorando. Ela diz alguma coisa para a outra mulher.

— Quero ouvir o que elas estão conversando — digo a ele. — Vou até lá.

A primeira mulher tem cabelo castanho curto. Seus dedos estão enrugados e inchados por causa tempo decorrido na água. Ela mantém a cabeça baixa, como se estivesse tentando impedir que as outras pessoas reparassem que está chorando.

— Tenho uma filha da idade dela — conta à outra mulher, uma loura alta. — Ela mora com o pai em Vermont.

A loura balança a cabeça.

— Que diabos aconteceu aqui? — Ela baixa o tom da voz um pouco. — Que tipo de pai deixa a filha fazer uma festa no barco? Com álcool? E você sabe que havia drogas lá. Aqueles jovens estavam doidões na noite de ontem.

Nós não estávamos! Tudo bem, talvez um pouco. Certo, muito. Mas meus pais não sabiam que íamos beber. Jamais teriam nos *deixado* beber. Meus pais são pessoas boas. E, como falei, somos jovens legais. Pelo menos eu achava que éramos; Alex obviamente pensa diferente, e estou começando a achar que ele pode estar certo. Mais uma vez, o pensamento pisca com a intensidade de néon na minha mente: *como isso aconteceu?*

A loura faz sombra sobre os olhos com uma das mãos; com a outra, estica a mão para segurar o braço da mulher que chora.

— Você pode vigiar seus filhos o quanto quiser. Pode mantê-los sob seu olhar quase o tempo todo. Não importa. As coisas acontecem por motivos que não entendemos.

A morena limpa os olhos e lança um olhar intenso para a loura.

— Você está falando de Deus?

A loura balança a cabeça.

— Dá e tira. Não podemos controlar.

Há uma longa pausa. A morena diz:

— Sabe, acho isso uma grande besteira. Aqueles pais podiam ter impedido isso se tivessem um mínimo de consciência.

E, de repente, sem nenhuma sensação de movimento, sem desejar que acontecesse, estou ao lado do meu pai.

Meu pai e Nicole estão de pé em meio aos meus amigos. Há quatro policiais com eles. Só reconheço um. Seu nome é Joe Wright, e ele é o xerife da cidade. É engraçado; tenho uma vaga sensação de que o conheço, fora saber seu nome e reconhecer seu rosto. Fecho os olhos e me deixo resvalar em uma lembrança, e quase imediatamente vejo acontecer, bem na minha frente. Ali estamos Richie e eu, levando uma dura dele alguns meses atrás, depois do baile do terceiro ano. Tínhamos estacionado perto da praia, em Groton Long Point, a caminhonete do pai de Richie, que ele tinha pegado emprestado para nossa Grande Noite. Estávamos na parte de trás, debaixo de um cobertor, quando Joe Wright bateu na janela embaçada com a lanterna.

Ele pareceu um cara legal na época. Anotou nossos nomes e nos mandou voltar para casa. Passava das quatro da manhã, muitas horas depois de adolescentes menores de 18 anos voltarem para casa em Noank. Mas era noite do baile, então ele aliviou para nós.

Mas, em vez de irmos para casa, subimos a rua, estacionamos na entrada da garagem de Richie e andamos até o barco dos meus pais. Passamos o resto da noite nos braços um do outro, conversando sobre como seria estarmos no último ano, para qual faculdade poderíamos ir juntos. Nunca houve dúvida, pelo menos para nós, de que ficaríamos juntos depois de nos formarmos na escola. Richie Wilson era o amor da minha vida.

— Então essa é sua madrasta — diz Alex, me arrancando da lembrança. Ele ainda está ao meu lado.

— É. O nome dela é Nicole. É mãe de Josie.

Alex dá um assobio.

— Cara, ela é *gostosa*.

— Quer calar a boca?

Dou um empurrão nele, tão forte que ele quase perde o equilíbrio sobre o cais. Não que importasse. Qual é a pior coisa que poderia acontecer a ele nessa altura?

— Como você pode tratar isso tudo com tanto descaso? — pergunto. — É a vida das pessoas. Meus pais, meus amigos. A vida deles provavelmente foi arruinada.

Alex me lança um olhar.

— Alguém certamente se acha muito importante.

— Eles acabaram de encontrar meu corpo na água, Alex.

Ele concorda.

— É verdade. Mas seguirão em frente em algum momento.

Olho para meu pai. Seu olhar está baixo. Não consigo imaginar o que deve estar pensando.

— Não vão. Não todos eles. Não meu pai.

— A morte é parte da vida — murmura Alex. — Todo mundo morre.

— Não assim. — Olho em direção ao meu corpo, fechado no saco e oculto, na beira da água. Por que o estão *largando* ali? Por que não o estão levando para algum lugar, agora mesmo? *Policiais de cidade pequena são incompetentes*, penso. O que sabem? Nunca houve um crime de verdade em Noank para eles solucionarem.

Uma equipe de noticiário local chegou. As pessoas dos outros barcos estão acordadas e olhando, com as mãos sobre as bocas. Olhando para além do cais, vejo meus vizinhos nas varandas ou espiando pelas janelas. Observando. Fascinados. Para eles, deve ser como um filme, uma coisa para se debater a manhã inteira com uma xícara de café nas mãos, uma história horrível para contar aos amigos que tenham perdido o grande espetáculo. Além da fofoca mais recente, as pessoas de Noank se importam com as *coisas* mais que tudo. Podem se chatear por eu ter morrido, claro, mas apostaria qualquer coisa que estão imaginando o que minha morte fará com o valor de suas propriedades.

Joe Wright parece estar fazendo o melhor que pode para impedir que as coisas virem um caos total. Ele reuniu meus amigos e meus pais no convés do barco, e estão indo para dentro.

Olho para Alex. Ele concorda com a cabeça.

— Vamos.

Do lado de dentro do *Elizabeth*, há uma bagunça um tanto suspensa no tempo: sacos de dormir ainda desenrolados no chão, a jarra de café cheia de pó mas sem água, latas vazias de cerveja espalhadas na bancada da cozinha. Acima do assento do capitão há uma foto tirada apenas alguns meses antes de minha mãe morrer. Ironicamente, foi minha madrasta Nicole quem tirou a foto — ela e o marido sempre foram próximos dos meus pais, e Josie e eu sempre fomos as melhores amigas. Nunca vou me esquecer daquele dia no barco, nossas famílias originais juntas e felizes pelo que deve ter sido a última vez. Pelo menos, estávamos tão felizes quanto possível, considerando as circunstâncias. É que minha mãe já estava bastante doente naquela época. Na foto estou com 8 anos, quase 9, e estou usando o quepe de capitão do meu pai. Meus pais se posicionaram, um de cada lado. Estamos todos sorrindo. Minha mãe está tão magra que suas bochechas parecem afundadas. Seus braços parecem gravetos. Qualquer tolo percebia que ela não estava bem.

Mamãe. Quero tanto estar com ela agora. Eu daria qualquer coisa. Fecho os olhos, tentando imaginá-la em uma época melhor, antes de adoecer.

E, como mágica, lá estamos nós: fico observando nós duas no banheiro da escola fundamental. Estou usando uma malha de balé preta, meias e sapatilhas cor-de-rosa. Meu cabelo louro-claro está penteado em um coque apertado, preso com grampos. Deve ser a noite da apresentação de dança. Quando garotinha, fazia aula de tudo: balé, sapateado, jazz, ginástica olímpica... até mesmo aulas de teatro, com a companhia da comunidade, por um tempo.

— Estou com medo de fazer besteira — falo para minha mãe; é óbvio que estou nervosa. Devo ter uns 6 anos. Minha mãe ainda está dolorosamente magra (não me lembro de época alguma em que não estivesse), mas parece feliz. Ela sempre pareceu gostar das minhas apresentações. Ao lado dela, apoiada na beirada da pia, está uma bolsa de maquiagem. Ela se ajoelha na minha frente, com os olhos semicerrados, e cuidadosamente passa blush nas minhas bochechas infantis.

— Você não vai fazer besteira, querida. Sabe todos os passos. Já vi você fazendo. Vai se sair muito bem.

— Posso usar rímel?

Ela sorri.

— Claro que pode.

— Papai vai ficar zangado?

— Porque estou deixando você usar maquiagem? Não, ele não vai ficar zangado. Você parece uma princesa. Está linda.

— Papai diz que não preciso de maquiagem para ficar bonita.

Minha mãe morde o lábio com força. Ela mexe na bolsa de maquiagem e retira um tubo amarelo de rímel.

— Abra bem os olhos — diz ela. — Olhe para o alto. Vou ensinar como fazer isso.

Depois que termina a minha maquiagem (blush, rímel, até mesmo batom e sombra), ela coloca as mãos nos meus ombros e olha para mim.

— Está perfeita — diz ela.

— De verdade? — Mexo os pés, inquieta.

— De verdade mesmo. — Ela beija a ponta do meu nariz. — Minha filhinha perfeita.

Quero *tanto* estar dentro do meu eu mais novo, sentir o toque dela. Mas só posso observar.

— A Sra. Greene diz que não importa a aparência de uma pessoa por fora. Ela diz que a única coisa que importa é ser bonita por dentro. — A Sra. Greene era minha professora de dança. Faço uma pausa, pensando. — Mas acho importante ser bonita por fora também. Não é, mamãe?

Minha mãe hesita.

— É importante ser bonita por dentro — diz ela. — Muito importante, Elizabeth. Mas você é menina. É diferente para meninas. — E me dá outro beijo no nariz antes de ficar de pé e me levar pela mão para fora do banheiro.

Eu a sigo e vejo que papai está esperando por nós no corredor, onde há um grupo de outros pais com suas pequenas bailarinas, preparando para o começo da apresentação. Quando ele me vê, logo repara no meu rosto muito maquiado, o dele fica vermelho-escuro.

— O que está fazendo? — sussurra ele para minha mãe. É claro que está zangado.

— Ela vai para o palco, Marshall. Quero que se destaque.

— Ela já se destaca. É 15 centímetros mais alta do que todo mundo e é magra como um palito. — Meu pai me lança um sorriso forçado. — Como uma bailarina de verdade.

— É só um pouco de blush. — Minha mãe franze a testa. — Não é nada. Só para destacar as bochechas dela.

— Ela parece uma maldita gueixa — murmura meu pai.

— O que é uma gueixa? — pergunto, olhando para eles. — Gueixas são bonitas?

Meus pais olham um para o outro. Meu pai olha com raiva para minha mãe, que está sem expressão agora, o olhar vazio mas desafiador.

— As gueixas são bonitas, sim — diz ela —, mas não tão bonitas quanto você. — E se ajoelha de novo, se aproxima e sussurra no meu ouvido. Enquanto observo nós três na lembrança, tenho que chegar mais perto e me esforçar para ouvir o que ela diz. — Você é a garota mais bonita aqui. Sempre será.

Meu pai se afasta de nós, andando em direção ao auditório.

Já vi o bastante. Pisco os olhos várias vezes, desejando estar de volta ao presente.

— Para onde você foi? — pergunta Alex. — O que viu?

— Não é da sua conta.

Ele abre um sorriso largo.

— Que bom que você voltou. Estava prestes a perder o show.

Começo a chorar de novo quando meus amigos se sentam em silêncio dentro do barco. Estou chorando porque sei que isto é real, que estou mesmo morta, mas também por causa do pesar que permanece dentro de mim pela lembrança que acabei de ver. Eu nunca tinha reparado antes que meus pais tinham problemas. Os pais de todo mundo brigam às vezes. No entanto, tenho a sensação de que a tensão que testemunhei entre eles — na nossa família toda, na verdade — não era nada de novo. Mas, por mais difícil que tenha sido testemunhar essa lembrança, ela me fez querer estar ainda mais com a minha mãe.

Os pais de todo mundo brigam, penso de novo. Meu pai e Nicole brigam às vezes. O casamento dos meus pais não era um desastre. Eu me lembro claramente dos boatos, embora preferisse não lembrar, porém sei que não são verdade. Independentemente do que qualquer outra pessoa possa achar.

— Será que você pode se recompor? — pergunta Alex.

— Cale a boca.

Ele ergue uma sobrancelha, mas não diz nada. O que faz é virar a atenção para a cena que se desdobra dentro do barco. Juntos, observamos.

Dois dos meus amigos, Mera e Topher, estão fumando abertamente, com dedos trêmulos e lágrimas silenciosas descendo pela face. Todo mundo está branco, pálido com o choque, e os bronzeados de verão sumiram completamente.

Sem uma palavra, minha madrasta vai primeiro até Mera e depois até Topher e tira os cigarros deles. Joga um em uma garrafa vazia de cerveja e fica com o outro para si. Nicole parou de fumar anos atrás, quando meu pai teve o ataque cardíaco; acho que concluiu que agora é uma boa hora para recomeçar.

Quando estão todos sentados, Joe Wright se senta na cadeira do capitão. Está segurando um pequeno bloco em espiral e uma caneta. Parece uma ferramenta impossivelmente pequena para solucionar o mistério de minha morte. Há outro policial ao lado dele, também segurando um bloco. Sua placa de identificação diz SHANE EVANS.

O xerife pigarreia.

— Pois bem, pessoal. — Ele respira fundo e esfrega um ponto invisível na testa, como se a situação estivesse lhe causando dor de cabeça. — Vamos começar do começo, certo? Me contem o que aconteceu.

Ninguém diz nada por um longo minuto.

— Sei que vocês estavam comemorando. Era aniversário dela, certo?

— Liz. — Richie olha para o chão de madeira do barco. — O nome dela é Liz.

— E você é...? Na verdade, este é um bom começo. Vamos anotar seus nomes, e vocês podem me contar do que se lembram da noite de ontem. Um a um.

— É fascinante — sussurra Alex, como se eles pudessem nos ouvir.

— O quê? — Não consigo parar de olhar para meu pai e Nicole. Os dois estão tremendo, provavelmente em choque. Eu faria qualquer coisa para abraçá-los agora, para senti-los e para que eles percebessem meu toque.

— Nunca vi o pessoal pop tão perturbado. Suas amigas nem estão de maquiagem. Não ficam tão bonitas de cara limpa. Você não acha?

Olho para ele com raiva.

— Quando elas teriam tido tempo de passar maquiagem? Acha que são superficiais assim?

— Não me surpreenderia. — Ele aperta os olhos. — Principalmente Josie e Mera. Vocês três eram as pessoas mais superficiais que conheci. Sabe como eu e meus amigos chamávamos garotas como você? Garotas que tinham tudo de bandeja, que só ligavam para a aparência e que namoravam o cara mais popular?

— Como?

O sorriso dele fica mais largo.

— Chamávamos vocês de cadelas. Vocês eram perfeitas cadelas.

O comentário magoa. Friamente, comento:

— Engraçado, achei que era uma pergunta capciosa. Pensei que você não tinha amigos. — Imediatamente, me arrependo de ter falado. Quase tenho vontade de pedir desculpas, mas o silêncio paira entre nós, tão desconfortável e palpável, tão denso de outras emoções que não sei o que dizer.

— Eu tinha amigos — diz Alex. — Você só não os conhecia.

— Quem eram seus amigos, Alex?

— Eu trabalhava com eles. No Mystic Market. — Ele faz uma pausa. — Eram mais velhos. A maioria estava na faculdade. Gostavam de mim. Eram diferentes de você e do seu grupo. Entendiam como era a vida depois da escola, que havia outras coisas mais importantes que a marca de bolsa que você estava usando ou quem você estava namorando.

Dou de ombros.

— Mas a escola *era* vida. Era tudo o que eu conhecia. Então, mesmo que essas coisas não importassem para sempre, importavam naquela época.

Alex abre a boca para responder. Mas, antes de ter a chance de responder com o que tenho certeza que seria mais uma de suas observações mordazes, Mera começa a falar. Enquanto ela fala, minha lembrança de quem ela é fica cada vez mais clara.

Mera Hollinger: 18 anos. Cabelo louro, longo e com luzes, assim como o de todas as minhas outras amigas. É nadadora e é muito boa nisso. Também é meio burra. Ela é toda beleza e talento atlético, mas sem cérebro algum. De todos os meus amigos, é a que menos gosto. Fico quase desapontada por ter sido ela quem me achou; além de seus outros defeitos, Mera sabe ser melodramática. Quando as aulas começarem, tenho certeza de que vai tirar vantagem total do fato de ter encontrado meu corpo, aproveitando qualquer oportunidade para contar a história e certificando-se de mencionar minha aparência quando me tiraram da água.

Há também o namorado de Mera: Topher Paul, também com 18 anos recém-completados, que está sentado ao lado dela agora, segurando sua mão. Foram o primeiro casal da escola que eu conhecia que fez sexo no segundo ano. Eles vivem grudados. Provavelmente vão se casar um dia. Topher é uma verdadeira celebridade na escola, um astro do futebol americano, o filho único de pais ricos que o mimam como se ele fosse um presente de Deus para o mundo. Ele tem tendência a acessos de raiva, que às vezes são difíceis de lidar, mas no fundo é um cara legal. Nós nos conhecemos desde a pré-escola.

— Estávamos dando uma festa normal — diz Mera.

— Não havia nada fora do normal — ecoa Topher.

— E você é? — Joe Wright está tomando nota freneticamente; há pontos de suor em sua testa, embora a temperatura esteja agradável dentro do barco.

— Topher Paul. Christopher. Meu pai é o Dr. Michael Paul. — Topher faz uma pausa para causar impacto. — O dentista. É o dentista e cirurgião mais famoso de Noank.

Joe lança um olhar estranho a Topher. Ele diz, em tom seco e sarcástico:

— Muito bem. Acho que isso explica seu belo sorriso.

— O pai dele é dentista? Não vejo nada de mais nisso — diz Alex, confuso.

— Ei, ele é meu amigo — exclamo. — E isso é uma coisa importante. O pai dele é da diretoria do country clube. E a mãe de Topher foi Miss Connecticut.

— Hum. Que importante e expressivo. Ela realmente contribuiu para a melhoria da sociedade, não é?

— Fique quieto. Estou tentando prestar atenção.

— Então era uma festa normal — diz Joe. — E "normal" para vocês envolve drogas e álcool? — Ele ergue uma sobrancelha enquanto olha para meus pais. — Quem comprou o álcool?

Como ninguém fala nada, Joe dá um longo suspiro.

— Isto é sério. Preciso saber onde conseguiram a bebida.

— Estava no barco — sussurra meu pai. Ele fecha bem os olhos. Uma única lágrima escorre por sua bochecha branca e com barba por fazer. — Sempre deixamos o bar cheio. — Ele olha para cima, para os meus amigos. — Nós confiamos neles.

Caroline Michaels, que estava sentada em silêncio no chão até aquele momento, decide falar.

— Não estávamos tão bêbados. Liz não bebia muito. Era só para passar o tempo.

Caroline: 17 anos. Tão doce e ingênua quanto alguém pode ser. É a mais nova das quatro garotas. Conseguiu ser a chefe da equipe de líderes de torcida com 16 anos. O motivo da sua fama é a capacidade de fazer um flic-flac triplo de costas, que ela costuma fazer com grande entusiasmo nos jogos de futebol americano, mostrando o bumbum perfeito e coberto com lycra para a multidão de fãs nas arquibancadas. Seus pais viajam com frequência, e quase sempre para lugares exóticos, como Viena, Atenas ou Egito. Ela é famosa por dar festas fantásticas. Eu simplesmente sei isso, embora não consiga me lembrar de nada específico nelas. É como se alguém tivesse deletado seções inteiras da minha memória, deixando outros detalhes simples intactos. O efeito é perturbador, apavorante e intrigante ao mesmo tempo. Nem mesmo sei quem eu sou. Mais do que isso, não *gosto* muito de quem pareço ser. E não sei o que aconteceu para me deixar assim. Mas tenho a sensação de que vou descobrir.

— Certo — diz Joe, escrevendo no bloco. — E quanto às drogas? Maconha? Cocaína?

— Meu Deus — balbucia Richie. — Nada de cocaína. Nada *assim*. Um pouco de erva, só isso.

— Então vocês estavam comemorando — continua Joe —, se embebedando, fumando... E o que aconteceu? Alguém começou uma briga com a aniversariante?

— Não — diz Richie. — Não sei o que aconteceu. Fomos dormir. Todos nós fomos dormir.

Richie Wilson: quase 18 anos. Também conhecido na escola como o Famoso Richie Wilson. É meu único amigo que nunca precisou de aparelho; seus dentes são naturalmente perfeitos. É a pessoa mais inteligente que já conheci. Exala confiança. Eu podia ser bonita e popular, mas entendo (*sempre* entendi, mesmo em vida) como eu tinha sorte em ter Richie. Ele é um cara legal em todos os aspectos e o amor da minha vida. Eu me sinto mais próxima dele do que de qualquer outra pessoa neste barco.

Mas agora a confiança e a tranquilidade segura que atraía todo mundo não está visível. Na verdade, ele parece vazio. Está tremendo. De alguma forma, sei que está doido para ir para casa, para se trancar no quarto e fumar maconha até mal conseguir se lembrar do próprio nome. Richie tem um problema com drogas, seu maior defeito. Mas eu não me importava muito com isso; era inevitável amá-lo de qualquer jeito.

— E, quando acordamos, Liz tinha sumido — diz Josie. — Pensamos que ela podia ter ido em casa, para buscar comida ou alguma outra coisa. Ela fica tonta quando não come. Tem hipoglicemia. — O olhar de Josie vai até meu pai e Nicole. — Ela teve problemas de desmaios. Já foi internada por causa disso.

Josie Valchar: 17 anos, seis meses mais nova do que eu. Embora seja filha da minha madrasta, ela e a mãe mudaram o sobrenome quando nossos pais se casaram. Mas algumas pessoas não acreditam que sejamos irmãs postiças. Pessoas que não conhecem a história. Além de Richie, ela é minha melhor amiga desde o ensino fundamental. Josie acredita em fantasmas; como a mãe, costuma ir à Igreja Espiritualista em Groton. Ela alega que sempre sentiu uma ligação com o mundo espiritual, mas para mim está óbvio agora que é pura mentira. Ela não passa de uma garota com medo, como meus outros amigos, arrasada e apavorada. Não sei como vai viver sem mim.

— Hipoglicemia? — pergunta Alex. — O que é isso?

— Não é nada. É só nível de açúcar baixo no sangue. Acontece quando não como o suficiente.

— É como diabetes?

— Mais ou menos. Mas não sou diabética. Só que fico tonta com frequência. Como Josie falou, às vezes desmaio.

— Bem, isso é interessante.

— É mesmo. Fiquei internada ano passado porque desmaiei na escada. Tive uma concussão — digo, quase com alegria, encorajada por ter me lembrado do detalhe. — E eu estava bebendo naquela noite. Eu não deveria beber.

Ele concorda.

— E, agora, veja o que aconteceu. Você está morta. Não aprendeu nada na aula de biologia?

Lanço-lhe um olhar frio.

— Não é surpresa que você não fosse popular. Você não é muito simpático.

Ele me encara.

— Ser simpático não tem nada a ver com ser popular. Você devia saber disso mais do que qualquer pessoa.

Fecho os olhos por um minuto. Ele tem razão. Eu devia tentar ser simpática. O mais educadamente que consigo, digo:

— Bem, já pedi duas vezes. Por favor, cale a boca. Estou tentando ouvir.

Joe está olhando para as anotações no pequeno bloco.

— Então... tudo bem. Todo mundo está contando a mesma história? Vocês adormeceram e, quando acordaram, Liz tinha sumido.

— Isso mesmo — diz Mera.

— E então alguém decidiu procurar por ela?

Mera concorda.

— Eu.

— Depois de quanto tempo? Dez minutos? Uma hora?

Meus amigos se entreolham. Por fim, Richie diz:

— Não pode ter sido mais do que 15 minutos. Mandamos Mera ir até a casa. — Ele engole em seco. — Mas ela não chegou lá. Foi até lá fora e viu Liz imediatamente.

Joe leva um tempo observando cada um dos meus amigos. Ele olha para meus pais. Percebo uma brandura nos olhos dele, algo de úmido. Isso também não é fácil para Joe. Ele me conhecia; eu não ficaria surpresa se ele se lembrasse de mim e Richie naquela noite, alguns meses atrás. Dois jovens apaixonados, embaçando as janelas de um carro depois do baile.

— Então temos um pequeno mistério aqui — murmura ele. — Não é impressionante?

Silêncio. A calma dentro do barco não é natural, é sustentada por um horror silencioso e por sofrimento.

Joe fecha o bloco.

— Certo. Isso é tudo por enquanto, pessoal. Mas vou voltar a fazer contato com todos vocês. Então não saiam da cidade. — Ele olha para meus pais. — Senhor e Sra. Valchar, vamos precisar de vocês dois na delegacia, imediatamente.

Eles não dizem nada. Só balançam a cabeça.

Alex e eu seguimos Joe e seu parceiro, Shane, até o cais. Quando estão longe o bastante para não serem ouvidos no barco, eles param.

— Você acreditou? — pergunta Shane.

— Acreditei em quê? Que uma garota de 18 anos caiu na água e se afogou no meio da noite sem ninguém reparar? — Ele olha para o barco dos meus pais. — Não sei. Ela tinha história. Acho que teremos que esperar para ver o que a necropsia diz. — Ele parece estar pensando. — Provavelmente foi acidente. Esse é meu palpite.

— Mas parece meio estranho — insiste Shane —, não parece? Como um bando de mentirosos com uma história péssima que estão tentando sustentar.

— Estranho — repete Joe. Ele dá um tapinha no ombro de Shane. — Você assiste a muitas reprises de *Lei & Ordem*, sabia? Aqui não é Nova York. Tenho certeza de que os amigos não planejaram a morte dela.

Cinco

Antes das pessoas me conhecerem como uma garota morta, elas me conheciam como corredora. Eu me lembro desse fato tão claramente quanto me lembro do meu nome e do rosto da minha mãe. Eu fazia parte da equipe de corrida *cross country*. Não era tão rápida (geralmente completava 1 quilômetro em cinco minutos), mas conseguia correr durante horas. E era isso que eu fazia: todas as manhãs, mesmo na época das aulas, saía da cama antes do sol nascer, calçava os tênis de corrida e subia e descia o estuário, seguindo a estrada que levava a Mystic (que é a maior comunidade vizinha de Noank), e às vezes até o limite da cidade. Aí virava e voltava para casa. Não era incomum que eu percorresse 16 quilômetros em um dia. É um grande alento essas lembranças ainda estarem comigo, ainda estão impregnados no meu ser. A qualquer momento, posso fechar os olhos e quase ouvir o ritmo dos meus passos contra o asfalto.

É engraçado. Meus pais costumavam se preocupar com o fato de eu sair correndo sozinha de manhã. Havia água para todos os lados, mas eles estavam sempre preocupados com minha segurança em terra firme.

Pois agora, a versão de todo mundo dos eventos da noite de ontem parece apontar para a conclusão de que me afoguei. A história é esta: eu estava bêbada, tive queda de açúcar no sangue e fui tomar ar lá fora. Tropecei e caí do cais. Ninguém viu nada. Ninguém ouviu nada.

E as pessoas parecem bem à vontade com essa versão da verdade. Meus pais parecem aceitar; meus amigos parecem acreditar. É a História Oficial. Caso encerrado.

Mas, extraoficialmente, Joe Wright está de terno e gravata, no fundo da funerária, observando com olhos calmos a multidão que se instala no salão.

O deslocamento com Alex é fácil; só preciso fechar os olhos enquanto faço algum tipo de contato físico com ele, e ele vai comigo para qualquer lugar. Apesar de não gostarmos um do outro, percebo que estamos gratos pela companhia. Fora as lembranças que visito sozinha e as horas em que decido deixá-lo para trás, temos sido praticamente inseparáveis desde o dia em que morri, unidos por uma força invisível que não sei como chamar.

Estamos no meu velório. É na mesma funerária onde foi o velório da minha mãe, há nove anos.

— Ela não está aqui — murmuro, com lágrimas nos olhos.

— Quem? — pergunta Alex.

Embora ninguém possa nos ver, me sinto estranhamente deslocada com Alex; nós dois casualmente vestidos em meio a todo mundo de preto. Olho para minhas botas. As pedras brilham sob a luz dos lustres da funerária. Elas machucam muito meus pés; tudo o que quero é calçar um par de tênis e mexer os dedos livremente, mas morri com essas botas e parece que vou ter que ficar com elas. É estranho; não consigo sentir dor alguma, a não ser nos pés. Não entendo por quê.

— Minha mãe — digo.

— Hum. — O olhar de Alex percorre o salão. — Mas todas as outras pessoas estão aqui, isso é certo.

É verdade. Como mencionei para ele mais de uma vez, eu era muito popular; parece que praticamente a escola toda apareceu para chorar por mim. Meus melhores amigos estão nos melhores lugares. Mera, Caroline e Topher na segunda fila, atrás da minha família. Os outros dois, Richie e Josie, sentados com meu pai e Nicole. Os pais de Richie também estão lá, algumas fileiras atrás dos meus amigos, sentados com os pais de Caroline e de Topher. Ainda não vi a mãe e o pai de Mera, mas tenho certeza de que estão em algum lugar por ali.

A morte é complicada. Descobri que minha experiência pessoal é diferente da de Alex em alguns pontos. Por exemplo, ainda tenho pernas bambas, de quem estava no mar; em todo lugar que vou, mesmo em terra firme, sou incomodada por uma sensação persistente de movimento. E sinto frio o tempo todo, até quase os ossos. Parece que estou mergulhada em água fria. Alex me conta que também sente frio quase o tempo todo, porém é mais como se estivesse sozinho numa ventania, em um local aberto. Faz sentido, quando penso no assunto: morte no mar, morte na terra. O que vem depois deve ser parecido. Às vezes, quando me concentro nos gostos na minha boca, quase sinto como se estivesse engolindo água salgada.

E é complicada em outros aspectos. No primeiro dia depois que morri, tive que me concentrar muito para me levar a uma lembrança. E, quando estava assistindo a uma delas, ela parecia muito distanciada da minha consciência no presente. Mas o que antes eram flashbacks evidentes da minha vida antiga, agora vinham mais rápido, surgindo quase como lembranças se desdobrando à minha frente, o passado e o presente começando a se sobrepor — só que não estou vivendo a recordação agora, sou apenas uma espectadora.

Como o velório da minha mãe. De repente, em um piscar de olhos que não espero, vejo meu eu de 9 anos sentado na última fileira da funerária, vendo meu pai em frente a um caixão de carvalho fechado. Sei que dentro do caixão está minha mãe.

Meu cabelo está comprido e brilhante; pareço estranhamente bonita e quieta em meio a tanta gente que lamenta, com rostos sombrios, e um sofrimento quase palpável satura o salão. Minha cabeça está baixa. Estou olhando para os pés. Aos 9 anos, estou usando saltos baixos de couro preto. *Nove*. Agora, aos 18, essa escolha de calçado (meu pai me deixou usar aqueles sapatos? Será que ele os comprou?) parece constrangedoramente imprópria. Quem deixa uma menina de 9 anos usar saltos?

A mãe de Josie, Nicole, chega por trás de mim e coloca as mãos nos meus ombros. Ela se inclina e sussurra no meu ouvido:

— Elizabeth. Querida. Como você está?

Quando ela toca em mim, eu me encolho. Olho para a frente e observo confusa o salão cheio. Meu rosto está vermelho e com marcas de lágrimas. Pareço não ter ideia do que está acontecendo, como uma garotinha perdida que só quer a mamãe de volta. Ao me observar, sinto uma pontada de tristeza, de sofrimento tão profundo que agora percebo nunca ter desaparecido, que sempre esteve em algum lugar dentro de mim.

Naquela época, eu conhecia Nicole como Sra. Caruso, a mãe de Josie. E, ao mesmo tempo que parece uma luta me lembrar de alguns eventos específicos da minha infância, que de modo geral está vaga e indistinta na minha mente, eu me recordo do básico: aos 9 anos, Josie e eu já éramos as melhores amigas havia anos. Nossos pais passavam muito tempo juntos antes de minha mãe morrer. Então o pai de Josie foi embora. O que aconteceu depois entre meu pai e Nicole pareceu quase natural. Anos atrás, eles tinham sido namorados de escola. Depois que minha mãe morreu e que Nicole e o primeiro marido se divorciaram, ela pareceu entrar sorrateiramente na minha vida, como uma figura materna, e nunca pensei muito no assunto; era simplesmente o jeito como as coisas funcionavam. Meu pai precisava de uma nova esposa; Nicole precisava de um novo marido. Nunca senti que ela estivesse tentando substituir minha mãe. E nunca acreditei em nenhum dos boatos que se espalharam na escola sobre meu pai e Nicole terem um caso antes de minha mãe morrer.

Porém, outras pessoas acreditaram. Pessoas próximas de mim. Josie acreditou. Era um assunto sobre o qual ela e eu tentávamos não falar muito, e nunca ousei tocar nele com meu pai. Agora me ocorre que não é que eu tivesse certeza de não haver verdade no boato; o problema era que eu não queria reconhecer a possibilidade de que *podia* haver alguma verdade nele.

— Estou bem — digo a Nicole, tentando sorrir. Agora parece óbvio o tanto que eu não estava bem.

Nicole se ajoelha ao meu lado. Segura minhas mãos. Mesmo como observadora, consigo sentir o cheiro dela. Está usando o mesmo perfume que sempre usou desde que a conheço.

Em um instante, o pensamento vem à minha mente: quem usa perfume para ir a um enterro?

— Josie está aqui — diz ela. — Ela não quer entrar, querida. Está no corredor. Você gostaria de ir vê-la?

A menina de 9 anos que sou eu faz que sim com a cabeça, com novas lágrimas enchendo-lhe os olhos. *Onde está o Sr. Caruso?*, eu me pergunto. Não o vejo em lugar algum. Não é tão surpreendente. Ele e Nicole se divorciaram alguns meses depois que minha mãe morreu.

Sigo meu eu mais novo e Nicole em direção ao fundo do salão e até o corredor. Enquanto nos observo, reparo vários funcionários da casa funerária lançando olhares para Nicole, quase com raiva. Ela não parece perceber; seus braços estão em volta dos meus ombros e me guiam rumo à porta. Dou passos trêmulos nos meus saltos altos.

Josie está no corredor, com as costas pressionadas contra um canto coberto de papel de parede roxo.

Não consigo evitar de sorrir quando a vejo. Ela é muito nova, inocente e bonita. Está sem os dentes da frente. O cabelo está preso em duas longas marias-chiquinhas castanhas. Um fato estranho me surge na mente: Nicole só deixou Josie começar a fazer luzes no cabelo quando ela tinha 12 anos.

Nós nos abraçamos com força, por muito tempo. As mãos dela estão fechadas atrás do meu pescoço. Por uma grande coincidência, estamos usando o mesmo vestido: listras pretas e verde-escuras na saia rodada até os joelhos e corpete preto de veludo ao redor da cintura fina e do tórax.

— Josie, querida? Tem alguma coisa que você quer dizer a Liz? Josie balança a cabeça. Ela olha para mim com olhos arregalados.

— Eu queria que você soubesse — começa ela a dizer, com a voz baixa e assustada — que pode vir para nossa casa sempre que quiser. Pode até dormir lá durante a semana. — Ela olha para Nicole. — Certo, mamãe?

— Isso mesmo. — Nicole ajeita o cabelo da filha, enrolando uma mecha no dedo enquanto pensa. — Se o pai de Liz deixar.

— Obrigada — digo a ela.

— Trouxe uma coisa para você — acrescenta Josie. Ela olha para a mãe de novo. Nicole mexe na bolsa de camurça branca e pega uma caixa de veludo comprida e estreita. Dentro, há uma fina pulseira de ouro, com um pingente pendurado. É metade de um coração.

— Melhores amigas. Está vendo? — Josie ergue o braço esquerdo. Está usando uma pulseira com a outra metade do coração pendurada. Nicole tira a pulseira da caixa e a coloca no meu pulso com cuidado. Josie e eu esticamos o braço um ao lado do outro, encostando os corações para formarem um coração inteiro que mostra os dizeres "Melhores Amigas".

— Adorei. — Sorrio para ela. — Obrigada.

— De nada. — Ela sorri radiante. Por um momento, está alegre demais, como se tivesse esquecido onde está. *Não é culpa dela*, penso agora. *Só tinha 9 anos.* — Venha para nossa casa um dia desses, tá? Temos um novo escorrega.

Deixamos Josie sozinha no corredor, e Nicole me leva pelas portas duplas até meu lugar na sala de velório.

Ela se inclina para a frente e me dá um longo abraço.

— Amávamos muito sua mãe — sussurra ela. — E amamos você também.

— Sra. Caruso?

— Sim, querida.

Olho para ela, procurando respostas em seu rosto.

— Onde está minha mãe agora?

Nicole não titubeia.

— Está em segurança, querida. — Ela dá outro aperto nas minhas mãos. Sussurrando de novo, ela diz: — Na próxima vez que você for lá em casa, eu mostro.

Recebo um beijo na testa. Depois ela sai em direção ao meu pai.

Deixo meu eu mais novo e a sigo. Quando criança, não tinha oportunidade de observar tanto; agora, parece crucial que eu preste muita atenção. Não tenho certeza do motivo. Mas estou aqui, não estou? Deve haver uma razão para essa lembrança. É como Alex disse: estou tentando montar um quebra-cabeça. Mas não tenho ideia de como será a imagem quando ele estiver completo, o que dificulta saber por onde começar ou em que peças prestar atenção.

— Marshall — diz Nicole, passando os braços em volta dele. Com a boca ao lado do ouvido dele, murmura: — Ela nunca mais vai passar fome.

E num estalo estou de volta ao meu próprio velório, observando Mera e Topher andarem de mãos dadas até a frente para olharem o caixão fechado. Os dois estão chorando. Com 18 anos e meio, Mera é a mais velha de todos nós. Ela se atrasou um ano na pré-escola pelo que ela chama de problemas de comportamento, mas todo mundo sabe que o verdadeiro problema foi que ela não aprendeu a usar o vaso sanitário a tempo de ir para o jardim de infância. Como presente de aniversário de 18 anos, os pais deram-lhe seios de silicone. Mesmo que eu não me lembrasse do fato, ficaria óbvio só de olhar para ela. No meu *velório*, ela está usando um suéter preto decotado e um sutiã *push-up* que evidencia muito os gêmeos.

Quando ela e Topher se viram, Mera repara em Joe Wright no fundo do salão. Ela cutuca Topher e sussurra alguma coisa bem baixinho.

Para qualquer pessoa, isso poderia parecer suspeito. Mas Mera não tinha razão alguma para me machucar, ela é a personificação de seus seios de silicone: simpática, acolhedora e (pelo menos de acordo com o FDA[1]), inofensiva. A propósito, também não consigo imaginar Topher matando ninguém. Ele pode ser temperamental às vezes, mas no fundo é um cara bem calmo. Está no último ano da escola e ainda tem um coelho de estimação que fica no seu quarto, é treinado para fazer as necessidades em uma caixa e dorme ao lado dele. Pessoas assim não matam os amigos.

— Cadelas e palhaços — diz Alex, alongando as pernas à frente de si e cruzando os braços atrás da cabeça em uma pose casual. — Sinceramente, Liz. Como pôde ser amiga dessas pessoas? — Então ele bate na testa, como se fosse uma pergunta idiota. — O que estou dizendo? Você era a líder deles. Era a pior de todas.

— Isso não é justo — digo a ele. — Alguns de nós fomos ao seu velório, sabia? Muitas pessoas foram.

— É mesmo? — Seu tom é calmo. — Acho que você *estava* lá. — Mas não parece disposto a me dar crédito algum pelo fato.

Ainda há panfletos pela cidade toda, presos a postes nas ruas. Os pais de Alex oferecem uma recompensa de 10 mil dólares para qualquer pessoa que forneça informações sobre o que aconteceu na noite em que ele morreu.

— Mudei minha rota de corrida — conto a ele. Estou surpresa que a lembrança de cerca de um ano antes tenha surgido aparentemente do nada.

---

[1] Food and Drug Administration, órgão governamental americano que regula alimentos, cosméticos, medicamentos, equipamentos médicos, materiais biológicos e produtos derivados do sangue humano. (*N. da T.*)

E, enquanto falo, tiro a bota esquerda (não estou de meias) para observar meu pé. A unha do dedão está quase toda solta. O dedinho que foi ao mercado. O dedinho que ficou em casa também não está com aparência muito boa. Mas não porque me afoguei; foi por causa do tanto que eu corria. O resto de mim podia ser bonito, mas meus pés sempre foram horrorosos. Estranhamente, isso nunca me incomodou muito.

Bem, me incomodava um pouco. Minhas amigas, Mera, Caroline e Josie, adoravam fazer as mãos e os pés o tempo todo, mas eu costumava fazer só as mãos. Tinha muita vergonha do estado dos meus pés para deixar que qualquer pessoa os visse. Essa era a razão dos sapatos pomposos; acho que dava para dizer que eu estava compensando.

Sorrio quando olho para meu pé esquerdo. Ao redor do tornozelo está a mesma pulseira de "Melhores Amigas" que Josie me deu nove anos antes. Quando ela e eu chegamos ao segundo segmento do ensino fundamental, concluímos que não era mais bacana usar nos pulsos, então aumentamos a corrente da pulseira e as usávamos no tornozelo. Quase nunca as tirávamos. Reflito que, deitada no caixão ali, na frente do salão, provavelmente ainda a estou usando.

— Você mudou sua rota de corrida? — pergunta Alex. — Quando?

— Deve ter sido depois que encontraram você. Eu passava em frente ao Mystic Market todas as manhãs, mas, depois que encontraram seu corpo, não suportava mais passar lá. — Estremeço e coloco a bota de volta no pé. Não tenho outra escolha. Mais de uma vez tentei ficar sem elas, mas as botas simplesmente reaparecem um pouco depois. Os sapatos são parte de mim, agora. Estou presa a eles.

— O que aconteceu com você foi terrível, Alex.

Mas ele está ocupado olhando para o peito de Mera quando ela anda de volta até seu lugar.

— Você tem um grupo de amigos e tanto, Liz. Todas as garotas gostosas. Todos os garotos bonitos. — Ele balança a cabeça. — Nunca imaginei que passaria tanto tempo com eles.

Dou de ombros.

— Bem, eu era amada. Você tem sorte de passar tempo com eles agora. — Faço uma pausa, lembrando que não é educado se gabar; fico envergonhada pelo que acabei de dizer. — Mas não sei se eu era *tão* popular, agora que você falou nisso.

Ele me olha, furioso.

— Ah, não era? Deixe-me fazer uma pergunta, Liz. Já teve que almoçar na biblioteca?

— Como assim?

— Você sabe o que quero dizer.

Olho para ele com tranquilidade.

— Não, não sei.

— Sabe. Mostrei a lembrança para você. Você viu Frank no refeitório sendo intimidado pelos seus... amigos. Você me viu, comendo sozinho.

— Alex já falei que sinto muito por aquilo.

— Sente muito pelo quê? Por não fazer nada? Acontecia quase todos os dias, Liz. Eu sabia que era uma questão de tempo até que Topher ou um dos seus outros amigos reparasse que eu também estava sozinho e que levava almoço de casa. Então, sabe o que comecei a fazer?

— O quê? — Tenho a sensação de que não quero saber.

— Eu levava o almoço para a biblioteca e comia lá. Sozinho.

— Você não precisava...

— Precisava, sim. Precisava ficar invisível. Eu sabia do que seu grupo era capaz só de observar Frank. Você e seus amigos eram... vocês eram vazios. Pareciam monstros, às vezes.

Não digo nada. Olho para a frente do salão, onde meus amigos estão sentados, juntos, todos com os olhos vermelhos e chorando. Eles não parecem monstros agora.

— Richie é o único de vocês que tem consciência — diz Alex.

— Mas ele nunca fez muito para impedir. Ainda estava lá, ao seu lado, independentemente do que você fizesse. Era como se, aos olhos dele, você não pudesse fazer nada de errado. — Alex balança a cabeça com amargor. — Você o tinha na palma da mão, não é?

— Alex, já falei que me sinto mal por isso.

Mas ele não terminou.

— Você não sabe como era não ser popular. Ser solitário. Não era divertido, Liz. Era difícil.

Não sei o que dizer a ele. Não sei como fazê-lo se sentir melhor, nem se há alguma coisa que eu possa fazer para ajudá-lo. Então falo a primeira coisa que me vem à mente. A única coisa que está na minha cabeça desde que entramos no salão.

— Você sabe como minha mãe morreu?

Ele nega com a cabeça.

— Não faço ideia. Overdose de champanhe e caviar?

— Ela era anoréxica, Alex. Morreu de passar fome. Costumava tomar remédio de resfriado para controlar o apetite. Tomava um punhado de comprimidos de uma vez só. — Eu me lembro tão claramente agora: minha mãe de pé em frente à pia, com a boca *lotada* de comprimidos. Não há misericórdia para uma garota morta no além? De todas as lembranças da minha infância, as que cercam minha mãe e sua doença são as que eu adoraria esquecer. Mas estão ali, enraizadas, evidentes.

E, depois, ela morreu.

— Teve um derrame aos 33 anos — conto a ele. — Desmaiou no chuveiro. — Faço uma pausa.

— O quê? — diz Alex. — Você parece que está prestes a dizer...

— Não estou prestes a dizer nada. Foi isso que aconteceu a ela. Agora eu sei.

Se Alex sente pena de mim, não demonstra.

— E depois o quê? Seu pai se casou com a mãe de Josie?

Concordo com um gesto de cabeça.

— É, ele se casou com Nicole.

Ela está em segurança, querida. Na próxima vez que você for lá em casa, eu mostro.

— Quer ouvir uma coisa estranha? — pergunto.

— Claro.

— Algumas semanas depois do enterro da minha mãe, fui dormir na casa de Josie. Sabe o que Nicole fez?

— O quê?

— Pegou um tabuleiro Ouija. Eu tinha 9 anos, Alex, e ela pegou um tabuleiro Ouija para tentar fazer contato com minha mãe.

Nós dois olhamos para Nicole. Alex estava certo quando falou que ela era bonita; Nicole é a definição ambulante de gata loura. Também é excêntrica e supersticiosa. Acredita em vida após a morte, em OVNIs e em todas as coisas místicas. Depois que se mudou para nossa casa, levou um expert em feng shui para rearrumar a mobília. Nicole não trabalha. O que ela faz é ter aulas de ioga e tai chi, passa uma boa parte do tempo fazendo trabalho voluntário e se mantém ocupada com a redecoração permanente da casa. Meu pai não parece se importar.

Josie é exatamente como a mãe. Vai à Igreja Espiritualista com Nicole com frequência. As duas acreditam em fantasmas. Por um segundo, penso em me aproximar delas, para ver se elas conseguem me sentir. Descarto a ideia assim que ela surge. Como meu pai, sou muito mais pragmática. Posso ser um fantasma de verdade agora, mas ainda não estou convencida de que alguém conseguiria me sentir. A possibilidade parece ridícula.

— Funcionou? — pergunta Alex. — O tabuleiro Ouija?

Fecho os olhos, tentando não chorar de novo.

— Funcionou. Ela perguntou como minha mãe estava, e o tabuleiro formou as palavras "em segurança". Exatamente como Nicole havia prometido.

— Isso parece tão inadequado — diz ele. — Uma adulta não devia brincar de tabuleiro Ouija com crianças. Principalmente de 9 anos.

É engraçado. Eu nunca havia pensado no quanto era inadequado. E as palavras dela para meu pai, no velório da minha mãe... Quem *fala* coisas assim?

Antes que possamos falar mais, Alex e eu somos interrompidos pelo som do órgão vindo dos alto-falantes nos cantos do salão.

— O show está começando — diz Alex.

Meus amigos seguram as mãos uns dos outros. Richie passa o braço em volta de Josie. Os dois choram tanto que estão tremendo.

Viro-me para olhar Joe Wright, que ainda está de pé ao fundo. Seus braços estão cruzados e seu olhar está no caixão. Até onde sei, não há evidência alguma que sugira que minha morte não tenha sido acidental. Então, por que ele está aqui, observando todo mundo tão de perto? Deveria estar tomando notas.

Policiais de cidade pequena, penso eu. *Não deve ter nada melhor para fazer.*

Quando desvio o olhar dele e observo meus amigos e minha família, penso que minha morte não é uma morte tranquila. Aqui estou eu. Ainda na Terra, com Alex, observando e esperando, mas o quê? Por que ainda estamos aqui? O que devemos fazer? Juntar peças, de acordo com Alex, mas para formar o quê? Mais uma vez, tento me assegurar de que nenhum dos meus amigos faria nada contra mim. Que razão algum deles poderia ter tido?

Tento engolir. Sinto gosto de água salgada. Como se ainda estivesse no barco, o salão parece balançar ligeiramente para a frente e para trás. De repente, fica difícil respirar.

Seis

Todo mundo está indo embora quando Alex e eu chegamos à casa de Richie. Topher e Mera estão entrando no carro de Topher. Caroline está se aprontando para pegar carona com eles; está na varanda da frente com Richie e Josie, abotoando o casaco preto, com os braços em torno de si mesma no ar frio. Todos os meus amigos parecem sérios e adultos usando roupas de velório, com olhos vermelhos e inchados de tanto chorar.

O tempo está bem ruim para o fim de agosto, considerando que tecnicamente ainda estamos no verão. Caroline enrola uma echarpe Burberry em volta do pescoço e esfrega as mãos, tentando aquecê-las. Ela pega a bolsa do chão da varanda e a segura perto do corpo.

— Tenho que ir para casa — diz ela. — Meus pais andam enlouquecidos ultimamente.

Josie concorda.

— Eu também tenho que ir. — Ela olha para Richie. Ele está sentado no chão, olhando para o espaço que há entre seus sapatos. Parece não dormir há dias. Há olheiras sob seus olhos. Sua pele está empolada. Os lábios estão rachados. Ele veio do velório no carro do pai, que não está em lugar algum na rua; os pais provavelmente o deixaram em casa e saíram. Esse fato me deixa com raiva, mas não me surpreende. Nem preciso entrar para adivinhar que deixaram dinheiro para ele na bancada da cozinha. Como se isso pudesse resolver tudo. Como se ele fosse ficar bem sem eles.

Vou até Richie, sento ao lado dele no chão e coloco a cabeça no seu ombro. Faço isso na expectativa de não conseguir senti-lo de verdade, como acontece com todas as outras pessoas.

Mas é diferente. Não consigo senti-lo, não de verdade, mas *quase* consigo. É como se ele estivesse a um fio de cabelo de distância do meu toque. Consigo percebê-lo profundamente, até os fios da camisa e a pele quente sob a roupa. E consigo sentir o cheiro dele. Os pais dele são escultores, mais hippies do que dá para imaginar. Por isso, Richie tem sempre cheiro de argila úmida. Argila úmida e patchuli.

— Alex — digo —, alguma coisa está diferente. Quase consigo tocar nele.

Empolgada, encosto a mão na bochecha de Richie. Tento me concentrar de verdade, mas não ajuda muito; ainda há uma barreira invisível entre nós. Mas sinto que, se me esforçar bastante, se eu quiser *muito*, talvez consiga romper a barreira. Talvez demore. Mas eu faria qualquer coisa para fazer contato de verdade.

Apesar dos meus sentidos apurados em relação a ele, Richie não dá sinal algum de que consegue me detectar. Fecho os olhos, concentro-me no amor que sinto por ele e consigo sentir cada pelo, a natureza imperfeita de seu rosto doce, o ângulo de seu maxilar. Tenho tanta certeza de que ainda estamos ligados que começo a tremer. Por um momento, meu coração parece tão eletrizado que quase me esqueço da dor nos pés, dos dedos encolhidos dentro das botas. Quase. Mas não completamente.

— Acalme-se — diz Alex. — Você deve estar imaginando.

— Não estou imaginando nada, Alex, é sério! É diferente com Richie. Sinto como se fosse conseguir tocar nele se me esforçar muito. Estou muito próxima. O que você acha que significa?

Ele dá de ombros, desinteressado.

— Provavelmente nada. Você está morta, Liz.

— Josie — diz Caroline, observando minha irmã postiça —, você deve ter deixado seu casaco no quarto de Richie.

Eu não estava ali para ver, mas imagino que meus amigos estiveram lá mais cedo, fumando. Mesmo quando o Sr. e a Sra. Wilson estão em casa, não prestam muita atenção ao filho; Richie só precisa abrir uma janela do quarto e botar a cabeça para fora para fumar. Ele nunca é pego fazendo isso. Os pais dele têm um estilo "viva e deixe viver". Não acreditam em impor muitas regras ao filho.

— Ah. — Josie olha para os braços nus. A pele dela tem um tom profundo e bronzeado, resultado de horas em um salão de bronzeamento. Ao contrário da mãe, Josie não é uma beleza natural; ela tem que se esforçar bastante. Faz muito exercício, tem aulas de spinning e faz musculação para manter um corpo razoável. E seu cabelo é bem mais escuro do que o meu, quase castanho-escuro em seu tom natural; ela faz luzes a cada seis semanas para manter a ilusão de que é loura natural. — Acho que esqueci.

— Quer que eu vá com você? — oferece Caroline. Ela ergue um dedo, gesticulando para que Topher espere e não vá embora sem ela.

Josie parece estar observando Richie.

— Não — diz ela. — Pode deixar. Acho que vou ficar por aqui mais um pouco.

Caroline dá de ombros.

— Você que sabe. Estarei em casa, se precisar de mim. — Ela faz uma pausa. — Mas não se esqueça de ligar primeiro. Meus pais não estão me deixando sair sem avisar com antecedência.

Richie e Josie (e Alex e eu, na verdade) observam em silêncio Caroline descer os degraus e entrar no banco de trás do carro de Topher. Depois que os três vão embora, Richie diz:

— Bem, acho que você devia pegar seu casaco.

Josie concorda.

— Acho que sim.

— Vou com você — diz ele.

Entrar na casa de Richie é como entrar em casa. Não consigo contar o número de tardes que passei aqui, as noites de fim de semana que dormimos no porão, todos os amigos juntos, e, é claro, todos os momentos que Richie e eu passamos sozinhos no quarto dele.

Como falei, os pais dele são hippies. É engraçado. Nicole é tão extrovertida, mas a mãe e o pai de Richie nunca se aproximaram de verdade dela depois que minha mãe morreu. Minha verdadeira mãe e a de Richie eram íntimas, e os pais dele sempre gostaram de mim, mas nossas famílias não eram muito unidas. Mesmo com todo mundo pensando que Richie e eu acabaríamos nos casando. Mesmo morando a duas casas da família dele a vida toda.

— Então é aqui que a magia acontecia — diz Alex, olhando o quarto de Richie. Ele olha para meu corpo.

Ergo uma sobrancelha.

— O quê?

— Nada.

— Não, não é nada, Alex. O que você quis dizer com "é aqui que a magia acontecia"?

Ele enrubesce.

— Você sabe. O sexo. — E morde o lábio, ainda me observando. Ele pode me odiar, mas isso não muda minha aparência. — Aposto que vocês dois faziam, hã?

Mas Alex está errado. Apesar de todo o tempo que passamos sozinhos, quando os pais dele nem mesmo estavam em casa, eu lembro agora que nunca fomos até o fim. A noite no carro depois do baile (e mais tarde, no barco) foi o mais próximo que chegamos. E, mesmo nessa ocasião, não chegamos nem tão perto.

Quando conto isso a Alex, ele parece chocado.

— Vocês namoraram por quanto tempo?

— Desde que tínhamos 12 anos — respondo. — Por seis anos.

Ele balança a cabeça, rindo.

— Cara, ele deve ter ficado *frustrado*.

— Não — digo com firmeza. — Richie não era assim. Ele jamais me pressionaria para fazer qualquer coisa que eu não estivesse pronta para fazer.

— Mesmo assim — diz Alex. — Vocês estavam indo para o último ano, e Richie podia ter a garota que quisesse. Afinal, ele é o *Famoso Richie Wilson*.

— Sei disso — respondo secamente. — Nós *íamos* fazer. Mas ainda não.

Alex me olha por muito tempo.

— Tem certeza disso? Tem certeza de que ele pensa igual?

— Tenho certeza. — Olho em volta, pelo quarto, e me sinto incrivelmente triste. É o mesmo quarto onde ele me beijou pela primeira vez, o mesmo quarto onde ficamos sentados na cama conversando por horas, às vezes até tarde da noite, tantas vezes. Este quarto é grande, aconchegante e cheio de luz. Fica na extremidade direita da casa e ocupa o lado todo, portanto há três janelas: uma na frente, com vista para a rua; uma na lateral, com vista para a casa dos vizinhos; e uma nos fundos, por onde Richie pode ver o estuário de Long Island e o *Elizabeth*. — Por que você me faria essa pergunta?

— Porque parece que ele superou tudo muito rapidamente — diz ele com simplicidade.

— O que você quer dizer?

— Que eles parecem íntimos demais. Não parecem?

Antes que eu possa argumentar com Alex, reparo que Richie fechou a porta do quarto. Josie está atrás dele, bem perto, ao lado da cama. Está com as mãos nos ombros dele. Ela o puxa para perto de si.

Ele se vira. Olha para ela por um momento. E então a beija.

Eu não sabia que era possível, sendo um fantasma, sentir como se tivesse levado um soco no estômago. Mas, de pé no quarto de Richie, observando os dois juntos, eu realmente sinto como se fosse vomitar.

O quarto de Richie é praticamente o nosso templo. Na escrivaninha, abaixo da janela dos fundos com vista para o estuário, há vários porta-retratos com fotos nossas em diferentes idades. Tem uma tirada no ponto de ônibus no primeiro dia de jardim de infância. Estamos de mãos dadas, os dois com mochilas que parecem bichinhos de pelúcia. A de Richie é um leão; a minha, um unicórnio. Nossos dedos estão entrelaçados.

Em outra foto, estamos sentados na arquibancada depois de um encontro de corrida *cross country*. Richie não corre, mas sempre ia para torcer. Na foto, estou com o uniforme de corrida, com o cabelo longo caindo sobre os ombros em duas tranças. Estou vermelha e suada, obviamente exausta, mas estou sorrindo. Richie também. O braço dele está casualmente pousado sobre meus ombros bronzeados. Acho que foi Josie quem tirou a foto.

A última foto, a maior, em um porta-retrato prateado e brilhoso, é de nós dois no baile do ano passado. Estamos tão felizes. Nós nos amávamos. Como muitos eventos, não me lembro de detalhe nenhum da noite. Mas estou disposta a apostar que foi uma das melhores noites da minha vida.

E, agora, aqui está ele: meu namorado, beijando minha irmã postiça. Eles passam os braços em volta um do outro. Richie está chorando um pouco. Ainda beijando-o, Josie coloca as mãos no rosto dele e limpa uma lágrima. As mãos dela ficam nas bochechas úmidas dele. As unhas de Josie estão pintadas em um tom cintilante de roxo-escuro, a mesma cor dos dedos dos pés. Eu estava com ela, na semana anterior, quando fomos fazer as unhas. Minhas unhas estão exatamente da mesma cor, mas não as dos pés, é claro.

81

Tínhamos escolhido de propósito. Estou falando do esmalte. Sempre combinávamos coisas assim. Adorávamos ser irmãs.

— Isso não pode ser verdade — sussurro, limpando os olhos. Não quero ver o que está acontecendo, mas parece impossível olhar para outro lugar. O beijo dura o que parece ser uma eternidade. Com a boca aberta contra a de Josie, Richie começa a empurrá-la *em direção à cama.*

— Vou vomitar — digo e me viro, coloco os braços em volta de Alex, e afundo o rosto no peito dele.

Ele se afasta do meu toque.

— Não vai, não. Você é um fantasma. Não pode vomitar.

— Não tenho tanta certeza.

Aperto bem os olhos. Por um momento, há escuridão. Depois, alguma coisa muda.

Estou no passado, em um canto do quarto de Richie. Ele está deitado na cama, em cima das cobertas, usando apenas uma cueca boxer preta. Está pálido, com o cabelo grudado no rosto pelo suor. A respiração dele está profunda e entrecortada.

Sei que dia é esse. Parecendo vir do nada, a lembrança entra em foco e a observo se desenrolar na minha frente.

É primavera, e estamos no segundo ano do ensino médio. Os pais de Richie estão em Praga. Estão lá há quase duas semanas. Os Wilson deixaram dinheiro para que Richie comprasse comida enquanto estivessem fora, e ele foi ao supermercado e fez estoque de pão e frios. Três noites atrás, ele esqueceu um pacote de peito de peru na bancada. Na manhã seguinte, comeu algumas fatias, e agora está com intoxicação alimentar. Não vai à escola há dois dias e meio.

Todo esse tempo, matei aula para cuidar dele. Todos os dias de manhã, Josie e eu descemos a rua juntas, em direção à escola. Depois volto por vielas e ruas transversais para que meu pai e Nicole não me vejam passar pela porta da varanda da casa de Richie.

Agora vejo meu eu mais novo abrir a porta do quarto de Richie. Estou segurando uma tigela de caldo fumegante em uma das mãos e um copo d'água na outra. Ele está tão mal que nem percebe que estou lá. Há um balde ao lado da cama dele. Sinto o cheiro do quarto; fede a suor e vômito.

— Oi — sussurra meu eu mais jovem. Embora Richie seja o único ali, estou arrumada, com maquiagem, o cabelo preso em uma trança propositalmente desarrumada por cima do ombro que cai pela lateral do corpo. — Como você está?

— Aahh — geme. Ele faz uma pausa e respira fundo. Depois, diz: — Melhor. Me sinto um pouco melhor.

Eu me sento com cuidado ao lado dele, na cama. Por um segundo, meu olhar passa pelo balde e repara no conteúdo, mas isso não me incomoda em nada. Coloco a tigela e o copo na mesa de cabeceira e pressiono a palma da mão na testa dele. Quando retiro, está quase pingando suor. Sem hesitação, limpo a mão na minha calça capri preta.

Meu eu de 16 anos olha para Richie com o que só pode ser descrito como amor verdadeiro. Meu eu fantasma observa os dois, tão comovida pelo carinho palpável no quarto que quase me esqueço de respirar. Não que fosse fazer diferença.

— Você consegue sentar? — pergunto, encostando de leve nas costas dele. Ele brilha de suor, deitado de lado.

— Consigo. — Ele balança a cabeça. E se senta. Com a mão trêmula, pega o copo d'água na mesa e toma alguns goles.

Sem falar nada, passo o braço ao redor da cintura nua dele. Aperto minha outra mão contra a sua testa.

— Você está quente — murmuro.

— É só intoxicação alimentar. Não estou com febre, Liz. Vou ficar bem.

Eu o puxo mais para perto.

— Você devia ir ao médico.

— Não. — Ele toma um último gole d'água, coloca o copo na mesa de cabeceira e se deita de novo no colchão, me puxando junto. — Estou melhorando. Tenho que melhorar. Tenho um monte de dever atrasado para fazer. — Ele faz uma pausa. — Você também, aliás.

Ignoro o comentário, nem um pouco preocupada com os deveres de casa.

— Podíamos chamar alguém para vir aqui examinar você. Que tal o pai de Sharon Reese? Ele viria, tenho certeza.

— Elizabeth. — Richie dá um meio sorriso. — Ele é veterinário.

Suspiro e me deito ao lado dele, com o corpo pressionado contra o dele. Nossos braços estão unidos e nossas mãos, entrelaçadas sobre sua barriga.

— O que posso fazer para ajudar?

Ele fecha os olhos.

— Já está fazendo. Você está aqui. Mas, Liz, você tem que ir para a escola amanhã. Eles vão ligar para seus pais se você faltar três dias seguidos.

— Hum. Não importa. Meu pai vai estar trabalhando. Nicole nunca atende o telefone fixo. Se deixarem recado na secretária eletrônica, eu apago. — Fecho os olhos e aperto o corpo contra o dele. Enquanto observo nós dois, consigo me lembrar da sensação do corpo dele. Lembro que conseguia ver cada poro dos ombros e das costas dele, os pelinhos crescendo em seu pescoço, o modo como sua pele parecia respirar aliviada pela exposição ao ar frio. Lembro tão claramente.

— Mas você está perdendo aulas.

— Shhh. Não vou deixar você.

Ele respira fundo de novo. Ouço um leve chiado vindo de seu peito.

— Obrigado.

— Não me agradeça. Durma. Vou ficar aqui.

— Liz?

— Humm?

— Por que se preocupa comigo?

A pergunta parece me assustar. Não é característica de Richie, que costuma ser tão tranquilo e seguro. Abro os olhos.

— Por que você faria uma pergunta dessas?

— Porque não entendo. Somos tão diferentes.

Coloco a no rosto dele. Mais uma vez, limpo gotas de suor em sua testa. Desta vez, nem sequer limpo as mãos na calça. Entrelaço os dedos com os dele novamente e ficamos os dois deitados juntos, com a umidade da pele dele molhando meu rosto maquiado e minhas belas roupas. Obviamente, eu não estava nem aí.

— Mas nós combinamos — sussurro. — Assim. — E aperto mais seu corpo contra o meu.

— Mmm. — Ele sorri, ainda de olhos fechados. — Você está certa. Combinamos mesmo.

— Richie... Estou mentindo. Não gosto de você.

— Não? — A voz dele falha.

— Não. — Coloco os lábios mais perto de seu ouvido. — Eu amo você, Richie Wilson.

— Elizabeth Valchar. Liz. Eu amo você.

— Nós combinamos — repito.

— Você está certa — sussurra ele. — Nós combinamos.

Não quero mais nos observar. Dói demais. Eu faria qualquer coisa, *qualquer coisa*, para passar mais um segundo com os braços em volta dele, como ficamos naquela tarde.

Quando abro os olhos para ver o presente, quando vejo meu namorado beijando minha irmã postiça, empurrando-a em direção à mesma cama onde eu e ele uma vez deitamos juntos e declaramos nosso amor pela primeira vez, quase não consigo olhar. Mas o que mais posso fazer? Para onde mais posso ir?

— Espere — diz Richie. E se afasta um pouco antes de os dois caírem no colchão.

Josie limpa a boca molhada com as costas da mão.

— Qual é o problema?

Richie olha para o chão. Dá alguns passos para trás, até a escrivaninha. Ele olha para as nossas fotos.

— Não posso fazer isso agora.

Sinto como se tivesse levado um tapa.

— *Agora?* O que ele quer dizer com agora?

— Quer dizer que vai poder fazer em algum outro momento — explica Alex.

— Oh, não. Não, não, não. Isso não pode estar acontecendo.

Josie se senta na cama, olhando de um jeito estranho para meu namorado, e enrola uma mecha de cabelo no dedo indicador, procurando pontas duplas. Parece irritada com a relutância dele.

— Sei que é difícil, Richie. É difícil para todos nós. Mas Liz ia querer que fôssemos felizes.

— Não é verdade — digo para Alex. — Não assim.

Richie a encara.

— O que faz você pensar que vou voltar a ser feliz algum dia? — pergunta ele. — Só porque ela se foi... não significa nada. Nunca contamos a ela. Teria partido o coração dela, Josie.

Ele cruza o quarto até a parede coberta de prateleiras até o teto. Richie tem mais livros do que qualquer pessoa que conheci. Só tira A na escola e, desde que o conheço, sempre falou que quer ser escritor um dia. Mas não é por isso que as pessoas o chamam de Famoso Richie Wilson.

É que ele é traficante de drogas. De verdade. Vende basicamente maconha, mas outras coisas também: remédios controlados, como Adderall e Percocet, e às vezes umas coisas mais pesadas. Vende para alunos da nossa escola, para pessoas da cidade, até para os amigos dos pais. Era a única coisa que eu não suportava nele. Mais de uma vez pensei em terminar com ele por causa disso. Mas não terminei. E ele me amava; ao menos, eu achava que amava.

Ele pega um exemplar de *Grandes esperanças*, um livro grande de capa dura preta que sei que é oco. Dentro, há vários saquinhos de maconha.

Josie se senta mais ereta quando vê isso.

— Se você vai fazer isso, vou para casa. — Ela balança a cabeça. — Não suporto.

— Fique aí alguns minutos enquanto fumo. — Ele treme, ainda de costas para ela. — Não consigo lidar com a realidade agora.

— Bem, alguma hora você vai ter que lidar. — Josie funga. — Todos vamos ter que lidar. De algum jeito.

Richie se senta em frente à escrivaninha, enrolando com cuidado um baseado, e Josie diz:

— Ei. Quer ouvir uma história maluca? Sobre Liz?

Ele não olha para ela.

— Aposto que já ouvi, mas vá em frente.

— Não — diz ela, ficando animada. — Aposto que não ouviu. Você sabe que minha mãe entende de paranormalidade, né?

— Sei que ela é meio cabeça de vento, claro. — Ele olha para Josie. — Que nem você, querida.

— *Querida?* — grito. Atravesso o quarto e vou até Richie. Coloco os braços em volta de seu pescoço. Encosto meu rosto no dele. Mais uma vez, não consigo realmente senti-lo, e ele não dá sinal de me sentir. Mas percebo que estamos nos conectando. Sinto nossa respiração sincronizada e sei que parte de mim ainda está nele.

— Bem, alguns anos atrás ela nos levou à Igreja Espiritualista em Groton. Minha mãe e eu vamos lá sempre. Liz quase nunca ia com a gente, mas, daquela vez, sei lá, acho que devia estar entediada e era um programa para fazermos no sábado. Havia médiuns lá, muitos.

Eu me afasto de Richie, quase incapaz de suportar a sensação de estar tão próxima dele. Richie revira os olhos. Ele nunca acreditou em nada sobrenatural. Não acredita em fantasmas. Na verdade, não acredita em muita coisa.

— Então vocês conversaram com os médiuns? Ou o quê?

Josie concorda.

— Conversamos, sim. Mas esta é a parte interessante. Um deles, um cara, pareceu vidrado em Liz. Ele ficava olhando para ela toda hora, mesmo atendendo outras pessoas. Por fim, quando estávamos indo embora, ele veio até nós, pegou-a pelo braço e disse uma coisa muito apavorante.

Richie lambe o papel do baseado e o enrola.

— E aí? O que ele disse?

— Disse a ela que tomasse cuidado com a ruiva disfarçada. E que a ruiva ia colocá-la em perigo um dia. Ele *insistiu* bastante nisso, como se fosse muito importante que ela o ouvisse e acreditasse no que ele estava dizendo.

Richie segura o baseado e olha para Josie.

— Vai fumar isso ou não?

Ela balançar a cabeça.

— Não quero. — Ela faz uma pausa. — Você não achou interessante?

Richie engole em seco.

— Não. Acho que era um cara idiota tentando arrancar alguns dólares de uma garota inocente. Até onde sei, Liz não conhecia nenhuma ruiva. Conhecia?

Josie olha para ele.

— Não. — Ela faz uma pausa. — Você quer mesmo que eu vá embora?

— Me desculpe, Josie, mas tem muito pouco tempo. — Ele hesita. — Volta amanhã, tá?

— *Amanhã?* — berro. — Hoje tem muito pouco tempo, mas amanhã ele estará bem? — Olho com intensidade para Richie. — Ele já ouviu essa história. Contei para ele logo depois que aconteceu.

Josie fica de pé.

— Tudo bem — diz ela. — Vejo você amanhã. — E vai embora sem nem um abraço de adeus, graças a Deus.

Quando fica sozinho no quarto, Richie abre a janela dos fundos. Acende o baseado e olha fixamente para o *Elizabeth*, flutuando pacificamente sobre a água agora, sem nenhum sinal do horror que aconteceu algumas noites antes. Ao expirar, ele diz em voz alta:

— Já ouvi essa história. Liz me contou logo depois que aconteceu.

Sete

Josie saiu há dez segundos quando se ouve uma batida suave na porta de Richie. Ele não parece feliz por ela presumivelmente estar de volta. Por alguns segundos, não diz nada; fica sentado, olhando pela janela, fumando o baseado.

Tap, tap, tap.

O baseado dá um estalo quando uma semente estoura. Richie parece tranquilo, prendendo uma tragada grande e olhando com atenção para a porta.

— Vá embora — grito. — Ele não quer te ver!

Alex parece pouco à vontade, como se não soubesse como lidar comigo.

— Você está chateada — diz ele. — Procure se acalmar.

Tap, tap, tap.

Mas não há meio de me acalmar, não naquele momento.

— Ele repetiu o que acabei de dizer, quase palavra por palavra — digo a ele. — Você acha que ele consegue me pressentir?

— Não sei. — Alex parece pensar na questão. — *Foi* estranho mesmo. E você disse que conseguiu senti-lo quando tocou nele, né?

— Mais ou menos. Quase. Acho que vou conseguir, se me concentrar bastante.

Alex balança a cabeça.

— Não sei, Liz. Isso nunca me aconteceu. Tem pessoas que conseguem me ver...

— O que você quer dizer? — Eu quase grito as palavras. — Algumas pessoas conseguem ver você? Quem, por exemplo?

— Bebês — diz ele. — Bebês conseguem me ver. Tenho um primo. Quando morri, ele tinha quase 2 anos e com certeza conseguia me ver. Mas, conforme cresceu, assim que começou a formar frases completas, ficou claro que ele não percebia mais minha presença. — Alex faz uma pausa. — Animais também me veem. Meu gato consegue me ver.

Olho para ele, boquiaberta.

— Está brincando. Por que não me contou isso antes?

Ele dá de ombros.

— Não achei importante.

— Talvez não. Mas sem dúvida é interessante. — Balanço a cabeça. — Enfim, você concorda que Richie e eu ainda estamos ligados de alguma maneira, não é?

Alex concorda.

— Tá. Você pode estar certa quanto a isso. E daí?

Antes que eu possa responder, ouvimos de novo a batida na porta.

Tap, tap, tap.

Richie suspira. Olha para o baseado por um segundo e depois o joga pela janela. O quarto está cheio de fumaça.

— Entre — diz ele, tossindo.

Estou esperando ver Josie de novo. Só que não é ela; é o policial Joe Wright. Qualquer garoto entraria em pânico, mas Richie não é qualquer garoto. Ele nunca se preocupa muito em ser pego com drogas. Nunca se preocupa muito com nada. É tranquilo, calmo e está sempre controlado. Quando eu estava com Richie, sentia que as coisas estavam sob controle. Mas, ao olhar para ele agora, percebo que ele é apenas um garoto que não fazia ideia de como me manter em segurança. Afinal, morri a menos de 3 metros dele, enquanto ele dormia. Por que ele não acordou? Deve ter havido algum tipo de barulho: um ruído de água, um grito, *alguma coisa*. Ele estava bêbado. Estava doidão, em um estado de torpor profundo demais para acordar, mesmo que fosse para salvar minha vida.

— Quem deixou você entrar em casa? — pergunta Richie.

— Sua namorada. — Joe agita a mão para cima e para baixo na frente do nariz. — Você deveria investir em ventilação de janela, garoto. Sinto o cheiro lá da escada. — Joe ainda está usando a camisa azul e a gravata que usou no meu velório. Sem o uniforme de policial, parece um cara normal. Deve estar com quase 40 anos. É bonito e está em boa forma, tem o cabelo escuro cortado curto e arrumado e algumas sardas se espalham pelo rosto bronzeado. Parece gentil, nada ameaçador, mas sei que Richie não vai se abrir facilmente. Ele segue a regra de não confiar em adultos, principalmente autoridades.

Richie olha para ele, piscando.

— Só para esclarecer, Josie não é minha namorada. Liz era minha namorada.

— Claro. Tudo bem. — Joe dá dois passos em direção a Richie e observa seu rosto. Estica o dedo indicador, passa-o na bochecha de Richie e o exibe. — Batom — diz Joe.

— Ah, fabuloso. — Faço o gesto de um aplauso lento. — Que trabalho policial sensacional.

— Aonde você quer chegar? — pergunta Richie, inabalável.

— Josie não me olhou nos olhos quando abriu a porta para mim.

— E daí? Ela está abalada. Acabamos de sair do velório da irmã dela. — Richie fica olhando para ele. — O que você esperava que ela fizesse? Que desse um grande sorriso? Um cumprimento animado? — Ele balança a cabeça. — Policiais de interior, caramba.

Joe ignora o comentário.

— Sei que vocês estavam no velório. Eu vi. Você me viu? — Ele puxa a cadeira da escrivaninha de Richie. — Se importa de eu sentar? — pergunta. Antes que Richie possa responder, Joe se senta.

— Eu não devia estar falando com você — diz Richie. — Você não pode entrar na minha casa assim. Eu devia ligar para um advogado.

Joe ergue uma sobrancelha.

— Você acha que precisa de advogado?

— Não. Não fiz nada de errado.

— Será que Liz concordaria com isso? Você acabou de beijar a irmã dela.

— A irmã *postiça* dela. Bem, é complicado. Meia-irmã, talvez.

— Meia-irmã? — Joe fica interessado. — Por que você diria isso?

— Porque algumas pessoas acham que Josie e Liz são meias-irmãs. Muitas pessoas. — Ele faz uma pausa. — Mas não Liz. Ela nunca acreditou. — Richie tira um chiclete do bolso, coloca-o na boca e mastiga devagar, como se estivesse relutante em compartilhar a informação com Joe. — As pessoas na cidade sempre falaram muito que talvez o pai de Liz e a mãe de Josie tivessem... um *envolvimento* antes de a mãe de Liz morrer. Eles foram namorados na escola. E algumas pessoas, como os meus pais, acham que Josie se parece muito com o Sr. Valchar. — Richie balança a cabeça, claramente desconfortável com o assunto. — Não sei se é verdade ou não. Mas não importa. É totalmente irrelevante. E talvez tenhamos nos beijado um pouco, mas você tem que entender, não é o que você está pensando.

— Então o que é? E você pode parar com a pose. Eu podia prender você por posse de drogas agora mesmo, sabe?

Richie abre as mãos em um gesto indiferente.

— Vá em frente. Não ligo. Não tenho nada a perder.

Fico surpresa por ele contar a Joe tanto sobre a história da minha família. Talvez apenas queira falar sobre mim.

— Tenho certeza disso. Onde estão seus pais agora? Eu os vi no velório hoje.

Richie dá de os ombros.

— É, eles deram um jeito de dar uma passada.

— Mas não estão em casa agora?

— São pessoas ocupadas. — Ele dá uma risada. — São muito dedicados à arte.

— Entendo. — Joe avalia o quarto. Seu olhar para em todas as fotos minhas e de Richie sobre a escrivaninha. — O caso está tecnicamente encerrado. Mas tenho um pouco de tempo livre agora, pois você sabe que nós, policiais de interior, sempre temos tempo, e vou fazer algumas perguntas sobre este caso. A história que vocês contaram faz sentido, é verdade, mas tudo é tão... tão *circunstancial*. Não há muitas provas concretas. Quero descobrir alguma coisa que me deixe seguro sobre o que aconteceu. Além do mais, Liz é a segunda adolescente a morrer em Noank no período de 12 meses.

Richie se senta na cama.

— Quem foi o primeiro?

— Ele nem sequer se lembra de mim — diz Alex, parecendo realmente incomodado com isso.

— Por que você se importa? — pergunto.

Ele pensa por um momento. Depois, diz:

— Não sei. Mas me importo.

— Alex Berg — diz Joe. — Pare com isso, você não está *tão* doidão. Ele tinha sua idade. Foi atropelado, e não foi socorrido, perto do Mystic Market em agosto.

— Ah, é. — Richie assente ao lembrar. — Claro, eu me lembro. Vi os folhetos na cidade. — Ele parece estar pensando. — Liz e Caroline foram ao velório dele. Eu não quis ir com elas. Detesto velórios, sabe? De qualquer modo, qual é a importância? Não teve nada a ver com nenhum de nós.

— É importante porque as pessoas estão preocupadas — diz Joe. — Primeiro há um atropelamento sem socorro. Agora, isso. Dois adolescentes saudáveis morrendo em menos de um ano. É uma cidade pequena. Os pais estão preocupados.

— Foi acidente — diz Richie. — Ninguém matou Liz.

Joe balança a cabeça, concordando.

— Provavelmente. Espero que ninguém tenha matado mesmo. Mas sabe, Richard...

— Richie — corrige ele.

— Sabe — continua Joe —, aqui está você, doidão, de amassos com a irmã postiça da sua namorada morta, ou meia-irmã, seja lá o que for. No dia do velório de Liz. E não consigo explicar isso por uma perspectiva moral. Parece um tanto insensível, não concorda?

Richie olha para o piso de madeira brilhoso do quarto.

— Por que não me prende por posse de drogas?

— Por que eu faria isso?

— Porque sou um derrotado.

— Liz não achava.

Richie olha para a frente.

— Achava, sim. — Ele engole em seco. Toda a autoconfiança característica dele sumiu; eu mal o reconheço. — Ela estava me traindo. — Há lágrimas nos olhos escuros e vermelhos. — Vinha acontecendo havia meses, e eu nunca percebi. Não até Josie me contar.

— Ahhh. — Alex balança a cabeça, olhando para mim. — Que garota *má*.

Meu queixo cai.

— Ele está enganado — digo. — Não sei do que está falando.

— Você o estava traindo — explica Alex. — Escute.

É o que faço.

— Foi logo depois do Natal — diz Richie. — Eu vinha reparando havia um tempo que Liz desaparecia, às vezes por longos períodos

95

de tempo. Parecia diferente. Eu estava preocupado. Ela sempre tinha sido magra, mas ultimamente vinha perdendo muito peso. É isso que pensam ser o motivo da morte dela, certo? A hipoglicemia, combinada com toda a bebida que tinha no corpo? Fizemos a avaliação do índice de massa corporal na aula de biologia na primavera, e ela estava bem abaixo do peso. — Ele parece estar pensando, lembrando. — Mas não era só a perda de peso. Não acho que houvesse ligação. Era mais do que isso. Ela tinha meio que se distanciado. E a princípio pensei: tudo bem, ela anda obcecada com a corrida. Ela sempre foi boa em percorrer longas distâncias, mas velocidade não era o forte dela. Achei que estivesse tentando ficar mais rápida. Talvez estivesse levando tudo um pouco longe demais. Não era raro que acordasse às 5h da manhã e corresse por duas horas antes de ir para a escola. — Ele balança a cabeça. — Loucura. Ela era doida por corrida.

— O que fez você pensar que era outra coisa? — pergunta Joe.

— Outra coisa além de uma obsessão com a corrida? Josie contou?

Richie concorda.

— É, Josie me contou. Foi algumas semanas antes do baile. Eu vinha tentando falar com Liz o dia todo, mas ela não atendia o celular. Então andei até a casa dela, que você sabe que fica a duas casas daqui, mas ela não estava em casa. Comecei a conversar com Josie. E ela me contou.

— Ele está enganado — digo com firmeza. — Eu jamais o teria traído. Jamais.

— Pense bem — diz Alex. — Consegue se lembrar de alguma coisa?

— Não, mas não importa! Não tenho que lembrar para ter certeza. É impossível.

Alex me observa por um tempo.

— Não consigo acreditar em você — diz ele.

— Não consegue acreditar em quê?

— Que você ainda é assim. Mesmo depois de tudo que passou, você ainda é um pesadelo de ser humano. Se ele diz que você o traiu, você provavelmente traiu. Pelo menos, *eu* acredito nele. Você é egoísta. É superficial. Se alguém melhor do que Richie aparecesse e se interessasse por você, aposto que você o trairia num piscar de olhos.

— Eu não o traí! — grito o mais alto que consigo. — Eu o amava, Alex. Posso não ter sido muito legal com você, mas com Richie as coisas eram diferentes. Além do mais, se eu o tivesse traído, coisa que *não fiz*, por que eu negaria agora? — pergunto. — Por que mentiria para você?

— Não sei. Talvez você ainda não lembre. Ou talvez não queira que eu pense que é uma má pessoa.

Minha voz está trêmula.

— Alex, estou dizendo a verdade. Eu realmente não me lembro de tudo que aconteceu antes de morrer, mas não tem nada mais para lembrar quanto a esse assunto. Conheço Richie desde que tínhamos 2 anos. Alguma coisa não está certa. Eu jamais o magoaria.

Nesse momento, como se fosse combinado, Richie diz:

— Acho que ela não queria me magoar. Estávamos juntos havia tanto tempo que talvez ela sentisse que precisava... sei lá, ver o que mais tinha por aí. — Ele engole em seco. — De qualquer modo, não acreditei em Josie. Chamei-a de mentirosa e tudo. Mas aí ela disse que provaria o que disse. Me levou até Groton, a um condomínio perto do rio. Vimos o carro de Liz. Estava estacionado em frente ao prédio de um cara que eu conheço.

Richie está segurando a beirada da colcha, feita de patchwork em tons marrom e azul-marinho, com a mão esquerda. Com a direita puxa os fiapos soltos da costura da bainha. Seus olhos ainda estão marejados. Enquanto escuto o que ele diz, percebo que não me lembro de nada disso ter acontecido. Não apenas isso, mas (apesar do que Alex pode pensar) tudo parece diferente de qualquer coisa que eu faria. Eu nem *sei* quem mora em Groton. É como se alguém tivesse passado um ralador de queijo na minha memória. A sensação é mais do que frustrante.

Mas por que Richie mentiria? Ao olhar para ele arrancando fiapos da colcha, sei, sem sombra de dúvida, que ele acredita estar dizendo a verdade.

— Um cara que você conhece — repete Joe. — Qual era o nome dele? Como você o conhece?

— Era um cara chamado Vince. Vince Aiello. — A voz dele falha ao dizer o nome em voz alta. — Ele é meio que meu amigo. É mais velho.

— O quanto mais velho?

— Não sei. Tem 21? Vinte e dois? Importa?

— Importa se ele estava dormindo com Liz.

Richie inspira profundamente. Por um momento, espero que ele me defenda, que explique que eu era virgem e que não *podia* estar dormindo com ninguém. Mas ele não faz isso.

— Como Liz conheceu Vince? — pergunta Joe.

— Eu os apresentei.

— E, no dia em que você viu o carro dela em frente ao prédio dele, o que aconteceu? Você a confrontou?

— Não. Bem, mais ou menos. Ficamos sentados lá por quase uma hora, até que Liz acabou saindo. Eu a vi sair do prédio e entrar no carro e, quando chegou em casa, esperei um tempo e liguei. Perguntei onde ela tinha estado a manhã toda. — Ele olha para a colcha, ainda presa na mão. Os fiapos arrancados estão espalhados no chão. — Ela disse que tinha ido fazer compras no shopping. Ela mentiu. — Richie torna a olhar para Joe. Seu olhar transparece crueldade e raiva. — Quero matá-lo — diz ele.

— Quem? — pergunta Joe.

— Quem você acha? Vince. — Richie assente, como se estivesse pensando um pouco na ideia. — Quero mesmo. Quero muito matá-lo.

— Ei. Cuidado com o que diz para mim, cara — diz Joe. Ele está tentando manter a voz suave, mas percebo que está falando sério. Richie não diz mais nada; apenas olha para a colcha de novo, ainda segurando-a com força.

Pela primeira vez, reparo que Joe está usando aliança. É uma tira fina de prata. Com a ponta do polegar, ele a empurra para cima e para baixo no dedo enquanto observa Richie.

— Quando as coisas começaram a acontecer entre você e Josie?

— Não sei. Algumas semanas depois.

Ele olha pela janela, para as fileiras de barcos presos ao cais, e seu olhar se detém no *Elizabeth*, onde passamos uma noite tão feliz, juntos, poucos dias antes. Antes de eu morrer. Quando a vida era tranquila, fácil, perfeita. Pelo menos, era o que eu achava.

— O que está acontecendo com Josie não é nada — diz ele. — É só o tipo de drama normal e sórdido de adolescente. Eu achava que Liz e eu éramos diferentes disso tudo, mas parece que não. De qualquer modo, a coisa entre mim e Josie apenas aconteceu. Não tem importância.

— Josie sabe disso? — pergunta Joe.

— Acho que sim. — Richie balança a cabeça, ainda olhando para o *Elizabeth*.

Joe empurra a aliança para o lugar certo, fica de pé atrás dos ombros de Richie e acompanha seu olhar.

— O que aconteceu naquela noite? Você e Liz brigaram? Você a confrontou?

— Não. Ela não sabia que eu sabia.

— Por que você não falou com ela? Pare com isso, Richie. Você estava zangado. Estava ficando com a irmã postiça dela. Eu entendo; você queria magoá-la por causa do que ela fez.

Richie se vira.

— Você está enganado. É claro que eu estava zangado. Acho que, de certa forma, eu queria me vingar dela ao me envolver com Josie.

E sabia que teria que confrontá-la em algum momento. Sabia que provavelmente terminaríamos por causa do que ela fez.

Joe olha para ele com ceticismo.

— Mas não naquele momento?

— Não. Não naquele momento.

— E por quê?

— É simples — diz Richie, olhando de novo para o barco. Ele ergue o polegar em seu campo de visão, como se quisesse tirar o *Elizabeth* de vista. — Eu não queria estragar a festa de aniversário dela. Eu a amava demais.

Oito

Tem tanta coisa de que não consigo me lembrar da minha vida. Não consigo lembrar exatamente o que eu estava fazendo na noite em que morri, nem uma semana antes. Fora o rápido flashback que vivenciei, quando me vi com Richie no carro dele, mal me lembro de ter estado no baile. Não consigo me lembrar da última vez que falei com meus pais quando ainda estava viva. Nem consigo ter certeza se estava traindo meu namorado ou não. Mas me lembro de correr.

O ato está entranhado nos meus ossos; consigo me lembrar da cadência das passadas contra o concreto e a terra; eu me lembro do processo de despertar gradual que acontecia cada manhã quando eu saía pela porta da frente e iniciava um ritmo tranquilo quando chegava ao fim da High Street. Eu me lembro da sensação de começar fria, seca e cansada e terminar suada, quente e animada. Correr era mágico. Era uma alegria solitária. Era tudo, quase sinto mais falta disso do que de qualquer outra coisa.

Então há uma terrível ironia no fato de que, na minha vida após a morte, eu esteja usando botas de *cowgirl* apertadas que espremem meus dedos cheios de bolhas. Essas botas são a única fonte de dor que consigo sentir, por razões que simplesmente não entendo.

Quando estava viva, eu as adorava. Nunca imaginei que se tornariam uma parte permanente do meu eu fantasma.

Alex e eu estamos sentados no linóleo branco, encostados em uma parede de armários no segundo andar da Noank High. É o primeiro dia do que seria nosso último ano, e há uma tristeza palpável nos corredores, graças à morte recente da *socialite* favorita de todo mundo. Os alunos estão mais quietos do que o normal; é como se ninguém quisesse parecer feliz demais. Do lado de fora, a bandeira está a meio mastro. Minha vaga extraoficial no estacionamento dos alunos permanece vazia. Esta manhã ouvi algumas pessoas falando que há orientadores na biblioteca, esperando para dar alento a qualquer um que possa estar arrasado com a minha morte precoce.

— Foi assim depois que eu morri? — pergunta Alex baixinho.

Por mais que eu esteja feliz por ter companhia, há momentos, como agora, em que fico *muito* irritada por ele estar por perto. Parece que está sempre cheio de perguntas curiosas e observações mordazes exatamente quando estou apreciando a solidão que acompanha o fato de eu ser um fantasma, uma observadora silenciosa. Por um momento, fico tentada a dizer: "Não, claro que não. Você não era popular." Mas não sou uma pessoa *tão* má — pelo menos, não agora. Se fui tão terrível em vida quanto Alex diz, pelo menos estou tentando melhorar depois da morte. Portanto, digo:

— Foi mais ou menos assim.

Mas não foi; não exatamente. Para minha surpresa, descubro que algumas lembranças dos dias seguintes à morte dele começam a voltar. Eu me lembro de voltar para a escola ano passado depois da morte de Alex. A escola fez tudo que era de se esperar: colocou a bandeira a meio mastro, forneceu um grupo de orientadores, até orquestraram um minuto de silêncio durante os avisos da manhã. Mas também me lembro de outras coisas: da quantidade de anuários circulando aquela manhã, abertos na foto de Alex, para que as pessoas pudessem lembrar por quem estavam de luto. E que o minuto de silêncio na minha sala foi interrompido quando um dos meus amigos, Chad Shubuck, soltou um peido ofensivo e bastante audível. Quase todo mundo riu.

Pisco os olhos de repente e volto à realidade, mais do que aliviada por Alex não ter visto minha lembrança. Sinto uma pontada de pena dele.

Vejo Chad Shubuck agora, no meio de um grupo de alunos no saguão do fim do corredor, onde a administração colocou uma foto minha emoldurada e ampliada, tirada do anuário do ano passado. Ele olha em silêncio para meu rosto (a foto está excelente) e lentamente faz o sinal da cruz, como se tivesse acabado de fazer uma oração.

Olho para o corredor em busca dos meus outros amigos. A menos de 3 metros, Richie está em frente ao armário aberto, olhando para o que tem dentro. Parece perdido em pensamentos quando Topher e Mera se aproximam, um com a mão no bolso de trás do outro.

Topher, com olhos infantis e uma aparência quase luminosa de garoto americano, usa uma jaqueta vermelha e branca de futebol americano por cima da camiseta e do jeans, mastiga um pedaço do que sem dúvida é chiclete sem açúcar (ele é obcecado por higiene bucal — afinal, seu pai *é* o cirurgião-dentista mais respeitado de Noank) e lança um sorriso solidário que revela duas fileiras de dentes brancos e brilhantes ao se recostar no armário ao lado.

— É louco, não é? — diz ele, passando a mão pelo cabelo desgrenhado. — Estar aqui sem Liz.

— É horrível. — Está claro que Mera acordou antes do amanhecer para ajeitar o cabelo, que está com incontáveis cachos perfeitos. As unhas são de acrílico com francesinha. — Todo mundo vai querer saber o que aconteceu. E, como fui eu que a encontrei, sou eu quem tem que contar.

Eu sabia. *Sabia* que ela usaria o fato de ter me encontrado para tirar cada gota de atenção que pudesse. É a cara dela. Estou *morta*, caramba. Era de se esperar que, pela primeira vez, ela se controlaria para não agarrar uma oportunidade de ser o centro das atenções.

— Não conte nada. Não há nada que as pessoas precisem saber. — Richie tira a jaqueta. Por baixo, está usando uma camiseta de Yale surrada e uma calça jeans amassada que parece ter passado semanas enrolada no chão do quarto dele. O cabelo não está penteado. Há olheiras inchadas e escuras sob os grandes olhos. Richie nunca foi muito obcecado com a aparência, mas está bem mais descuidado do que o habitual. Ele não parece se importar nem um pouco.

— Não me interprete mal, Richie — diz Mera, franzindo a testa —, mas você está com uma aparência terrível.

Dentro do armário, há uma foto de nós dois colada à porta. Foi tirada no jardim dos meus pais, antes do baile do ano passado. A foto só mostra nossos rostos e torsos, mas tem alguém fora da imagem com o braço passado por meu ombro e as unhas encostando na nuca de Richie. É Josie. Richie também vê, e percebo que quer fazer alguma coisa com a foto — talvez tirá-la dali? Jogá-la fora?

No entanto, ele não faz nada.

— Tenho que ir a um lugar — diz a Mera e Topher. Ele solta um longo suspiro; é como se estivesse tentando incorporar seu eu tipicamente calmo e confiante. Mas há um cansaço na voz dele quando fala. — Do que você precisa?

Topher se inclina mais para perto e abaixa a voz.

— Ei, cara. Sei que o momento é difícil para todos nós, mas você pode ajudar um irmão?

— Do que ele está falando? — murmura Alex.

— Shh.

— Está falando de drogas?

Olho para Alex.

— Você está surdo, além de morto? Eu disse *shh*.

— Do que você precisa? — pergunta Richie de novo, fechando o armário e olhando para o relógio do corredor. — Vou me atrasar, cara.

— Você sabe... sete gramas?

Alex balança a cabeça, incrédulo.

— O que foi? Por que essa cara? — pergunto.

— Você e seu grupo. Vocês acham que conseguem se safar de tudo. Topher é do time de futebol americano. Não fazem teste antidoping?

Baixo o olhar para as botas. Meus pés estão *latejando*. Embora eu saiba que não vai funcionar, já tentei tirar as botas algumas vezes, mas cedo ou tarde olho para baixo e lá estão elas de novo. Parece mágica. Pelo menos por enquanto, são uma parte permanente de mim.

— Há maneiras de contornar isso — digo.

— O que você quer dizer?

— Os testes antidoping, em teoria, são aleatórios — explico —, mas Topher foi o melhor jogador do ano passado. Não vão expulsá-lo do time. — Faço uma pausa, tentando explicar sem parecer a esnobe que Alex pensa que sou. — Só estou dizendo que há coisas que se pode fazer se a pessoa não quer ser pega.

— Certo. Ou talvez ele pudesse simplesmente *não usar drogas*.

— Pare com isso, ele é um cara legal. — Mas não há convicção na minha voz; não depois de testemunhar como Topher tratou o pobre Frank Wainscott no refeitório.

Alex olha para mim com o que só posso descrever como horror contido.

— De todas as pessoas com quem eu podia terminar morto — diz ele, sacudindo a cabeça —, tinha que ter sido com você, não é?

— Você está brincando, né? Eu poderia dizer o mesmo de você.

— Não poderia, não. — Seu tom é firme. — Sou uma pessoa legal. Nunca fiz nada que magoasse alguém. Mas você... você e seus amigos. — Ele faz uma pausa para olhar para os dois lados do corredor, que está começando a ficar vazio conforme a hora da aula vai chegando. — Admita, Liz. Não há uma parte de você com vergonha de estar aqui sentada comigo, mesmo sabendo que ninguém pode nos ver?

Não respondo. Meu silêncio é suficiente como resposta.

Depois que Topher e Mera vão embora, espero que Richie vá para a sala do Sr. Franklin, onde ele e eu temos nosso primeiro tempo desde o primeiro ano. Mas ele não vai. Alex e eu o seguimos até o segundo andar; ele passa pelo *lanchotório* (uma mistura de lanchonete e auditório — a Noank High é uma escola pequena) e sai para o ginásio. Ele para em frente a uma porta em um corredor escuro e espera um pouco antes de bater.

Richie não é atleta. É o tipo de cara que mal consegue um C na aula de educação física — a única nota mais baixa no boletim impecável — e é uma anomalia entre nosso grupo tipicamente atlético e popular. Ele sempre teve muito mais interesse em livros e música do que em atividades físicas. Ainda assim, quando o vejo indo em direção ao ginásio, percebo exatamente quem ele está procurando.

Meu treinador de corrida *cross country*, o Sr. Riley, está sentado à mesa em sua sala pequena e entulhada. Eu me lembro bastante dele — pequenos detalhes factuais parecem vir com mais facilidade à memória. Além de treinador de *cross country* e de atletismo, ele dá aulas de educação física para os garotos do ensino médio e aulas de dicas de saúde para o segundo ano, o que o coloca em um ponto baixo na hierarquia dos professores. Ele não é adorável e bem-humorado como nosso professor de inglês, o Sr. Simon. Nunca o vi espontaneamente fazer flexões com um braço só no chão do ginásio, como o treinador de futebol americano, o Sr. "Me Chame de Todd" Buckley. Diferentemente da treinadora das líderes de torcida, a Sra. Casey, ele jamais teria sonhado em fornecer álcool a menores. Mas sempre foi meu professor favorito. Era meu treinador desde que eu estava na sétima série, e sempre foi um bom treinador. Ele entende o que é amar a corrida. Ao olhar para ele, me lembro de reparar nele duas semanas antes, no meu velório. Acho que foi a única vez que o vi de gravata. E certamente foi a única vez que o vi chorar. Pelo menos, *acho* que foi a única vez. Não tenho mais certeza de nada, agora.

Por mais próxima que eu fosse do Sr. Riley, ele nunca pareceu gostar de Richie, embora os dois sempre tenham comparecido às minhas reuniões de *cross country* e tenham tido muitas oportunidades de se conhecerem.

— Não estou surpreso — diz Alex quando conto a ele. — Todo mundo sabe que Richie é traficante.

— É mesmo?

— É claro. — Ele faz uma pausa. — A cidade é pequena, Liz. As pessoas não sabem guardar segredo. — As palavras parecem carregadas de significado. Tenho a sensação de que ele está se referindo a alguma coisa, mas não tenho certeza do quê.

É engraçado. Consigo me lembrar de muita coisa sobre o Sr. Riley, mas não de tudo. Sei que ele era meu treinador. Sei que não gostava de Richie. Mas não me lembro de quase nada especificamente dos momentos que passei com ele.

Então tento recuperar parte desses momentos. Estou ficando cada vez mais acostumada a entrar nas lembranças, e a sensação é quase tranquila e natural quando fecho os olhos e me permito ser envolvida pelo passado.

Vejo uma versão um pouco mais nova e um pouco mais encorpada de mim na sala dele. A julgar pela minha aparência, suponho que seja no meio do segundo ano — se for temporada de *cross country*, é outono. Estamos sozinhos. A iluminação na sala sem janelas do

Sr. Riley vem de uma lâmpada fluorescente fraca e piscante no teto. Há insetos mortos no plástico transparente que cobre a lâmpada. O efeito é apavorante dentro do prédio deserto.

O Sr. Riley tem trinta e poucos anos. Sobre a mesa há uma foto que suponho ser da esposa com a filha, ainda um bebê. Tenho a sensação de que as conheço, que talvez as tenha visto várias vezes, embora não consiga lembrar muito sobre elas naquele momento.

O Sr. Riley é um homem meio nerd e silencioso, com um bronzeado obtido do treinamento ao ar livre e um corpo magro e definido, típico de atletas de resistência.

— Liz — diz ele para mim, apontando para a cadeira em frente à mesa —, sente-se. — Ele estica a mão para o frigobar que tem na sala e pega uma garrafa de água mineral. — Tome — diz ele, colocando-a na minha frente. — Beba. Você acabou de correr 10 quilômetros. Seu corpo precisa se hidratar.

— Sei disso. — Abro a garrafa e tomo um longo gole. Está óbvio que a cena se passa logo depois do meu treino de *cross country*. Estou usando um short de algodão cinza e uma camiseta cor-de-rosa de tecido fino, tão fino que meu top branco fica visível. O Sr. Riley olha para a parede, para a foto na mesa, para qualquer coisa menos para meu corpo. Percebo que ficar sozinho comigo o deixa pouco à vontade.

— Você não vai sair com o restante da equipe? — pergunta ele, mantendo o tom de voz baixo.

— Por quê? Aonde eu iria com eles? — Meu tom de voz é petulante e indiferente, e posso adivinhar o motivo. Além de mim, ninguém da equipe de *cross country* é o que você poderia chamar de popular. Eu não era amiga de nenhuma daquelas pessoas. Ao pensar nisso agora, parece uma vergonha que eu tenha sido tão rápida em desprezá-las.

— O pessoal vai a um restaurante de comida chinesa — diz o Sr. Riley. Ele me olha nos olhos. — Você não sabia?

— Sabia. É claro que sabia. — Mas percebo que eu não tinha ideia. Não me convidaram.

— Liz. — O Sr. Riley hesita. — Acho que você deveria pensar em ser um pouco mais... calorosa com seus colegas de equipe.

Do lado de fora da porta, escuto alguém pigarreando. Nem preciso olhar para saber que é Richie, me esperando.

— O que você quer dizer com *mais calorosa*? Sou bem calorosa. Só não saio com eles depois do treino, só isso. — Dou de ombros. — Não me incomoda. São uns fracassados.

O Sr. Riley faz uma careta ao ouvir a palavra "fracassados". Enquanto observo meu eu mais novo, eu também faço.

— É exatamente isso que quero dizer — diz ele. — Liz, você talvez deva repensar seu círculo social. Sou seu treinador desde a sétima série. Vi você crescer e virar essa... essa garota consumida pelos bens materiais, pelo status social das pessoas ao redor. Sei que isso não é quem você é de verdade.

Coloco a garrafa de água com cuidado sobre a escrivaninha.

— Como sabe disso?

— Porque sei que você só está tentando se proteger. Não quer sofrer de novo, então se cerca de pessoas que fariam qualquer coisa para estar bem com você. E afasta todas as outras.

Eu me inclino para a frente e aperto os olhos.

— O que você quer dizer com não quer sofrer de novo? Quando foi que eu sofri?

Ele hesita. Por um momento, não diz nada. Olho para ele, desafiando-o a dizer o que está pensando. Eu me concentro nos olhos dele, que são de cores diferentes: um é azul-claro e o outro é preto, com uma pupila enorme e sem íris.

Por fim, ele diz:

— Sua mãe.

Ah, mamãe. Enquanto observo nós dois, percebo que a simples menção à minha mãe dói; pensar nela causa muito sofrimento, tudo está muito recente, mesmo tantos anos depois. Não quero falar sobre esse assunto; isso fica claro.

Mordo o lábio inferior.

— Sr. Riley — digo —, posso fazer uma pergunta?

Ele encolhe os ombros.

— Claro.

— O que aconteceu com seu olho?

A pergunta o surpreende. Ele olha ao redor da sala de novo. Por um segundo, fico com medo de tê-lo irritado, de ele me expulsar da sala.

Mas ele não faz isso. O que diz é:

— Tudo bem, Liz. Você quer saber o que aconteceu?

— Quero. — Faço que sim com a cabeça.

— Nunca contei isso a um aluno.

Dou um sorriso genuíno.

— Não vou contar para ninguém. Eu juro.

— Eu tinha 7 anos. Era um garoto certinho... ainda sou meio nerd, acho. — Ele dá um sorrisinho. — As crianças do meu bairro nunca me convidavam para brincar. Um dia, um dos garotos, chamado Charlie Sutton, vem até a porta da minha casa perguntar à minha mãe se posso ir jogar beisebol lá fora. Isso foi na época em que as pessoas ainda deixavam os filhos brincarem na rua sem muita supervisão. Fiquei superanimado. Peguei meu taco e minha luva e saí correndo. Estava empolgado demais.

Ele faz uma pausa e fecha os olhos.

— E aí? — Eu me inclino na cadeira. — O que aconteceu? Uma bola de beisebol acertou você?

— Não. — O Sr. Riley me olha bem nos olhos. — Quando cheguei lá fora, no parque atrás da minha casa, Charlie Sutton e alguns dos outros garotos estavam me esperando. Eles tinham uma espingarda de ar comprimido. E atiraram em mim. — Ele dá de ombros. —

Acertaram meu corpo umas seis vezes, só de brincadeira, mas não chegou a ferir a pele nem nada. Àquela altura, eu já estava chorando. Comecei a me afastar e estava pronto para correr para casa, mas um dos tiros me acertou no olho antes de eu ter a chance de me virar. Destruiu minha íris. Sou cego do olho esquerdo.

Mesmo aos 16 anos, a história é tocante o suficiente para me abalar. Coloco uma das mãos sobre a boca.

— Ah, meu Deus — digo. — Que terrível. O que aconteceu com eles? Foram punidos?

O Sr. Riley dá de ombros de novo.

— Devem ter apanhado. Isso foi há anos, quando algumas pessoas davam surras nos filhos. Mas não aconteceu nada mais rigoroso. — Ele se reclina na cadeira. — Nos mudamos pouco depois disso. Foi mais difícil para minha mãe, na verdade. Ela viu o quanto fiquei animado, o quanto fiquei feliz por finalmente ter a chance de brincar com os meninos da minha rua. Mas era só uma piada. — Ele olha para a escrivaninha. — Você sabe como as crianças são. Mas está tudo bem. Tenho uma boa vida agora. Não tenho do que reclamar.

Tomo um grande gole de água. Meu cabelo está preso em um rabo de cavalo que cai pelas costas. Meu rosto ainda está suado. Meus olhos estão arregalados de pena.

— Sinto muito que isso tenha acontecido com você — digo a ele.

— Está tudo bem, Liz. Talvez nem devesse ter contado a você. Mas é aí que quero chegar. Você precisa **ter** cuidado com quem você anda. Suas prioridades não estão focadas na coisa certa. Você talvez se arrependa um dia.

No corredor, Richie pigarreia de novo.

Eu me mexo na cadeira.

— Tenho que ir, Sr. Riley.

— Sei que tem. Seu príncipe está esperando. — Ele está sendo sarcástico.

Eu me observo sair da sala e ir para o corredor, onde Richie está recostado na parede com cara de tédio. Andamos em silêncio para fora do prédio, de mãos dadas. Quando chegamos ao estacionamento, eu pergunto:

— Você ouviu o que ele falou?

Richie só balança a cabeça.

— É terrível, não é?

— Aham.

Caroline, Mera e Josie estão esperando por nós. Estão em um Mercedes preto com a capota arriada. Quando meus amigos nos veem, Mera toca a buzina e acena.

— Por que demoraram tanto? — censura Mera quando Richie e eu sentamos no banco de trás. Não tem espaço suficiente para nós três sentarmos um ao lado do outro, então meu eu mais jovem se encolhe no colo de Richie. Eu só observo, do lado de fora do carro.

— Fique calma — diz Richie para Josie. — Estamos aqui, não estamos?

— Qual é o problema, Liz? Você prefere passar seu tempo com o Riley Olho Ruim e os idiotas da equipe de *cross country*? — Mas aí ela sorri para mim e a irritação some da voz. — Está tudo bem. Vou continuar amando você.

Eu pisco para ela. Ela pisca em resposta. Mostro a língua para ela. Ela faz os olhos ficarem vesgos.

— Falando sério — diz ela, rindo. — Por que demoraram tanto? Prefere passar seu tempo com seu treinador? Ele é tão esquisito.

— Ele não é esquisito. Só tem os olhos de cores diferentes. — Entrelaço meus dedos com os de Richie.

— É, isso é esquisito. — Ela funga. — Que aberração.

Ainda estamos no estacionamento. O Mercedes está parado.

— Ele não é uma aberração — digo a ela. — É legal. E você não deveria dizer coisas assim sobre ele. Não é culpa dele ter os olhos diferentes.

Enquanto me observo e testemunho o desenrolar da cena, reparo que Richie aperta minha mão quando não falo mais nada.

— Tanto faz — diz Josie, estourando a bola do chiclete. — Não importa se a *culpa* é dele, Liz. Ele é uma aberração.

— Cale a boca — digo a ela. — Ele é uma boa pessoa.

— Todos vocês, calem a boca — diz Mera, ligando o rádio. — Vamos!

Observo o carro com música alta e o cantar de pneus quando Mera acelera para sair do estacionamento.

Talvez Alex estivesse certo — talvez eu não fosse uma pessoa legal. É certo que eu não tinha amigos na equipe de *cross country*.

Mas eu era amiga do Sr. Riley. Gostava dele. E ele obviamente gostava de mim. Isso é alguma coisa. Neste momento, à luz de todas as lembranças nas quais me vi, aceito qualquer coisa para provar que eu não era, como Alex claramente expressou, um pesadelo de ser humano.

E, com um piscar de olhos, estou de volta ao presente, na sala do Sr. Riley com Alex e Richie. Neste momento, o Sr. Riley está com o queixo apoiado na mão e diz:

— Bem, se não é o brilhante Richie Wilson. Parece que você saiu andando para o lado errado da caixa de areia.

Meu namorado cruza os braços e se encosta à moldura da porta. A postura pode ser casual, mas percebo, pela tensão no maxilar, que ele está nervoso.

— O que isso quer dizer?

Por um momento, percebo que o Sr. Riley quer expulsá-lo dali. Alex está certo, ele provavelmente sabia o que Richie faz nas horas vagas. Richie nunca se esforçou muito para esconder. Às vezes eu achava que ele queria ser pego, como se pudesse ser quase um alívio.

— Sei que você não gosta de mim — diz Richie.

O Sr. Riley não contesta. Mas também não responde com crueldade.

— Não vou tentar fingir que entendo como você se sente. Sei que deve ser terrível para você, Richie. — Ele se senta ereto e mexe com nervosismo no cronômetro que tem pendurado do pescoço.

Ainda que só tenha 17 anos, posso imaginar que Richie deve ser intimidante para alguém como o Sr. Riley. Eles são muito diferentes: Richie é grande e anda com uma confiança lenta, parecendo passear aonde quer que vá, com a cabeça cheia dos incontáveis livros que lê, mas ainda assim é legal e *nada* nerd — enquanto o Sr. Riley é composto de músculos e firmeza, um cara simples e legal e que tem prazer em botar um pé na frente do outro, cada vez mais rápido, sem parar, até sobrar apenas corpo, rua e respiração. Nenhum garoto de 7 anos com uma arma de ar comprimido poderia pegá-lo agora.

— Comecei a correr — diz Richie sem olhar para o Sr. Riley. Seu olhar se fixa na estante atrás da cabeça do treinador, repleto de títulos como Changing Bodies, Changing Lives; Nascido para correr; e o constrangedor Let's Talk about Sex! A Guidebook for Young Bodies on the Verge of Adulthood.

Fico mais surpresa do que qualquer um ao ouvir o que Richie tem feito nas duas semanas que se seguiram à minha morte. Alex e eu não o vimos correndo. Pensei que ele vinha passando a maior parte do tempo livre procurando consolo dentro da boca de Josie.

— Correr? De quem, da polícia? — O Sr. Riley alonga o pescoço e encosta a orelha no ombro.

Richie leva a pergunta a sério.

— Não, não da polícia. Estou falando de correr de verdade. Tipo, por diversão. Não sei por que estou fazendo isso. Acordei um dia na semana passada com a sensação de que precisava *me mexer*. — Ele engole em seco. — Liz costumava falar sobre isso. Às vezes eu perguntava: "Em que você pensa quando está correndo por horas seguidas?" Ela sempre respondia: "Em nada."

Dou um sorriso.

— Ele está certo. — Olho para Alex. — Você não sabe como é a sensação, sabe? De não pensar em absolutamente nada por horas seguidas? É o paraíso.

Ele me dá um meio sorriso desapontado.

— Como se nenhum de nós soubesse como é o paraíso.

O Sr. Riley é pego de surpresa; não era isso que ele esperava de Richie.

— Bem, isso é verdade — diz ele. — Correr é meditação. Limpa a mente. Acalma.

— Ela corria durante horas, às vezes três ou quatro — prossegue Richie. — Você sabia? Estou falando de antes de ela morrer. Reparou em quanto peso ela estava perdendo? Ela desmaiava. Você não devia ter feito alguma coisa? Era o treinador dela.

Alex olha para meu corpo.

— Agora que eles estão falando, Liz, você está *mesmo* muito magra. Magra *demais*.

Faço uma careta.

— Corredores são sempre magros. Além do mais, você disse que eu era gostosa.

— Uma gostosa confusão, talvez — murmura ele. Eu o ignoro e escolho prestar atenção ao que está realmente acontecendo na sala. Richie. Correndo. Em um milhão de anos, eu jamais esperaria isso dele. Tentei convencê-lo a ir comigo várias vezes, mas ele nunca se interessou.

— Acalme-se, Richie — diz o Sr. Riley. — Sei disso tudo. Nós conversamos sobre isso, pode acreditar. Só que eu não podia impedi-la de correr sozinha. — Ele faz uma pausa. — Não me dei conta do quanto a situação estava terrível. Mas tentei ajudá-la. No fim do ano passado, falei que, se ela perdesse mais peso, eu a tiraria da equipe.

— Falou? — Richie faz uma pausa. — Ela não me contou.

— Você não contou muita coisa para ele ultimamente, né? — diz Alex.

Dou um peteleco na orelha dele.

— Você. Silêncio.

— Foi logo depois da concussão — diz o Sr. Riley. — Foi quando percebi que as coisas estavam piorando.

Aperto a palma da mão na lateral da cabeça.

— Ah... é isso mesmo. Eu me lembro disso.

Quando fecho os olhos, eu vejo; embora esteja fora do meu corpo, estou tão perto do meu eu de 17 anos que quase consigo *sentir* acontecer. Estou no alto da escadaria da casa dos meus pais, me alongando, de frente para a grande janela no fim do corredor de cima. Estou olhando para a água, com o *Elizabeth* amarrado ao cais atrás da nossa casa, e para a praia que forma uma bela curva contra o horizonte. Estico as pontas dos dedos para o alto e fico nas pontas dos pés nos meus tênis de corrida sujos, mas muito confortáveis. Então me inclino para a frente e deixo os dedos se arrastarem no tapete oriental sobre o qual estou. Vejo tons marrom, bege, verde-floresta e vermelho-escuro na estampa. Mas aí meu equilíbrio é abalado; meus joelhos se dobram e dou um passo para trás, tentando recuperar o prumo.

Quero esticar a mão em minha direção, para impedir o que sei que vai acontecer. Mas só posso observar.

Na hora em que penso que consegui me equilibrar, dou um passo na beirada da escada. E, então, caio. Observo, impotente, meu corpo despencar até o fim dos degraus. Quando finalmente paro de cair e meu corpo miúdo se encolhe no piso de madeira do saguão da nossa casa, está claro que estou inconsciente.

Abro os olhos; vejo o Sr. Riley sentado à escrivaninha. Pisco várias vezes, tentando voltar para a cena. Quando encontro novamente a lembrança, me dou conta de que me adiantei no tempo para quase dois dias depois da queda. Acabei de sair do hospital;

dá para perceber porque ainda estou usando a pulseira de plástico de identificação. Meu pai foi me buscar sozinho. Acompanho nós dois no carro, indo para casa em silêncio. Não falo com meu pai. Só olho para fora e observo a paisagem pela janela.

Por fim, ele coloca a mão gorducha em volta do meu bíceps. Os dedos dele contornam meu braço com facilidade.

— O que você está tentando fazer, Elizabeth? — pergunta ele. A voz está baixa. Meu pai sempre foi assim: calmo, controlado, contido, com tudo bem guardado, por baixo da superfície. Mesmo quando minha mãe morreu. Mesmo quando a própria filha morreu.

Não olho para ele. Só fico olhando pela janela do carro, parecendo concentrada nas árvores que começam a florescer no ar da primavera, nos brotos de flores, na grama que cresce contra o vento intenso da Nova Inglaterra, que parece partir a paisagem. É a *vida* que está surgindo.

Só de olhar para mim, percebo que estou morrendo de fome. Há tanta vida lá fora, mas tenho certeza de que há um nó latejante na minha barriga côncava. Minha fome parece estar em toda parte. Está nos meus olhos. Está no meu rosto todo. Ocupa o espaço entre mim e meu pai no carro.

Quando fala, meu pai parece estar se esforçando para não chorar.

— Você não é sua mãe — diz ele.

— Sei disso — respondo.

— Então, qual é o problema? Por que está fazendo isso?

Ele entra com o carro na garagem, desliga o motor e tranca as portas.

— Você só vai sair quando me responder — diz ele.

Mas não respondo. Fico olhando para a frente, para a parede da garagem, onde a bicicleta da minha madrasta está pendurada em dois ganchos.

— Terapia — diz meu pai enfim. — Você vai ao médico. Vou marcar uma consulta para você.

Não falo nada.

— Você vai — prossegue ele —, ou haverá consequências. Entendeu?

Porém, enquanto me observo, sei que eu não tinha intenção de ir à terapia. Não me lembro de ter ido a médico nenhum por causa dos meus hábitos alimentares ou esportivos. E, de qualquer jeito, meu pai não conseguiria me obrigar. Estava distraído demais. Ele trabalhava oitenta horas por semana antes de eu morrer, às vezes até mais. Não que precisasse do dinheiro; ele apenas amava trabalhar. Quase nunca estava por perto. Fico surpresa de ter ido me buscar no hospital.

Meu pai espera alguns instantes, olhando para mim com expectativa. Então sai do carro, bate a porta e me deixa sozinha na escuridão. Pressiono as costas da mão contra a testa. Pareço estar com muita dor, como se mal conseguisse permanecer consciente.

Conforme a lembrança vai embora, vejo o Sr. Riley ficar de pé.

— Se quer mesmo correr — diz ele a Richie —, você poderia entrar para a equipe de *cross country*.

— Ah, não. Eu não poderia fazer isso — diz Richie.

— Por que não?

— Ah, eu tenho... bem, você sabe. Tenho outras obrigações. Não sou exatamente bom em trabalhar em grupo.

— É claro que não. — O Sr. Riley olha para o relógio. — Você vai se atrasar para a primeira aula.

— Eu queria saber se você pode dar uma olhada nos meus tênis.

O Sr. Riley faz uma pausa.

— O quê?

— Meus tênis. De corrida. — Richie ergue o pé e o apoia na beirada da escrivaninha do Sr. Riley.

— O que você quer saber? — O Sr. Riley olha rapidamente para os tênis. — São bons. Você deve comprar novos a cada 500 quilômetros mais ou menos. Ainda dá para usar bastante esses aí.

— Não sei — diz Richie. — Só estou correndo há uma semana e meia e meus pés já estão péssimos. — Ele olha para os tênis. — Sabe, Liz comprou esses para mim há um ano. Queria que eu fosse correr com ela. Mas nunca fui.

Fica claro que o Sr. Riley está pouco à vontade.

— Tenho certeza de que ela ficaria feliz por você estar correndo agora.

— Todo mundo acha que sabe o que me deixaria feliz agora — murmuro para Alex.

Ele balança a cabeça, concordando.

— É. As pessoas costumam fazer isso depois que você morre.

— Fico pensando — diz Richie — que, se eu tivesse passado mais tempo com ela, talvez isso não tivesse acontecido. Que se eu não tivesse adormecido naquela noite, ela estaria bem. Sabe aquilo que dizem que até o menor detalhe pode mudar o destino de uma pessoa? Tipo, uma pessoa matar um mosquito na África pode causar um tsunami em outro continente? Talvez se eu tivesse ido correr com ela, ou até tentado conversar mais com ela...

— Ei. Pare com isso. — O Sr. Riley observa a expressão do meu namorado por baixo do brilho grotesco da luz fluorescente. — Não faça isso com você. Não tinha como ajudá-la.

Richie coloca o pé de volta no chão e morde o lábio.

— As pessoas estão falando sobre mim — diz ele. — Sei disso. As pessoas querem que vire uma novela. Estão falando que talvez não tenha sido acidente.

O Sr. Riley fica imóvel. Mal respira. Não diz uma palavra.

— Talvez não tenha sido — diz Richie. — Só me lembro de adormecer naquela noite. Quem sabe o que aconteceu depois? Éramos seis pessoas no barco. — Os olhos dele estão úmidos. Sem contar meu velório, esta é a única vez que vi Richie chorar. — Alguém deve saber o que aconteceu. Não acha, Sr. Riley? Você a conhecia. Ela era especial. Pessoas como ela não caem simplesmente daquele jeito, não é?

O Sr. Riley sacode a cabeça.

— Não sei.

— Sinto que preciso ouvir com muita atenção — prossegue Richie. — E alguma coisa está me dizendo que tenho que correr. Mal consigo me mexer.

— Sou eu — sussurro. — Estou bem aqui, Richie. Estou com você.

— Tudo bem. — O Sr. Riley concorda. — Então é isso que você tem que fazer. Venha me encontrar depois da aula. Estarei na pista. Vou verificar sua postura. Vamos ver se conseguimos descobrir o que está machucando seus pés.

Os dois saem da sala, e o Sr. Riley apaga a luz, deixando a mim e Alex no escuro. Tento mexer os dedos dos pés dentro das botas, mas eles mal têm espaço para se movimentar.

Nove

Minhas amigas estão roubando minhas roupas.
— Não é roubo se você não pode mais usar — observa Alex.

Estamos no meu quarto, que está uma completa bagunça: minha cama de carvalho com dossel está desarrumada, os lençóis e o edredom cor-de-rosa com listras brancas estão embolados na beira do colchão. Na superfície da minha penteadeira há um monte de produtos de beleza, desde pó bronzeador a vários tubos de rímel, de glitter para o corpo a umas três dúzias de batons dentro de um nécessaire de marca que eu usava apenas para guardar cosméticos. Não me lembro de ser tão bagunceira. Fico quase com vergonha de Alex ver meu quarto tão desarrumado.

— Mas são minhas coisas. — Faço beicinho. — Só se passaram algumas semanas. Podiam esperar um pouco mais.

— Pois é, mas são suas amigas. É de se esperar que agarrem a oportunidade de conseguir roupas de graça. Seja razoável, Liz. Para elas, é melhor do que uma liquidação da JCPenney.

Faço uma careta ao ouvir isso.

— Alex. Minhas amigas e eu não fazemos compras na *JCPenney*.

Eu me sinto incrivelmente triste ao olhar para minhas antigas coisas. Há uma história documentada naquela bagunça, uma verdadeira ilustração de quem eu era. Ao olhar para tudo, fragmentos de lembranças me vêm à mente, oferecendo pequenos pedaços do que parecia ser um quebra-cabeça enorme e ainda em crescimento. O quadro de cortiça acima da minha cômoda está coberto de fitas de premiação de *cross country*. São quase todos por segundo e terceiro lugares (como já falei, a velocidade nunca foi meu forte), mas há dezenas deles. Em um canto do quarto, ao lado da cômoda, há uma pilha de tênis de corrida. Eu costumava comprar um par novo a cada seis semanas, mas nunca gostei de jogar fora os velhos. O que eu fazia era amontoá-los. Deve haver uns vinte pares pegando poeira no canto, com as solas gastas e quase lisas de tantos quilômetros contra as ruas cheias de areia e sal. Na lateral do pé esquerdo de cada par, eu costumava escrever a data de compra com caneta permanente preta, para saber quando era hora de trocar.

Tenho um desejo gigantesco de tocar em tudo — de sentir o tecido barato de uma fita que foi difícil de ganhar ou da costura de um tênis — uma última vez. Saber que não posso me faz sentir muito impotente e frustrada, muito... morta.

Minhas amigas — Mera e Caroline, bem como Josie — estão no meu closet, daqueles onde se entra e é quase da metade do tamanho do meu quarto.

— Ah, você só pode estar *brincando* — diz Alex quando as vê. As três estão de sutiã e calcinha, prontas para começar a experimentar minhas roupas. Ele dá um sorriso malicioso. — Se aqui é o inferno, pode me acorrentar à parede.

Faço uma careta para ele.

— Pensei que você as odiasse.

Ele coça a lateral da cabeça, fingindo refletir.

— Não significa que não quero vê-las seminuas.

Caroline é a única que parece hesitar com o que estão fazendo. Olha para as fileiras de roupas cuidadosamente arrumadas, penduradas com capricho e contrastando com meu quarto bagunçado, e estica uma ponta de dedo com a unha bem-feita, mal encostando na manga de um suéter de casimira.

— Tem certeza de que não tem problema? — Ela lança um olhar preocupado para Josie. — É estranho. E se sua mãe nos encontrar aqui?

Josie. Minha irmã postiça. Minha melhor amiga. Assim que olho para ela, vejo que também está incomodada.

— Foi ideia da minha mãe — diz ela, tirando um vestido de linho preto do cabide.

Ela olha para o vestido por alguns segundos. Em seguida, leva o vestido até o rosto e inspira profundamente, absorvendo o cheiro. Procurando por mim. Quando afasta o vestido, há lágrimas nos olhos dela.

— Josie? — O tom de Caroline é gentil. — Tem certeza de que quer fazer isso agora?

Ela respira fundo de novo. Está com um olhar distante no rosto.

— Todas as manhãs quando acordo, fico na expectativa de ela voltar para casa — murmura ela. — Abro os olhos, olho para o despertador e penso: "Liz já deve ter voltado da corrida matinal." Mas aí lembro que ela não está... aqui. — Ela segura o vestido embolado e olha para ele. — Acho que nunca vou me acostumar com a ideia. Nós nos conhecíamos desde sempre, sabe?

Mera e Caroline trocam um olhar preocupado. Caroline vai para perto de Josie e coloca uma das mãos nas costas dela.

— Eu sei, Josie. É terrível. Falando sério, vamos deixar isso para outra hora. Podemos fazer outra coisa agora. Não vamos deixar você sozinha hoje, tá?

Josie franze a testa, sacode o vestido, olha para ele por um momento e o encosta ao corpo, quase abraçando-o.

— Não. Quero fazer isso agora. Quero acabar com isso. Além do mais, o que vamos fazer com isso tudo? Doar para caridade? Essas roupas custaram uma fortuna. — Com uma das mãos, ela limpa os olhos e pisca rapidamente algumas vezes. Forçando um grande sorriso, ela olha para Caroline e Mera. — Está tudo bem. Estou bem.

Pelo menos ela está certa quanto às minhas roupas. Embora me doa vê-las remexendo em tudo que era meu, sei que é melhor que fiquem com elas. Praticamente tudo parece ter vindo de butiques elegantes. Até minhas roupas de corrida são as melhores, o que há de tecnologicamente mais moderno em matéria de elastano e microfibra.

— E o pai de Liz? — pergunta Caroline. — O que ele acharia? Será que não se importaria de fazermos isso?

Eu sei que meu pai provavelmente não se importaria. Ao contrário de Nicole, ele é o oposto de místico: ele se considera uma pessoa muito lógica. Não acredita em fantasma, nem em vida após a morte, nem em nada do tipo. Então, para ele, minhas roupas não têm mais sentido.

É engraçado — era de se imaginar que ele e Nicole não combinariam. Mas não é o que acontece. Meu pai se diverte com a fascinação dela pelo espiritualismo. Ele acha fofo e inofensivo; era o que pensava. Não sei o que deve estar achando disso agora.

Josie lança um olhar intenso para Caroline.

— Como assim, *o pai de Liz*? Ele é meu pai também.

— Ah. — Caroline está com cara de quem engoliu o chiclete. — Certo.

Vejo-a trocando outro olhar com Mera. Mas nenhuma das duas diz nada.

— Ela acha que ele é pai dela de verdade? — pergunta Alex.

Tento fazer um gesto para afastar a ideia, como se não fosse nada mais do que uma mosca chata. Mas ela está lá, exposta, e sei que não tenho escolha, tenho que explicar para Alex.

— Já falei, não falávamos muito sobre isso. Ela acha... é, acho que ela acha que ele é pai dela. Está enganada. O pai verdadeiro de Josie não vale nada. Não conseguia permanecer em emprego nenhum. Nunca visitou Josie depois que se divorciou de Nicole.

— Mas não incomoda você que ela ache que seu pai e a mãe dela tinham um caso tantos anos antes? — Alex parece incrédulo. Eu me dou conta de que ele está certo; é uma conclusão e tanto da parte de Josie, e parece estranho que eu nunca tenha tentado convencê-la do contrário.

Olho para minha irmã postiça, que passa o dedo pelas roupas do meu closet com uma expressão vazia e triste no rosto. Ela chora todos os dias. Olho para o pé dela e vejo que ainda está usando a tornozeleira de "melhores amigas".

— Parecia impossível — digo a ele. — Nunca acreditei. Não sei, Alex... Ela queria um pai. Acho que, lá no fundo, ela sabe que não pode ser verdade. Ela *deve* saber. Era como um boato horroroso que nos seguia a vida toda. Nenhuma de nós duas gostava de falar sobre aquilo. E não íamos perguntar a meu pai ou a Nicole de jeito nenhum. Não havia sentido falar disso.

O tom dele é duvidoso.

— Acho que não.

— Mas agora não importa — digo. — Preste atenção. Vamos observar.

Depois que cada uma das minhas amigas pega uma pilha de roupas, elas começam a experimentar, no meio do meu quarto, jogando as peças rejeitadas no chão.

— Você é bem mais magra do que todas elas — observa Alex. — Eu jamais acharia que suas roupas serviriam.

— Richie disse que perdi muito peso rapidamente — lembro a ele. — Faz sentido ainda haver muita coisa antiga uns dois números maior.

Josie veste uma calça jeans e um top preto de um ombro só e se olha no espelho.

— Não fica tão bom em mim quanto ficava na Liz — diz ela, mordendo o lábio inferior e dando um meio sorriso. Ela puxa uma parte do cabelo comprido e louro e olha para os fios, que sei estarem quase sempre com pontas duplas, independentemente do quanto ela corte. Toda a química do clareamento, que é reaplicada a cada seis semanas, somada ao calor do secador, maltrata muito o cabelo.
— Liz ficava linda com tudo. Tudo sempre ficava muito bom nela.

Mera se senta em frente à minha penteadeira e mexe em uma gaveta. Acaba tirando uma embalagem fechada de cílios postiços.

— O que você esperava? Ela tinha corpo de apresentadora de game show — diz ela. Remexe na bolsa de maquiagem mais um pouco e acaba virando o conteúdo no chão. — Você não pode se comparar a ela.

Josie concorda. Reparo que ela trinca os dentes por um segundo, pois os músculos do maxilar ficam visivelmente contraídos no rosto, quase como se estivesse mastigando o sentimento.

— Eu sei. — Ela se vira de lado em frente ao espelho e examina seu perfil. — Ela ficaria bem usando até um saco de papel.

— É. — Mera continua a remexer na maquiagem. Pega um batom, abre e olha sem atenção para a cor marrom. — Ela estava diferente nos últimos meses. — Seu tom é cauteloso. — Você reparou... não foi, Josie?

Josie concorda com a cabeça.

— Estava definhando. Todo mundo sabia. — E, em seguida, acrescenta: — É como se não conseguisse fugir do passado. Era igual à mãe dela.

Não consigo *acreditar* no que ela acabou de dizer. A sensação de frio que sempre me acompanha fica mais intensa de repente, de alguma forma.

Do que ela está falando? Eu não era como minha mãe. Eu não era anoréxica. Só gostava de correr. O tempo todo. Todos os dias.

Caroline dá de ombros, sem se perturbar com o comentário sobre minha mãe.

— Mas não acho que ela estivesse feia. Você sabe o que dizem: não existe gente magra demais nem rica demais, certo?

Minha irmã postiça parece querer chorar novamente. Ela olha para o teto do meu quarto, que está pintado em um leve tom de roxo. E, ao olhar, eu me lembro: ela e eu pintamos juntas, alguns meses antes de eu morrer, em uma tarde chuvosa de sábado. Antes de usarmos rolos na superfície, pegamos pincéis e escrevemos nossos nomes em letras roxas. Escrevemos: Josie e Liz BFF. Eu escrevi Liz + Richie p/ sempre. Mesmo depois de duas camadas de tinta, se olhar bem para o teto, consigo ver o contorno das letras.

— Tem uma coisa que preciso contar a vocês — diz Josie baixinho.

— Ah, é? — Caroline só está um pouco interessada, mas prefere observar a costura à mão de uma jaqueta quadriculada que eu *amava*.

— É.

O cabelo de Josie está preso em um rabo de cavalo apertado. Com o passar dos anos, o cabelo dela foi ficando cada vez mais escuro. Como resultado, as luzes que ela faz, volumosas e tão claras que são quase platinadas, não são naturais, parecem malfeitas.

Neste momento, ela solta o rabo de cavalo e sacode a cabeça para que os fios caiam sobre os ombros.

— É sobre Richie — diz ela, e faz uma pausa. Quando fala, a voz está trêmula, sem confiança. — Estamos envolvidos.

Mera quase fura o olho com o pincel do rímel ao virar a cabeça para Josie. Caroline, que vestiu a jaqueta quadriculada e está lutando para enfiar o pé em um dos meus sapatos pequenos, tropeça e cai no chão.

— Você e Richie? — diz Caroline, se sentando ereta e ajeitando a jaqueta no peito. — Desde quando?

— Há alguns meses. — Josie hesita. — Ele ia terminar com Liz.

— Eu já ouvi isso — digo, tapando os ouvidos. — Não quero ouvir de novo.

Alex afasta minhas mãos da cabeça.

— Você tem que ouvir — insiste ele. — Por qual outro motivo estamos aqui?

Eu o ignoro. Me solto do toque dele, vou para o banheiro e me sento no chão do boxe. Naquele momento, parece que consegui me distanciar de Alex, ao menos em alguns metros. Mas, depois de apenas um minuto no banheiro, Caroline entra sozinha.

Ela tranca a porta atrás de si e olha para seu reflexo no espelho.

— Oi, Caroline — digo, embora saiba que ela não consegue me ouvir. — Estou bem aqui.

Ela abre a torneira. Devagar e em silêncio, começa a abrir as gavetas do armário do banheiro e examina o conteúdo.

Enquanto observo minha amiga, várias novas lembranças sobre ela voltam à minha memória. Esta é Caroline Ann Michaels, que eu conheço desde a pré-escola. É extrovertida, simpática e muito inteligente. Como falei antes, é líder de torcida, disso eu me lembrava. Agora me lembro de detalhes da personalidade dela, de fatos sobre a família. Ela expressa empolgação batendo palmas com frequência e balançando os dedos. Ela sorri tanto que é quase chocante vê-la de cara feia. É a caçula de quatro irmãs, e todas foram figuras importantes em Noank High. As irmãs, da mais velha para a mais nova, são Charlotte, Corrine e Christy. Os pais são Camille e Colin. A família toda é católica devota. Eles são a imagem do sonho americano. Todos os anos, eles enviam um cartão de Natal com uma foto da família vestida como personagens de um livro ou filme popular. Ano passado, foram personagens de *Harry Potter*;

no ano anterior, de *Guerra nas Estrelas*. A mãe de Caroline faz muitos trabalhos voluntários, e o pai é um fera do mundo financeiro, que trabalha em Manhattan durante a semana e só vai para casa nos fins de semana.

Caroline é uma boa pessoa, tenho certeza disso. Então fico mais do que um pouco surpresa de vê-la remexendo em minhas gavetas assim, escondido. Não faz muito sentido; Josie já deu permissão para que mexam nas minhas coisas.

Na gaveta de cima do meu armário do banheiro, ela encontra um vidro de analgésicos controlados quase cheio. São sobras da minha concussão. Ela enfia na bolsa. Está prestes a desligar a torneira, mas para e olha mais de perto dentro da gaveta.

Percebo, pelo jeito que ela olha, que ela só queria os analgésicos; está claro que acabou encontrando outra coisa.

É dinheiro vivo. Ela enfia a mão na gaveta e tira um montinho de *notas de cem dólares*. As mãos dela estão tremendo um pouco.

Não tenho ideia do que eu estaria fazendo com tanto dinheiro. Tenho uma conta bancária, e meus pais depositam minha mesada nela toda semana. Nunca me deram dinheiro.

Mas o dinheiro que ela está segurando obviamente veio de *alguma coisa*. Por que outro motivo eu o teria escondido em uma gaveta de banheiro? Lentamente, com os olhos vidrados de fascinação e uma expressão de "vejam o que encontrei", Caroline começa a contar as notas. Uma... duas... três... quatro... são quinhentos dólares.

Levo um susto. O que eu estava fazendo com tanto dinheiro? Não consigo imaginar. Fecho bem os olhos e tento me concentrar para tentar lembrar alguma coisa, qualquer coisa. Mas nada aparece.

Batem na porta.

— Caroline? Querida, você está bem? — É Josie.

— Hum, estou, só um segundo! — Ela olha para o dinheiro. Por um momento, acho que vai botar de volta na gaveta.

Mas não é o que ela faz. Ela enrola as notas e enfia no sutiã.

Quando sai do banheiro, Caroline começa a juntar as coisas dela.

— Não me dei conta de como estava ficando tarde — explica, calçando os sapatos. — Tenho que ir para casa agora.

— Mas não terminamos. — Mera faz uma careta. — E a gente ia tomar um *latte* depois e dormir aqui.

— Desculpem, meninas, preciso ir. Vamos tomar os *lattes* outro dia, tá? — Caroline pega a bolsa. Josie e Mera trocam um olhar inseguro.

— Qual é o problema? Você está agindo de um jeito estranho — diz Josie. — Não vai levar nenhuma peça de roupa? Eu já falei, meus pais *querem* que a gente fique com elas.

Caroline respira fundo e olha para meu quarto. O olhar dela para na pilha de tênis velhos. Por um momento, parece que vai chorar.

— Vou ficar com esta jaqueta — diz ela, apontando para o que está usando —, mas não quero mais nada. Pegar uma coisa não é nada demais, mas revirar as coisas dela assim... Não sei, Josie. Me parece errado. Parece que estamos roubando as coisas de Liz.

Mera olha para as próprias mãos. Está segurando nada menos do que *cinco* das minhas bolsas. A mão afrouxa um pouco, mas ela não as solta.

Josie olha para Caroline, examinando-a.

— Você fica linda com essa jaqueta. Liz ia gostar que você ficasse com ela.

É verdade, ela fica ótima com a jaqueta. E, desta vez, Josie está certa. Quero que Caroline fique com ela. Sei que vai cuidar bem.

— Eu ligo mais tarde, tá? — Caroline joga um beijo para minhas amigas e vai embora.

Quando conto para Alex o que vi no banheiro, ele diz:

— Bem, seu namorado é traficante. Talvez você estivesse guardando uma parte do dinheiro dele.

Faço uma careta.

— Duvido. Não me lembro de nada desse tipo.

— Sua memória está cheia de lacunas, Liz. Parece uma explicação sensata.

— Não. — Balanço a cabeça. — Não faz sentido. Por que ele precisaria que eu guardasse dinheiro? E já falei, eu odiava o fato de ele vender drogas. Acho que não faria nada para ajudá-lo.

Alex ergue uma sobrancelha.

— Mas você não tem certeza. Tem?

Hesito.

— Não — acabo por admitir. — Não tenho certeza.

Ele me lança um olhar de satisfação.

— Ei, Liz, se você odiava tanto o fato de Richie ser traficante, por que não fez alguma coisa para impedi-lo? Você me contou que também usava drogas. É um pouco hipócrita, não acha?

Dou de ombros.

— Não. Eu só usava às vezes. Mas nada muito pesado. — E respiro fundo. Qualquer lembrança de Richie, *qualquer uma*, é dolorosa. — E Richie não gostava quando eu usava. Estava sempre tentando me proteger.

— Hum. Ele fez um ótimo trabalho.

— Cale a boca. Ele é apenas um *garoto*, Alex. Assim como você. Não é famoso. É apenas o Richie. Mas você está desviando do assunto. Estou dizendo, não faz sentido ter tanto dinheiro guardado. Para *nada*. Só me lembro de usar cartão.

— Que outra explicação pode ter, Liz? As pessoas não andam mais com tanto dinheiro assim. Por que você esconderia no seu banheiro?

— Não sei. — Observo Mera se aprontando para ir embora. Ela leva uma braçada de roupas até o carro, depois volta para pegar mais.

— E você tem certeza de que Caroline não estava procurando o dinheiro? — pergunta Alex.

— Tenho. — Faço uma pausa, reprisando a cena na cabeça. — Ela ficou surpresa ao encontrar. Estava procurando os remédios. E até isso é estranho. Não sei o que Caroline ia querer com meus velhos analgésicos.

Ele olha ao redor pelo meu quarto, observando a bagunça e a confusão.

— É engraçado — diz ele. — Sempre pensei que vocês, pessoal do alto escalão social... Sempre imaginei que vocês tivessem vidas simples e perfeitas. Tudo parecia tão fácil para vocês.

Olho pela janela. Meu quarto fica na parte de trás da casa, de frente para o mar. Consigo ver o *Elizabeth* sozinho no cais, silencioso e vazio.

A lembrança começa a me dominar antes mesmo que eu consiga fechar os olhos. Ao tomar conta da minha consciência, tenho uma sensação de calma e conforto.

Está de madrugada; meu relógio marca 2h14. Por alguns segundos, observo meu eu vivo dormindo na cama. É óbvio que estou sonhando, ou melhor, tendo um pesadelo. Minhas pernas tremem; estico a mão na escuridão, com os braços magros em direção ao teto, tentando me segurar em alguma coisa, em qualquer coisa. De repente, me sento tão rapidamente na cama, ofegando, que meu eu fantasma leva um susto. Estou no quarto escuro, com os olhos arregalados brilhando à luz da lua que entra pela janela.

Quando meu eu mais novo acende a luz do abajur, percebo que estou me vendo aos 10 ou talvez 11 anos. Meu quarto ainda está decorado como era antes de Nicole reformar a casa, com uma faixa com desenhos de sapatilhas de balé colada no alto das paredes cor de creme. Meus pôsteres ainda são de peças como *O Quebra-Nozes* e *O Lago dos Cisnes*. Isso foi antes de começar a correr; no canto do quarto onde agora ficam os tênis, já há algumas sapatilhas de balé gastas e um par de sapatos pretos e reluzentes de sapateado. A decoração, assim como os sapatos, são os remanescentes da influência da minha mãe. Ela amava assistir a meus recitais. Raramente perdia até mesmo os ensaios. Mas nunca fui uma bailarina muito boa, embora fizesse aula desde a pré-escola até o final do sexto ano. Eu sempre esquecia os passos do balé e nunca conseguia dominar a complicada coreografia do sapateado.

É inacreditável me ver tão nova. Estou usando uma camiseta branca justa e uma calça cor-de-rosa de pijama com estampa de sapatilhas de balé. Há uma suavidade nas linhas do meu rosto que não existe mais, substituída na adolescência por um maxilar anguloso e bochechas macilentas. Meu peito não existe; provavelmente nem tinha sutiã esportivo ainda. Meu cabelo longo e louro está cortado em fio reto e cai sobre os ombros sem camada alguma para emoldurar o rosto. Eu me observo olhar pelo quarto em silêncio antes de colocar os pés descalços no chão e apertar as palmas das mãos contra as bochechas vermelhas. Não consigo evitar um sorriso quando percebo que as unhas dos meus pés estão intactas e pintadas de esmalte cor-de-rosa.

Por mais inocente que meu eu mais novo pareça, está claro que estava tendo algum tipo de pesadelo; minha testa está enrugada de agitação e, por um minuto ou dois, apenas olho em volta, observando minhas coisas como se não soubesse o que fazer.

Em seguida, na ponta dos pés para não fazer muito barulho, meu eu mais jovem sai do quarto. Sigo pela porta, desço o corredor à direita e me vejo parar em frente ao quarto de Josie.

Não bato à porta. Apenas abro, entro e ando até a beirada da cama dela; coloco minha pequena mão (com as unhas pintadas do mesmo esmalte que os pés) sobre o corpo adormecido dela, encolhida e dormindo de lado.

— Josie — sussurro, agitando-a um pouco. — Ei, Josie.

— Hum. — Ela se vira de barriga para cima. Olha para mim sem entender. Seu abajur está aceso; Josie nunca gostou do escuro. Mesmo agora, aos 17 anos, ela dorme com uma luz noturna. — Oi, Liz. — Ela sorri e boceja, deixando à mostra duas fileiras de aparelhos nos dentes. — Qual é o problema?

— Tive um pesadelo.

Ela estica a mão, pega a minha e aperta.

Enquanto observo nós duas juntas, sinto uma saudade enorme desses dias, da deliciosa ignorância da juventude. Aos 10 ou 11 anos, sabíamos que seríamos melhores amigas para sempre. Na luz do quarto de Josie, vejo que estávamos com nossas pulseiras — isso foi alguns anos antes de decidirmos que não eram legais e precisavam ser escondidas.

— Venha — sussurra Josie, puxando o cobertor. — Fique aqui.

Meu eu mais jovem sobe na cama da minha irmã postiça. Passo o braço ao redor da cintura dela. Apoio a cabeça ao lado da dela, sobre o mesmo travesseiro.

Por um tempo, não dizemos nada, apenas ficamos deitadas de olhos fechados, e estou quase pronta para piscar os olhos e voltar à realidade quando Josie sussurra:

— Amo você, Liz.

— Eu também amo você — sussurra meu eu mais jovem.

— Irmãs — murmura Josie. — Para sempre.

— Para sempre — repito, enquanto nos abraçamos.

Eu podia nos observar juntas assim a noite toda, mas, depois de alguns minutos, fica claro que estamos apenas dormindo. É hora de voltar à realidade. Meu coração, que não bate dentro do meu peito, sofre por esses dias. Naquela idade, eu já tinha perdido minha mãe e não era mais inocente, mas a vida ainda estava cheia de esperanças, cheia de novos começos. Eu tinha uma nova família. Ainda tinha meu pai. O futuro estava repleto de possibilidades.

Fecho os olhos com força e tento apagar a saudade que acompanha o que acabei de testemunhar. Quando os abro, Alex está de pé ao meu lado, olhando para mim com uma mistura de curiosidade e tédio.

— Aí está você — diz ele. — Onde estava?

Ignoro a pergunta.

— Quero sair daqui — digo a ele. De repente, não consigo mais suportar estar no meu quarto.

— Para onde você quer ir?

— Tanto faz. Qualquer lugar. Quero sair daqui.

Dez

Quando estava viva, era fácil escapar da realidade: colocava os tênis e ia correr. Mas agora parece que não há lugar nenhum para ir que não seja doloroso. Estou congelando, quase tremendo pela sensação de umidade que se prende aos meus ossos. Meus pés doem. Estou cansada. Apesar da companhia constante de Alex, a morte é incrivelmente solitária.

Ao sair da minha casa, passamos por meu pai sentado sozinho na sala. Ele está com as roupas que usa para trabalhar, mas não parece estar com pressa de ir a lugar algum. Está sentado no sofá, olhando para a televisão presa à parede. Ela está desligada, e a tela está preta, mas meu pai parece não perceber. Está segurando um copo do que parece ser uísque com tanta força que os nós dos dedos estão brancos.

Eu me lembro do meu pai como um cara muito alegre. Agora, ele parece vazio. Apesar das roupas, há pequenas pistas na aparência dele que deixam óbvio que as coisas não estão bem. Ao olhar para ele, vejo que não se barbeia há alguns dias. O relógio, sem o qual não me recordo de tê-lo visto, não está no pulso. E não está usando meias, só um par de chinelos pretos brilhantes nos pés gorduchos. É como se ele tivesse começado a se arrumar para o trabalho e para a vida sem nenhuma intenção de ir até o fim.

Ele olha da televisão para o copo, agita-o um pouco e observa os cubos de gelo mudarem de posição com um barulho suave. Em seguida, inclina a cabeça e escuta.

Alex e eu ficamos em silêncio ao observá-lo. Ouço sons de conversa alegre vindos do andar de cima e a voz de minha irmã postiça cantarolando no corredor enquanto conversa com alguém ao telefone. Ouço a risada dela.

Meu pai também ouve. Ele fecha os olhos e afunda um pouco no sofá.

Ele toma um gole da bebida e mastiga um cubo de gelo. Logo depois, lentamente, fica de pé e anda em direção à cozinha. Alex e eu o seguimos. Meu pai coloca o copo na pia. Vai até o armário e pega uma garrafa de uísque. Coloca-a debaixo do braço e segue para a porta dos fundos, que leva ao quintal.

— Para onde você acha que ele vai? — sussurra Alex.

— Não sei.

— Podíamos ir atrás dele.

Olho pela janela da cozinha. Ele percorre o quintal e vai até o cais. Se qualquer um dos nossos vizinhos o vir assim, vai pensar que ele perdeu o controle. Talvez tenha perdido.

— Não quero ir — digo a Alex.

— Por que não?

A pergunta parece ridícula.

— Porque dói demais. É por isso.

Em vez de seguir meu pai, caminhamos na direção oposta, para a porta da frente. Quando estamos em frente à minha casa, olho para a rua e imagino como eu me sentiria se pudesse correr agora. Para me afastar de Alex, da cena dolorosa de Josie e minhas amigas mexendo no que era meu, da visão do meu pai abalado, da morte. Embora saiba que provavelmente nunca poderei correr de novo, não consigo deixar de imaginar como me faria sentir bem e livre. Penso nisso e ando rumo ao fim do quarteirão a tempo de ver meu namorado saindo para a varanda da frente da casa dele. Eu imediatamente corro em direção a ele. Sinto que preciso estar com ele, perto dele.

A aparência de Richie é estranha. Durante todo o tempo que o conheço, acho que nunca o vi de roupa esportiva sem ser na escola. Ele está agora com uma camiseta (na verdade, uma regata branca de usar por baixo da roupa) e short de corrida, amarrando o cadarço dos tênis. Embora sejam tecnicamente velhos, pois os dei a ele há mais de um ano, os tênis ainda não foram muito usados; ainda estão brancos, relativamente limpos e com aparência resistente. Richie parece desequilibrado sobre os pés. As pernas são pálidas e flácidas. É óbvio que começou a correr há poucas semanas, ou até menos.

Quando ele está quase pronto para sair, Josie abre a porta da minha casa. Ela acena para Richie.

— Droga — murmura ele, mas sorri para ela.

— Venha cá — grita Josie, acenando para que ele se aproxime.

Eu o sigo pela rua. Ele olha em volta, constrangido, como se tivesse medo de que alguém os visse juntos.

Minha irmã postiça o olha com desdém.

— O que você está vestindo? — pergunta ela, rindo um pouco.

— Estou usando roupas. Vou correr.

— *Você?* Correr?

— É. — Ele faz uma pausa. — Me ajuda a pensar.

Penso que podia ser mais do que coincidência que Richie esteja indo correr na mesma hora em que eu estava pensando tanto nisso. O pensamento quase me deixa esperançosa demais; assim que ele surge, eu o ignoro.

Josie enrola uma mecha de cabelo no dedo. Em comparação a Richie, ela está meticulosamente composta: o cabelo está cacheado e preso em uma desarrumação planejada, emoldurando o pequeno rosto que foi cuidadosamente maquiado. Já a vi passar por esse processo mais vezes do que sou capaz de contar. Ela é o tipo de garota (e agora entendo que eu também era) que coloca o despertador para tocar bem cedo e sai da cama para iniciar o doloroso processo de cuidar da aparência: rolinhos de velcro para dar volume ao cabelo. Pinças nas sobrancelhas. Base. Pó bronzeador. Blush. Delineador. Sombra. Curvex. Rímel, rímel, rímel. Produto para dar volume aos lábios. Lápis para contornar os lábios. Batom. Gloss. Papéis absorventes para o excesso de oleosidade. Laquê. Hidratante. É incrível o trabalho que dá ficar com a aparência de todo mundo, só que melhorada.

Está frio para a metade de setembro, com o céu azul e algumas poucas nuvens perfeitas. A brisa sopra e vem acompanhada do som quase constante dos sinos de vento pendurados na varanda de Richie, tocando em um tom baixo e agradável.

Josie se abraça e esfrega os braços nus e arrepiados.

— Como você está?

— Estou bem. Mas a escola está um saco. Para todos os lados que olho, penso nela. — Ele olha para o céu. — Parece que ela não se foi, sabe? Todas as manhãs, quando acordo, sempre tem um momento em que penso que vou vê-la de novo. Penso alguma coisa como: "Bem, é melhor eu me apressar, Liz odeia se atrasar." E, então, eu lembro. É como se ela morresse de novo todos os dias.

— Eu sei — diz Josie. — Eu estava dizendo a mesma coisa para Caroline e Mera.

Josie estica a mão para Richie com hesitação. Reparo que as unhas dela não estão mais roxas, mas sim pintadas de um tom brilhante de vermelho. Ela foi à manicure recentemente.

— Richie, ando querendo dizer uma coisa para você. Eu não devia ter contado sobre ela e Vince — diz ela. — Você teria ficado melhor sem saber.

Ele olha para minha casa e para meu carro (um Mustang vermelho que ganhei no décimo sétimo aniversário, ano passado) estacionado na garagem.

— Talvez. Talvez não.

Ele balança a cabeça, e um cacho de cabelo cai nos seus olhos. Quero muito esticar a mão e colocá-lo no lugar.

— Não — diz ele. — Foi melhor saber a verdade. — Ele pega a mão dela e balança o braço para a frente e para trás. — Podemos cuidar um do outro.

De repente, Josie olha para trás, ergue o braço livre e acena.

— Oi, Sra. Wilson.

Richie olha por cima do ombro. Sua mãe está na varanda, observando-os.

— Meu Deus — diz ele, mantendo a voz baixa. — O que ela quer?

— Ah, seja legal. — Josie sorri para ele. — Ela é sua mãe.

— Só um pouco — murmura ele.

Como falei antes, o Sr. e a Sra. Wilson são artistas bem-sucedidos. São pessoas criativas e atenciosas, mas péssimos em criar um filho. Ouvi alguém dizer uma vez que há dois tipos de pais: os que fazem qualquer coisa pelo filho e os que pagam alguém para fazer qualquer coisa pelo filho. Os pais de Richie são do segundo tipo. Não é que não se importem; só estão ocupados demais.

— Richard? Pode vir aqui um minuto? — A Sra. Wilson não retribui o aceno de Josie. Ela nem sorri.

— Qual é o problema dela? — pergunta Alex. — Não gosta de Josie?

Eu afirmo com a cabeça.

— Não gosta de nenhum de nós. Nem de Josie, nem de meus pais...

— E de você?

Faço uma careta. Quando olho de novo para minha casa, Richie e Josie sumiram e foram substituídos por outra lembrança. Uma van de mudança está estacionada na entrada da garagem. A porta da frente está aberta e presa com um tijolo. Lá dentro, duas vozes jovens gritam uma com a outra e passos soam na escada.

— Garotas! Calma! — Meu pai aparece na traseira da van, carregando uma pilha de caixas.

Nicole sai pela porta da frente. Está usando uma camiseta *muito* apertada e jeans, e o cabelo longo está preso com uma bandana cor-de-rosa. Está jovem, na casa dos 30 anos, e com as bochechas vermelhas pelo esforço físico, pela empolgação e alegria de recém-casada. E, nossa, como está bonita!

— Deixe que elas brinquem, Marshall — diz ela a meu pai. E o beija no rosto. — Estão empolgadas.

Ela prende uma mecha de cabelo atrás da orelha e revela um brinco em formato de pequeno apanhador de sonhos, com penas minúsculas penduradas na teia circular.

Josie e eu saímos correndo atrás dela, com os rostos suados e rindo. Quase esbarro no meu pai quando ele se aproxima carregando as caixas.

— Cuidado! — Ele pula para sair do caminho. Suspirando, coloca as caixas no chão e aperta uma das mãos contra as costas. Ele está com 30 e tantos anos, mas já está acima do peso e fora de forma. Gotas de suor brilham na testa enrugada. Está sem fôlego. Em quatro anos, ele terá um leve ataque cardíaco no meio de um almoço e drinques com um cliente. O médico vai aconselhar que ele perca dez quilos e pare de comer carne vermelha; ele vai rapidamente ganhar cinco quilos e se recusar a abandonar o amor por carne.

Ele lança um olhar de raiva às caixas.

— Devíamos ter contratado gente para fazer a mudança.

— Ah, quer relaxar? Você é adulto. Não é tanta coisa assim — diz Nicole, balançando a mão casualmente no ar. Um grande diamante no dedo anelar da mão esquerda brilha ao sol. O acessório parece deslocado com as bijuterias dela: os brincos, um colar e um anel de turquesa e várias pulseiras.

Ela olha para trás.

— Ah, olhe, Marshall. Os Wilson estão em casa.

Richie e os pais estão saltando do carro em frente à casa deles. Quando o Sr. e a Sra. Wilson veem meu pai e Nicole, trocam um olhar desconfiado.

— Oi, Richie! — grito, acenando.

Ele acena de volta. Quando sorri, o rosto dele forma covinhas. A camiseta tem um desenho do Batman. Não há nenhuma indicação do delinquente relutante no qual vai se transformar em alguns anos. Ali, aos 10 anos, ele é todo doçura, cachos e energia inocente. Eu o adorava naquela época. Como poderia não adorar? Mesmo quando crianças, mesmo que não percebêssemos, nós já nos amávamos.

— Richard, entre em casa. Agora.

— Mas, mãe...

A Sra. Wilson sorri entre dentes trincados e diz:

— *Agora*, Richard.

Ele agita os braços com desapontamento e vejo-o andar em direção à casa, me olhando por cima do ombro. Ele aponta para a mãe e faz um círculo ao redor da orelha com o dedo, como se dissesse: *maluca*.

Sorrio para ele. Mas aí vejo Nicole com o Sr. e a Sra. Wilson, falando com eles enquanto eles assentem e dão sorrisos forçados. Sendo tão jovem, não entendi o que estava acontecendo, mas, agora, ao ver a cena se desenrolar de novo, entendo. Eles não gostam dela. *Nem um pouco*.

— Depois que minha mãe morreu — explico a Alex quando a lembrança se vai —, Nicole e meu pai começaram a namorar imediatamente. Nicole e o primeiro marido mal tinham se separado. — Não sei por que estou contando isso para ele. Não quero falar sobre isso e, como falei tantas vezes antes, nunca acreditei nos boatos. Mas de repente há uma centelha de dúvida, em algum lugar no fundo da minha mente. É só uma centelha. Mas é suficiente.

— O primeiro marido dela? — pergunta ele. — Você está falando do pai de Josie?

— Estou — digo, concordando. — Mas olhe para Josie, Alex. Ela se parece um pouco com meu pai, você não acha?

Tento dizer a mim mesma que Josie também parecia com o pai *verdadeiro* (os dois tinham a mesma cor de cabelo), mas, ainda assim... Há essa dúvida insistente. As pessoas falam disso há tanto tempo. Será que havia chance de isso ser verdade?

Josie é bem magra e miúda, mas tem uma certa corpulência. Ao contrário de mim (eu tinha os genes da minha mãe e, mesmo antes de ficar esquelética, sempre fui magra e delgada), Josie luta para manter a forma. Ela não tem muita cintura. Há uma abundância de carne nela que nenhuma dieta de proteína ou regime aeróbico vai conseguir mudar. A estrutura dela se encaixa no lado do meu pai da árvore genealógica, como um galho que faltava.

Meu pai e Nicole foram namorados de escola. Eles terminaram e foram cada um para seu lado depois da formatura, mas acabaram voltando para Noank com seus respectivos cônjuges. É uma cidade pequena; ficaram amigos. Minha mãe ficou doente bem antes de engravidar de mim. Quem sabe como era o casamento dos meus pais?

— As pessoas acham que meu pai e Nicole tiveram um caso e que Josie foi o resultado — conto a Alex. — Antes de minha mãe morrer. Antes de Nicole se divorciar.

— Aham. E o que *você* acha? — pergunta Alex.

Com Richie ocupado com a mãe, Josie está olhando para o celular enquanto manda uma mensagem de texto com um meio sorriso ameaçando surgir nos lábios vermelhos.

— Não sei. Até alguns minutos atrás, eu teria dito a você que não havia possibilidade de eles terem tido um caso. Mas — minha voz falha por um momento — eles se casaram tão rápido depois que minha mãe morreu. Quase não *namoraram*. Não consigo imaginar meu pai traindo minha mãe, Alex. Nunca pensei que fosse possível, nem por um segundo. Mas é que...

— O quê? — pergunta Alex. — Mas é que *o quê*?
— Ela se parece muito com meu pai. Só reparei agora.
Alex olha para Josie.
— Talvez você não quisesse reparar.

Richie segue a mãe para dentro de casa, deixando Josie sozinha do lado de fora. Vou atrás dele e passo sem esforço nenhum pela porta da frente depois de ele fechá-la na minha cara.

O ambiente tem uma falsa sensação calorosa. Para todo lado que se olha, tem algum objeto de arte: quadros pendurados nas paredes (nada de ilustrações na casa dos Wilson; eles têm pinturas originais em pastel, protegidas por vidro de qualidade, uma coleção que provavelmente poderia pagar por todo o curso universitário de Richie três vezes); esculturas sobre o chão e nas estantes; janelas com vitral; tapetes tecidos a mão; plantas em todos os cantos, a desarrumação que parecia adorável e casual de um lugar que parece um lar de verdade.

Mas eu sei que não é. É só um acúmulo de coisas. Os quadros são para serem apreciados, mas não necessariamente estudados. Uma vez, quando eu estava olhando para um deles, o pai de Richie me disse para ter cuidado para não *respirar* perto demais do vidro. Os livros são todos para exibição, comprados em lotes em leilões de antiguidades anos antes. Os tapetes foram importados em lotes do Marrocos. Eles têm uma empregada para molhar as plantas.

E nunca tem comida de verdade na casa, só coisas como vinho e ketchup e, de vez em quando, uma embalagem de sobra de comida de restaurante. Os pais de Richie passam a maior parte da semana na cidade, onde têm uma galeria — por que se dariam o trabalho de fazer compras? O filho deles não precisa comer nem nada.

Richie e a mãe estão na cozinha juntos enquanto a Sra. Wilson olha para a enorme geladeira de inox quase vazia. Fora as prateleiras na porta, que estão carregadas de condimentos, só consigo ver uma garrafa de dois litros de refrigerante, uma caixa de pizza e uma caixa de leite de soja. Ao olhar para a caixa de leite, lembro que ela está lá há meses.

— Richard, sei que você não vai gostar de ouvir isso de mim, mas não quero que você passe seu tempo com Josie.

A cozinha é moderna, luzidia, fria: toda de mármore, inox e vidro. A decoração tem cara de fome, com a suspeita falta de qualquer comida. Há uma chave extra pendurada em um gancho. A lava-louça, com porta de vidro transparente, está completamente vazia. Richie costumava tomar café na minha casa quase todos os dias. Não sei bem como está fazendo de manhã agora.

— Ela acabou de perder a irmã — diz ele. — Está arrasada.

— É exatamente esse o problema. Ela acabou de perder a irmã. — Quando fecha a geladeira, o rosto da Sra. Wilson fica sombrio. A única luz da cozinha vem da janela acima da pia e divide o aposento em dois, separando Richie da mãe. A Sra. Wilson (magra; por volta dos 50 anos; sem maquiagem; com cabelo escuro e ondulado; usava uma camisa de flanela e jeans sujo) aperta a base da palma da mão na testa e se apoia na ilha da cozinha. — Você não tem idade suficiente para se lembrar de como foi um pouco antes de a mãe de Liz morrer. Lisa era minha amiga. Richard, ela chorava por causa de Nicole. Ela me dizia: "aquela mulher está tentando roubar meu marido". Era incrivelmente triste. Os quatro, os pais de Josie e os pais de Liz, começaram como amigos. Lisa não sabia que Nicole era obcecada pelo marido dela. Você consegue imaginar? — Ela o ridiculariza um pouco. — É claro que não consegue. Você é uma criança.

Richie olha para os tênis brancos.

— O que você quer que eu faça, mãe? Não posso ignorar Josie. Ela não merece. Não fez nada.

— Ela é filha dele. Josie é filha de Marshall. Você sabe, não sabe? Esse caso aconteceu durante *anos* bem debaixo do nariz de todo mundo. E aí a esposa dele morreu. Ela se matou *de fome*. Estava humilhada, com o coração ferido e destroçada. Sabe, acho que não tinha se passado nem uma semana do enterro dela quando Nicole largou o marido para ficar com Marshall.

Há coisas de que não quero lembrar, independentemente do que eu esteja aqui para aprender. Não quero ouvir; não quero escutar isso. Mas não consigo evitar.

— Isso foi anos atrás — diz Richie.

— Foi horrível.

A Sra. Wilson fica de pé e vai para a única parte da cozinha que tem alguma coisa em estoque: a adega de vinhos. Abre uma garrafa de vinho tinto e serve um pouco em uma caneca de café com a imagem do quadro *O Grito*, de Edvard Munch.

Richie pisca os longos cílios juvenis para ela.

— Mãe — diz ele —, não é meio-dia ainda.

— Está tudo bem. — Ela segura a caneca com as duas mãos. Os dedos estão sujos de argila. As unhas estão curtas, quebradiças e não estão pintadas; para alguém tão ligado em estética, a aparência dela é incrivelmente simples. Ela sopra a caneca, como se quisesse esfriar o que tem dentro. — Vamos fingir que é café.

— Você gostava de Liz. Eu sei que gostava.

Richie olha pela janela, para o céu; parece que quer olhar para qualquer lugar, menos para a mãe. Ela está preocupada com a vida dos vizinhos. Por outro lado, deve fazer anos que não faz comida para o único filho.

— Sim. Claro. Eu gostava dela. Ela não tinha culpa de nada, tinha? Eu me sentia péssima por ela.

— E em que Josie é diferente? Não é culpa dela o que os pais fizeram.

— Mas ela é filha deles. Pelo menos, Liz era filha de Lisa. — A declaração parece carregar muito significado para a Sra. Wilson. —

Não quero que você vá mais lá. Aqui é sua casa. — E, pela primeira vez, ela parece reparar na roupa dele. — Por que está vestido assim?

— Eu ia dar uma corrida — diz Richie. — Preciso ir. Agora.

Eu daria qualquer coisa para correr com ele. *Qualquer coisa.* Eu correria de botas se a dor não fosse insuportável. E daí se meus pés ficassem inchados e sangrassem? Qual é a importância? Não sou um cadáver. É incrível como ainda posso sentir tanta dor, com os dedos encolhidos na parte da frente das botas, a frustração se transformando em lágrimas quando eu e Alex observamos Richie descer a rua correndo e virar para Groton Long Point. Só de ficar de pé com aquelas botas nos pés, sei que não há como correr. A dor seria intolerável. Ela me mataria de novo. Ficar de pé já é uma tortura.

— Na sua opinião, por que meus pés doem tanto? — pergunto a Alex. — Não sinto dor em nenhuma outra parte. — Parece estranho não ter falado sobre isso com ele até agora, considerando que a dor está sempre presente.

Ele olha para minhas botas.

— Não sei. O que *você* acha?

A pergunta me frustra; é quase como se ele estivesse tentando me fazer perceber alguma coisa, mas não sinto vontade de fazer uma brincadeira de adivinhação agora.

— Alex, você está aqui há bem mais tempo do que eu. Se tem alguma resposta, diga.

Alex dá de ombros.

— Não sei mesmo, Liz. Você está certa; é estranho.

Suspiro e me viro para olhar para Richie.

— Tudo o que quero é correr.

— É? — Alex segue meu olhar, depois olha para minhas botas. — Mas não pode. Ao menos, não agora.

Mas Richie está livre. Ele pode correr pela praia, pelas casas luxuosas que dão vista para lá. Em Groton Long Point, a maior parte das casas é de veraneio, são construções maravilhosas. Algumas têm elevador. Têm seus próprios campos de golfe. No verão, as garagens ficam cheias de Mercedes, Ferraris e até um ou dois Bentleys. São pessoas que nunca escutam a palavra "não". São meus vizinhos, amigos dos meus pais. De certa forma, embora eu seja da cidade, eu era um deles. Porque também não estava acostumada a ouvir a palavra "não", principalmente depois que minha mãe morreu.

Mas, agora, tudo é não: não, você não consegue lembrar. Não, você não pode ver sua mãe. Não, você não pode correr.

Mas Richie pode correr na praia; pode respirar o ar com maresia e sentir os tornozelos tremendo ao apoiar o pé na areia. Fiz isso centenas de vezes. Faz sentido eu não conseguir fazer agora; correr me fazia sentir mais viva do que qualquer outra coisa. É claro que não posso saber, agora que estou morta.

A mãe de Richie observa da porta o filho sumir no fim da rua. Deixo Alex para trás e sigo quando ela sobe para o quarto dele. Por um momento, ela fica ali, de pé. Vai até a cama, pega uma beirada da colcha entre o polegar e o indicador e a observa. Em silêncio, como se soubesse que não devia estar ali, como se Richie pudesse voltar a qualquer momento e pegá-la em flagrante, ela atravessa o quarto até a escrivaninha. Pega uma foto minha. Cobre meu rosto com o polegar para que só meu cabelo e meu corpo fiquem visíveis. Eu já estava só pele e osso naquela época, alguns meses antes de morrer.

— Lisa — murmura e tira o polegar para revelar meu rosto sorridente. Apesar da minha expressão, há uma certa opacidade em minha beleza superficial: meu cabelo, embora longo e louro, está sem vida. Há olheiras sob meus olhos, tenho certeza, cobertas por camadas de corretivo. E meus ossos estão visíveis sob a pele. O osso do joelho ligado ao osso da perna, o osso da perna ligado ao osso do quadril...

— O que ela está fazendo? — pergunta Alex.

Levo um susto. Não achei que ele tivesse me seguido, mas ele estava bem ali.

— Não sei — respondo. — Está olhando.

— O que está procurando?

Balanço a cabeça.

— Não sei bem. Mas, se começar a xeretar, não vai gostar do que vai encontrar.

A Sra. Wilson é uma mãe incapaz, mas não é má pessoa. Ao observá-la agora, olhando para os livros nas prateleiras de Richie, cada um com centenas de páginas, com o conteúdo deles absorvido pelo filho sobre quem ela não sabe quase nada, me sinto quase sem ar de tanta pena dela. Percebo que eu o conhecia melhor do que ela jamais conhecerá.

Mas talvez ela o conheça melhor do que eu pensava. Os dedos dela passam pelas lombadas dos livros e param no enorme exemplar de capa dura de *Grandes esperanças*. Ela para, puxa o livro lentamente e o abre nas mãos. Será que é coincidência ter escolhido exatamente *esse* livro?

O espaço oco está completamente ocupado de problemas: sacos de erva, vários vidros de remédios controlados, um saco plástico amarrado com uma quantidade *enorme* de pó branco e um bolo de notas preso com elástico. Olha só, mãe! Seu filho vende drogas!

Espero que ela leve um susto e chore, que confisque tudo ou ligue para o marido, para a polícia ou para *alguém*. Mas ela não faz nada disso. Com cuidado e dedos delicados, ela fecha o livro e o coloca no lugar. Ajeita minha foto na escrivaninha para que fique exatamente como antes. Em seguida, quase sem fazer barulho, sai do quarto e fecha a porta atrás de si.

Como fantasmas, podemos viajar com muita facilidade. Mesmo não podendo correr ao lado de Richie por causa dos sapatos horríveis, só preciso de uma série de piscadelas, do mero *pensamento* nele (com Alex tocando em mim para poder ir junto) para estar ao lado dele de novo.

Tento me concentrar nele o máximo que consigo, para fazê-lo perceber que estou aqui com ele. *Richie, sou eu,* penso. *É Liz. Você consegue me sentir? Sabe que estou aqui?* Tento me concentrar em nossa ligação, que sei que é real. Mas a presença de Alex me distrai e me impede de me concentrar completamente em Richie. É como se os dois se misturassem em minha mente por um segundo, Alex de pé ao meu lado e Richie dando uma parada, apoiando os cotovelos nos joelhos.

Estou bem aqui. Estou ao seu lado. Você consegue me sentir? É sua Liz. Eu o observo e me encho de esperanças: ele parece transformado, tomado de energia. O rosto está ruborizado, as bochechas estão vermelhas e os olhos brilham quando ele olha para o sol da tarde à frente. Parece que estava correndo mais por velocidade, e não por resistência; estamos do outro lado da cidade.

— Ele não foi para a praia. — Alex nunca parece animado com nada, mas o tom dele está mais neutro do que nunca. — Por que viria para cá?

Ele sente uma ligação. Deve ter sentido. Por que outro motivo teria parado tão rápido?

Chego mais perto de Richie, tão perto que poderia esticar a mão e tocar nele. Eu me concentro o máximo que consigo, tentando esvaziar a mente de todos os outros pensamentos, e faço isso: toco nele. E funciona. Quando minha mão encosta nas costas suadas, consigo sentir a vida sob a palma da minha mão: quente, úmida, sólida. Meu braço formiga até que as pontas dos meus dedos parecem prestes a explodir, e em menos de um segundo vou de uma agradável euforia a uma sensação de estar pegando fogo. Puxo o braço para longe.

— Por que não vir aqui? Tem uma rua. Ele a seguiu. — Olho para o espaço entre nossos corpos. O ar parece elétrico, com energia para todos os lados. Será que Richie consegue sentir? Quando eu estava viva, acho que sentia às vezes, depois de uma longa corrida:

a ideia de que tudo ao redor de nós respira, que não existe espaço vazio, que até o ar tem presença.

Richie continua a respirar para recuperar o fôlego. Ele enxuga o suor da testa com a barra da camiseta. Os belos cachos pretos estão grudados no rosto. Ele olha, quase espantado, para a casa à frente.

É uma pequena casa branca estilo Cape Cod, com janelas vermelhas. Tem o estilo da Nova Inglaterra, bem apertado. Não é um lugar terrível, acho, se você não estiver atrás de metros quadrados.

Mas é um canto meio obscuro da cidade: perto do cemitério, longe da praia e, até mesmo agora, na tarde iluminada com o sol alto, a paisagem parece estar coberta por uma sombra. Não há nuvens no céu e nenhuma obstrução à paisagem. Mas parece haver uma palidez cinzenta sobre a margem do universo, como uma rede que deixa o ar mais denso.

Meu namorado olha em volta, como se achasse que alguém o tivesse seguido. *Eu!*, quero gritar para ele. *Sou eu!* Ele vai até a casinha branca, dá a volta pela lateral em direção à garagem e fica nas pontas dos pés para olhar pela janela.

— Alex — falo. — Consegui. Encostei nele.

Mas Alex não parece interessado na descoberta.

— Você sabe quem mora aqui? — A voz dele treme.

— Não. É claro que não sei.

— É claro só porque é um lugar de merda? — Com o pé, ele tenta chutar a terra do gramado da frente. Obviamente, não consegue; o pé passa direto pela pilha de terra sem tirar nada do lugar.

Ainda estou vibrando pelo efeito que tocar em Richie teve no meu corpo. Envolvo os braços no meu torso, tentando manter só um pouco a sensação. Ela escapa como areia em uma peneira. Não consigo impedir. A atitude indiferente de Alex parece me arrancar de qualquer sensação agradável que eu tenha conseguido sentir, e percebo que, por um momento, esqueci completamente a dor nos pés. Mas agora ela voltou, com tanta força que mal consigo ficar de pé.

— É — respondo, frustrada por Alex me fazer perder a sensação —, porque é um lugar de merda. É isso que quer ouvir? Não sei o que ele está fazendo nesta rua, por que está interessado nesta casa. Nunca *vi* este lugar antes. Nenhum dos meus amigos mora nesta parte da cidade. Eu nem mesmo pediria doces de Halloween aqui. Provavelmente acabaria com um monte de guloseimas ruins e de marca vagabunda. — Não que importasse; eu nunca comi doces.

— Então, o que ele está fazendo? — Alex está quase histérico. — Por que ele viria aqui?

— Não sei! Ele está espiando. Está olhando... na caixa de correio. — Faço uma pausa. — O quê?

É verdade; Richie está olhando as correspondências. Ele segura cada uma por um momento e olha bem antes de seguir para o envelope seguinte. Depois de ter visto tudo, ele coloca de volta. Dá uma olhada longa e final na casa. Depois se afasta e ganha velocidade rapidamente ao seguir rumo à cidade.

— Quero entrar — diz Alex.

— Por quê? — pergunto.

A sensação sombria que me envolveu de leve parece mais densa, mais pesada; ela se expandiu e virou uma sensação de medo genuíno. Antes que ele fale, sei o que vai dizer. Não consigo imaginar por quê. Não entendo nada daquilo. Só sei que estava pensando em Alex enquanto observava Richie correr. Alguma coisa além da minha compreensão está acontecendo. Nossos mundos estão interligados, meus pensamentos estão influenciando os de Richie. Isso parece claro. Eu sei, mesmo não fazendo sentido total para mim ainda.

— Porque é minha casa. Quero ir para casa.

Onze

Acho que as pessoas lidam com a morte de várias maneiras. Ao que parece, minha família está tentando me deixar partir sem muita confusão: estão dando minhas coisas. Meu pai está afundando a tristeza em álcool. Minha irmã postiça, embora esteja claramente sofrendo, ainda quer meu namorado para si. Eles não parecem estar envolvidos no mistério que cerca minha morte precoce, nem reconhecem que há um mistério.

Mas algumas pessoas não deixam para lá; elas se agarram à perda de uma pessoa amada como a um cobertor quente. A casa de Alex é um monumento a ele, construída de paredes de gesso e piso de linóleo e cortinas feias. Há fotos dele em todos os aposentos, cercadas de imagens religiosas e flores secas e, muitas vezes, de velas, todas acesas na casa vazia.

— Eles não têm medo de incêndio?

Coloco a palma da mão acima da chama de uma vela vermelha, com o suporte de vidro pintado com uma imagem rudimentar da Virgem Maria, e fico encantada quando descubro que não sinto nada. Ser fantasma pode ser fascinante às vezes.

— Acho que eles não têm medo de mais nada.

— Você disse que são religiosos. Seus pais. São católicos?

A única coisa próxima de religião que conheço é a versão *new age* e moderna do espiritismo. Em nossa casa, não se podia fazer contato com o outro lado a não ser que se estivesse com o uniforme certo: top justo, saia de camponesa, bijuterias azul-turquesa, tatuagens de henna. Nicole anda calada e sem inspiração para praticar a variação de religião desde o momento que morri, pelo que pude perceber. Não fico surpresa. A verdadeira perda (a visão da enteada em um saco para corpos, a vaga compreensão de que meus últimos momentos foram passados submersa, a água salgada penetrando nos meus pulmões saudáveis, certamente uma morte desagradável, no mínimo) não se permite uma virada casual de carta de tarô nem a cerimônia absurda de uma sessão espírita.

Mas ela não teve problema em pegar o tabuleiro Ouija quando minha mãe morreu. Por que não? Será que só estava tentando me consolar? Se era isso, o plano pareceu equivocado, insensível, quase grotescamente impróprio. Que diabos ela estava pensando?

— Sim, são católicos. E não falei que eram religiosos — corrige Alex. — Falei que eram *muito* religiosos. Dê uma olhada ao redor, Liz. A vida inteira deles gira em torno do cristianismo. — Ele faz uma pausa. — Não que seja uma coisa ruim. Acho que deu conforto a eles. Há algo de positivo em rituais religiosos, você não acha?

Hesito. Para mim, a casa é apenas sinistra.

— Claro — digo. — Acho que sim.

— Como você e sua corrida — acrescenta ele. — Era um ritual, não era? Uma coisa que você fazia repetidamente, para permitir que se sentisse sã e sob controle?

— Certo. Entendo o que você quer dizer. Mas não era exatamente uma religião. — Meu olhar percorre o aposento. — Alex, isso é levar a religião a um nível completamente diferente de devoção.

— É — concorda ele. — Meus pais são assim.

— Então me conte, onde seus pais devotos pensam que você está agora? No céu?

— É claro. Eu fui batizado. — Ele semicerra os olhos para me olhar; a casa está escura exceto pela luz das velas. — Você não sabe disso? Não está na IAC?

Ele está falando da Irmandade de Atletas Católicos.

— Estou — digo. — Na verdade, sou a vice-presidente.

— Então você devia saber.

Dou de ombros.

— Só entrei para poder colocar nas fichas de inscrição das universidades. Nunca fui cristã. — Faço uma pausa. — É estranho eu me lembrar disso. Você não acha? Por que seria importante?

— Não sei — diz ele. — Mas é um tanto revelador. Mostra uma coisa sobre quem você era. — Ele cruza os braços sobre o peito. — Se você nem sequer era cristã, como se tornou vice-presidente?

Não respondo logo de imediato. Em vez disso, olho mais um pouco ao redor. A casa está abarrotada. Além dos objetos religiosos, velas e estatuetas e orações manuscritas pendurados nas paredes, há uma bagunça generalizada. Na cozinha, vejo a pia cheia de pratos. Roupas que não sei dizer se estão sujas ou limpas estão empilhadas em três cestos diferentes ao lado do sofá da sala. Em um canto, há um cesto de papel que precisa urgentemente ser esvaziado.

Enrugo o nariz.

— Achei que a limpeza era parceira da divindade. E respondendo à sua pergunta, nós votamos. Nem precisei fazer campanha.

— E foi eleita? Mesmo não sendo cristã de verdade?

A irritação dele fica óbvia. É como se ele não tivesse ideia de o que é ser adolescente. Pois o que importa é que nada significa nada. Somos apenas crianças. Qual é a importância de eu não ser cristã? Ninguém vai me perguntar sobre o Novo Testamento para desafiar minha autoridade de vice-presidente da IAC, porque *não há* autoridade. Acho que o máximo que tive que fazer no cargo foi na primavera passada, quando ajudei a organizar uma arrecadação para o banco de alimentos local. Minha única responsabilidade era colocar caixas de papelão em todas as salas de aula para juntar alimentos não perecíveis. Mais uma vez, a lembrança parece aleatória e sem sentido. Por que sei isso mas não consigo me lembrar de outras coisas que são obviamente importantes? Parece que estar morta requer uma paciência que não tenho. Ainda não, pelo menos.

— Um tremendo desafio — digo a ele. — Devo dizer que eu jamais teria conseguido sem a intervenção da mão de Deus.

Quando mais nova, a religião me parecia ridícula. Que tipo de Deus tira a mãe de uma criança aos 9 anos?

Pois então, eu o irritei. Ele está tremendo de raiva.

— Não diga isso. Não na minha casa. Tenha respeito.

— Por quem? Por Deus?

— É.

— Ah. — Meu tom fica leve, quase debochado. Não consigo me controlar. O fato de ele ter continuado a ter fé me parece absurdo, considerando nossas circunstâncias. — Deixe-me fazer uma pergunta, Alex. Onde você acha que ele está? Deus?

— Estamos aqui, não estamos? Não é como se não existisse *nada* depois que morremos.

Olho para minhas botas e mexo os dedos doloridos, cada um com sua própria sinfonia de dor.

— Acho que isto pode ser o inferno.

— Se é isso mesmo que você acha — diz ele —, então era pior do que eu pensava.

No fundo da sala, há um piano de madeira encostado à parede. A tampa está coberta de fotos. Alex senta no banco e olha para as teclas.

— Você toca? — pergunto.

Ele balança a cabeça.

— Desde os 4 anos.

Cada foto sobre o piano é de Alex, desde que era bebê até uma idade que suponho ser alguns meses ou talvez semanas antes da morte dele.

Ele fecha os olhos. Seus dedos começam a se mexer sem esforço por cima das teclas.

A energia estranha — a teia de tristeza que reparei primeiro lá fora, quando Richie estava olhando as correspondências — parece ainda mais densa agora, como se cobrisse a casa toda, envolvendo-nos com tanta intensidade que parece que poderia quebrar as janelas. Quando olho para as fotos, é como ver Alex crescer, uma exibição do que poderia ter sido todo grande evento da vida dele, do nascimento à foto da escola no segundo ano. Há fotos dele na manhã de Natal, o filho único sentado sob uma árvore, sorrindo ao lado de uma pilha de presentes. Há uma foto da liga mirim de beisebol: Alex de uniforme de beisebol, segurando o bastão, com sorriso torto e dentes grandes. Há uma foto dele em um recital de piano: está de paletó e gravata e com o braço na cintura da mãe.

Só agora me dou conta do quanto é bizarro que eu consiga ouvir o que ele está tocando no piano. Não entendo como é possível. Mas a música é tão linda que não quero perguntar.

— O que era? — pergunto quando ele termina.

— Não tem nome. — Ele baixa o olhar com timidez. — Eu compus. Quando tinha 15 anos.

— Acho que já ouvi. — E aí me dou conta de onde foi. — Ouvi mesmo. No seu velório.

— Ah. — Ele continua a olhar as teclas. — Tem razão.

Ele parece distraído por um momento, pois sua expressão fica distante e as mãos saem de cima das teclas. Quase como se eu não estivesse aqui, ele fecha os olhos de novo. Mas é diferente de um momento atrás. Desta vez, seus ombros caem para a frente e sua postura ereta de sempre parece desaparecer. Percebo que ele está deslizando para o passado. Talvez seja sem querer; ele nunca fez isso na minha frente, exceto no dia em que morri, quando me mostrou a cena desagradável no refeitório.

Não penso no que faço em seguida; apenas acontece. Estico a mão e seguro com força o pulso de Alex. Fecho os olhos.

A princípio, não sei onde estou; só consigo dizer que é uma loja. Estou de pé em frente a uma vitrine de vidro cheia de comidas calóricas: salada de massa, peito de frango empanado, filés de salmão cobertos de açúcar caramelizado, escalopes grelhados enrolados em bacon. E as sobremesas... Meu Deus, só de ver as sobremesas, me sinto tão gulosa que dou um passo para trás. Há um cheesecake coberto de morangos enormes e brilhantes. Do lado, há uma mistura com cobertura de nozes, manteiga e canela. Sobre uma bandeja de prata há pilhas de brownies, biscoitos e pedaços de bolo de chocolate com calda.

— Oh... — digo, e a palavra fica presa na minha garganta. Há vontade verdadeira na minha voz. Agora que estou morta, suponho que não consigo engordar. Seria o paraíso se eu pudesse comer o que quisesse sem pensar nas calorias. Mas o paladar já é uma sensação estranha a mim; acho que uma festa nos doces não me daria prazer algum.

— Saia. Agora. — Nunca ouvi Alex falar com tanta rispidez. Ele está bem ao meu lado.

— Onde estamos? É uma lembrança sua, não é? Este lugar é do seu passado.

Ele nem pisca enquanto me olha enraivecido.

— Você sabe onde estamos. Agora vá embora.

Uma mulher de meia-idade de aparência frágil entra entre nós.

— Olá? — grita ela. — Tem alguém trabalhando aqui?

Ela coloca a mão sobre a bancada e bate as unhas com impaciência na superfície de metal. Há uma munhequeira de tênis ao redor do pulso fino. Ela está quase toda de branco, exceto por um lenço vermelho de seda amarrado no pescoço. Um diamante marquesa do tamanho de uma bola de gude enfeita o dedo anelar. O cabelo grisalho fino está preso em um coque apertado. Até aqui, de pé no balcão da delicatéssen, ela emana classe.

— Puxa vida... — diz Alex, fazendo uma careta ao olhar para ela. — Liz, você precisa sair daqui. Não quero que veja isso. Nada disso.

De repente, eu me lembro; *é claro* que sei onde estamos. Já estive aqui inúmeras vezes com minhas amigas. Olho em volta e reconheço a parede repleta de prateleiras de pão fresco, as encantadoras mesas de metal para duas pessoas na parte da frente, as enormes vitrines que oferecem uma ótima vista da praia.

E aqui está Alex, saindo da sala dos fundos e limpando as mãos no avental sujo ao se apressar para ir até o balcão. Está mais jovem, mas não muito. É claro que estamos no Mystic Market.

— Sra. Boyden. — Ele dá um largo sorriso para a mulher no balcão. — Como está?

Ao vê-lo, ela relaxa um pouco a postura educada e rígida.

— Alex. É bom ver você. — Ela olha ao redor. — Eu trouxe uma pessoa comigo hoje, mas parece que ela está tímida. Chelsea? Onde você está se escondendo?

Digo a Alex:

— Você nunca me leva junto quando se lembra das coisas.

Ele dá de ombros, mas percebo que está apenas tentando ser casual; é claro que ele está nervoso.

— Não faço isso com frequência. Andamos muito concentrados no que acontece com você. Tive um ano inteiro para lembrar as coisas sozinho.

Balanço a cabeça.

— Não é por isso. Você mesmo disse que ainda não sabe quem matou você. Você deve estar se lembrando de coisas. Mas não quer que eu participe, quer? Nem um pouco. Estamos juntos esse tempo todo, Alex. Mostrei tanta coisa a você. Mas você não quer que eu veja nada da sua vida. Não é justo.

— Liz — diz ele, com o tom de quem está ficando impaciente —, não tem nada que diz que tenho que mostrar minha vida para você. Não preciso da sua ajuda com nada. Isso é particular, tá? Você não consegue entender isso?

Uma garota bonita sai do meio de duas fileiras de comida e anda até o balcão. Está usando um uniforme de escola católica, com meias azul-marinho até a altura do joelho e sapatos tipo mocassim. O cabelo castanho está preso em um rabo de cavalo apertado. Está usando maquiagem, mas é pouca, talvez só blush e gloss. Quase imediatamente reparo que as orelhas dela não são furadas. As unhas estão curtas e sem esmalte.

— Mas você só está trabalhando — digo, contrariada. — Qualquer um podia ter entrado aqui e visto você. O que poderia haver de tão particular nisso?

— Nada. É só... nada. — Ele suspira. — Isso é *meu*. Quero que continue assim. — Ele faz uma pausa. — Não quero que nada estrague.

— Você acha que eu estar aqui vai estragar? — Franzo a testa. — Como?

O outro Alex, o que está atrás do balcão, sorri para a garota. Chelsea.

— Oi — diz ele. — Como você está? Faz tempo.

Tem alguma coisa estranha na expressão de Alex, no tom da voz, até na luz dos seus olhos. E isso não é tudo, ele parece mais alto. Ele coloca os braços no balcão e apoia o queixo casualmente nas mãos.

A Sra. Boyden olha para um e para o outro.

— Peguei Chelsea na escola hoje — diz ela. — Ela vai passar o fim de semana comigo.

— Não a conheço — digo a Alex. — Deveria? Por que ela está de uniforme?

— Ela estuda em uma escola católica em Groton — murmura ele, obviamente infeliz de estar esclarecendo qualquer coisa para mim.

— Ah, é? — O Alex atrás do balcão concorda com interesse. — Vocês têm algum plano para o fim de semana?

Naquele momento percebo o que há de tão diferente nele nesta lembrança. Ele está feliz. Calmo. Relaxado. Porém, mais do que tudo, está confiante.

— Olhe só para você — digo, sorrindo para ele. — Flertando como um profissional.

— Pare. — Ele parece quase pronto para chorar.

— Alex, qual é o problema? Está tudo bem. Estamos nisso juntos, sabe? Nós dois estamos mortos. Não vou zoar você, prometo.

— Não importa. — Ele olha para o chão. — Não é isso.

— Então me conte — peço. — O que é?

Mas ele ignora a pergunta e prefere se concentrar em seu antigo eu com a Sra. Boyden e Chelsea.

— Ah, não tente me fazer pensar que Chelsea ainda quer passar as noites comigo — diz a Sra. Boyden. — Ela está com quase 15 anos. Quer sair e se divertir com os adolescentes da idade dela, e não ficar em casa com a avó. Não é, querida?

Chelsea fica vermelha e dá de ombros.

— Não conheço muita gente aqui, vovó.

— Ela gosta de caminhar — diz a Sra. Boyden. — Moramos perto da praia. Você sabia disso, Alex?

Alex balança a cabeça.

— Não sabia. Isso é ótimo.

A Sra. Boyden sorri intensamente.

— É uma propriedade linda. O Sr. Boyden e eu a compramos logo depois que ele se aposentou. É claro que só ficamos aqui entre abril e agosto. É frio demais para nós, idosos, no restante do ano. Chelsea vai entrar de férias semana que vem e estou tentando convencê-la a ficar conosco no verão. — Ela pisca para Alex. — O que você acha?

— Acho uma ótima ideia — diz Alex. — Você conheceria muitas pessoas, Chelsea.

Ela se anima um pouco.

— Será que você poderia me apresentar a alguns dos seus amigos?

— É claro. Conheço um monte de gente. — Ele faz uma pausa. — Mas sou mais velho do que você. A maioria dos meus amigos vai estar no penúltimo ano no ano que vem.

— Alex — digo —, isso é apenas alguns meses antes de você morrer. Não é?

— É. — Ele afirma.

— Então você nunca saiu com ela?

Ele franze a testa, mas não responde.

— O que você gosta de fazer quando não está trabalhando? — pergunta Chelsea. Ela começa a enrolar uma mecha grossa de cabelo em volta do dedo indicador com nervosismo. Ela é muito bonita.

Alex se apruma.

— Em geral, de ir a festas — diz ele. Em seguida, com um descaso incrível, acrescenta: — E passo bastante tempo com minha namorada.

Olho fixamente para Alex. Ele não olha para mim.

— Ah. Você, hum, tem namorada? — pergunta Chelsea. A pobre garota está com cara de que alguém acabou de roubar o sorvete dela.

Alex concorda.

— Tenho. Estamos juntos há quase um ano.

Pelo olhar no rosto de Alex, percebo que não era verdade.

— Por que você mentiu? — pergunto a ele. — Ela gostava de você, Alex. Não entendo.

Ele continua a olhar para o chão.

— Você jamais entenderia.

— É claro que não entenderia! Não faz sentido nenhum. Aqui está uma garota legal que obviamente está interessada em você, e você a está afastando. Por que você faria isso?

Ele me lança um olhar repentino e cruel.

— Porque eu *não tinha* uma tonelada de amigos. Eu *não era* convidado para festas. E, se ela soubesse disso tudo, se soubesse a verdade, jamais teria gostado de mim. Ela não gostava de mim de verdade. Gostava de quem achava que eu era.

Balanço a cabeça.

— Você não tem como saber isso.

— Você ouviu a avó dela. Eles moram na praia. São ricos.

Não consigo acreditar no que estou ouvindo.

— Alex — pergunto —, você não entende? Você poderia ter saído com ela, ter deixado que ela conhecesse você. Pelo menos você teria um encontro, provavelmente mais que um. Mas decidiu mentir para ela. Nem mesmo quis tentar. — Balançar a cabeça. — E você chama a mim e a meus amigos de falsos.

— Quero voltar agora — diz ele.

— É claro que quer. — Mas não me mexo; apenas continuo a olhar para ele.

Meu olhar está deixando-o pouco à vontade.

— Não quero falar sobre isso, Liz.

— Você se lembrava disso antes de agora? Você se lembrava de ter mentido para ela? — pergunto.

Ele dá de ombros.

— Não está vendo? Você mesmo me disse. Todas essas lembranças que estamos revivendo, que estamos vendo pela primeira vez, é como se precisássemos perceber alguma coisa sobre nós mesmos. O que devemos entender, Alex? Pense nisso.

— Já pensei. E, no futuro, gostaria de pensar sobre isso sozinho. — Para deixar bem claro, acrescenta: — Sem mais ninguém. Sem sua ajuda.

— Certo. Tudo bem, então. — Eu fungo. — Você que sabe.

— Obrigado. — Ele estende a mão em minha direção e a coloca sobre meu pulso. — Pronta?

Dou uma última olhada no velho Alex de pé atrás do balcão. A Sra. Boyden e Chelsea estão indo embora agora. Assim que saem, Alex se vira. Ele respira fundo algumas vezes, fecha os olhos e inclina a cabeça para trás. Em seguida, vai à sala dos fundos. Ao passar pela porta, chuta a parede com força.

— Estou pronta — digo. Parte de mim quer abraçá-lo depois do que acabei de ver. Mas sei que até meu toque no braço é hostilizado por ele. Tudo o que eu era e tudo o que eu representava... Não era só não gostar de mim e de meus amigos, percebo. Era muito mais complicado do que isso.

Quando voltamos, parece que nenhum lugar é confortável: nem aqui na casa de Alex, nem nos outros lugares. Com exceção da dor óbvia do meu pai, minha casa está cheia demais de vida e de energia, com minha irmã postiça e minhas amigas seguindo em frente. Mas estou começando a pensar que qualquer lugar é melhor do que aqui, com a atmosfera sufocante e a dor tão palpável que quase parece respirar ao redor de nós.

— Posso perguntar uma coisa? — Alex olha para mim e se recosta no piano. O antebraço apoiado sobre as teclas produz um som que provoca uma careta em mim.

— Claro — digo, certa de que ele não vai me perguntar nada sobre o que acabamos de ver juntos. Está claro que quer mudar de assunto.

— Você alguma vez pensou que isso aconteceria? — pergunta ele. — Que você morreria ainda jovem?

Há um som vindo da escada. Um gato gordo malhado, com bigodes longos e rabo grosso que corta o ar como se cortasse uma rede invisível entra na sala. Alex estava certo sobre os animais; não há dúvida de que ele consegue nos ver. Ele anda diretamente até Alex e contorna as pernas dele, ronronando e arqueando as costas até decidir ficar aos seus pés. Não tenho certeza do motivo, pois não é como se pudéssemos nos comunicar com ele, mas saber que o gato pode nos ver me deixa mais calma, com a certeza de que nossas ligações com o mundo dos vivos ainda não foram completamente cortadas.

Sinto uma compaixão enorme por Alex de repente. Não só por causa do que acabei de ver. Talvez seja também por estarmos na casa dele, que está repleta de muita dor desde a sua morte.

— A morte me era familiar durante a vida — digo a ele.

Ele olha para mim.

— Por causa da sua mãe?

Faço que sim com a cabeça.

— É. É difícil explicar. É como se... É como se ela tivesse um lugar no meu coração. Quando eu tinha 9 anos...

Dizer as palavras em voz alta dói demais. Mas inesperadamente quero que ele saiba a história toda, a que tenho evitado contar desde que nos encontramos. Quero que ele veja que eu era uma garotinha no passado. Que, como ele nas fotografias sobre o piano, houve uma época em que eu era inocente e gentil e sabia muito pouco sobre os escalões sociais que viriam a ditar as regras da minha vida adolescente. Quero que ele saiba o que aconteceu comigo, que entenda como tudo mudou.

— Quero mostrar uma coisa a você — digo a ele.

Ele pisca algumas vezes.

— O quê?

— Coloque a mão no meu ombro.

Ele hesita.

— Por quê?

— Alex... vamos. — Meu tom é gentil. — Está tudo bem. Tem uma coisa que quero que você veja.

Ele coloca. Assim que sinto o toque dele, fecho os olhos. E vamos para lá.

É um dia de verão, no meio da tarde. Tenho 9 anos, e meu pai está trabalhando. É uma terça-feira. Jamais esquecerei esse dia.

— Olhe para você, toda arrumada — comenta Alex com gentileza.

Estamos no quarto dos meus pais. Ali estou eu, apenas uma criança, andando para um lado e para outro com um par de sapatos de salto de minha mãe. Estou usando um casaco de pele até o chão e um delicado chapéu, também da minha mãe, e faço poses na frente do espelho, com as mãos nos quadris. Desfilo como uma profissional enquanto pisco e jogo beijos no ar. Meus lábios estão pintados de um tom de vermelho chamado (jamais esquecerei, *jamais*) calor carmesim. Estou usando rímel e delineador e grandes círculos de blush e, enquanto me observo, lembro claramente como mal conseguia acreditar no quanto estava linda. Minhas unhas são postiças. Seguro uma caneta entre os dedos indicador e do meio, levo até a boca e sugo, fingindo fumar. Exatamente como minha mãe.

Quando começo a dar um giro trêmulo na frente do espelho, um som impressionante percorre a casa, o tipo de som que vem acompanhado sem sombra de dúvida de uma enorme confusão. Olho para o quarto, para a porta fechada do banheiro dos meus pais, onde minha mãe está tomando banho. Meu eu de 9 anos demora alguns segundos para se dar conta do que está vendo.

— O que é isso? — pergunta Alex.

Mal consigo falar. Só consigo olhar. Achei que seria diferente agora, mas rapidamente percebo que ver acontecer de novo não é menos apavorante do que foi na primeira vez, nove anos atrás.

— Apenas espere — consigo sussurrar.

Pela abertura sob a porta, a água começa a chegar ao quarto, primeiro devagar, depois em ondas silenciosas e horríveis que são imediatamente absorvidas pelo tapete branco. É como assistir a um truque de mágica: com a mesma rapidez com que o tapete fica molhado, também fica vermelho.

— Vamos, tá? — digo a Alex, olhando freneticamente para meu eu mais jovem, ciente do que está prestes a acontecer e repentinamente lamentando tê-lo trazido aqui. Achei que pudesse lidar com isso, mas não posso. Não quero ver, não de novo. Uma vez, quando tinha apenas 9 anos, foi suficiente.

Mas ele balança a cabeça.

— Eu quero saber, Liz.

— Então você fica. Eu vou.

— Não. — Ele aperta o meu ombro. — Não posso ficar sem você. Liz, por favor?

— Por que você está me fazendo ver isso? — imploro.

— Foi ideia sua me mostrar! Por que me trouxe aqui?

Eu o encaro.

— Porque quero que você me entenda. Quero que você veja que eu era como você. Nem sempre fui uma pessoa ruim.

Ele me encara.

— Então me deixe ver.

Cubro os olhos enquanto ele observa. Não preciso olhar. Já sei o que vai acontecer.

Aos 9 anos, corro para o banheiro e lá está ela: ah, mamãe. A queda dela quebrou a porta de vidro do chuveiro e a cortou toda.

Faço tudo que se espera que uma menininha de 9 anos faça. Tento despertá-la, ajudá-la de alguma forma, cortando minhas próprias mãos e joelhos ao fazer isso. Grito para que se levante. Não tem nada no mundo pior do que a imobilidade absoluta.

E então observo-a dar seu suspiro final. Mesmo sendo criança, entendo que ela se foi. Lá, naquele momento, acho que meu coração se parte. Para sempre.

— Quero ir — repito, com a voz à beira das lágrimas. — Por favor, podemos ir? Alex, *por favor?*

Ele solta meu ombro. Estamos de volta à casa dele. Mas é tarde demais; a lembrança voltou com tudo. Não consigo fugir dela.

Para as outras pessoas da minha idade, a morte não parece ser uma possibilidade. Adolescentes, como todo mundo sabe, tendem a acreditar que são imortais. Mas não sei se já me senti assim. Eu conheci bem a morte. Eu a vi levar minha mãe; uma garota não esquece uma coisa dessas.

Alex olha para longe de mim. Parece não saber o que dizer.

Coloco as mãos sobre o rosto e balanço a cabeça, tentando esquecer o que acabei de ver pela segunda vez na minha vida. Embora a lembrança sempre tenha estado comigo, testemunhá-la novamente me deixa trêmula, deprimida e me sentindo muito pequena. Sinto como uma garotinha, completamente sozinha no mundo, porém acho que não consigo explicar isso tudo a Alex. Já me arrependo de ter mostrado a ele a morte da minha mãe; não consigo suportar que ele me veja tão abalada agora, tão vulnerável.

Olho para trás, para uma gravura de *A Última Ceia* que está pendurada na parede.

— Para responder sua pergunta, talvez houvesse uma indicação — digo a ele, tentando manter um tom casual. — Não sei. Não consigo lembrar. Nem você, certo?

— Não. — Ele toca uma versão sonolenta de "Heart and Soul" ao mesmo tempo que olha para as teclas do piano. — Antes de você morrer, passei muito tempo sentado na estrada, vendo os carros passarem. Meus pais prenderam uma coroa de flores à árvore perto de onde meu corpo foi encontrado. Iam visitar todos os dias, mas depois passaram a ir uma vez por semana. — Ele coloca a mão uma oitava mais baixo e começa a tocar a música de novo. — Fico esperando uma outra pessoa. Eu achava que a pessoa que me atropelou acabaria aparecendo. Esperei muito. — Ele encolhe os ombros. — Nada.

Há uma longa pausa. Por fim, ele diz:

— Você era só uma garotinha. Sinto muito que tenha acontecido com você.

Olho para o chão.

— Obrigada.

O gato estava aos pés dele, limpando preguiçosamente as patas até agora, quando para e me olha de repente. Suas pupilas se dilatam. Ele se estica em minha direção com as patas da frente com as garras para fora.

As mãos de Alex param sobre as teclas do piano. Ele inclina a cabeça para mim, os olhos vidrados na sala escura. Percebo que seus dentes ainda são tortos como na foto da liga mirim de beisebol. Concluo que ele nunca usou aparelho; me dou conta que os pais dele provavelmente não tinham dinheiro.

— Nada disso faz sentido, Liz. Você percebe?

Um carro sobe rumo à garagem. Ouvimos a porta se abrir.

Fico nervosa, como se estivéssemos invadindo, como se os pais de Alex estivessem prestes a entrar e fôssemos ser pegos.

— O que você quer dizer?

Alex está pensando com concentração agora, animado repentinamente. A respiração dele acelera. Ele coloca a mão no meu pulso. O toque dele é frio e sem energia; dá a sensação de *morto*.

— Quero dizer o que falei. As coisas não estão fazendo sentido. Pense bem. Você não tem perguntas, Liz? Como por que Richie viria à minha casa? Não entendo. Você entende?

Nego com a cabeça.

— Não. Você sabe mais do que eu.

— Não pode ser coincidência — diz ele. — E você e eu juntos, agora. Somos fantasmas. Por quê? Não éramos amigos. — Ele olha para a porta quando a chave faz barulho na fechadura. — Eu odiava você.

— Eu sei. Me desculpe. Você tem que acreditar em mim, Alex. Não sabia o quanto era terrível. Eu era diferente. Tudo mudou depois que minha mãe morreu.

— Você só se importava com coisas — diz ele com simplicidade. — Roupas e carros e festas. Celulares e bolsas e... sapatos. — Ele olha para as minhas botas. — Grande vantagem isso tudo lhe trouxe. Aqui está você, comigo.

Olhamos um para o outro. A porta da frente se abre.

— Por favor — imploro. — Vamos agora.

— Por que, Liz? Qual é o problema?

Mal consigo elevar minha voz acima de um sussurro.

— Não consigo respirar.

— O que você sabe? Por que estamos aqui?

— Não sei. Não consigo lembrar.

— Por que tinha tanto dinheiro no seu quarto? Por que você estava guardando segredo de todo mundo?

— Não *sei*!

O gato sai correndo. Fecho os olhos e pressiono as palmas das mãos sobre as pálpebras. Há um fluxo de lembranças, apresentadas em uma sucessão quase violenta: minha mãe no chão do banheiro. Minha primeira reunião de *cross country*, incluindo a sensação de nervoso na barriga. Meu próprio corpo quando o vi na noite em que morri, preso entre o barco e o cais. Deitada na praia com Caroline, Mera e Josie, ouvindo músicas de sucesso e incrementando o bronzeado. E o ar, intenso e fresco, enchendo meus pulmões quando me lembro de correr pela cidade, com os pés batendo no chão em um ritmo que parece o de batimentos cardíacos, forte e cheio de vida. O suor escorria pela minha testa e fazia arder meus olhos. Sentia gosto de sal: do ar à minha volta e seco nos meus lábios, que sempre ficavam entreabertos quando eu corria.

Eu queria continuar correndo para sempre. Agora, me dei conta de que queria desaparecer. Queria me perder para que ninguém me encontrasse. Queria ir para longe e jamais conseguisse voltar para casa. Mas não tenho ideia do motivo.

Doze

Voltamos para minha casa. Ficamos silenciosos e sérios depois das lembranças que compartilhamos e da conversa que tivemos. Está de noite, as luzes da rua brilham e iluminam a neblina do ar frio da noite quando subimos os degraus da varanda da minha casa. A dor nos meus dedos é tão intensa que mal consigo andar. Não andei para casa; Alex e eu apenas piscamos e fomos levados para lá magicamente. Mas agora, a cada passo, sinto uma intensa sensação de perfuração nos pés, tão insuportável que estou quase sem fôlego e com lágrimas nos olhos quando chegamos à porta do meu quarto.

A porta está fechada, mas ouço vozes do outro lado antes de entrarmos. Imediatamente reconheço os barulhos como sendo minhas amigas: Mera, Caroline e Josie.

— Acha que voltaram para pegar mais roupas? — pergunta Alex. Percebo que está tentando ser casual, mas o comentário magoa. Depois de testemunhar a inacreditável demonstração de sofrimento na casa dele, é impossível não me sentir um pouco humilhada por minhas amigas parecerem ter superado minha morte tão rapidamente.

— Não sei. Provavelmente. — Olho para a porta do meu quarto.
— Vamos ver.

Levo um susto quando entramos. No espaço de duas horas, meu quarto foi quase completamente esvaziado. Os lençóis listrados de branco e rosa foram retirados da cama; só restaram o colchão e a moldura da cama. Não há maquiagem espalhada sobre a penteadeira, e o armário (com a porta aberta) está praticamente vazio. Minhas fitas e placas de *cross country* foram guardadas em algum lugar, certamente estão pegando poeira no porão — ou pior, eu penso, em um lixão. A única coisa que sobrou da minha vida foi a pilha de tênis. É engraçado, porque era de se imaginar que seria a primeira coisa a ser jogada fora. Deve parecer lixo para as pessoas da família. Eu me pergunto por que ainda está lá.

Minhas melhores amigas também voltaram para cá. As três estão em um semicírculo no chão, sentadas ao redor do tabuleiro Ouija. E imediatamente, só de olhar para elas, percebo que estão bêbadas. Antes mesmo de Caroline ter soluço. Antes mesmo de ver a garrafa quase vazia de vinho tinto ao lado de Josie.

— Josie... — murmura Mera, claramente relutante. As bochechas dela estão vermelhas da bebida. Os lábios estão manchados de vermelho-escuro. — Isso é estranho.

— Está tudo bem — diz Josie, colocando a mão no braço de Mera. Reparo imediatamente que Josie está usando uma das minhas roupas favoritas: calça jeans skinny preta e um suéter vermelho justo. — Minha mãe me levou à igreja hoje de manhã. Sei fazer isso. Fazem sessões espíritas lá o tempo todo.

— Com um tabuleiro Ouija? — Mera está em dúvida.

— Não, mas já os vi fazer contato com pessoas do outro lado. Não se preocupe.

— Achei que vocês não fossem religiosas — diz Alex, olhando para elas, com os olhos arregalados de fascinação.

— Não sou. Quero dizer, não somos. Ela está falando da Igreja Espiritualista. Não pertence a nenhuma congregação. — E reviro os olhos. — É uma coisa meio hippie. Tem a ver com transes, auras, atingir o subconsciente coletivo, esse tipo de besteira.

— O que aconteceu na igreja? — pergunta Caroline. — Disseram para você fazer uma sessão para tentar fazer contato com... sua irmã? — Ela pigarreia. Percebo que está juntando coragem bêbada para dar sua opinião. — Porque acho isso difícil de acreditar, Josie. Acho que é uma ideia ruim.

Os olhos de Josie brilham na quase escuridão; a única luz no quarto vem de um abajur na minha mesa de cabeceira e de uma vela acesa na cômoda.

— Na verdade, me disseram para *não* fazer a sessão. Tinha um médium lá hoje. Ele vai muito lá.

Por um momento, me pergunto se é o mesmo médium que me mandou ter cuidado com a ruiva disfarçada. Mas, como Richie falou, não conheço nenhuma ruiva. O cara errou feio no aviso.

— Ele disse que sob nenhuma circunstância devemos usar qualquer ferramenta ocultista para fazer contato com Liz.

— Então por que você pegou o tabuleiro Ouija? — Mera praticamente grita.

— Shhh — diz Josie. — Vai acordar meu pai. Ele vai dar um chilique se souber o que estamos fazendo. — Ela faz uma pausa e olha para o teto por um momento. Quando sigo o olhar dela, percebo que está olhando para as pinceladas tênues mas ainda visíveis. *BFF.* — Quero ter certeza de que ela está em segurança — diz Josie. — Preciso saber que está bem, seja lá onde estiver.

— Vamos parar, Josie — implora Caroline. — Ela não está aqui. Ela se foi.

Josie olha para Caroline e semicerra os olhos.

— Você não sabe. Tem tanta coisa sobre a vida que nenhuma de nós entende. — Ela tenta dar um sorriso, que sai trêmulo. — Beba mais um pouco.

Josie pega a garrafa de vinho e a entrega a Caroline, que olha para ela por um minuto e toma um gole com relutância.

Essa é a Caroline de sempre, penso. *Sempre quer se encaixar.*

— Vocês não sentem que precisam saber? — implora Josie. Pelo tom dela, percebo que está sendo sincera. Está realmente preocupada com minha posição na vida após a morte. — Não querem saber se ela está em paz agora?

Mera e Caroline concordam.

— Bem, é assim que vamos fazer. Vai dar certo. — Josie está respirando pesadamente, com o rosto vermelho por causa do vinho e da expectativa. — Mas todas temos que nos concentrar. Temos que querer.

Alex treme.

— Que amigas legais você tem.

— Elas não querem — murmuro, olhando para elas. — Só Josie.

— Você acha que vai dar certo? — pergunta Alex.

— Não sei. Estou bem aqui. Pode ser.

— Você poderia ir até ela. Poderia colocar as mãos na ponteira e tentar fazê-la se mover.

Por um segundo, penso em fazer isso. Com a exceção de Richie, não consigo fazer contato de verdade com objetos. Mas *é* um tabuleiro Ouija; acho que poderia tentar. Sei que é apenas um jogo de tabuleiro barato (que Josie provavelmente comprou em uma loja de brinquedos), mas ela está certa quanto a uma coisa: obviamente, há muita coisa que ninguém entende sobre a vida e a morte. Se consigo fazer contato com Richie apenas estando no mesmo aposento que ele, como fiz quando ele estava conversando com Joe Wright depois do meu velório, o que pode acontecer se eu colocar as mãos na ponteira? Será que poderia funcionar?

Mas alguma coisa me impede quando estou prestes a andar até elas. Estou aqui; sei que estou em segurança. Quero ver se o tabuleiro Ouija me diz alguma coisa que não sei. Mesmo sendo apenas um brinquedo, estou disposta a dar uma chance a ele.

— Vamos observar — digo a Alex. — Quero ver o que acontece.

Minhas três amigas colocam o dedo indicador de leve sobre a ponteira, que está posicionada no centro do tabuleiro.

— Estamos tentando fazer contato com Elizabeth Valchar — diz Josie, com a voz baixa mas firme. — Liz, você está aí?

Depois de alguns momentos de espera, lentamente a ponteira desliza pelo tabuleiro até o *sim*.

— Oh, meu Deus — sussurra Caroline. — Eu não fiz isso. Foi você, Mera? Josie, foi você?

— Não fui eu. — Mera engole em seco. — Quero ir para casa.

— Shhh. — Os olhos de Josie estão ardendo de excitação. — Liz, você está em segurança?

A ponteira desliza até o *não*.

— Isso não está se mexendo sozinho — digo a Alex. — Alguém está fazendo isso. Uma *delas* está movendo a ponteira.

— Você acha? — murmura ele.

— Acho, Alex. Mas quem é?

Ele dá alguns passos mais para perto e se ajoelha, tentando olhar melhor o tabuleiro e os dedos acima da ponteira, mal fazendo contato.

— Não consigo perceber. Todas as três estão meio encostadas. Todas estão tremendo, Liz.

— Liz, por que você não está em segurança? — pergunta Josie.

Depois de uma breve pausa, a ponteira começa a se mexer de novo. E começa a soletrar *M-E-N-T-I-R-A-S*.

— Mentiras? — repete Josie. — Que tipo de mentiras?

A ponteira continua a se mover, soletrando clara e pausadamente cada uma das letras: *T-R-A-I-D-O-R-A*.

— O que isso significa? — pergunta Caroline. — Não significa nada. Isso está me apavorando. Josie, quero parar.

— Eu também. — Mera estica a mão para trás de Caroline, pega a garrafa de vinho e toma um grande gole.

— Ela estava traindo Richie — sussurra Josie, com os olhos arregalados e as pupilas dilatadas. — E agora está arrependida.

Acima da cabeça abaixada de Josie, Mera e Caroline trocam um olhar.

— Liz, você está em paz? — pergunta Josie.

A ponteira se move rapidamente até o *não*.

— Por que não? — A respiração dela está quase febril.

Vejo a ponteira soletrar a última palavra: I-N-F-E-R-N-O.

— Ela está empurrando, Liz — sussurra Alex. Ele ainda está olhando para a ponteira.

— Quem? Quem está empurrando?

— Josie.

Ele e eu nos olhamos.

— Mas aqui não é o inferno — digo a ele.

Há uma longa pausa.

— Tem certeza? — pergunta ele.

— É claro que tenho certeza. — Olho para minha irmã postiça, que está muito concentrada, com uma expressão quase elétrica. Então eu entendo: ela quer que minhas amigas saibam que traí Richie. Quer se sentir absolvida por ter um relacionamento com ele agora e está usando o tabuleiro Ouija para convencê-las de que eu não o merecia.

Ela é minha melhor amiga. Obviamente não está pensando direito. Morri poucas semanas antes, e ela ainda está chateada, isso está claro. É exatamente o tipo de coisa que Nicole faria.

Na verdade, *foi* o que Nicole fez. Logo depois que minha mãe morreu. Tal mãe, tal filha.

— Já chega disso — diz Caroline, afastando a mão. — Isso é estranho, Josie. Esse troço é um lixo. Não vou mais fazer isso.

— Qual é o problema? — Josie olha para ela com inocência, como se nada de interessante tivesse acontecido. — Nós sabíamos que Liz estava agindo de um jeito diferente nos últimos meses. Estava guardando segredos até de mim. Talvez agora esteja tentando contar a verdade...

— Isso não prova nada — diz Caroline, interrompendo. Ela fica de pé e esfrega as mãos nos ombros. Está tremendo.

Josie pisca com calma.

— Tem coisas neste mundo que não entendemos.

— É, Josie, mas um jogo de tabuleiro de vinte dólares comprado na Target não é a chave para descobrir os segredos do universo.

Mera fica de pé rapidamente, mas está cambaleante. Já está de pijama (não acredito que minhas amigas estão fazendo uma festa do pijama na minha casa, praticamente no meu *quarto*) e anda até minha janela, abre-a e começa a remexer na bolsa atrás de um cigarro. Acende um e reclina quase o corpo todo para fora da janela.

— Ei — diz ela, exalando fumaça e virando a cabeça para olhar para a rua. — Richie está saindo de casa.

Josie está guardando o tabuleiro Ouija na caixa. Ela não parece interessada no paradeiro de Richie. Mas conheço Josie melhor do que ninguém. Percebo que só está fingindo não ligar.

— Deve estar indo correr de novo. Ele anda correndo como louco ultimamente.

— Richie? — O tom de Mera é de dúvida.

— Mera? Será que você pode não fumar aqui? — Caroline funga. — Liz odiava cigarro. Me parece desrespeitoso com ela.

Olho para Alex, que ainda está no chão.

— Isso vindo da garota que roubou quinhentos dólares de mim há menos de duas semanas — digo.

Ele concorda lentamente, com compreensão.

— Você está certa.

A expressão é surpreendente. Dou-me conta de que deve ser a primeira vez desde que nos encontramos que Alex sorriu para mim com algo diferente de desdém.

E então me lembro de uma coisa.

— Richie já correu hoje.

— É? Talvez ele esteja indo correr de novo — diz Alex.

Assim que as palavras saem dos lábios dele, Mera diz:

— Acho que ele não vai correr, Josie. Está usando jeans e moletom... e chinelos. — Ela faz uma pausa e exala um círculo de fumaça.

— Já passou das dez. Você não sabe o que seu próprio *namorado* está indo fazer? — Mais uma vez, ela e Caroline trocam olhares. Está claro que não acreditam na ideia de Richie e Josie namorarem.

— Achei que você ia sair com Jason — diz Mera. — Ele quer, você sabe. — Ela está falando de Jason Harvatt, que está no penúltimo ano, mas é muito popular. Joga no time de basquete. É bonito. E é apaixonado por Josie há muito tempo, mas ela nunca mostrou interesse por ele.

— Ele não é meu tipo. — Josie dá de ombros.

— Aonde você acha que Richie vai? — pergunto a Alex.

— Não sei. Talvez vender drogas.

Mas não acho que seja isso. Não sei bem por quê. É como falo desde o começo: Richie e eu ainda estamos ligados. É quase como se houvesse uma ligação invisível entre nós, que nos mantém juntos de alguma forma, e consigo sentir o puxão dele conforme ele desce a rua.

— Quero ir atrás dele — digo.

Alex hesita e faz cara de deboche.

— Não podemos ficar? Eu estava com alguma esperança de que suas amigas vestissem baby-dolls e fizessem guerra de travesseiros.

Ando até ele e o seguro pelo braço.

— Claro, porque é isso que fazemos em *todas* as festas do pijama. Venha. Estamos de saída.

Mas, quando estávamos indo em direção à porta, ela se abre.

— Ah, não — digo, ficando imóvel. — Isso vai ser horrível.

É meu pai. Ele está de pé na porta com um pijama vermelho, presente de Natal de Nicole no ano passado. Os óculos de leitura estão no alto da cabeça, no meio do cabelo castanho despenteado, que é exatamente do mesmo tom da cor natural de Josie.

Ele acende a luz, olha para o chão, para a caixa do tabuleiro Ouija e respira fundo.

— O que está acontecendo aqui?

Mera, paralisada de surpresa, fica na janela sem se mexer, com o cigarro aceso queimando entre os dedos.

Em um movimento ligeiro, Josie desliza a caixa do tabuleiro Ouija para debaixo da minha cama.

— Nada, pai — diz ela. — Só estávamos jogando.

— Jogando? — Os olhos dele se abrem de descrença. — Isso é um tabuleiro Ouija? Onde conseguiu isso?

Josie olha primeiro para Caroline e depois para Mera. As duas estão olhando para o chão, não querendo fazer contato visual com meu pai. Eu não as culpo.

— Sua mãe deu a você? — pergunta meu pai.

Josie não diz nada.

— E o que é isso? — Ele entra no quarto. Há uma aspereza na voz dele, diferente de qualquer coisa que eu tenha ouvido antes. Não está apenas zangado, está *furioso*. — Vinho? Onde conseguiram vinho? — Ele ergue a voz e, antes que Josie tenha tempo de protestar, grita: — Nicole!

O quarto fica tomado de silêncio denso e constrangedor, e minhas amigas continuam a desviar o olhar. Só Josie olha para meu pai, e o faz com um olhar feroz; parece quase com raiva dele.

— Minha mãe disse que podia. — O tom dela é calmo.

— Marshall? — Nicole aparece na porta. — Qual é o problema? — Ela olha para minha irmã e para minhas amigas. — O que vocês estão fazendo no quarto de Liz?

— Senti cheiro de fumaça — diz meu pai. — Tive medo de a casa estar pegando fogo. Mas não. É só sua filha aqui — Josie faz uma careta ao ouvi-lo dizer "sua filha" — fazendo uma porcaria de *sessão espírita*. E estão todas bêbadas. — A voz do meu pai vai subindo gradualmente. — De quem foi essa ideia, Nicole? Vocês duas foram à igreja hoje, não foram?

Nicole aperta os lábios em um sorriso tenso.

— Marshall — diz ela, com uma voz tão calma e gentil que parece condescendente —, seu coração.

— Não estou nem aí para o meu coração. Sua filha está aqui tentando fazer contato com os mortos. — Ele olha para minhas amigas. — E vocês, garotas? Acham que isso é legal? Elizabeth era sua melhor amiga. Está morta agora.

Ele se engasga e começa a chorar. Dói tanto olhar para ele desabando assim.

— Ela era minha filha — diz ele, com voz trêmula de dor e lágrimas. — Minha filha está morta. Vocês acham que tem alguma coisa de legal nisso? Acham legal vir para o quarto dela fazer uma sessão espírita? O que descobriram? Que ela nunca vai voltar? Ela era só um bebê. Vocês também são bebês, sabiam?

Meu pai não consegue parar de chorar. Está respirando com dificuldade.

— Marshall — consola Nicole, massageando as costas dele —, volte para a cama. — Ela olha para Josie. — As garotas só estão fazendo uma festa do pijama. É o que sempre fazem.

— Não é *o que sempre fazem*. Não está tudo bem, Nicole. — Ele olha para o chão. As bochechas estão vermelhas de raiva.

— Ah, papai — sussurro. — Estou bem aqui.

Alex fica me olhando.

— Queria que ele pudesse ouvir você — diz ele.

— Eu também — murmuro.

— Pense nele — sugere ele. — Lembre alguma coisa feliz.

A realidade some quase sem esforço quando fecho os olhos. Quando os abro, tentando lembrar de meu pai, vejo que fui parar em uma lembrança de nós dois. Estamos sozinhos, e imediatamente percebo que estou revisitando o breve período entre a morte da minha mãe e o casamento do meu pai com Nicole. Ele só ficou solteiro por alguns meses antes de ela e Josie irem morar conosco.

Estamos ao lado do carro do meu pai; naquela época, ele dirigia um Porsche prateado. Ele estacionou na lateral da estrada, onde uma grande caixa de papelão está sobre a vegetação a alguns metros de distância. Na lateral da caixa, alguém escreveu com caneta permanente: GATINHOS DE GRAÇA!

Tenho 9 anos. É verão. O sol brilha com força no meio da tarde, e, pelo que parece, acabei de nadar em algum lugar. Estou usando um short jeans sobre um maiô vermelho. Meu cabelo comprido cai em mechas longas e molhadas sobre minhas costas. Meus ombros estão bronzeados e meu rosto está um pouco queimado demais. Percebo que meu pai certamente não tinha a menor ideia de como criar uma garotinha sozinho. Concluo que não pensou em passar protetor solar em mim antes de eu ir para a piscina.

— Fique aqui, querida — diz meu pai, dando um passo para olhar dentro da caixa. — Deixe-me olhar. — Ele para e olha para baixo. — Meu Deus... veja só isso!

— O que é? Papai, são mesmo gatinhos? — Fico na ponta dos pés, calçados em sandálias de plástico, tentando ver.

— Venha aqui, Liz. Está tudo bem. — Ele sorri para mim por cima do ombro. — Tem uma ninhada inteira, eu acho. — A testa dele se enruga de preocupação. — Quem os deixaria aqui sozinhos? Que horror.

Ao lado do meu eu mais jovem e do meu pai, olho para dentro da caixa, já sabendo o que vou ver. Dentro há sete gatinhos muito pequenos, bolinhas alaranjadas de fofura quase intolerável e patinhas e focinhos rosados, com as pequenas bocas abertas, todos miando em uma cacofonia aguda e metálica. Quase não há espaço para eles se moverem na caixa; quase ficam uns sobre os outros, cambaleando ao tentar enfiar as garras nas paredes de papelão.

Os rabos são curtos e pontudos, os olhos brilhantes e azuis e, ao olharmos para eles, tremem um pouco, com medo, sozinhos no mundo na beira da estrada, sem comida e água. Quem os deixou ali não dava a mínima para o que aconteceria a eles.

Aos 9 anos, me ajoelho ao lado da caixa e pego alguns, um a um. Meu pai observa enquanto aperto os corpos peludos contra o peito e os encosto na bochecha, sorrindo com alegria.

— Papai? Podemos levá-los para casa? Por favor?

Ao nos observar agora, esse pedido me parece absurdo. São *sete* gatos. Mas eu me lembro do que vai acontecer. Percebo que Alex está certo sobre mim, pelo menos em um aspecto: eu era incrivelmente mimada.

Meu pai faz sombra sobre o rosto ao olhar para o céu sem nuvens.

— Gatinhos crescem, Liz. Não vão ser pequenos e fofos para sempre. Devíamos levá-los para o órgão de proteção aos animais. — Ele faz uma pausa. — Deixo você ficar com um, se quiser. Mas só um.

— Mas, papai, eles são irmãos! Vão sentir saudade! — E pego mais dois (eles são muito pequenos), de forma que seguro cinco contra o corpo. — Por favor? Por favor, podemos levá-los para casa? Só por alguns dias, depois você pode entregá-los para um abrigo. Papai, estão com fome. Estão solitários. — Olho para meu pai com grandes olhos suplicantes.

Meu pai: viúvo recente, morando com a filha pequena, quer mais do que qualquer coisa no mundo fazê-la feliz. Quer mais do que tudo fazê-la sorrir. Que ela não fique sozinha. Ele teria feito o que eu quisesse. Ele *fez* o que eu quis.

Não precisei fazer ar de aborrecida nem chorar. Quase nem precisei implorar.

— Tudo bem — diz ele, sorrindo. — Pode ficar com eles por alguns dias. Uma semana, talvez.

Observo meu eu mais jovem, tão cheio de alegria, tão sorridente que praticamente pareço bêbada aos 9 anos, colocar os gatinhos de volta na caixa. Meu pai a carrega até o carro. Como o Porsche não tem banco traseiro, ele a coloca sobre meu colo no caminho para casa.

Contemplo nós dois indo embora. Não preciso ir atrás para me lembrar do que aconteceu com os gatinhos.

Uma semana se passou, e eles ainda eram tão pequenos (e tão fofos!) que não suportei me separar de nenhum deles. Dei o nome de um dia da semana para cada um. Domingo costumava ir para dentro dos sapatos do meu pai e dormir. Quinta-feira nunca entendeu a ideia da caixa de areia. Lembro tudo com muita clareza.

Eu os amei pelos dois meses seguintes, pelo resto do verão. Mas aí eles começaram a crescer e viraram gatos; deixaram de ser fofos. Perdi o interesse. Parei de brincar com eles. E, um dia, quando cheguei da escola, tinham sumido. Meu pai se deu conta de que eu não os queria mais, então os levou para um abrigo. Trocou os sete gatos por um gatinho novo, muito pequeno. Dei o nome a ela de Peludinha. E, quando ela começou a ficar grande, ele *a* levou para o abrigo e voltou com outro filhote, o Senhor Bigode, que costumava se enroscar comigo na cama à noite e ronronar. Decidi ficar com o Senhor Bigode.

Agora percebo que, se eu deixasse (e se o abrigo tolerasse, o que deixaria de acontecer depois de um tempo), meu pai provavelmente continuaria trocando gatos por filhotes em sucessão, para que eu nunca tivesse que vivenciar o crescimento deles, para que, para mim, eles sempre fossem pequenos e fofos.

Depois que minha mãe morreu, ele fez tudo ao seu alcance para me fazer feliz. Tudo. Ele me deu tudo o que eu queria: as roupas de marca mais caras, ingressos para shows nas filas da frente, bolsas e sapatos e maquiagem de marca e todas as coisas que meu coração pudesse desejar. Comprou um carro novinho quando fiz 17 anos.

Ele me deixou dar uma festa no barco quando fiz 18 anos. Qualquer coisa e tudo o que eu queria. Independentemente do preço.

De volta ao presente, vejo meu pai no meu quarto, chorando. Não temos mais o Senhor Bigode. Alguns anos atrás, ele saiu em um dia que estava nevando e nunca voltou.

— Parece que o restante da sua família não está tão bem quanto você pensava — disse Alex baixinho.

— É — digo, concordando. — É o que parece.

— Garotas — diz Nicole para Josie e minhas amigas, ainda falando com tom suave de voz —, por que vocês não vão para a sala e... sei lá, tomam um chocolate quente ou coisa assim? — Para o meu pai, ela diz: — Marshall, vamos. Deixe-as.

Antes de sair do quarto, ele se vira para Mera, que ainda está paralisada, segurando o cigarro. A essa altura, ele já queimou tanto que praticamente virou todo cinzas, pendurado em um ângulo estranho da mão parada.

— Apague a porcaria do cigarro agora — diz ele, trincando os dentes.

Mera joga o cigarro pela janela.

— Ótimo. — Meu pai respira fundo. — Assim é melhor. — Ele olha para Caroline, que parece à beira das lágrimas, para Josie e, por fim, para Nicole. — Vamos voltar para a cama — diz a ela.

— Claro, querido. Vamos.

Eles saem e fecham a porta. Minhas amigas ficam em silêncio por muito tempo.

Finalmente, Mera diz:

— Uau, Josie. O pai de Liz está mal, né?

Josie fica olhando para ela e estreita os olhos.

— *Meu* pai — corrige ela. — Ele também é meu pai. Você sabe disso. — Quando eu estava viva, ela nunca foi tão insistente nessa ideia de que podíamos ter o mesmo pai. Mas, agora que morri, está inflexível.

— Ela realmente acredita nisso — digo. — Ouça o que ela diz, Alex. — Olho para ele. — Ela está convencida de que temos o mesmo pai. Nunca pensei que fosse possível, nem uma vez.

— Mas e agora? — Ele deixa a palavra no ar, cheia de possibilidades.

Balanço a cabeça.

— Agora, não sei. Sinto que não sei de nada.

Alex concorda. Em seguida, pergunta:

— Ainda quer seguir Richie?

Eu quase esqueci. Mas fico feliz pela interrupção. Ver meu pai chateado é de partir o coração. Meu pobre pai. Ele parece tão sozinho agora. Tenho uma enorme sensação de culpa por tê-lo abandonado. Mesmo sem ter feito de propósito, não muda o fato de que não estou mais lá.

— Quero — digo com voz falha. — Vamos.

A lua quase não existe, é apenas uma tira fina prateada pendurada no céu como por magia, quando seguimos Richie pela cidade.

— Queria saber para onde ele está indo — falo, fazendo uma careta a cada passo. Sinto as bolhas nos meus dedos. Sinto os nervos sendo espremidos a cada movimento. — Você não sabe o quanto isso dói. Se eu soubesse para onde estamos indo, poderíamos simplesmente *ir*.

— Tenho uma ideia quanto a isso — diz Alex.

— Tem? Para onde você acha que ele está indo?

— É bem óbvio, não é? Estamos quase lá. — E indica com a cabeça os portões largos de ferro à nossa frente, ao longe. — Ele vai ao cemitério.

A noite está fria; Richie deve estar com os pés congelando nos chinelos. Por um minuto, imagino como seria a sensação nos meus dedos de usar um par de sandálias — livres, finalmente.

Quase imediatamente, fica claro para onde ele está indo. Devia ter sido óbvio desde o começo. Ele passa por várias fileiras de túmulos até chegar a um lote novo, coberto de flores e ursos de pelúcia. O meu túmulo.

Alex e eu estamos perto um do outro, observando-o. Por muito tempo Richie não fala nem faz nada; apenas fica ali, de pé, na luz fraca da lua, olhando para a terra. Minha lápide ainda não foi colocada; de acordo com Alex, demora algumas semanas para que entalhem a pedra — às vezes mais, dependendo do quanto a inscrição é elaborada.

Lentamente, Richie se ajoelha e passa os dedos pela terra. Ele abaixa a cabeça e começa a chorar.

— Eu teria perdoado você, Liz — diz em voz alta. — Não ligo para o que você fez. Não sei por que fez... não sei de nada. Mas eu teria perdoado você. Eu juro.

Estou com lágrimas nos olhos.

— Sinto muito, Richie — sussurro. — Não sei o que aconteceu. Amo você.

Alex está me olhando.

— É verdade — diz ele.

— É verdade o quê?

— É verdade que você o ama.

Eu concordo.

— É. Eu o amo desde sempre. Alex, não sei o que está acontecendo nem por que você e eu estamos juntos. Mas, quando vi meu pai lá em casa, no meu quarto, me lembrei de uma coisa... Alex, eu era diferente. Você não precisa acreditar, mas é verdade. Eu era uma garotinha normal, e aí minha mãe morreu e tudo ficou diferente. É quase como... como se eu pensasse que, se fosse bonita, magra e popular e me cercasse de pessoas que gostassem de mim, se pudesse controlar tudo o que acontecia no meu mundo, o que aconteceu com minha mãe pararia de doer tanto. E meu pai estava disposto a fazer qualquer coisa para me impedir de sofrer. Isso me deixou superficial. Percebo agora. Alex, você tem que entender, sinto muito pelo modo como tratamos você... pelo modo como ignorei você. E pelo modo como tratamos as outras pessoas também, pessoas como Frank Wainscott. Sinto muito por as coisas terem sido tão difíceis para você na escola. Se eu pudesse voltar e mudar o modo como aconteceu..

— Você não pode — diz ele com simplicidade. Não parece com raiva ou compaixão. Talvez um pouco pesaroso, mas seu tom é realista. — Acabou para nós.

Olho para Richie.

— Não acabou para ele.

Meu namorado fica ajoelhado por um longo tempo. Depois, em um movimento rápido, ele se deita sobre meu túmulo. A grama abaixo dele é nova e fina; mal começou a crescer sobre meu lote recém-cavado.

Richie se deita de lado. Fica em cima do meu corpo lá embaixo da terra, e fecha os olhos.

Vou até ele. Deito ao lado dele e passo os braços em volta de seu corpo. Minhas pernas, que ainda sentem o balanço do mar, sentem o chão sacudir de leve. Como da última vez, quando me concentro bem, consigo sentir Richie. Mas é diferente de antes, de como foi do lado de fora da casa de Alex. Em vez de nosso contato ficar insuportavelmente quente e me forçar a me afastar depois de alguns segundos, fico empolgada de ver que, desta vez, consigo ficar perto de Richie. A sensação é mais do que maravilhosa. É o mais perto de viva que me sinto desde minha morte. Deitados ali, lembro que o abracei quase do mesmo jeito um ano atrás, quando ele estava de cama, doente. E, embora Richie não estivesse dando nenhum sinal de conseguir me sentir, fico quase alegre de ter a sensação do cabelo encaracolado dele no meu rosto, da roupa dele sob minhas mãos. Consigo sentir a respiração dele. Consigo ouvir o coração batendo, a frieza da terra úmida sob nós.

Ele fica deitado assim até adormecer e sua respiração ficar profunda e regular. Fica lá a noite toda, até os primeiros raios de sol começarem a surgir no horizonte. E eu fico com ele, com Alex nos observando sem falar nada, observando e compreendendo que eu talvez não tenha sido sempre o pesadelo de pessoa que ele achava. Talvez não.

Richie dorme, mas eu não. Fico acordada, com os braços em volta dele, desejando que ele pudesse me sentir apenas mais uma vez. Imaginando o que aconteceu para eu ir parar sob a terra. E com medo, mais do que qualquer coisa no mundo, de que talvez nunca descubra.

Treze

Na segunda-feira seguinte na escola, quase parece que nenhum dos acontecimentos bizarros do fim de semana (a sessão espírita no meu quarto, meu namorado dormindo sobre meu túmulo) aconteceu. É o ensino médio; os adolescentes populares estão juntos, como sempre, perto dos armários, entre o horário de entrada e a primeira aula, demorando para entrar na sala. Durante anos, meus amigos e eu coordenamos nossos horários o máximo possível. Por isso, não me surpreendo nem um pouco ao ver que Richie tem aula de inglês no primeiro tempo com Caroline e Josie.

Mesmo assim, quando vejo minha irmã postiça se sentando ao lado do *meu* namorado nos fundos da sala e puxando a carteira para tão perto da dele que quase se tocam, não consigo evitar a cara feia.

— É como se ela estivesse assumindo meu lugar — reclamo para Alex.

Ele dá de ombros.

— Vocês eram como irmãs. Ela está namorando Richie agora. Tenho certeza de que isso o consola de alguma forma. Qual é o problema?

Eu o encaro.

— Qual é o problema? Richie dormiu sobre o meu *túmulo* duas noites atrás, Alex. Ele obviamente não me esqueceu. E Josie está indo em frente como se... como se fosse uma progressão natural. — Balanço a cabeça, olhando para ela do outro lado da sala. — Nunca tive a menor suspeita de que ela gostasse dele. Nem um pouco. — Faço uma pausa. — Ao menos que eu me lembre.

— Bem... — Alex hesita.

— Bem, o quê?

— Ela acha que vocês são meias-irmãs. Certo?

Concordo com a cabeça.

— Você realmente se surpreende de ela querer assumir seu lugar, Liz? Quero dizer, não é isso que as irmãs fazem?

Olho para o quadro branco na parede da frente da sala. Alguém, seguramente não nossa professora, escreveu ANÁLISE SINTÁTICA É INCRÍVEL! em letras garrafais. O sarcasmo fica óbvio.

— Mas não é justo — digo a ele, contrariada. — Vários caras gostam de Josie. Jason Harvatt é obcecado por ela. Ela devia namorar outra pessoa. Eu devia ficar com Richie.

— Mas você está morta. E não está mais com Richie. Está comigo. — Assim que as palavras saem dos lábios dele, ele tropeça nelas, obviamente constrangido. — Quero dizer, você não está *comigo* comigo, mas estamos juntos no...

— Alex. — Dou um meio sorriso. — Está tudo bem. Sei o que você quis dizer.

Os alunos do quarto ano estão lendo *Por quem os sinos dobram*, e, por alguns minutos, Alex e eu escutamos uma discussão entediante sobre simbolismo, que parece se arrastar por uma eternidade. Quando olho para o relógio, vejo que só se passaram cinco minutos.

— Sempre odiei a aula de inglês — comento. Estamos sentados no chão na parte da frente da sala.

— É mesmo? Não gosta nem um pouco de livros? E você disse que Richie queria ser escritor.

— Ele quer. Mas esse é o problema. Nunca gostei muito de ler. Só revistas e tal. — Faço uma pausa. — Bem, isso não é completamente verdade. Às vezes, quando Richie lia um livro que achava realmente bom, me dava para ler. Gostei muito de alguns.

— Como qual? — Alex parece genuinamente interessado.

— Hum, deixe-me pensar... Bem, adorei *O apanhador no campo de centeio*. É o livro favorito de Richie. Lemos no segundo ano, eu acho.

— É, foi no segundo ano. Eu também li. — Ele faz uma pausa. — E adorei.

Há um momento estranho de constrangimento. Ficamos em silêncio. Logo, Alex diz, sorrindo com timidez:

— Bem. É uma coisa que temos em comum.

— É. — Retribuo o sorriso. — É uma coisa.

O constrangimento persiste. Está claro que nenhum de nós sabe o que dizer agora.

— Estou entediada — digo, tentando mudar de assunto.

— Certo. O que quer fazer?

— Não sei. — Olho ao redor. — Poderíamos lembrar alguma coisa juntos. — Faço uma pausa. — Estou falando de alguma coisa sobre mim — acrescento.

Ainda precisamos falar mais sobre a lembrança da vida de Alex, a que compartilhamos outro dia. Percebo que é um assunto que nenhum de nós se sente à vontade para abordar e não estou com pressa para insistir nele. Está óbvio que ele não me quer em sua cabeça.

Tem uma parte de mim que acha injusto — pois mostrei tanto para ele sobre a minha vida —, mas, de modo geral, não me incomodo em deixar que ele guarde suas lembranças para si mesmo. Afinal, nossas vidas não se cruzaram muito quando estávamos vivos, e, mais do que tudo, estou interessada em descobrir como e por que morri. O que eu poderia descobrir ao observar as lembranças de Alex? Elas não têm nada a ver comigo.

Ele fica em silêncio.

— Ou eu podia fazer isso sozinha — proponho. — Não sei se quero que você venha comigo.

— Por quê?

— Porque não quero dar mais provas para você da pessoa terrível que eu era.

Ele me examina.

— Você é mais complicada do que eu pensava, Liz. Não é só uma chatinha superficial e mimada.

— Você me acha complicada?

— Acho. — Ele coloca uma das mãos no meu ombro. — Me deixe ir com você. Vamos lembrar alguma coisa juntos.

Empurro a mão dele.

— Acho que quero ir sozinha.

— E o que devo fazer, ficar aqui sentado enquanto você viaja?

Nossa professora, a Sra. Davis, passou de simbolismo a uma discussão sobre a guerra hispano-americana, que concluí ser o assunto do livro. Oh, Deus. Eu poderia morrer de novo, só que de tédio, desta vez.

— Tudo bem — digo —, vamos jogar para decidir.

— Vamos o quê? Liz, me deixe ir.

— Não, quero jogar. Vamos jogar pedra, papel e tesoura, tá?

Alex revira os olhos.

— Tá.

Estico o punho fechado. Ele faz o mesmo.

— Pronto? — pergunto. — Um, dois, três... Ah, não.

Alex é papel; eu sou pedra. Ele ganhou.

— Melhor de cinco — digo, incapaz de sufocar uma risada. — Vamos fazer a melhor de cinco.

— Não, não, não. Você disse que queria jogar, e nós jogamos. Eu ganhei. — Ele coloca de novo a mão no meu ombro. — Agora vamos. Para onde?

Dou de ombros.

— Vamos sem decidir. Vamos ver aonde iremos parar.

Quando abro os olhos, ainda estou na escola de ensino médio. Olho para cima e me vejo na porta da aula de inglês do terceiro ano. Percebo imediatamente que estou no terceiro ano porque manco ao passar pela porta e estou com um hematoma *horrível* na lateral do rosto.

— Oh, meu Deus — digo a Alex, olhando para mim mesma. — É o dia em que voltei à escola depois que caí da escada. — Olho para ele. — Você já tinha morrido. Quer tentar de novo? Podíamos tentar voltar um pouco mais...

— Não — diz ele. — Quero ver o que acontece.

— Vou só ficar sentada na aula de inglês...

— Não, Liz. Pode ser importante. Você mal consegue se lembrar das coisas do ano passado, você mesma disse. Não está curiosa? Não quer saber como terminou na água?

— Quero — admito.

Mas o que *não* quero ver são mais cenas nas quais banco a tirana. E, quando passo o olhar pela sala, em direção ao fundo, percebo imediatamente o que vamos ver, mesmo não lembrando especificamente o que está prestes a acontecer.

— Apenas observe — diz Alex calmamente. — Está tudo bem. — Os cantos dos olhos dele se enrugam em um meio sorriso. — Não vou ser duro demais com você.

Richie está sentado no fundo da sala. Ele sempre se senta no fundo; é esse tipo de cara. Normalmente, eu sentaria ao lado dele, mas, quando entro, fico paralisada: sentada ao lado de Richie, com a carteira encostada na do meu namorado, está Beth Follet.

Beth é minha colega da equipe de *cross country*. Os pais dela são divorciados. Ela mora com a mãe, que é assistente de dentista no consultório do pai de Topher. Beth e eu não nos damos bem. Como muitas das outras garotas da escola, ela sempre teve uma queda por Richie — chegou até ao ponto de convidá-lo para dançar no baile do segundo ano quando eu estava no banheiro. Que *coragem*. É claro que Richie disse não. Mas agora, aqui está ela, sentada ao lado dele como se fosse a coisa mais natural do mundo.

Ando até o fundo da sala com um sorriso grudado no rosto.

— Oi, o que está acontecendo aqui? — pergunto. Olho diretamente para Beth, ainda sorrindo. — Você está no meu lugar.

— Não estou, não — diz ela, sorrindo para mim. — Você faltou nos últimos três dias. Estamos trabalhando em grupos. Richie e eu somos um grupo.

— O quê? — Minha voz está sem inflexão. — Richie, é verdade? Você está trabalhando com ela?

Ele assente com a cabeça. Quando Beth não está olhando, ele dá de ombros de forma defensiva e fala sem emitir som algum:

— Desculpe.

Eu me viro nos calcanhares (apesar dos ferimentos, ainda uso saltos de 7 centímetros que sem dúvida machucam muito meus dedos) e ando até a frente da sala, onde nossa professora, a Sra. Cunningham, está sentada à mesa, folheando calmamente um exemplar da *New Yorker*, não prestando atenção nenhuma à aula.

— Sra. Cunningham — digo. — Sei que faltei alguns dias, mas não tenho parceiro para o trabalho agora. Quero dizer, nem sei qual é o trabalho. Queria muito poder trabalhar com Richie. — Minha voz está confiante, segura. — Sempre somos parceiros.

A Sra. Cunningham mal tira os olhos da revista.

— Sim, Liz, sei bem quem costuma ser seu parceiro. Mas fizemos os pares na segunda-feira e hoje é quinta, então lamento dizer que você terá que fazer o trabalho sozinha. — Ela olha para mim com um sorriso largo. — Depois que você ler o programa do curso e descobrir qual é o trabalho. Coisa que já saberia, se tivesse se dado o trabalho de ler o programa antes. — O tom dela se suaviza um pouco. — Sei que você estava doente, Liz. Mas tem que fazer o trabalho como todo mundo. Certo?

— Está dizendo que vou ter que trabalhar sozinha enquanto todo mundo trabalha em dupla? — pergunto.

Ela faz que sim com a cabeça.

— É exatamente o que estou dizendo. Lamento, mas não sobrou ninguém para ser seu parceiro.

Passo o restante da aula sentada sozinha em uma carteira perto da frente da sala, primeiro lendo o programa do curso, depois respondendo uma lista de perguntas sobre *Tito Andrônico*, de Shakespeare, que eu obviamente não tinha lido, embora devesse ter terminado uma semana antes. Quando não estou fingindo fazer o trabalho, passo a maior parte do tempo com raiva, olhando para a folha de papel em branco, desenhando nas margens. Posso adivinhar exatamente o que estava pensando: não importa se somos parceiros na aula ou não. Richie vai me ajudar a fazer o trabalho depois.

Quando o sinal toca, junto minhas coisas rapidamente. Espero do lado de fora da porta, no corredor, até Beth sair da sala.

Alex e eu a seguimos até o banheiro das meninas.

Espero que ela termine o que foi fazer na cabine. Sem contar nós quatro, o banheiro está vazio.

— Aqui não tem nada demais. — Alex parece decepcionado ao olhar em volta pelo banheiro.

— O que você quer dizer?

— Sei lá. Eu sempre achei que tinha, hum... uns sofás aqui, ou algo do tipo.

Reviro os olhos.

— Certo. Espere... observe.

— O que vai acontecer?

— Não lembro, Alex. É por isso que quero observar.

Quando Beth sai, antes mesmo de ter a chance de se virar de frente para a pia, estico o braço, e a seguro *pelos cabelos* e a puxo para perto de mim.

— Ah, meu Deus — ofego, olhando para mim mesma. — Que diabos eu estou fazendo?

Alex está com os olhos arregalados, espantado. Ele não responde.

— Escuta aqui, sua garota mimada — digo a Beth, com a voz baixa e ameaçadora. — Talvez você seja parceira de Richie hoje, mas não vai ser a parceira dele amanhã. Entendeu?

— Ai! — Beth está quase chorando; está em pânico, com medo verdadeiro de mim. — Liz, você está me machucando! Solta!

Mas eu a puxo para mais perto. Estou completamente pálida.

— Quando você chegar à aula amanhã, vai dizer à Sra. Cunningham que mudou de ideia. Vai dizer que não quer mais ser parceira dele. E se eu alguma vez vir você olhando na direção dele, isso sem falar em convidá-lo para dançar ou mesmo tentar chegar perto dele, juro por Deus que vai se lamentar. — E solto o cabelo dela.

Ela fica ali, tentando afastar as lágrimas e esfregando a cabeça, chocada pela minha demonstração de raiva.

— Me desculpe — diz ela. — Nem fui eu que o escolhi. Fomos designados para trabalhar juntos.

— Não minta — digo, dando um passo na direção dela.

Ela dá um passo para trás e se encolhe contra a parede. O olhar dela vai para a porta. Percebo que está desesperada para se afastar de mim.

— Não estou mentindo. Me desculpe. Mas, Liz, o trabalho acabou. Está feito. Não sou mais parceira dele, tá?

— Tá. — Concordo com um gesto de cabeça. Minha respiração está pesada e minhas mãos estão trêmulas de raiva. — Que bom. Então não temos mais nada a dizer uma para a outra.

Beth corre para a porta. Mas, assim que sai do banheiro, ela para. Por um momento, fica completamente parada. E então, lentamente, se vira para me encarar. O olhar dela está firme e repentinamente desprovido de medo.

— Eu me lembro de ir jantar uma noite com meus pais no Pasqualino's quando garotinha — diz ela calmamente. Pasqualino's é um restaurante italiano em Noank.

— E daí? — Dou uma risadinha. — Vocês tinham dinheiro para comer fora?

— Seu pai estava lá com sua madrasta. — Ela engole em seco. — Eu me lembro dos meus pais falando sobre como era uma vergonha o modo como os dois estavam saindo juntos. Sabe, Liz, sua mãe ainda não tinha morrido. Seu pai estava lá com a namorada, se divertindo, deixando que a cidade toda visse o que estava acontecendo. — Ela dá um passo para trás. — Minha família pode não ter muito dinheiro, e meus pais podem não estar mais juntos, mas pelo menos tenho mãe. Sua mãe passou fome até morrer. Seu pai teve um caso enquanto ela estava morrendo. Todo mundo sabe disso.

— Cale a boca — digo. — Você é pobre. É pobre e é feia.

— Você também é feia. — Beth sorri para mim. — Você é muito feia por dentro e não sabe. — Ela está praticamente radiante. — E está passando fome. Assim como sua mãe. Mas quer saber? Fico feliz. — Ela coloca a mão na porta e se prepara para sair. — O mundo ficaria melhor sem você, Liz.

E vai embora.

Por um instante, fico olhando para onde ela estava.

— Uau. — Alex expira. — Isso foi... impressionante.

Nem consigo responder; estou horrorizada demais com o que acabei de ver. Quase não consigo digerir o quanto fui cruel com Beth. Além disso, estou humilhada pela ideia de que *todo mundo* na nossa cidade parecia acreditar que meu pai e Nicole estivessem tendo um caso. Todo mundo. Até os pais de Beth Follet.

Enquanto continuo a observar meu eu mais jovem, consigo falar uma coisa.

— Espere — digo a Alex. — Olhe. O que estou fazendo?

Há alguns segundos estou me olhando no espelho. Agora estou tocando nos hematomas do meu rosto e faço uma careta quando encosto neles. Abro a torneira da pia e observo a água descer pelo ralo. Eu me inclino e respiro fundo, depois fecho a torneira. Quando empertigo a coluna, há um brilho intenso e feroz nos meus olhos.

— Ela está certa. Você é feia — digo para meu reflexo. — Todo mundo sabe.

Começo a chorar. As lágrimas escorrem pelo meu rosto, mancham minha maquiagem e destroem o rímel.

— Feia — repito, quase como se estivesse abraçando a palavra, tentando me convencer de que é verdade.

Sigo meu eu mais jovem, que se tranca na cabine e senta sobre a tampa da privada abaixada, puxando os joelhos contra o peito. Fico ali sentada, chorando sem fazer muito barulho, até o sinal tocar e indicar o começo do segundo tempo. Mas não me levanto. Continuo a chorar.

Mas, de repente, quando parece que nunca vou parar, fico de pé. Estico a roupa. Respiro fundo. Saio da cabine, abro a bolsa e fico de pé na frente do espelho. Com cuidado e calma, reaplico o rímel, o batom e o pó.

Sorrio para meu reflexo.

— Tudo bem — digo baixinho. — Vamos, Liz.

Ainda há alguns alunos atrasados no corredor, que enrolam entre as aulas, e quase imediatamente vejo Josie e Richie ao lado do armário dele, conversando. Richie está de costas para mim e está encostado no armário fechado, com o jeito bacana de sempre. Quando Josie me vê, ergue o braço em um aceno.

— Oi — digo, sorrindo para eles sem fôlego. Não há traço nenhum da Liz que acabei de ver no banheiro; em quase um instante, fui da confusão chorosa à tranquilidade composta e sorridente. — Temos que ir para aula, pessoal. — Olho para Josie. — O que você está fazendo aqui? Não tem aula de espanhol no andar de cima?

— Você acha que ela e Richie já estavam envolvidos? — pergunto a Alex. Sinto o ciúme crescendo dentro de mim, incontrolável. — Bem debaixo do meu nariz, assim?

Ele balança a cabeça.

— Ela não disse que só começou alguns meses antes de você morrer?

— Disse, e isso foi no outono... muito tempo antes de eu morrer. Então, sobre o que eles estão falando?

Alex dá de ombros.

— Sei lá. Vamos ver.

— Acabamos de ver Beth chorando — diz Josie para mim com uma risadinha. — Você teve alguma coisa a ver com isso? Richie me contou sobre a sua cena na aula de inglês.

O corredor está vazio agora, exceto por nós três, de pé, como se não tivéssemos outro lugar para estar, embora estejamos oficialmente atrasados para a aula.

Abro mais o sorriso.

— É isso mesmo. — E passo meu braço pelo de Richie, apertando-o de um jeito possessivo. — Ela estava tentando ciscar no meu terreno.

— Ah, meu Deus, até *parece* — diz Richie, suspirando. — Você não deu uma de louca com ela, deu? Era só um trabalho de inglês. Acabou.

Josie aperta os olhos.

— Liz está certa, Richie. Beth deveria saber o lugar dela. É muito atrevimento até mesmo ela falar com você.

Sorrio para Josie, mas, quando falo, consigo detectar um leve tremor na voz.

— Isso mesmo — digo a Richie com firmeza. — Você é meu. Ela deveria ter lembrado.

Meu namorado parece acostumado com nossa reação e me dá um sorriso torto.

— Sou seu, tá? — Ele encosta a testa na minha e me beija no nariz. — E como você está se sentindo? — Com as costas da mão, ele roça os dedos no hematoma do meu rosto. Faço uma careta. — Ainda inchado? — pergunta ele.

— Sim. Um pouco.

Josie morde o lábio e inclina a cabeça de preocupação.

— Ela teve uma concussão. — Para mim, ela diz: — Você tem sorte de não ter quebrado o pescoço ao cair da escada. Podíamos estar no seu velório agora. — O olhar dela percorre meu corpo. Percebo que está preocupada com o quanto estou ficando magra.

Ignoro o comentário da minha irmã postiça, mas Alex e eu, enquanto observamos, trocamos um olhar espantado.

— Bizarro — diz Alex. — Você não acha?

Tremo um pouco.

— Acho. Muito bizarro.

Meu eu mais jovem se empertiga um pouco, como se estivesse reunindo confiança para alguma coisa. Olho em volta para ter certeza de que ninguém está vindo e abaixo a voz.

— Richie? — pergunto, hesitante. — Eu estava pensando... Tenho um monte de dever de casa atrasado e não consigo me concentrar.

— É? — Ele está hesitante, como se soubesse o que vou pedir.

— Você tem alguma coisa? Tipo... qualquer coisa que me ajude a terminar meus deveres?

Richie inclina a cabeça para trás e olha para o teto. Não me responde a princípio.

— Richie? — digo de novo. — Falando sério. Não consigo pensar direito. Me ajudaria muito.

— Por que você não consegue pensar direito? Por causa da concussão?

Meu olhar vai para Josie — só por um segundo, mas é o bastante. Tem mais alguma coisa acontecendo, e ela sabe. Percebo só de nos observar juntos. Mas não tenho ideia do que seja.

— É, por causa da concussão — digo.

— E está tomando analgésicos? — diz ele.

Afirmo com a cabeça.

— Qual?

— Hum... Percocet.

— Quantos miligramas? Quantas vezes por dia? — Ele parece um livro de referência ambulante quando se trata de remédios controlados.

Dou de ombros.

— Não sei de quantos miligramas, Richie. Os comprimidos são grandes e brancos. Mostro o vidro para você depois da aula.

— E você quer que eu dê o que para você? Alguma coisa que ajude a concentração? Como Adderall?

Concordo.

— É. Você faria isso?

— Liz, não. — Ele balança a cabeça com firmeza. — De jeito nenhum. Não vou dar remédios para que você consiga fazer os deveres. Você não pode misturar analgésicos e estimulantes assim. Não é uma boa ideia.

— O que é Adderall? — murmura Alex.

— É para desordem por déficit de atenção — digo a ele —, mas é uma anfetamina. As pessoas tomam para ajudar na concentração. — Faço uma pausa. — Também usam pra controlar o apetite. Faz com que você não sinta fome.

— Aham. — Ele assente. — E como você sabe disso tudo? Tem DDA?

— Não. — Olho para o chão. Estou tão constrangida por ele ter me visto agir dessa forma, com Beth no banheiro e agora aqui, com Richie, pedindo drogas. Por que eu ia querer Adderall? Fora um pouco de erva de tempos em tempos, eu *não* uso drogas: nem em pó, nem pílulas, nada. — Devo saber o que é Adderall porque Richie vende. Para estudantes. Ele costumava cobrar uns 20 dólares por uma pílula só. Não tenho ideia de onde consegue.

Mas tem outra coisa. Há outra razão para eu saber sobre drogas para DDA. E, por mais que odeie admitir para Alex, acredito que ele queira me ajudar a descobrir meu passado, que ainda é uma *tabula rasa* em sua maior parte, só agora começando a ser pontilhada por lembranças que estão ilustrando claramente que pessoa censurável eu era capaz de ser quando viva.

— Minha mãe costumava ir a vários médicos diferentes — explico, ainda olhando para o piso de linóleo do corredor. — Ela era o que chamam de caçadora de remédios. Além dos remédios para resfriado, ela tomava qualquer coisa para não sentir fome. — Engulo em seco. — Inclusive Adderall, quando conseguia arrumar uma receita médica.

Alex não responde. Apenas escuta. Fico grata pelo silêncio momentâneo.

Josie diz:

— Richie? Você tem Adderall?

Richie sorri de novo.

— Com quem você está falando, Josie? Se tenho Adderall? — Ele pisca. — É claro que tenho um pouco guardado. Por quê?

— Também estou muito estressada — diz Josie. — As provas estão chegando, e tenho uns três trabalhos pra terminar. Além do mais, tenho que montar uma porcaria de diorama para aula de história. — Ela deixa a frase no ar por um momento. Depois ri e diz: — Aposto que também não vai *me* deixar tomar, vai?

Richie e eu estamos de mãos dadas agora, perto um do outro, balançando os braços para a frente e para trás enquanto nos preparamos para entrar na aula.

— Claro — diz ele. — Por que não?

Josie parece quase decepcionada.

— Ah. Certo. Bem, você pode me entregar depois da aula?

— Venha — digo para Richie e puxo o braço dele quando começo a andar para a sala. — Já estamos atrasados. — Para minha meia-irmã, digo: — Josie, você tem que ir para aula de espanhol.

— Espere, Josie. Vamos esclarecer uma coisa. — Richie sorri para ela ao descermos o corredor juntos. — Não vou *dar* nada. Você é uma cliente pagante. São vinte pratas por uma bolinha. Tá?

Josie está tentando parecer inabalada, mas percebo que está agitada.

— Claro — diz ela. — É claro.

— Ele não se importa com ela — digo a Alex. — Não como se importava comigo. Está vendo? Não quis me dar nenhuma pílula, mas *vende* para ela. Ele não se importa, e ela sabe muito bem.

— É — concorda Alex —, você tem razão. — O olhar dele encontra o meu. — Então o que mudou? Por que ele se importa com ela agora?

Estreito os olhos. Observo meu eu mais jovem, com meu namorado e minha meia-irmã, andando casualmente em direção às salas de aula. Meus saltos e os de Josie estalam em um ritmo suave no linóleo enquanto caminhamos.

— Não sei, mas acho que deve ter sido alguma coisa importante.

Quatorze

Não há sono para os mortos; pelo menos, não para mim e Alex. Passamos nossas noites em solidão silenciosa, perdidos em nossas próprias lembranças. Em geral, viajamos para as minhas memórias juntos, mas às vezes vou sozinha, e de vez em quando Alex vai para o passado dele, embora eu não tenha pedido para ir com ele novamente. Fora isso, não há muito mais o que fazer, exceto esperar que o sol nasça para podermos observar nossos amigos e parentes vivos seguirem a vida sem nós. Tenho medo do fim de cada dia, do inevitável silêncio da escuridão, da sensação perdida de isolamento que me faz ansiar pelo sono que sei que não vai chegar em um futuro próximo.

É final de setembro agora, duas semanas depois de termos testemunhado minha cena com Beth no banheiro feminino. Estamos no meio da noite, provavelmente perto do amanhecer. Não tem mais relógio no meu quarto, mas, depois de tantas noites passadas aqui, olhando pela janela, fiquei boa em observar o céu, em conseguir dizer em que parte da noite estamos com base na posição da lua.

— Tem alguém lá fora — diz Alex. Ele está de pé em frente à minha janela, olhando para a rua.

— E daí? — Estou no chão, ao lado da pilha de tênis velhos. No escuro, eles parecem quase vivos: línguas que parecem bocas, cadarços puxados como feições cheias de expectativa, passando por pares múltiplos de olhos. Nós nos observamos.

— É seu namorado. — O rosto de Alex está encostado na janela, olhando para a rua. Mas não tem um círculo embaçado pela respiração dele no vidro. — Talvez esteja indo dormir de novo no seu túmulo.

Eu me sento mais ereta.

— Você acha?

Alex olha por mais um momento.

— Não — diz ele. — Ele está indo a algum lugar de carro.

É verdade; quando Alex e eu chegamos do lado de fora, observamos Richie trabalhar rapidamente enquanto coloca uma pequena mala e uma bolsa no banco de trás. Está prestes a sentar-se no banco do motorista quando um carro entra na rua e os faróis o iluminam diretamente, fazendo com que fique parado.

— Merda — murmura ele, fechando a porta do motorista e enfiando as chaves no bolso. Ele fica ao lado do carro, tentando parecer indiferente. Quase espero que comece a assoviar.

Joe Wright, em horário de folga, em um sedã marrom com duas cadeirinhas de criança no banco de trás, coloca o carro em ponto morto e o deixa ligado no meio da rua.

Richie ergue as mãos.

— Não estou fazendo nada de errado. Só saí para dar uma corrida.

— Às quatro da manhã? — Joe olha em volta com expressão inocente. — Está escuro, sabe. — Ele olha para meu namorado, que está usando uma camiseta, calça de moletom cinza e os mesmos chinelos que usou para ir ao cemitério algumas semanas antes, com as solas ainda cheias de lama do meu túmulo. — Você é um péssimo mentiroso.

— Farei 18 anos daqui a um mês. Posso fazer o que quiser.

Joe faz uma concha com as mãos para olhar o banco de trás do carro de Richie.

— Seus pais sabem que vai dar uma volta?

Richie olha para casa. Todas as luzes estão acesas lá dentro.

— Não faço ideia. Eles não estão em casa.

Joe balança a cabeça.

— E a escola? É seu último ano. Você não vai simplesmente desaparecer, vai? — Ele dirige o olhar para minha casa. — Sua nova namorada sentiria saudade.

Richie olha para a lua brilhante no céu e não diz nada.

— Não acha que as pessoas vão achar estranho? Você desaparecendo no meio da noite?

— Talvez. — Ele dá de ombros. — Elas vão superar.

Sem qualquer aviso, Joe abre a porta do carro de Richie e estica o braço até o banco de trás. Quando tira, está segurando um buquê de flores. Lírios brancos.

— Minhas favoritas — murmuro. — Ele vai colocá-las no meu túmulo.

— O que é isso? — pergunta Joe, franzindo a testa. Ele coloca as flores sobre o capô do carro.

Richie não se deixa intimidar.

— Não é da sua conta. Ei, você não tem mandado. Não pode mexer nas minhas coisas.

— Para quem são essas flores?

Richie cruza os braços e encara Joe com rebeldia silenciosa.

— Sabe — continua Joe —, quando vi você no barco, sabia que me lembrava de você de algum lugar. Demorei um pouco para lembrar. — Ele dá uma batida no nariz com o dedo indicador, apontando para Richie. — Noite do baile, na primavera passada. Certo? Até escrevi um boletim de ocorrência. Você e Liz estavam embaçando as janelas.

Richie coloca a mão na porta do lado do motorista.

— Posso ir? Tenho que ir a um lugar. — Ele estica a mão para pegar as flores; em um gesto rápido, Joe fecha a mão sobre o punho de Richie.

— Vou com você. Precisamos ter uma conversa.

— Já conversamos muito.

— O que vou encontrar se procurar nas bolsas que está levando no banco de trás?

— Nada. — Richie tenta soltar o braço.

— Nada? Então você não vai se importar se eu der uma olhada.

— Você não tem mandado.

Joe fita-o nos olhos.

— Não preciso de mandado, cara. O nome disso é causa provável.

Richie olha para ele com raiva sob a luz da lua. Por fim, diz:

— Como quiser. Vá em frente.

Com grande interesse, Joe desfaz a bolsa e a mala. A princípio, não parece haver nada fora do comum: na mala há roupas, livros (*O grande Gatsby*, *Matadouro 5* e *O arco-íris da gravidade*) e um mapa da Nova Inglaterra. Na bolsa tem mais roupas, alguns pacotes fechados de cigarro (que Joe confisca, para a óbvia irritação de Richie) e o mesmo porta-retratos com a nossa foto (em um encontro de *cross country*) que ficava na escrivaninha de Richie.

Depois de examinar tudo, Joe se afasta, com a testa franzida de insatisfação, batendo com o dedo nos lábios.

— Está vendo? Não tem nada. — Richie parece orgulhoso e balança os dedos dos pés no ar fresco da noite. — Posso ir?

Joe o encara por bastante tempo. Olha ao redor: para a casa de Richie, para minha casa, depois para o carro de novo. Sem falar nada, vai até a traseira do carro e abre o porta-malas. O queixo do meu namorado cai. Joe mexe no piso do porta-malas até puxá-lo, expondo o espaço onde deveria estar o pneu. Mas ele não está lá; em vez disso, há o exemplar familiar de *Grandes esperanças*, com um saco de papel pardo.

Meu namorado está tentando demonstrar tranquilidade, mas percebo que está suando. Ele abre a boca para falar, fecha e abre de novo. Olha para os pés como se estivesse arrependido. Posso imaginar o que está pensando: se estivesse de tênis, poderia sair correndo.

Não fico surpresa quando Joe abre *Grandes esperanças* e vê que está cheio de drogas e dinheiro. Mas não estou nada preparada para o que ele encontra no saco de papel quando tira o que tem dentro.

— Puta merda — diz Alex, dando um passo para trás, como se alguma coisa pudesse feri-lo.

Mas Joe também dá um passo para trás. Seus olhos estão arregalados, um homem adulto (e policial), nervoso de repente por estar sozinho na rua, no escuro, sem nem um par de algemas para dominar meu namorado.

Richie fica paralisado por um momento. Seu olhar vai para o porta-malas, para Joe e de novo para o porta-malas. Com um movimento único e rápido, ele dá um salto e fecha a mão em volta do objeto que saiu do saco de papel.

É uma arma.

Joe corre na direção de Richie, mas é lento demais. Com a arma pressionada contra o peito, quase em um abraço, meu namorado se vira e começa a correr pela rua vazia, com os chinelos batendo no chão em um ritmo frenético, depois da fuga de carro ter dado errado.

Richie é rápido; Joe nem tenta ir atrás dele depois de alguns metros. Ele fica parado, perplexo. Obviamente, é um problema maior do que ele tinha previsto nessa madrugada de cidade adormecida.

Fora as drogas que Richie deixou para trás, tem outra coisa: quando Joe pega o saco de papel de novo, um cartão de memória, com aparência benigna, tão pequeno que quase podia passar despercebido, escorrega do saco e quica no chão, caindo debaixo do carro. Com o canto do olho, Joe vê o cartão de memória cair.

Ele se inclina, pega com cuidado e o segura entre o polegar e o indicador. Depois ergue o braço e olha para o cartão sob a luz da lua. Nós três olhamos para ele.

— Bem, o que temos aqui? — diz Joe em voz alta.

Alex olha para mim.

— Você sabe o que tem nele?

Faço uma busca na minha mente por algum sinal de reconhecimento, qualquer coisa que pudesse me dar uma pista sobre que tipo de informação poderia estar armazenada no pequeno cartão. Mas não tenho ideia.

Poderia ser qualquer coisa, eu acho. Poderiam ser informações particulares sobre mim ou Richie, ou talvez alguma coisa que eu nem sequer possa imaginar. Mas não terei oportunidade de proteger o conteúdo, de protegê-lo do resto do mundo. Richie também não vai poder fazer isso, não mais. A única coisa que ele pode fazer é fugir da enorme confusão na qual se meteu. E a única coisa que posso fazer é esperar.

Quinze

A polícia está em toda parte. É uma cena com a qual fiquei familiarizada demais no último mês: o tumulto causado por alguma coisa que deu terrivelmente errado. Há amontoados de vizinhos meus em suas varandas, a maioria ainda de pijama ou roupão, observando com olhos cansados, porém arregalados, envolvidos pelo drama que se desenrolava.

— É um entretenimento para eles — digo a Alex, enojada. — Como uma novela.

Ele aperta os lábios, pensativo.

— Estão apenas curiosos.

— É, mas eu queria que fossem cuidar da vida deles. Como se minha família já não tivesse passado por problemas suficientes. Como se precisasse de todo mundo olhando para ela.

A polícia está dando uma busca na casa de Richie. Os pais dele foram chamados no apartamento de Manhattan no meio da noite, agora estão na calçada, observando policiais uniformizados saindo da casa deles carregando sacos de evidência (mas evidência de quê?) do quarto do meu namorado.

Quando Mera e Topher aparecem na minha casa (eles têm dado carona para Josie até a escola), Josie os leva para dentro, onde minha família está sentada à mesa da cozinha. Minha irmã postiça chora sem parar e manda mensagens de texto para Richie freneticamente, mas ele sumiu do mapa.

Joe está com eles, encostado na geladeira dos meus pais, tomando uma xícara de café.

— O que podemos fazer? — pergunta meu pai. Ele parece ter perdido uns dez quilos nas últimas semanas. O rosto dele está pálido e os olhos, vidrados e sombrios. — Não acredito que Richie pudesse ter alguma coisa a ver com... com o que aconteceu com Liz. — Meu pai sempre gostou de Richie. E é claro que está certo. Richie jamais me machucaria. Fico satisfeita de meu pai estar tão convencido de que, lá no fundo, Richie é um bom garoto que realmente me amava. Mas obviamente ainda tem alguma coisa muito errada.

— Não sabemos se ele fez. — Joe sopra o café quente. — Temos que encontrá-lo antes de tirarmos conclusões. — Ele olha para minha irmã postiça. — Josie? Alguma ideia?

Ela olha para Topher e Mera. Parece ridículo eles estarem ali. Os dois estão encolhidos em um canto da cozinha, com as mãos no bolso de trás um do outro, como sempre. Parece que nem sabem como ficar lado a lado sem estarem com a mão no corpo do outro. O jeito grudento deles sempre me irritou. Hoje, reparo que estão usando roupas combinando: jeans, suéteres vermelhos com uma listra cinza na frente, camisas brancas de botão com a gola aparecendo no pescoço e pulseiras idênticas de ouro no pulso. *Eca.*

Quase imperceptivelmente, Mera cutuca Topher. Ele olha para ela.

— O quê?

— Diga a eles.

— Ah. — Topher olha para o teto, com a boca ligeiramente entreaberta. — Certo.

— O que é aquilo nos dentes dele? — pergunta Alex.

Reviro os olhos.

— É uma tira de clareamento dental.

Topher, como todos os meus amigos, se dedica muito a cuidar da aparência. Mas ele também fuma. Para combater os inevitáveis dentes amarelos que acompanham o hábito, ele usa tiras de clareamento duas vezes por dia, todos os dias. Naquele momento, ele enfia a mão na boca, remove a tira de plástico e se demora ao passar a língua sobre os dentes enquanto todo mundo olha para ele, esperando com ansiedade.

Ele faz uma bola com a tira de plástico e entrega a Mera, que a segura sobre a palma da mão aberta. Sei que ele tem uma garrafinha de enxaguante bucal e uma caixinha de fio dental na mochila, e que está morrendo de vontade de enxaguar a boca e passar fio dental antes de ter que (Deus o proteja) interagir com qualquer pessoa que não seja Mera. Mas está claro que ninguém está disposto a esperar.

Ele abaixa a cabeça e cobre a boca com a mão, constrangido ao falar.

— Richie foi até minha casa hoje de manhã cedo. Queria saber se eu podia emprestar dinheiro.

— Eu estava lá — acrescenta Mera. — Ele estava bem perturbado.

— Lá vai ela de novo — digo a Alex. — Sempre tem que ser o centro das atenções.

Joe se inclina para a frente com interesse.

— Ele disse para quê? Disse que ia embora?

Topher encolhe os ombros.

— Não. Só disse que precisava.

Imediatamente penso em Caroline e no dinheiro que ela roubou do meu banheiro.

— Quanto você deu a ele? — pergunta Joe.

— Hum, não muito.

— Quanto é "não muito"?

Topher limpa a garganta. Ele se recusa a olhar para qualquer pessoa.

— Fui até o caixa eletrônico. Saquei o máximo que pude. Setecentos dólares. — Ele faz uma pausa. — Richie queria mais.

Nicole aperta a mão contra a testa e segura o braço do meu pai.

— Meu Deus — murmura ela. — Nós o víamos o tempo todo. Conhecemos a família dele. Ele é como um filho. — Ela olha para Joe. — Não é possível que tenha agredido Liz. Conheço esse garoto desde que era bebê. Ele vinha à nossa casa quase todos os dias.

Nicole está certa. Fecho os olhos, tentando lembrar. Não encosto em Alex. Quero estar nesta cozinha sozinha com minha família, com Richie, que *era* como da família, para testemunhar uma época em que éramos todos felizes. Estou começando a sentir que isso é impossível.

Quando abro os olhos, vejo neve caindo pesadamente pela janela da cozinha. Olho para a porta que dá na sala e vejo uma enorme árvore enfeitada com luzes brancas que piscam e dezenas de enfeites. Minha família podia não ser cristã, mas o Natal sempre era um grande acontecimento em nossa casa. Josie e eu ganhávamos pilhas de presentes; fazíamos uma lista com as coisas que queríamos e raramente não ganhávamos tudo que pedíamos. Como falei, meu pai não negava nada para nós, e Nicole nunca pareceu ter problema nenhum com o desejo dele de mimar a mim e a Josie — mas principalmente a mim.

Tenho 17 anos e estou no terceiro e penúltimo ano do ensino médio. Sei disso porque tem um guia de estudo de *Otelo* na minha frente na mesa da cozinha. Estudamos Shakespeare no meu terceiro ano.

Embora seja bem cedo (o relógio do fogão marca 7h48), minhas bochechas estão naturalmente rosadas por baixo da maquiagem, e meus olhos estão alertas. Provavelmente acordei às 5h para correr. Sempre gostei de correr na neve, de sentir minha respiração sair do corpo em névoas de umidade, de encontrar o equilíbrio entre o calor do meu corpo e o ar frio que me envolvia em uma capa suada de calor.

Josie está em frente ao fogão, de costas para mim. Está cozinhando; há frigideiras de ferro em dois dos queimadores, os dois estalando enquanto ela mexe. Ela sempre gostou de cozinhar.

A porta da cozinha se abre sem ninguém bater, e Richie entra. Embora more a apenas algumas casas de distância, ele está usando um pesado casaco de inverno. Um cachecol preto e cinza está enrolado em seu pescoço, e ele está de luvas. A única coisa que falta é um chapéu; os cachos dele estão cobertos de flocos de neve ainda congelados. Ele está lindo.

— Bom dia — diz ele, sorrindo para mim quando me sento à mesa. Ele tira as botas sobre o pequeno tapete oriental que fica em frente à porta, já do lado de dentro. Anda até mim, se inclina e beija minha cabeça.

Sorrio para ele.

— Bom dia.

Nicole está em frente à geladeira, com a porta aberta, olhando para dentro dela. Ainda está de roupa de dormir, que não é grande coisa: dá para ver uma camisola branca curta debaixo do robe de cetim que vai até o meio da coxa. As pernas dela estão malhadas e bronzeadas, mesmo sendo inverno; quando ela não pode se deitar ao sol, usa um bronzeador caro que dá ao corpo todo um brilho de aspecto natural.

Richie se senta ao meu lado à mesa. Eu nos observo com saudade e profundo pesar, e meu eu vivo se inclina em direção a ele e o beija nos lábios.

— Você está tão gelado — digo rindo e me afasto. — Quanta neve já caiu lá fora?

Antes que ele possa responder, meu pai entra na cozinha. Está usando terno com suspensórios listrados de preto e vermelho que se esticam sobre a grande barriga. O paletó está sobre o ombro.

— Está frio o bastante para não ter aula — diz meu pai. Ele anda até Nicole, passa o braço pela cintura dela e beija-lhe a face.

As coisas podiam não ser perfeitas, mas nós *parecíamos* muito felizes. Acho que eu daria qualquer coisa para voltar a esse momento, vivê-lo de verdade em vez de observá-lo como espectadora.

— Não vai ter aula? É sério? — Josie se vira, sorrindo. — *Nunca* cancelam a aula.

Ela está certa; todo mundo está acostumado com a neve em Connecticut. É preciso praticamente uma tempestade de neve para que a administração suspenda as aulas.

— Acabei de ver no noticiário — diz meu pai. — Um cano congelado estourou. Vocês tiveram sorte.

Enquanto examino nossa família, reparo que Richie e eu não estamos prestando atenção ao meu pai. Por baixo da mesa, vejo a mão dele apoiada no meu joelho; estou usando uma saia-lápis preta e meias pretas. Meus sapatos são botas vermelhas brilhantes de salto alto. Como pensava em andar na neve com aquela roupa?

Richie e eu estamos sentados perto um do outro e nos olhamos nos olhos. Com a mão livre, a que não está no meu joelho, ele mexe no meu rosto e coloca uma mecha de cabelo louro atrás da minha orelha.

Estamos em nosso mundo, alheios à minha família em volta. Percebo que isso foi depois da minha queda da escada, depois que comecei a perder peso e agir com distanciamento. Mas ele e eu ainda estávamos apaixonados. Isso era óbvio. Mal conseguíamos parar de olhar um para o outro.

— O que vamos fazer com o dia livre? — murmura Richie para mim.

Um pequeno sorriso brinca nos meus lábios, cuidadosamente contornados, pintados com batom carmesim e com o toque final de uma camada de gloss.

— Vamos pensar em alguma coisa — quase sussurro.

— Muito bem, vocês dois. — Josie está à nossa frente, segurando um prato de ovos mexidos. — Já chega. Vão me fazer vomitar.

Olho para ela. Ainda estou sorrindo.

— Me desculpe.

— Não peça desculpas. Apenas pare. — Ela coloca o prato na frente de Richie. — Aqui está. Ovos com bacon, cebola, tomate e muçarela defumada. — Ela faz uma pausa. — Você gosta, não gosta?

— Ah, gosto. Obrigado, Josie. — Richie sorri para ela. — Você é demais.

Por um momento, ela parece perdida.

Ela já gostava dele, percebo ao analisá-la. *Estava fazendo café da manhã para ele. Estava tentando cuidar dele.*

— Não é nada — diz ela, por fim. — Gosto de cozinhar. — Ela se vira, pega outro prato na bancada e o coloca na minha frente. — Para você, Liz. Só as claras.

— Obrigada. — Pisco para ela.

Josie sorri, mas é quase uma risadinha de deboche.

— Não queremos que você encolha até chegar ao tamanho infantil, não é?

— Marshall — diz Nicole, franzindo a testa para meu pai. — Você não vai trabalhar mesmo hoje, vai? Tem quase 30 centímetros de neve lá fora. As ruas ainda não devem ter sido liberadas.

Meu pai toma um grande gole da caneca de café que está segurando.

— Não se preocupe comigo. Só vou dirigir até a estação de trem.

Nicole balança a cabeça.

— Eles sobrevivem sem você um dia. Não vale a pena arriscar sua segurança.

Ele toma outro gole de café, coloca a caneca sobre a bancada e veste o paletó.

— Vou ficar bem. — Ele olha para mim, para Richie e para Josie e pergunta: — O que vocês, crianças, vão fazer?

— Podemos ver um filme lá em casa — diz Richie para mim.

Dou outro sorrisinho para ele, como se estivéssemos compartilhando um segredo.

— Tudo bem, claro.

— Josie? — pergunta meu pai. — E você?

Há um momento de silêncio quando Richie e eu primeiro nos entreolhamos e depois olhamos para minha meia-irmã. É constrangedor; isso é óbvio.

Ela já gostava dele, penso de novo. *Ela o queria.*

Por fim, digo:

— Josie, você também pode ir, se quiser.

Josie olha para a mãe. Percebo que Nicole entende o que está acontecendo. Ela franze um pouco a testa para a filha. Em seguida, sacode a cabeça, quase imperceptivelmente. Acho que Richie e eu não notamos, mas meu *eu* fantasma, sim.

— Não — diz Josie. — Tenho dever de casa. — Ela olha para Richie. — Vou ler *Otelo* de verdade. — E sorri para ele. — Não só o guia de estudo.

— Que bom. — Richie come uma garfada de ovos. — Humm, está delicioso. Liz, você podia aprender umas coisinhas com sua irmã.

Outro momento de silêncio. Josie olha para mim, eu olho para ela. Richie olha para o prato de ovos.

De pé no canto, observando nós três, elevo o dedo indicador e desenho um triângulo, com as linhas invisíveis unindo nossos corpos. Aí está.

— Liz?

A voz está vindo de longe. Eu me sinto desorientada, um pouco tonta.

— Liz? Ei. Está aí?

É Alex. Ele está me sacudindo, me arrancando da lembrança.

217

Eu pisco várias vezes. Logo estou de volta, de pé com ele na cozinha, ainda com meu pai, Nicole, Josie, Mera e Topher. E Joe Wright.

Josie está olhando para o celular, como se estivesse tentando fazer uma mensagem aparecer.

— Diga ao Sr. Wright — Nicole implora a Josie. — Diga a ele que Richie jamais machucaria alguém. Você o conhece quase tão bem quanto Liz. Não é, querida?

Josie limpa os olhos. As unhas foram recentemente pintadas de rosa intenso, combinando perfeitamente com o laço no cabelo dela.

— Tem algo que vocês precisam saber. — Ela olha para meu pai, para Nicole e para Joe. — Richie e eu começamos um relacionamento — diz ela — alguns meses antes de Liz morrer. — Ela faz uma pausa. — Ela não sabia. Liz. Íamos contar a ela em algum momento.

Mera fica tensa, mas não diz nada. Topher fita-a nos olhos, e eu os vejo se comunicando de um jeito muito familiar e típico. Richie e eu também fazíamos isso; é o tipo de olhar que só duas pessoas que passaram muito tempo juntas podem compartilhar, um olhar que diz muito sem ninguém ter que falar nada. Sei que Richie não olhava para Josie desse jeito. Nunca olhou e nunca olharia.

Topher se afasta de Mera.

— Com licença — diz ele. — Não aguento. Preciso ir ao banheiro. — Ele pega a mochila.

— Vai passar fio dental — digo a Alex. — Vamos atrás dele.

— É sério? — Alex fica surpreso. — Não quer ficar aqui e ouvir?

Balanço a cabeça.

— Não. É demais para mim.

O que quero dizer é que é doloroso demais ver minha meia-irmã explicando a nova relação dela com Richie para nossos pais. Mas não preciso dizer isso tudo a Alex; ele entende.

No banheiro, a primeira coisa que Topher faz é pegar o fio dental e o enxaguante bucal dentro da mochila. Ele cuidadosamente passa o fio entre cada par de dentes. *Duas vezes*. Depois, usa o enxaguante. Em seguida abre o zíper do compartimento principal da mochila e mexe até tirar um pequeno saco de maconha, que joga no vaso antes de dar descarga. Topher respira fundo com os punhos apoiados na pia do banheiro, olhando-se no espelho.

Topher puxa os lábios com os dedos para exibir a parte de cima dos dentes e os avalia. Quando termina, aparentemente insatisfeito com o que vê, ele sacode a cabeça e murmura:

— Merda de cigarros. — Ele respira fundo, devagar. Está suando, nervoso, a indiferença usual completamente desaparecida. — Merda de Richie — sussurra ele. — Não podia deixar passar.

Topher sai do banheiro quando Joe está indo para a porta da frente da minha casa. Ele olha para Joe por um segundo, paralisado, e por cima do ombro dele para a cozinha. Minha família não o vê. Meus pais estão fora do campo de visão, e Josie, ainda sentada à mesa, está de costas para ele. Mas Mera está no canto, observando Topher. Ela arregala os olhos e desvia o olhar para além de Topher, na direção de Joe.

Topher leva um dedo aos lábios. Quase silenciosamente, ele e Joe saem da minha casa.

— Ei. Preciso falar com você — diz ele a Joe, se mexendo com desconforto e olhando para o céu azul.

— Tudo bem. — Joe cruza os braços sobre o peito e olha em volta. Meus vizinhos ainda estão nas varandas ou olhando pelas janelas da frente. Há três carros de polícia, com as luzes acesas em silêncio, estacionados na minha rua. A mãe de Richie está sentada na calçada, de pernas cruzadas. Ela parece pequena e derrotada. Parece uma criança.

— Meu Deus, ela está desmoronando — diz Alex.

Penso na cozinha vazia. Nas drogas no quarto de Richie que a Sra. Wilson viu, mas não fez nada.

— Ela mereceu — murmuro.

— Passou bem o fio dental? — pergunta Joe a Topher.

— Muito bem. Não se deve negligenciar as gengivas. — Topher coloca um cigarro entre os lábios. — Não venha me fazer sermão. Tenho 18 anos.

— Tudo bem, nada de sermão. O que você quer? A manhã foi cheia.

— Como é que você se encontrou com Richie por acaso quando ele estava se aprontando para sair? Isso me parece sorte demais.

— Sou a lei, garoto. É meu trabalho estar de olho nas coisas. — Joe começa a estalar os dedos, um a um. A cada estalo, Topher faz uma careta.

— Vocês não estão abalados? — pergunta Joe. — Dois dos seus colegas de escola morreram em um ano. Uma delas era sua amiga íntima. Quantas pessoas tem na sua série? Cem? Noventa?

— Por aí. — Topher lança um olhar nervoso para minha casa e sopra uma baforada de fumaça no ar. — Você está certo, é uma droga. — Ele faz uma pausa. — Se encontrar Richie, vai prendê-lo?

— Vou.

— Com que justificativa? Garanto que ele não matou Liz.

— Por posse de arma de fogo, para começar. E ele também tem outros problemas, acredite.

— Sei disso. Ele é meu amigo. Sei tudo sobre os problemas de Richie, tá? Escute. Josie está mentindo. Ela não começou uma relação com Richie antes de Liz morrer. Não tem como.

Joe balança a cabeça, obviamente irritado pela suposta conclusão de Topher.

— Não é o que sei.

— Bem, então você não entendeu nada. Ele não faria isso. — Topher esfrega a mão com nervosismo na boca e abaixa a voz, embora não tenha ninguém por perto. — Se quiser encontrar Richie, tem que ir a Groton. Tem um condomínio perto do rio chamado

Covington Arms. Apartamento nove. Você precisa encontrar um cara chamado Vince Aiello.

Ao ouvir o nome, Joe de repente se concentra.

Minha visão escurece. Meu estômago dá um nó. Quando olho para Alex, ele está olhando para mim com dúvida. Há semanas venho dizendo que nunca ouvi falar de Vince Aiello. Está claro que Alex acha que estou mentindo, que devo me lembrar de *alguma coisa* sobre o homem que obviamente teve um papel de importância no meu passado.

— Devo estar esquecendo — digo baixinho. — Eu juro, Alex, não sei quem ele é.

— Richie anda estranho ultimamente — continua Topher. — Ele estaciona em frente ao prédio do cara, o segue, coisas assim. — Ele joga a guimba do cigarro na rua. Joe olha, mas não diz nada. — Ele estava péssimo quando passou na minha casa hoje de manhã. Mera estava lá e viu como ele estava agindo. Estava surtando por causa de Liz. É por isso que sei que ele não a matou. Ele está enlouquecendo sem ela. Acha que ela o estava traindo, mas o problema é que o cara, Vince, é um derrotado. Trabalha em uma mecânica. Ele é imundo, sabe?

— Talvez Liz gostasse de caras assim. Muitas garotas gostam de *bad boys*. — Joe olha por cima do ombro para a casa de Richie. — Richie vende drogas. Eu sei. Você sabe. Talvez Liz quisesse ir mais longe.

— Não. — Topher balança a cabeça. — De jeito nenhum. Você não conhecia Elizabeth Valchar, senhor. Eu a conhecia desde o jardim de infância. Vou contar uma coisa sobre aquela garota. Ela era minha amiga. Com todo respeito, o senhor está errado. Vou dar um exemplo, tá? Uma vez, Mera e eu a pegamos para irmos à escola de manhã, e na noite anterior tínhamos ido ver um filme no drive-in. Comemos pipoca no banco de trás e havia milho preso nos cantos do banco de couro, sabe? E guardanapos sujos no chão.

Nada demais, né? É só empurrar e sentar. Mas Liz, não. Não, senhor. Aquela garota se recusou a entrar no meu carro. Havia restos demais para jogar no chão e, mesmo assim, o vestido dela teria ficado sujo. Foi o que ela me falou. Ela disse que entraria no carro quando eu o levasse para lavar e aspirar.

— Eu me lembro desse dia — digo. Quando olho para Alex, ele está olhando para a camisa. Era o uniforme do Mystic Market. Está sujo de manchas de comida e gordura.

— Me desculpe se minha aparência enoja você — diz ele com postura envergonhada.

Quando Topher conta a história, ela parece absurda. Eu era mesmo tão fresca? Devo ter sido. Franzo a testa.

— Eu estava usando linho branco. Só podia ser lavado a seco — Assim que falo, as palavras me parecem frágeis. Por que não entrei no carro? Era só um *vestido*.

— Sua vida toda só podia ser lavada a seco — diz Alex.

— Eu estava com Richie uma ou duas vezes quando ele passou de carro pelo apartamento de Vince — continua Topher. — Eu mesmo vi o cara. — Ele enruga o nariz ao lembrar. — Mesmo do outro lado da rua, pude ver que ele tinha unhas longas e sujas. As mãos dele eram maltratadas. Eram calejadas, sabe? Ele era imundo, dava para ver de um quilômetro de distância. Ele estava usando uma camiseta com buracos nos sovacos. Ele não é um *bad boy* nem gângster. É só imundo, relaxado. Um verdadeiro derrotado.

Topher hesita por um momento, pega um chiclete no bolso e começa a mastigar. Ele faz sombra nos olhos com a mão e olha para o céu de novo. Está um dia claro, bonito, com o sol começando a arder no céu.

— Elizabeth Valchar teria pulado no estuário por vontade própria para não deixar um cara daqueles colocar um dedo sequer nela. Se Richie diz que a viu saindo do apartamento de Vince, você precisa descobrir por que, pois pode acreditar que tem alguma coisa estranha acontecendo.

— Muito bem — diz Joe. — Acredito em você. Mais alguma coisa?

— Sim. — Topher treme. — Richie disse que ia matar Vince. Ele tem uma arma. Então você deve procurá-lo em Covington Arms — ele estoura uma bola de chiclete —, tipo, rápido.

Dezesseis

O Covington Arms é um grande prédio de três andares que já viu dias melhores: as calçadas estão rachadas, o estacionamento está cheio de buracos fundos. Embora eu tenha jurado para Alex que nunca ouvi falar de Vince Aiello e que nunca estive aqui antes, quando chegamos perto do apartamento número 9, sinto um tremor de reconhecimento que começa na minha espinha e segue até as pontas dos meus dedos e do meu rosto. Tenho uma sensação de náusea e o intenso desejo de ir embora antes mesmo de entrar. A sensação física é idêntica ao modo como me senti na primeira e única vez em que fumei um cigarro. Como se eu tivesse ingerido veneno.

Fomos para a parte de trás do carro de Joe, sentados no chão para não termos que nos espremer entre as cadeirinhas de criança no banco de trás. É irônico, considerando a história que Topher contou a Joe sobre meu desprezo por sujeira: o chão do carro está cheio de caixas de suco vazias, livros de colorir vagabundos e uma bagunça generalizada. Mas isso não é nada, e quero dizer *nada* mesmo, em comparação ao que encontramos no apartamento 9.

O apartamento consiste em uma sala, uma pequena cozinha e uma porta que leva ao que suponho ser um quarto e um banheiro. Só há uma janela, na frente da sala, fechada e coberta com persianas quebradas. Não há cortina. O tal Vince obviamente não tem decorador. O chão do apartamento está coberto com um carpete bege de uma aparência imunda, com exceção da cozinha, que tem piso de linóleo adesivo. A pia está lotada de louça suja. Não há máquina de lavar louça. Não há micro-ondas. Somente um pequeno fogão com queimadores elétricos sujos e uma geladeira bege pequena. Todas as paredes são brancas com marcas de dedos em volta das portas. Na sala, há um sofá laranja velho, uma mesa de centro de madeira com três cinzeiros em cima (cada um deles cheio de guimbas de cigarro) e garrafas vazias de cerveja. A única coisa no apartamento que poderia ser remotamente considerada boa (e estou usando a palavra com generosidade) é a grande TV de tela plana presa à parede em frente ao sofá.

Como Alex e eu temos o luxo de não precisar bater, já estamos no apartamento quando Joe começa a bater na porta.

— Que boas companhias você tem — comenta Alex, olhando em volta. — Todos esses anos, você e seus amigos debochavam das pessoas por serem pobres. — Ele me dá um largo sorriso. — Que segredo você tinha, hein?

Franzo a testa para ele.

— Nunca debochei de *você* por ser pobre. Debochei? — Meu olhar segue para a extremidade da sala. Estranhamente, há uma pilha de revistas *National Geographic* quase da altura da TV. Talvez Vince seja um amante da natureza.

— Debochou, sim.

— Cite uma vez. — Mas, quando falo, já sei que ele provavelmente tem mais de um exemplo em mente.

— Tudo bem. Eu estava trabalhando no Mystic Market uns dois anos atrás. Você e sua... sua *gangue* foram lá almoçar. Eu me lembro, porque só servimos wraps, sanduíches e salada de massa, e sua amiga Mera ficou horrorizada porque tudo no cardápio tinha carboidrato. Depois que atendi vocês, você pegou uma nota de dez dólares e enfiou no pote de gorjetas. Você se lembra do que disse?

Balanço a cabeça.

— Você olhou para seus amigos e perguntou: "Vocês acham que isso conta como doação de caridade?"

Joe bate na porta com mais força. Ouvimos barulho de movimento no quarto. Uma voz de homem grita:

— Estou indo, porra! Meu Deus, me deixe vestir a calça. Estamos no meio da porcaria da noite. — São oito da manhã.

— Me desculpe, Alex — digo. E era o que estava sentindo mesmo. Ele me lança um olhar cheio de dúvida.

— Ei. — Fixo meu olhar nele. — Me desculpe. É sério, Alex. Se eu pudesse voltar e mudar tudo agora, eu mudaria. Você precisa acreditar em mim. — Eu devia ter parado aí, eu sei. Mas não consigo evitar. — Alex... as pessoas crescem. Você não disse que seus amigos no Mystic Market disseram que o mundo real não é como a escola? Que ficaria melhor quando você ficasse mais velho?

O ar fede a fumaça de cigarro. Mal consigo respirar; não que faça diferença. Posso não me lembrar exatamente do que Alex está falando, mas acredito que esteja falando a verdade. Agora, mais do que nunca, parece óbvio que eu era uma pessoa repulsiva. Principalmente nos meses que antecederam minha morte, está claro que eu não passava de uma confusão de nervosismo e energia furiosa. Eu estava falando sério quando disse que gostaria de poder voltar atrás. Só queria saber por que agi de maneira tão terrível.

— Meus amigos disseram mesmo isso — diz ele. — Diziam isso o tempo todo. Nas duas vezes em que minha bicicleta foi roubada no trabalho, eles me disseram que, no mundo adulto, as pessoas são diferentes. Todas as vezes que comi sozinho para evitar seu pessoal, eles me disseram que a "vida real" seria melhor.

Abano o ar com a mão. É claro que não acontece nada. Mas, pela primeira vez, estou feliz por estar de botas; eu jamais ia querer estar descalça nesse carpete.

— Bem, talvez eles estivessem certos — digo. — Estávamos apenas sendo adolescentes. Teria melhorado. — Mas não há convicção na minha voz quando falo. Era difícil para Alex, em parte por causa de gente como eu e meus amigos, e sei disso.

— Certo — diz ele. — Só que eu morri em vez de ficar mais velho. E aqui estou eu, grudado em você por todo o futuro próximo. As coisas não melhoraram.

Olho para ele.

— Podia ter sido bem pior. Você podia ter sido tratado como Frank Wainscott.

Ele olha para mim.

— Você está certa. Sei disso.

Antes que eu possa dizer mais alguma coisa, a porta do quarto se abre. Apesar da insistência de que precisava se arrumar antes de abrir a porta, Vince não se deu o trabalho de vestir uma calça.

Eu imediatamente o reconheço com uma certeza tão dolorosa que consigo sentir todo meu corpo ficar dormente. Meus joelhos perdem a firmeza. Se meu coração estivesse batendo, teria disparado. Vince Aiello. Como pude ter esquecido desse homem? E por que não consigo lembrar o que ele fez a mim?

Ele é um cara grande, estilo lenhador, com gordura na barriga do corpo forte e braços cobertos de tatuagens. Está usando uma cueca boxer manchada e mais nada. Já está com um cigarro aceso entre os lábios quando abre a porta.

Joe demora um tempo observando-o.

— Pensei que você fosse vestir a calça.

Vince dá de ombros.

— A casa é minha, as regras são minhas.

— Vince Aiello?

Vince passa a mão pelo cabelo preto grosso e oleoso.

— Isso.

— Posso entrar?

Ele cruza os braços e semicerra os olhos.

— Você é tira?

— Sou. — Joe mostra o distintivo.

— Não fiz nada.

— Então não vai se importar se...

— Tá, tá, tá. Claro. Pode entrar.

Vince vai até a cozinha, coçando o traseiro ao se afastar de Joe. Abre a geladeira e remexe lá dentro. Sinto uma pontada de dor no coração ao perceber que a geladeira desse homem é mais bem abastecida que a de Richie. Em seguida, me ocorre que meu namorado podia aparecer aqui a qualquer momento. Para onde mais ele iria? Não tem carro, mas tem uma arma, e Topher disse que ele queria matar Vince. Todos os nossos amigos estão na escola, então ele não pode ir para a casa deles. Tudo o que quero é que ele esteja em segurança, que se livre da confusão que era minha vida.

Vince abre uma lata de energético e se senta no sofá.

— Deixe-me adivinhar — diz ele. — Você está aqui por causa de Elizabeth Valchar.

Joe parece surpreso.

— Então você a conhecia?

— Claro que conhecia. Ela era minha namorada. Estávamos juntos havia quase um ano. — Ele toma um grande gole de bebida. — Estou arrasado pelo que aconteceu a ela. Ela era linda, sabe. Tinha muita classe.

Joe pigarreia e olha em volta.

— Não quero ser rude — diz ele —, mas tenho dificuldade em acreditar que vocês dois formavam um casal.

— Eu também. — Alex balança a cabeça e sorri para mim. — E você vinha aqui o tempo todo, né? Você? *Aqui?* O que seus amigos diriam?

Fecho os olhos.

— Não consigo imaginar.

— Nem eu. — E, antes que eu tenha a chance de dizer mais alguma coisa, ele acrescenta: — Aliás, nem pense em ir embora agora. Nós vamos ficar para ver isso.

A lembrança me suga como uma gosma escorrendo por uma peneira; não consigo impedi-la nem evitá-la. Só consigo me sentir momentaneamente agradecida por Alex não ter ido comigo. Consigo ver cada canto do quarto de trás, com a tinta verde-limão descascando e paredes sem janelas. Vejo meu corpo sobre o colchão, com as molas pressionadas contra minhas costas. Não há lençol sobre a cama, só uma colcha azul-marinho com manchas brancas. Estou de sutiã e calcinha. Os dois formam um conjunto: rosa-claro com pequenos laços vermelhos nas tiras do sutiã e no tecido da lateral da calcinha. Vince está deitado de lado, sem camisa, inclinado sobre meu corpo. Com o dedo sujo, ele faz uma linha do meu pescoço até o espaço entre meus seios, lentamente, descendo até meu umbigo. Ele desliza a mão para o meu quadril.

— Você está ficando magra demais — murmura ele. — Precisa de um pouco de carne.

Ele tenta me beijar. Afasto a cabeça do rosto dele, fazendo uma careta como se tivesse dor física. Ao ver a cena se desenrolar à minha frente, quase vomito.

— Liz. — Alex está apertando meu braço. — Ei, saia dessa lembrança. — Ele indica Vince e Joe. — Escute.

— Nos conhecemos no outono passado — diz Vince —, quando ela foi até minha loja com outro cara. Ela precisava de um conserto no carro. Tivemos uma ligação imediata. Ela estava cansada de ser mimada. — Ele balança a cabeça, tosse algumas vezes e prossegue. — Ela conseguia relaxar comigo. Eu a deixava ser ela mesma. Acho que você poderia dizer que tínhamos uma combinação perfeita.

Joe se mexe na cadeira.

— E que tipo de combinação vocês tinham, exatamente?

— Quando ela ficava cansada da vida de princesa, vinha pra cá. Nós nos divertíamos juntos. Sabe o que quero dizer? — Ele ergue as sobrancelhas. — Mas, quando terminava, ela voltava para a vidinha dela, para os amigos ricos, para o namorado e para a escola, toda essa merda. Era casual. Mas, acredite, ela gostava de tudo tanto quanto eu. Ela era uma tigresa.

— Eu era virgem — falei baixinho. — Eu não dormiria com ele. Estava me guardando para Richie. Eu só queria ficar com Richie.

Alex está olhando para mim com atenção.

— Sabe de uma coisa? Acho que consigo acreditar em você.

Pela primeira vez desde que entramos no apartamento de Vince, sinto uma onda de alívio.

— Consegue?

— Consigo. Mas, então, o que você vinha fazer aqui, Liz? Tem que ter uma explicação. Sei que não é porque você *gostava* de verdade desse cara.

Olho para minhas botas. Meus dedos doem tanto que estão quase completamente dormentes, exceto pela sensação persistente de latejamento. Dói tanto que quase desejo poder cortar meus pés fora e acabar com isso. Lanço um olhar de súplica para Alex.

— Me deixe adivinhar — diz ele. — Você quer *muito* ir embora.

Afirmo com a cabeça.

— Para onde você acha que devemos ir? Não sabemos onde Richie está.

— Não ligo.

O cheiro do apartamento está começando a ser demais para mim. Faço qualquer coisa para evitar ter que me confrontar com outra lembrança de Vince Aiello. Fecho os olhos e penso: *me leve para qualquer lugar.*

Talvez eu precise de uma catarse. A memória na qual entro, por si só, é tão gostosa quanto mergulhar em uma banheira morna. É a noite do baile do terceiro ano. Eu me dou conta de que é a noite em que Richie e eu fomos encontrados por Joe Wright quando nosso carro estava estacionado na praia. Eu estava de vestido cor-de-rosa com corpete e saia evasé. Ao me olhar, lembro que o vestido teve que ser apertado duas vezes antes da grande noite; isso mostra o tanto de peso que eu estava perdendo.

Richie nunca tinha sido fã de dança. Eu amo dançar, mas ele sempre agiu como se fosse bom demais para isso. Mas sei a verdade: ele é tímido e morre de medo de não estar sob controle na frente dos nossos amigos e colegas. Ele costuma ficar perto de mim, meio se balançando, se mexendo o suficiente apenas para não ter chance de se constranger. Naquela noite, eu e minhas amigas nos juntamos e dançamos em grupo enquanto nossos acompanhantes ficaram sentados à mesa assistindo. O salão está escuro, iluminado apenas por velas que flutuam em vasos de vidro. As mesas estão cobertas de vasos que lançam sombras por todo o salão e há purpurina e confete na superfície da água, com grandes arranjos de flores, três ou quatro buquês por mesa. É mágico. Só seremos jovens assim uma vez. Quando estou na pista de dança com Mera, Caroline e Josie, nós quatro sorrindo tanto que provavelmente nossos maxilares doem, meus sapatos guardados debaixo da mesa horas antes para que eu pudesse dançar sem ter dor nos pés, eu me lembro de pensar: lembre-se disso para sempre.

O baile vai até meia-noite, mas Richie e eu saímos pouco depois das 23h.

Fomos de limusine para o baile. Todos os nossos amigos contribuíram com $17,65 por pessoa (é incrível como esses pequenos detalhes estão voltando à minha mente agora), e o carro pode nos levar para onde quisermos a noite toda, mas Richie e eu não vamos fugir com ele e deixar todo mundo para trás. A noite está quente, e a caminhada até a casa de Richie é de menos de um quilômetro e meio. Não podemos ir para o quarto dele; seus pais estão em casa dessa vez. Então pegamos o carro da mãe dele e vamos para a praia, para as fileiras de casas de veraneio vazias, até encontrarmos uma entrada de garagem que leva a uma casa desabitada. Paramos bem no final, perto da garagem, e fingimos que é tudo nosso.

Richie e eu estamos juntos há tanto tempo que quase não precisamos dizer nada um para o outro. Eu adorava ficar sozinha com ele; adorava o profundo e confortável silêncio entre nós que foi construído com tantos anos de conversa, de aprendizado de como ler as nuances na expressão do outro, em nossa linguagem corporal, em nossa respiração.

Observo pela frente quando vamos para trás e abaixamos os assentos. Com cuidado e gentileza, com dedos que imagino macios e quentes, com a respiração calma, Richie abre meu vestido. Eu me sinto tão próxima dele que quase consigo sentir seu toque, embora não esteja em meu corpo vivo. Eu me vejo sair do vestido e dobrá-lo sobre as costas do assento da frente. Não estou usando sutiã, só uma pequena calcinha branca, tão fina e leve que é quase como nada.

Ele se ajoelha acima de mim e eu deito de costas. Olho para Richie, que está me observando e puxando a gravata-borboleta sem nem perceber o que está fazendo. Ele encosta a palma da mão contra minha barriga, que parece não ser nada além de pele sobre músculo, e se inclina para me beijar.

— Amo você — digo a ele. Já falei isso um milhão de vezes ao longo dos anos, mas, desta vez, parece diferente de alguma forma. Tem alguma coisa estranha no meu tom de voz.

Ele se afasta. Está escuro no carro; consigo ver os olhos dele brilhando à luz da lua que entrava pelas janelas, mas não consigo ler a expressão dele.

— Ama? — Há dúvida na voz dele.

— Richie. É claro. Sempre amei você.

Ele passa a ponta do dedo pelo contorno das minhas costelas, completamente visíveis sob a minha pele.

— Parece que você está desaparecendo — murmura ele.

— Não estou desaparecendo. Estou bem aqui.

— Para onde você vai quando corre?

Dou uma risada, mas o esforço parece em vão.

— Você sabe para onde vou.

Ele abre a boca e aperta a mão sobre minha caixa torácica, com tanta força que parece que vai doer.

— Quero ser seu primeiro. — Ele engole em seco. — Quero ser o único. Para sempre.

— Você será.

— Promete?

Ele já sabia sobre Vince; agora percebo isso. E, enquanto olho para nós dois juntos, percebo que eu *sabia* que ele não acreditava em nada do que eu dizia.

Então, por que ele não me confronta? Por que me beija e continua a me amar, quando tudo que construímos juntos ao longo dos anos está se dissolvendo em uma mentira após a outra?

— Prometo — sussurro. Talvez ele não queira saber a verdade toda. Seja qual for, era terrível demais para que eu a compartilhasse com Richie.

E, se eu tivesse contado, será que as coisas teriam sido diferentes? Será que eu teria vivido? Ou os eventos que levaram à minha morte já estavam acontecendo havia tanto tempo que não podiam ser impedidos, independentemente do que eu pudesse ter feito?

Assim que a memória se dissipa, Alex segura no meu braço para me levar a outro lugar.

— Chegamos — diz ele.

Ao olhar em volta, percebo que estamos no presente; Alex e eu não estamos por perto. E, se eu não soubesse a verdade, acharia que era um dia normal em uma escola normal. Estamos no refeitório.

— É dia de pizza — diz ele.

Imediatamente vejo meus amigos sentados à mesa de sempre. É nosso lugar especial no refeitório: uma mesa grande e redonda na extremidade direita do salão, ao lado de onde servem as batatas, perto das portas duplas que levam ao estacionamento.

— Pensei que você odiasse o almoço — digo a Alex.

— Bem, achei que você fosse gostar de ver alguns rostos familiares. — Ele dá um meio sorriso. — Eu disse que odiava o almoço?

— Disse. Por causa dos meus amigos e de mim. Você me disse que almoçava na biblioteca às vezes, para nos evitar. — Olho para ele. — Eu me lembro. Me desculpe.

— Pode parar de pedir desculpas.

— Não consigo evitar.

É verdade; não consigo mesmo.

Nós nos posicionamos ao lado dos meus amigos. Pode ser dia de pizza para os outros alunos, mas, para todas as minhas amigas, todos os dias são dia de salada.

Josie está mexendo na salada caprese e morde a ponta de uma folha de manjericão.

— Você está bem? — Mera toma um gole de Coca Diet. — Preocupada com Richie?

Josie balança a cabeça.

— Vão prendê-lo.

— Josie, relaxe. — Topher se espreguiça languidamente e passa o braço em volta dos ombros de Mera. — E daí que vão prendê-lo? Os pais dele vão pagar a fiança. Ele vai acabar pegando uma condicional. Não é nada demais. Ele ainda é menor de idade.

— Deixe-a em paz — diz Caroline. — Ele é namorado dela. Ela está preocupada.

— Ah, ele não é namorado dela — diz Mera, lançando um olhar para Topher, que permanece casualmente desinteressado, bem diferente do papel de informante tagarela que desempenhou com

Joe mais cedo. — Richie está surtando. Você devia tê-lo visto hoje de manhã na casa de Topher. Ele quer descobrir quem matou Liz.

Quando ela fala as palavras em voz alta, *quem matou Liz*, o silêncio toma conta da mesa. Josie dirige o olhar para baixo. Caroline morde o lábio com tanta força que quase penso que vai começar a sangrar.

Em seguida, como se estivesse invocando toda sua autoconfiança de uma vez, Josie se senta ereta na cadeira. Com um gesto que parece quase desafiador, joga o cabelo por cima do ombro. Olha para todos os nossos amigos, um de cada vez, com um ar pétreo de autoridade.

— Ninguém matou minha irmã — diz Josie. — Ela caiu. Foi acidente. Todo mundo sabe.

— Sabe? — Mera faz uma pausa. — Olhe para nós. Estamos sentados aqui sozinhos. Até meus professores estão me tratando de um jeito diferente. E não estou falando só que sentem pena de mim porque minha amiga morreu. As pessoas estão falando de nós. Você não sabe? — Ela se vira para Josie. — Não ajuda o fato de estarmos vestindo as roupas dela para ir à escola praticamente todos os dias. Nem você estar atrás do namorado dela.

Josie estreita os olhos. Parece completamente no controle das emoções, totalmente blindada aos comentários de Mera.

— Eu já falei, Richie e eu começamos um relacionamento antes... bem, você sabe. — Josie empurra o prato de salada. — E eu era irmã dela. Não tem nada demais eu usar as roupas dela. — Por um segundo apenas, a confiança dela fica abalada. — Isso me faz sentir mais próxima dela.

Silêncio. Ao olhar em volta, percebo que metade do refeitório está lançando olhares furtivos aos meus amigos. Meus amigos, por sua vez, estão olhando para as cadeiras vazias da mesa. A cadeira vazia de Richie. A *minha* cadeira vazia.

— Mera, não ouse me dizer como devo agir agora. Não me diga como devo estar me sentindo. Você não sabe como estão as coisas lá em casa — diz Josie. — Meu pai mal está sobrevivendo. — Ela pega uma mecha do longo cabelo e a enrola no dedo indicador. — Ele tem dormido no barco. Pensa que não sei. Ele espera até que minha mãe e eu estejamos na cama, anda até lá e... — Ela estremece. — É tão mórbido.

É verdade. Na última semana, mais ou menos, vi meu pai andando tarde da noite até o *Elizabeth*. Às vezes ele já está de pijama. Mais de uma vez eu o vi andando pela rua de roupão. Mas acho que ele não dorme muito; fica a maior parte do tempo sentado no convés, fumando charutos e olhando para a água. Parece inacreditável que consiga passar tanto tempo nos lugares onde perdeu a esposa e a filha: em casa e no barco. Depois que minha mãe morreu, nós não nos mudamos. Nem reformamos o banheiro imediatamente. Meu pai apenas mandou trocar a porta do boxe e o tapete do quarto.

— Não sei quanto a vocês, mas estou morrendo de vontade de fumar. — Topher fica de pé tão rapidamente que quase derruba a cadeira. — Não vou ficar aqui sentado pelos próximos vinte minutos me sentindo como um pária. — Ele olha para meus amigos, que olham para ele sem entender. Até Mera está franzindo a testa para o namorado.

— Vamos! — diz ele. — Somos melhores do que isso. Todos sabemos que nenhum de nós fez nada de mal para Liz. Isso é uma desgraça para nossos bons nomes. — Ele bate no *N* do time de futebol, bordado no casaco. — Sou Christopher Allen Paul Terceiro, porra. Meu pai é o cirurgião-dentista mais respeitado desta cidade. Minha mãe foi Miss Connecticut em 1978! Mera, levante-se. Você vem comigo. — Ele olha para todo mundo. — Todos vocês. Agora.

Obviamente, ninguém pode fumar no campus da escola. Mas meus amigos e eu sempre fomos diferentes; os professores têm a tendência de não ver algumas coisas que fazemos. Atletas, garotas bonitas, filhos dos profissionais mais respeitados da cidade (embora o pai de Topher seja o *único* dentista de Noank e, portanto, o mais respeitado por falta de opção) têm suas indiscrições ignoradas.

Meus amigos se reúnem ao lado do carro de Mera, no estacionamento dos alunos. Topher acende um cigarro, dá algumas longas tragadas e o passa para Mera. Ela estica o pescoço para afastar o rosto o máximo possível do corpo quando traga, com o cabelo preso sob um chapéu cor-de-rosa de veludo para não pegar cheiro de cigarro.

— Tem uma coisa que preciso contar para vocês — diz Caroline. Ela franze o nariz por causa da nuvem de fumaça que paira no ar. — Meu pai perdeu o emprego há algumas semanas.

Josie, que estava mastigando um chiclete, fazendo bola e estourando, com pequenos pedaços rosados presos aos cantos da boca, fica imóvel.

— Mas ele trabalha em Wall Street.

— Sei disso. — Embora o sol esteja brilhando, Caroline passa os braços em torno do corpo e esfrega os ombros como se sentisse frio. — Acontece, Josie.

— Mas... ele é *corretor de valores*. Como pode perder o emprego? Ele não é supérfluo, é? Quero dizer, corretores de valores sempre vão ser necessários. — Josie está claramente confusa. — Como é que as pessoas vão cuidar dos seus investimentos?

— Talvez tenhamos que vender a casa. — Caroline pisca os olhos rapidamente, tentando não chorar. — Quase não conseguimos pagar o carro do meu pai mês passado.

Eu me lembro do dinheiro que ela roubou do meu banheiro e sinto uma onda de pena dela. Independentemente do que *eu* estivesse planejando fazer com ele, não tenho dúvida de que Caroline usou melhor. Talvez tenha pago a prestação do carro. Talvez tenha dado aos pais.

— Está vendo? — Dou uma cutucada em Alex. — Meus amigos também têm problemas. Não somos apenas um bando de pirralhos mimados.

Ao terminar de fumar, Mera tira o chapéu e demora um tempo agitando as mechas louras, para que caiam livremente sobre os ombros.

— Fique calma. Você não vai precisar se mudar. — Ela funga.
— Acho que sempre dá para você... sabe... arrumar um emprego.

O rosto de Caroline fica vermelho intenso.

— Não vou arrumar um emprego. Fico sem mesada, mas não faço isso.

— Ah, claro — observa Alex. Ele parece quase se divertir com o que eu disse. — Vocês não são pirralhos mimados. Vocês têm suas prioridades bem organizadas, claro. Caroline prefere roubar dinheiro da amiga morta a arrumar um emprego.

— Por favor, não contem para ninguém — implora Caroline, com a voz pouco mais do que um sussurro. — Eu ficaria tão constrangida. Meus pais estão desesperados. Minha irmã talvez tenha que parar um semestre de faculdade se meu pai não arrumar um emprego logo.

Encostado no carro de Mera, Topher acende outro cigarro.

— Relaxe, Caroline. Tudo vai ficar bem.

Mera olha para o namorado e passa o braço pela cintura dele.

— Você é tão equilibrado. Amo você.

Ele pisca.

— Também amo você, gata. Tem chiclete?

— Apague isso. — Josie está falando do cigarro. Ela cobre os olhos para examinar a extremidade do estacionamento. — Tem alguém vindo. — Em seguida, ainda estreitando os olhos, ela diz: — Ah, deixa pra lá. — Ela ri. — É só o Riley Olho Ruim.

O Sr. Riley dá umas quatro aulas por dia. Quando não está dando aula e não está na sala dele, ele me disse que aproveita para ir correr nas trilhas do bosque atrás do campus. Quando se aproxima e a corrida dele fica mais lenta, meus amigos não se dão ao trabalho de esconder o que estão fazendo. Eles estão do lado de fora quando deveriam estar do lado de dentro, almoçando. Estão de bobeira no estacionamento, o que não é permitido durante o horário escolar. E estão fumando. Mas eles sabem que o Sr. Riley não tem coragem de fazer nada; ele é um nerd de coração, e as experiências dos meus amigos com ele ao longo dos anos provaram que ele tem tanto medo deles quanto devia ter dos garotos populares quando estava na escola.

O rosto dele está vermelho e suado. Ele se inclina para a frente, apoia as mãos nos joelhos e tenta lançar seu olhar mais intimidante para o grupo. Se eu estivesse viva, de pé ali com eles, sei que não deixaria isso acontecer. Eu teria mandado Topher apagar o cigarro. Teria feito todo mundo entrar. Pelo menos, gosto de pensar que teria feito isso.

— Eu devia mandar vocês todos para a sala do diretor — diz ele ao ficar de pé e esticar os braços sobre a cabeça. — Vocês deviam dar o exemplo. São atletas.

Quase instantaneamente, como mágica, Josie liga a torneirinha.

— Tivemos uma manhã horrível. Nosso amigo sumiu. Nem devíamos estar na escola. — Ela seca os olhos com as costas das mãos. As bochechas brilham pelo blush com purpurina. Quando ela prende uma mecha de cabelo atrás da orelha, reparo que está usando um par de brincos pendurados meus. Eram da minha mãe antes de ficarem para mim. Percebo que não me incomoda ela ter ficado com eles; prefiro que ela os use a pegarem poeira em algum lugar. Mas me pergunto se meu pai sabe que ela ficou com os brincos e se repararia. Se reparasse, se importaria? Ainda não é meio-dia, mas não tenho dúvida de que ele já está no *Elizabeth*, olhando para a água, esperando que alguma coisa — qualquer coisa — faça sentido.

O Sr. Riley olha para Josie.

— Lamento sobre sua irmã. Eu ainda não tinha tido a chance de dizer isso a você.

— Obrigada.

Josie olha bem nos olhos dele. Sei que isso o deixa pouco à vontade; como não teria esse efeito? Imagine ter que encarar o mundo com pupilas diferentes todos os dias. Ele desvia o olhar depois de alguns segundos.

— Ela gostava de você — diz Josie a ele.

— Eu também gostava dela.

— Então... não nos entregue, tá? Não estamos fazendo nada de errado.

O Sr. Riley olha para todos eles com a boca ligeiramente entreaberta. Ele parece pequeno e envergonhado, com a diferença nos olhos estranhamente evidente. Mesmo sendo adulto (e, como professor, uma figura de autoridade), ele não consegue encarar um grupo de adolescentes.

— Vocês acham mesmo que não estão, não é?

Eles não respondem.

— Olhem para vocês — diz ele, com uma onda repentina de confiança nada comum. — Primeiro eram seis... depois cinco... e, agora, só tem quatro. Vocês não são invencíveis, garotos. Era de se imaginar que já tivessem percebido.

— Alex. — Coloco a mão no braço dele. Eu me sinto inquieta, agitada e empolgada, tudo ao mesmo tempo. — Tive uma ideia.

Topher joga o cigarro no chão, na direção do Sr. Riley.

— Você não pode falar com a gente assim.

O Sr. Riley apenas fica ali, de pé, com o rosto vermelho e irritado. Então, ele começa a se afastar.

— Ele não vai fazer nada? — Alex quase grita. — Vai simplesmente deixar que fiquem impunes?

— Ei. — Eu o aperto. — Venha comigo. Acho que sei para onde Richie foi.

Dezessete

As lembranças vêm mais rapidamente agora, com menos aviso ou tempo para eu me preparar. Não preciso procurá-las, apenas caio nelas acidentalmente, como se estivesse ficando melhor em acessá-las. Quanto mais me lembro, é como se peças do quebra-cabeça estivessem se encaixando, uma a uma. Não necessariamente gosto da imagem da minha vida que elas estão criando, mas estou grata por ter alguma coisa diferente de uma tábula rasa manchada de alguns detalhes aleatórios.

Em uma lembrança, estou andando de bicicleta, ainda de rodinhas, pela calçada enquanto meus pais ficam de pé atrás de mim, observando com nervosismo. Em outra, estou em uma festa do pijama com Josie na casa de Mera. Temos talvez uns 11 anos. Estamos no meio da noite bebendo refrigerante diet direto de uma garrafa de dois litros, passando-a de mão em mão como se fosse bebida alcoólica enquanto jogamos Verdade ou Consequência. Alguns segundos depois, eu me vejo no ensino médio, provavelmente no primeiro ou segundo ano, avaliando pelo meu cabelo e pela minha roupa. Estou sentada no fundo da sala de estudo, com a carteira perto da de Richie enquanto desenhamos no livro de História um do outro.

Quase tão rapidamente quanto aparece, a lembrança se dissolve, sendo substituída por outra. Desta vez, é uma manhã de inverno.

Estou em casa. Minha casa ainda está com as janelas antigas originais. Quando a temperatura desce além de determinado ponto, há formação de gelo na parte de dentro do vidro. Eu me observo de pé em meu quarto bagunçado, desenhando, de calça térmica de corrida e top, e me inclino por um momento para desenhar minhas iniciais no gelo da janela com a unha de acrílico: *E.V.* ♥ *R.W.* Estou mais velha agora, um pouco mais magra. Acho que tenho 17 anos.

O relógio na mesa de cabeceira marca 5h02. Está tão escuro, com a lua obscurecida pelas nuvens, sem quase nenhuma estrela à vista, que podia muito bem ser meia-noite lá fora. Tenho equipamento de reflexo para ficar em segurança nas ruas no escuro, mas não estou usando hoje. Até as luzes da rua estão desligadas a esta hora. No escuro, sozinha, sem ninguém para me ver, parece que quase não estou lá.

A única luz no meu quarto é o brilho do monitor do computador sobre a mesa. Verifico para garantir que a porta está fechada. Volto para a frente do computador, me conecto à internet e encontro uma série de e-mails de lovemycar@gmail.com. A primeira mensagem diz:

Para sua diversão, gata.
Beijos
Vinny

Há arquivos anexados. São fotos atrás de fotos, cada uma pior do que a outra. Deve haver quase umas cem no total. Em algumas, estou de calcinha e sutiã. Em outras apareço no colchão imundo do apartamento de Vince, posando com uma lingerie vagabunda que eu mesma não poderia ter comprado. As poses são tão diferentes de qualquer coisa que eu pensaria em fazer que, mesmo enquanto olho para elas, mesmo *sabendo* que sou eu, tem uma parte de mim que pensa: isso não pode ter acontecido. Eu não consigo me lembrar de mandar nenhuma foto sexy minha para Richie. Sou virgem. Isso é praticamente pornografia. Não faz sentido. Mas ali está, e não foi feito por Photoshop: eu, decadente, sorrindo com dentes trincados com tanta força que os músculos da bochecha ficam visíveis sob a pele. Meu único pequeno consolo é o fato de que, por trás do sorriso forçado, fica óbvio que não estou me divertindo.

Reparei que meus olhos estão arregalados enquanto olho para as fotos, enquanto desço a página para ver todas, obviamente apavorada com o que estou vendo. Quando chego ao fim do último e-mail, fecho os arquivos, desligo o computador e saio do quarto. Lá fora, o ar está tão frio que tenho certeza de que meu rosto fica quente e dormente quase imediatamente. Estou de chapéu e luvas, mas minhas bochechas estão pegando fogo enquanto corro, inspirando e expirando, encontrando o ritmo, queimando quilômetro após quilômetro até que o sol comece a subir no horizonte.

É uma tortura o fato de que só posso observar e seguir, com os movimentos automáticos e fantasmagóricos literalmente pairando atrás de mim mesma, incapaz de correr. Incapaz de me livrar dessas malditas botas.

Corro o caminho todo até a casa dele. A luz da cozinha está acesa. Ele está esperando por mim; parece que espera minha chegada para qualquer momento agora. Bato de leve na porta antes de entrar e fico de pé no aposento quente, recuperando o fôlego, observando o Sr. Riley dar comida para uma garotinha sentada em um cadeirão em frente à mesa.

Ele mal olha para mim.

— Há quanto tempo você está lá fora?

O relógio do fogão marca 6h54.

— Duas horas. — Estico os braços acima da cabeça. O teto é tão baixo que as pontas dos meus dedos encostam no gesso. — Onde está sua esposa?

— Dormindo. Fiquei encarregado de cuidar do bebê agora de manhã. Tome um copo de água, Liz. — Ele finalmente olha em minha direção. — Você vai desidratar. Não vai conseguir chegar em casa.

O bebê (o nome dela é Hope, eu me lembro) está com papinha de maçã espalhada nas bochechas fofas e vermelhas. Ela faz barulhinhos de alegria e sorri com adoração para o pai, que está de camiseta branca e calça de pijama.

— Tomou café da manhã? — pergunta ele.

Quando não respondo, ele diz:

— Vou interpretar isso como um não. Você tem que comer, Liz. Quer desmaiar no meio da rua? Quer ter outra concussão?

— Estou com problemas, Sr. Riley.

Ele balança a cabeça e dá outra colherada para Hope.

— Você está com uma aparência péssima.

Penso no quanto isso poderia parecer totalmente inadequado para qualquer observador: eu, de pé na cozinha do meu treinador às sete da manhã, ouvindo-o me dizer que estou com uma aparência péssima. Eu, observando-o alimentar a bebê, com a esposa dormindo no fim do corredor, enquanto o marido compartilha a tranquilidade íntima da manhã com uma adolescente ofegante.

Mas não há nada de vulgar nisso. Tenho certeza. Acho que nunca me dei conta do fato quando estava viva, mas parece óbvio agora: como meu verdadeiro pai quase nunca estava por perto depois que minha mãe morreu (e, quando estava, me deixava fazer o que eu quisesse), o Sr. Riley não era apenas meu treinador e amigo; também era uma espécie de figura de autoridade para mim. O que ele sabia? Será que contei a ele qual era o problema antes de morrer? Fico observando, na esperança de descobrir mais.

— Estou falando sério. Estou com muitos problemas. Você pode me ajudar?

O Sr. Riley faz uma pausa, coloca a colher sobre a mesa e olha ao redor pela cozinha. É um aposento pequeno, mas é adorável, iluminado e quente, com a bagunça de pratos e manchas de café na bancada e a geladeira coberta de fotos da família. Mesmo eu saindo antes da esposa do Sr. Riley acordar, imagino que ela saiba que vou lá. Ele não parece ser o tipo de sujeito que tem segredos com as pessoas que ama.

— Você podia conversar com a Sra. Anderson. Já pensou nisso?

Quase me engasgo com a água.

— A orientadora da escola? Você está brincando? Ela faz ioga com minha madrasta. — Balanço a cabeça. — De jeito nenhum.

— Que tal um psicólogo? Conheço um na cidade. É PhD. É muito bom.

— Por que não posso contar a você? Por que você não pode ficar aí sentado ouvindo? Vou contar tudo. — Tomo um pouco de água. — Quero contar para você. Quero que alguém saiba.

O Sr. Riley olha para mim, olha para Hope (que ainda está sorrindo, se divertindo muito com minha interação com o pai dela) e fecha os olhos.

— Você não devia vir aqui. Se alguém vir você entrando na minha casa a essa hora da manhã... Eu poderia perder meu emprego, Liz. Qualquer pessoa poderia entender errado. — Ele olha para a própria roupa, que é suficiente para ser considerada imprópria: a camiseta fina, pés descalços, o rosto sem barbear. Ele acabou de sair da cama.

— Não tenho outro lugar para ir. Eu corro, corro, mas nunca melhora. — Meu tom é desesperado, suplicante. — Não consigo pensar em outra coisa. Não consigo viver assim.

— Já falei, tem um psicólogo...

— Vamos falar sobre psicólogos. Você conhece meu namorado, Richie?

Ele revira os olhos.

— O famoso Richie Wilson, traficante das estrelas da escola.

— Pode pensar o que quiser sobre ele. Os pais dele o mandaram para um psicólogo no ano passado. Ele foi a três consultas com o cara e *contou em segredo* que às vezes... bem, você sabe. Ele vende um pouco de maconha. Menos de um mês depois, o bom doutor estava no pé do meu namorado atrás de drogas. O *psicólogo* dele.

— Eu me sento à mesa e empurro o copo de água. — Não vou conversar com psicólogo nenhum.

Naquele momento, enquanto observo nós dois, o Sr. Riley faz uma coisa que não espero. Ele se inclina por cima da mesa e fecha a mão por cima da minha. Só de olhar, percebo que ele está segurando com força. Não tento me afastar.

— Liz. Elizabeth. Eu me importo com você, mas não posso fazer isso. Você não pode mais vir aqui. Não posso arriscar meu emprego. — Ele balança a cabeça com firmeza. — Você precisa conversar com um profissional preparado. Com alguém que realmente possa ajudar você. Sou apenas seu treinador de corrida, Liz.

Olho para ele com lágrimas nos olhos.

— Mas você é a única pessoa que tenho para conversar. Não está fazendo nada de errado.

— Sei disso. Você sabe disso. Mas as outras pessoas podem não encarar assim. — Ele faz uma pausa. — E se eu marcar uma consulta para você? Eu podia fazer algumas perguntas. E se eu pesquisar e encontrar um terapeuta que tenha experiência com adolescentes? Posso encontrar alguém bom, prometo.

Olho para as mãos. Não digo nada. Só balanço a cabeça.

Nós dois ficamos de pé. O Sr. Riley entrega a colher de plástico a Hope, e ela a bate contra o cadeirão com alegria. Ele coloca a mão nas minhas costas e me empurra para a porta.

Olho para a cozinha novamente. Ela é tão quente, tão tranquila, tão segura. Abaixo a cabeça e a apoio no ombro dele.

— Não quero ir embora. — E começo a chorar com intensidade. Meu nariz escorre na camisa dele. Ele está certo: minha aparência está péssima. Acho que não me importo.

Ele passa os braços em volta do meu corpo em um abraço. Imagino a esposa dele entrando no aposento naquele momento e o que poderia pensar se nos visse assim. Mas, apesar do que pode parecer, tenho certeza de que não é nada; não há motivo para ela se chatear com nenhum de nós. É só ternura e consolo. É inocente. Depois de ver as fotos de mim mesma mais cedo, me ocorre que essa pode ter sido a única coisa inocente que me restou.

Ele se afasta de leve e tira uma mecha de cabelo da minha testa suada.

— Você está a quilômetros de casa. Quer uma carona? Posso colocar Hope na cadeirinha do carro. Não é problema.

— Estou bem. — Ele está se afastando, olhando nervoso para a janela, provavelmente apavorado de um vizinho me ver em seus braços.

Quando estou passando pela porta da cozinha e me preparando para começar a correr de novo, ele diz:

— Não me importo com o que você diz. Vou encontrar alguém para você conversar.

Não respondo; na verdade, ajo como se não tivesse ouvido.

O Sr. Riley olha para a filha e balança a cabeça. Baixinho, ele murmura:

— Muito bem. Vejo você na escola, Liz.

Minha família está acordada quando chego em casa. Meus pais estão acostumados com minhas corridas matinais; eles acenam da cozinha enquanto subo a escada.

Josie está no meu quarto. No meu computador. Está olhando as fotos. Especificamente, está olhando para uma foto minha e de Vince, deitados juntos na cama. Vince está piscando para a câmera e sorrindo largamente. Os dentes dele são amarelados e tortos. E ele não tem nenhum plano de ir a uma consulta com o pai de Topher para arrumá-los, tenho certeza.

Josie e eu nos olhamos.

— Você saiu horas atrás — diz ela. O tom dela é quase acusador.

— Ouvi você sair. Não eram cinco da manhã ainda.

— E você entrou no meu quarto? Achou que não tinha problema mexer no meu computador? — Há um tom de irritação na minha voz que me parece incomum. Não me lembro de brigar com Josie.

Ela dá de ombros.

— É, entrei no seu quarto. Qual é a importância disso, Liz? Quem é esse cara?

— Adivinhe.

Ela solta um suspiro longo e trêmulo.

— O mecânico.

— Ele sabe de tudo, Josie. É um babaca, mas não é burro. — Solto meu cabelo do rabo de cavalo. — Eu tive que fazer o que ele quis.

O rosto dela fica completamente pálido.

— Então você fez o que ele queria?

— Fiz. Ele me disse que iria à polícia se eu não ficasse com ele. As fotos são apenas garantia.

— Então... ele está chantageando você.

Faço que sim com a cabeça e começo a chorar de novo.

Mas a informação quase parece acalmar Josie.

— Então foi só isso? Você fez o que ele mandou?

— Não dormi com ele. Eu preferiria ir para a cadeia a fazer sexo com alguém assim.

— Ele não tentou forçar você?

Balanço a cabeça.

— Ainda não. Ele disse... que o excita saber que sou virgem. — Engulo em seco. — Mas é só uma questão de tempo, Josie. Ele vai querer sexo. O que vou fazer?

Mais uma vez, ela parece estranhamente despreocupada.

— Ele não pode forçar você a fazer nada. Seria estupro.

— Já parece estupro.

Ela respira fundo novamente. Um canto dos cílios postiços se soltou; está pendurado de maneira estranha sobre o olho. O cabelo está preso em bobs de velcro. Ela está calma, com o rosto perfeitamente maquiado apesar dos cílios tortos e é o retrato do alívio.

— Então você fez. Deixou que ele tirasse as fotos. Acabou. Apenas o ignore, de agora em diante. Não precisamos mais nos preocupar.

Estico a mão para desligar o monitor.

— Não acabou, Josie. Nunca vai acabar. Ele vai querer mais e mais de mim.

Minha irmã postiça fecha a mão em volta do meu pulso e não pisca ao falar:

— Liz. Me escute agora. Não vamos contar a ninguém. Você entende isso, não entende?

Ao nos observar, eu daria qualquer coisa, *qualquer coisa* para saber exatamente do que ela está falando. O que não vou contar a ninguém? O que sabemos que é tão secreto?

Ela e eu nos olhamos em um silêncio que parece durar uma eternidade. É a primeira vez que me vejo sem palavras perto de Josie.

Quando volto para o presente, conto a Alex tudo que vi.

— O que acha que isso quer dizer? — pergunta ele, interessado.

— Não sei. — Fecho os olhos. — Queria saber.

Quando olho para ele de novo, ele está sério.

— Acho que você vai saber. Acho que só vai demorar algum tempo. Seja paciente, Liz. — E olha ao redor, para o céu claro e ensolarado. — Está um dia lindo — diz ele, obviamente tentando mudar de assunto.

Ele está certo; *está* um dia lindo. Estamos no meio da tarde. Poderíamos ir para onde quiséssemos com apenas um piscar de olhos e um pensamento, mas, em vez disso, Alex e eu caminhamos pela cidade juntos, observando a vista, tentando aproveitar o dia enquanto procuramos por Richie. Se não tivéssemos assuntos mais urgentes, quase sinto que poderíamos ser duas pessoas normais, relaxando e apreciando o outono. Alex e eu acabamos ficando mais à vontade um com o outro na última semana, apesar de tantas perguntas não respondidas sobre minha vida terem começado a aparecer.

Tenho certeza agora de que sei onde Richie está, e que ainda estará lá quando chegarmos. Ele não tem outro lugar para ir. Andar com Alex é quase gostoso; estamos indo devagar o bastante para meus pés não doerem de maneira insuportável.

Passamos pela Noank Creamery, onde vendem sorvete caseiro e calda de chocolate. Os turistas adoram. Nem é fim de semana, mas tem uma fila que chega até a porta.

Alex fecha os olhos e sorri.

— Eu queria poder comer — diz ele. — Eu adorava sorvete.

Olho pela vitrine. Há famílias reunidas ao redor de pequenas mesas de metal, crianças com sorvete espalhado no rosto, pais segurando pilhas de guardanapos para limpar a sujeira. Todo mundo parece muito feliz em comer uma coisa que obviamente faz muito mal a eles.

— É veneno — digo a ele. — Nunca comi ali.

Ele para na mesma hora.

— Pare com isso. Você morou aqui a vida toda e nunca comeu na Creamery?

— Bem, minha mãe não comia derivados do leite, então isso significava que eu também não. E eu não comia doces. Não fazem bem. Engordam.

— Liz, pare com isso. Pelo tanto que costumava correr, você podia comer um galão de massa de biscoito e não ganharia peso.

— Não é questão disso, exatamente.

— Então é questão de quê?

Pressiono os lábios. Consigo sentir minha coluna se empertigando, meus quadríceps se contraindo ao ficar completamente parada, ainda olhando para os clientes sorridentes lá dentro.

— É questão de estar no controle.

Ele balança a cabeça.

— Que besteira. Você é tão magra. — E faz uma pausa. — Você comeu bolo de aniversário na noite em que morreu, não comeu?

— Dei uma mordida. — Quando as palavras saem da minha boca, quase consigo sentir o gosto do bolo, úmido sabor baunilha, e da cobertura cremosa de chocolate. Consigo sentir uma sensação há muito ausente de poder, de disciplina, encontrar seu lugar em algum ponto dentro de mim. — Só para provar.

Ele estica a mão em minha direção e aperta a palma na minha barriga achatada, beliscando a pele. Não há gordura para apertar, somente músculos, órgãos e pele.

— Essa malhação toda fez muito bem a você, garota morta.

Fecho a mão sobre o braço dele. Ele mal se mexe.

— Quer saber por que sou assim? — Quando falo essas palavras, sinto como se estivesse percebendo a verdade delas pela primeira vez. *A-há. É claro.*

— Claro — diz ele. — Por que você é assim, Liz?

Aperto o braço dele ainda mais. Não preciso dizer nada; ele já sabe como funciona agora.

Nós dois fechamos os olhos.

Estamos na cozinha da minha casa. Tudo está igual: o layout, a vista do estuário pela janela dos fundos, os azulejos de porcelana brancos e pretos. Mas tudo está diferente. Minha mãe está de pé em frente à geladeira aberta de short de corrida e top. Consigo ver todas as costelas dela. A pele está pálida, doente. Ela está descalça e bate as unhas pintadas contra a porta da geladeira.

— Esqueci como era essa cozinha — digo a Alex. — Está tão diferente agora.

Ele olha ao redor.

— Você não está brincando. Sua mãe e Nicole, elas não são muito parecidas, são? Nicole é... o quê? Uma gata excêntrica? E sua mãe — o olhar dele vai até as costas, o torso, o contorno visível da espinha dela —, como ela era?

Penso nisso durante um minuto. Mesmo quando eu estava viva, às vezes era difícil lembrar as coisas boas da minha mãe; ela passava a maior parte doente durante minha infância. Mas odeio admitir para Alex que não tenho uma abundância de lembranças boas dela. Não muda o fato de que sinto saudade. Não me faz querer vê-la menos agora. Ela é minha *mãe*.

— Bem — começo —, ela era diferente, isso é certo. Ela mantinha a casa muito arrumada, e tudo estava lustroso, moderno e limpo o tempo todo. — E olho em volta, pela cozinha. As paredes são de um bege pálido e limpo. Todos os eletrodomésticos são de aço inox: a lava-louças, a adega de vinhos, a geladeira, o forno, o micro-ondas. Não há um prato à vista. Não há comida nas bancadas: nada de caixa de cereal aberta, nada de bananas em uma cesta, nada de tortillas nem garrafa de refrigerante.

Agora tem sempre comida em todos os cantos da cozinha; Nicole *gosta* de comer. E refez a decoração depois que minha mãe morreu. Quase imediatamente depois de se mudar, os eletrodomésticos antigos foram substituídos por novos, brancos. Nicole pintou as paredes de verde-claro e fez ela mesma desenhos de lírios amarelos, com as folhas verdes frágeis e os cabos desenhados com tanto cuidado a mão que quase parecem reais. Ela pendurou fotos na geladeira. Odeio admitir (parece traição com a minha mãe), mas, de muitas maneiras, Nicole fez a cozinha parecer mais com a de um lar.

Só que *era* um lar quando minha mãe estava viva. Só era um tipo de lar diferente.

Estou sentada à mesa da cozinha. Tem uma grande tigela de vidro fosco no centro. Está cheia de lindas e reluzentes frutas artificiais: maçãs, laranjas, peras e nectarinas de plástico. Para olhar, mas não para provar.

— Estou com 9 anos — murmuro, olhando para mim mesma. Pareço muito com minha mãe: nós duas estamos com o cabelo longo e louro preso em duas longas tranças que caem quase até nossas cinturas; nós duas somos magras, embora minha mãe seja esquelética e eu seja apenas uma criança magra. Temos os mesmos olhos, o mesmo nariz, as mesmas orelhas, os mesmos lóbulos presos à cabeça. Não há como achar que não sou dela.

— Como você sabe quantos anos tem?

Não quero dizer em voz alta. Mas digo.

— Porque minha mãe vai morrer em algumas semanas. Eu consigo perceber.

— Ah. — Ele engole em seco. — Me desculpe.

Balanço a cabeça.

— Está tudo bem. Só... vamos olhar, tá?

Minha mãe enfia a mão na gaveta de frutas e puxa uma maçã grande e amarela com a mão ossuda. Ela olha por um momento, refletindo.

— Estou com fome, mãe — digo a ela.

— Você comeu uma hora e meia atrás na casa de Richie — murmura ela. — Sua barriga ainda está cheia, querida.

— Mas estou *com fome*.

Ela se vira para mim com a maçã na mão.

— Tudo bem. Quer fazer um lanche?

Respondo que sim.

Ela me entrega a maçã.

— Podemos dividir. Que tal?

— Posso comer a minha com pasta de amendoim?

Os olhos da minha mãe são de um azul profundo, da mesma cor dos meus. Mesmo de roupa de malhar (ela deve ter acabado de se exercitar), ela está com a maquiagem completa. O batom foi passado recentemente.

Estou com uma roupa quadriculada de amarelo e branco, uma blusa e saia que parecem exagero para ir brincar na casa de Richie. E reparo que *eu* também estou usando um pouco de maquiagem. É sutil, mas está lá: um pouco de blush, um pouco de sombra prateada e gloss da mesma cor que o da minha mãe. Tudo foi passado com cuidado, com mão experiente e firme. Sem dúvida, foi trabalho da minha mãe. Ela nunca viu nada de errado em me deixar usar maquiagem, mesmo aos 9 anos.

— Tem certeza de que quer pasta de amendoim? — pergunta ela baixinho.

— Tenho. Por que não?

— Pasta de amendoim tem cem calorias por colher de sopa. Oito gramas de gordura — diz ela e se inclina na minha direção. — Liz, você sabe quantas calorias tem em um grama de gordura?

Respondo que sim.

— Nove calorias a cada grama — digo. Estou recitando o que sei de cor. Mesmo aos 9 anos, minha mãe já está me treinando. Será que ela se dá conta do quanto é doente? Será que se importa? Quero gritar com ela, gritar para que coma, para que viva, mas sei que não vai fazer diferença. Em poucas semanas, ela estará morta.

— Então, se tem oito gramas de gordura e nove calorias em cada grama — diz ela —, quantas calorias são provenientes da gordura?

Mordo o lábio pintado enquanto penso.

— Não sei.

O rosto da minha mãe fica solene.

— Você não sabe multiplicar oito por nove, Elizabeth?

Balanço a cabeça, dizendo que não.

— Setenta e duas — responde ela. — Isso é quase 75% de gordura. E quanto da nossa dieta deveria ser composta de gordura?

Mordo o lábio inferior com mais força e olho para a mesa. Pareço extremamente envergonhada.

— Não me lembro.

— Lembra, sim — diz ela com gentileza. — O que ensinei a você?

— Trinta por cento — digo a Alex.

Quase ao mesmo tempo, meu eu mais jovem sussurra:

— Trinta por cento.

— Isso mesmo. — Minha mãe sorri. — Então você ainda quer pasta de amendoim?

Balanço a cabeça. Não olho para ela.

— Odeio pasta de amendoim — digo a Alex.

— Não é surpreendente — diz ele. — Meu Deus, isso é terrível.

— Essa é minha mãe. Sempre foi assim.

Observamos minha mãe pegar no alto de um armário, na ponta dos pés, uma pequena balança digital. Ela pesa a maçã. Depois a tira da balança, corta no meio e pesa cada metade.

Antes de sentar à mesa, ela enfia a mão em outro armário, cheio de remédios controlados e caixas de comprimidos comuns, e pega uma caixa de remédio para resfriado do tipo que não dá sono. Tira oito comprimidos da cartela e olha para eles. São pequenos e vermelhos. Há tantos que parece uma quantidade incrivelmente grande para alguém do tamanho dela. Mas ela os toma, todos de uma vez, e os engole com um único gole de água.

Meu eu de 9 anos observa-a fazer isso tudo enquanto espera pacientemente pela metade da maçã. Quando ela se senta em frente a mim, me dá um grande sorriso.

— Aqui está — diz ela, entregando metade da maçã para mim.

— Obrigada.

Olho para a fruta. Mas não mordo.

— Mãe?

— O quê?

— Por que você pesa toda sua comida?

Minha mãe olha para a metade dela da maçã. Ela leva a pergunta a sério. Parece pensar durante um bom tempo.

Por fim, ela diz:

— Liz, quando você se torna adulta, a vida às vezes é muito complicada. As coisas acontecem à sua volta e você não pode controlar. Você não pode controlar o que acontece com as pessoas que ama. Não pode controlar cada parte da sua vida. Mas pode controlar *pedaços* da vida. Pequenos pedaços. E, às vezes, quando tudo parece muito maior do que você, muito mais do que você conseguiria resolver sozinha, é bom saber que tem alguma coisa, mesmo pequena, que você consegue controlar completamente. — Ela olha para mim. — Entende o que quero dizer?

Mexo a cabeça, sinalizando que sim.

— Acho que entendo, sim.

— Que bom. É uma boa coisa para se saber. — E sorri de novo.

— Ela está doente — murmuro. — Eu sabia que ela estava doente, mas, meu Deus. Isso é...

— É terrível — conclui Alex.

Olho para ele e tento sorrir.

— Controle — digo. — É o que eu estava dizendo a você.

Nós dois olhamos para mim e para minha mãe, comendo a maçã em silêncio, o único som sendo o dos nossos maxilares mastigando a fruta.

— Quer ir? — propõe ele.

Sinalizo que sim.

— Tudo bem.

Alex aperta meu ombro com a mão fria e fecha os olhos.

De volta ao presente, continuamos andando. Estamos quietos, e o silêncio é um pouco constrangedor; sei que estamos pensando no que acabamos de ver juntos. Estávamos andando devagar antes, mas agora eu ando com determinação, mais rapidamente, e cada passo com as minhas botas é um pedaço do inferno. Vamos até o final da rua principal, passamos por todas as lojas para turistas (as pessoas *amam* coisas bregas das curiosas cidades da Nova Inglaterra), até que chegamos a um trecho de casas mais novas e menores atrás da igreja batista.

O horário escolar acabou por hoje. O carro do Sr. Riley está na entrada da garagem. As luzes estão acesas dentro da casa. E Richie está na sala dele, brincando de rolar uma bolinha no piso de madeira com Hope.

— Como sabia que ele estaria aqui? — Alex se senta no chão ao lado de Richie.

— Porque ele não tinha para onde ir. Sem carro e sem adultos em quem confiar. Fora o policial, o Sr. Riley é o primeiro adulto com quem vi Richie ter uma conversa séria. Ele não gosta de adultos.

— Mas eles mal se conhecem. E o Sr. Riley não gosta dele.

— Os dois me conheciam — digo a Alex. — E Richie sabia que eu confiava no Sr. Riley.

Eu me sento do outro lado de Richie. Percebo que Alex estava certo quanto a animais e bebês: está claro que Hope consegue nos ver.

— Por que você acha que ela vê? — pergunto a Alex.

— Não sei — diz ele. — Já pensei sobre o assunto, e meu melhor palpite é que os bebês não sabem de muita coisa.

Hope está bem maior do que eu me lembrava; já deve estar com quase 2 anos. Ela ri, aponta para mim e diz:

— Moça!

Eu sorrio. Levo um dedo aos lábios.

Na cozinha, o Sr. Riley e a esposa, que se chama Karen, estão discutindo em voz baixa, a discordância pontuada pelo modo agressivo com que Karen prepara macarrão com queijo.

— Quero-o fora desta casa, Tim. Você vai ser demitido. É... como é que se diz? Abrigar um fugitivo. Ele trouxe uma arma para esta casa. Uma *arma*. Como você sabe que ele não matou Elizabeth Valchar? Não é o que todo mundo pensa?

— Karen, ele me deu a arma. Não estava carregada. Ele não vai nos machucar. Vou conversar com ele. Vou convencê-lo a me deixar levá-lo até a delegacia. — O Sr. Riley faz uma careta quando Karen joga uma colher de pau na pia. — Ele está com problemas. É meu dever ajudar.

— É seu dever ajudar?

Ela cruza os braços e pressiona os lábios um contra o outro, com as bochechas vermelhas de raiva. Karen é baixa e magra e poderia ser bonita se não fosse tão comum. Não usa maquiagem nem faz nada de especial com o cabelo. Sempre está pálida, mesmo no verão. Usa roupas que parecem vindas de um brechó. Nunca consegui entender por que uma mulher se trataria com tanta indiferença. Para mim, sempre pareceu não haver nada pior no mundo do que ser comum.

— Ele era namorado de Elizabeth, não era?

O Sr. Riley balança a cabeça.

— Ele sabe de seus encontros matinais com ela? Das conversinhas na cozinha quando eu ainda estava dormindo?

— Karen, pare com isso. Você sabia. Ela estava com problemas. Era meu *dever* cuidar dela.

Karen está vibrando de raiva.

— Seu dever. Em que parte da descrição do seu trabalho está escrito que você tem que convidar uma gata adolescente para ir à sua casa? Para consolá-la. Abraçá-la.

O Sr. Riley olha na direção da sala, onde Richie e Hope ainda estão brincando com a bolinha. Richie parece calmo, o que não me surpreende. A essa altura, tenho certeza de que ele sabe que terá que encarar a polícia logo. Sei que deve estar aliviado das coisas se encerrarem logo. Mas, por enquanto, ele tem um descanso.

Brincar de um doce jogo de bola com um bebê: o que poderia ser mais tranquilizador?

— Não o quero lá sozinho com Hope. — Karen passa uma das mãos pelo cabelo castanho sem vida. Reparo que as unhas não estão polidas, as cutículas estão ressecadas e a pele dos dedos está seca e rachada. Por um momento, me pergunto por que ela não faz as unhas.

— Tudo bem. Vou dizer que ele tem que ir embora. Isso vai deixar você feliz?

— Vai. Isso vai me deixar feliz. — Ela respira fundo. — Isso é loucura.

O Sr. Riley chega mais perto da esposa e encosta o rosto no dela.

— Nunca fiz nada com Liz que não faria na sua frente.

Ele está falando a verdade. Era o único alento que eu tinha. Ele achava que não tinha outra opção além de me abraçar e tentar me fazer sentir melhor.

— Ela era uma garota bonita. Garotas assim... as garotas desta cidade, daquela escola .. você sabe que não sou assim. Nunca fui.

— Ela era uma garota muito doente. Só isso. Doença e tristeza revestidas de roupas caras e cobertas de maquiagem não mudam quem ela era. — Ele engole em seco. — Provavelmente foi isso que a matou, Karen.

Os olhos dela brilham, acusadores.

— O que você sabe que não está me contando?

— Nada. — O tom dele é firme. — Ela me implorou para deixá-la contar qual era o problema. Eu não deixei. Não queria isso na nossa vida.

A panela no fogão começa a fumegar. A chama está alta demais. O jantar vai queimar.

Karen abaixa a temperatura do fogão elétrico e olha para a gororoba dentro da panela.

— Está na nossa vida agora.

— Então me deixe ajudar Richie — diz o Sr. Riley. — Por favor. Sabe, não consigo parar de pensar que, se eu tivesse feito mais por Liz... se eu tivesse conversado com os pais dela, ou marcado uma consulta, ou deixado que me contasse o problema... talvez ela ainda estivesse viva. Sabe como é a sensação, Karen?

Ela balança a cabeça.

— Não. Não consigo imaginar.

— Não posso não fazer *nada*. Não agora. — Ele engole em seco. — Preciso ajudar Richie. Devo isso a Liz.

De pé na sala, acima de Richie e Hope, o Sr. Riley junta as mãos.

— Muito bem, cara. Hora de ir.

Richie olha para cima com uma expressão de inocência confusa.

— Para onde vamos?

— Para a delegacia. Você tem que se entregar. Todos os policiais da cidade estão procurando você. Sabe que quase suspenderam as aulas?

Karen faz uma aparição final para pegar Hope nos braços antes de voltar para a cozinha. Não diz adeus para Richie nem para o marido.

Quando estão juntos no carro, Richie diz:

— Tenho corrido todas as manhãs.

— Isso é ótimo. Se não acabar na prisão, pode pensar em entrar para a equipe de corrida na primavera.

— Eu sempre corro para o mesmo lugar. É como uma compulsão... como se algum tipo de força estivesse me levando. É muito estranho, Sr. Riley. Não consigo ir em outra direção. Vou para uma casa pequena no extremo da cidade, mas nunca estive lá antes. Nenhum dos meus amigos mora daquele lado. Todos moram em casas legais, sabe? — Ele faz uma pausa. — Minha família é boa, Sr. Riley. Sou um bom garoto.

— Você é traficante, Richie.

— Tudo bem, fora isso. Mas você não está ouvindo. Todas as vezes em que corro, acabo indo para a mesma casa. Por um tempo, nas primeiras vezes, só fiquei olhando. Não sabia por que estava lá. Mas, algumas semanas atrás, comecei a xeretar. Investiguei um pouco.

Estão quase na delegacia.

— Ah, é? — O Sr. Riley parece não estar se importando. — O que você fez? Invadiu a casa?

— Não. Olhei pelas janelas. Olhei na caixa de correio. Sabe de quem é a casa? — Ele não espera resposta. — É a casa daquele garoto que morreu ano passado. Alex Berg. Todas as vezes em que corri, parecia que alguém estava me levando bem para aquele lugar, mas é a casa de outro garoto morto. O que você acha que significa? Não faz sentido, faz? — Ele hesita, depois diz: — Sr. Riley, sei que parece loucura, mas... você acha que poderia ser Liz? Talvez ela ainda esteja aqui. Talvez queira que eu vá lá por algum motivo, para me mostrar alguma coisa.

— Sou eu — sussurro. Estou tremendo e olhando para Richie com amor e um puro desejo de estar mais perto dele. — Eu estava pensando em Alex e você sentiu. Ainda sente.

O Sr. Riley para no estacionamento de cascalho em frente à delegacia.

— Vou dizer o que penso, Richie. Acho que vocês, adolescentes, precisam se concentrar em viver. Qual é a importância de ser a casa de Alex? Ele morreu.

O Sr. Riley coloca o carro em ponto morto.

— Hora de sair. Levo você, se isso o ajuda a se sentir melhor.

— Sr. Riley?

Meu treinador olha para o teto do carro.

— O quê, Richie?

— Você não respondeu minha pergunta. Sobre Liz.

261

— Você acha que Liz está de alguma forma levando você a correr até a casa de Alex? Acha que tem uma grande conspiração acontecendo em Noank? — O Sr. Riley balança a cabeça. — Não. Não acredito nisso. E você também não devia. É coincidência, só isso. Não acredito em conspirações e não acredito em fantasmas.

Do banco de trás, eu me inclino e coloco as mãos nos ombros do Sr. Riley. Aperto com força. Eu me concentro. O esforço não funciona tão bem quanto com Richie. Quase consigo sentir o sangue correndo nas veias por baixo da pele dele, mas só quase. Ele nem se mexe.

— Espere um minuto. Antes de eu entrar, posso perguntar outra coisa?

— Claro.

— Eu ia perguntar... Você acha que, se eu voltar à escola, ainda vão me deixar ir ao baile? É que prometi a Josie que iríamos juntos. Ela comprou um vestido e tudo.

O Sr. Riley olha para ele.

— Você está prestes a ser preso e está preocupado com o baile? — Ele balança a cabeça, perplexo. — Você é um péssimo criminoso, sabia?

— Eu sei. — Richie concorda. — Você está certo.

— Então por que não para? Pare de vender. Você tem mais a oferecer ao mundo. É um aluno brilhante.

O Sr. Riley faz uma pausa e avalia meu namorado. Os olhos do meu treinador brilham com uma combinação de diversão, pena e... o que mais? Quase parece fascinação. Richie tem tanta coisa além do que ele imaginou todos esses anos. Parece que ele está percebendo isso agora.

Richie sorri.

— É o que eu faço. É tarde demais para mudar.

— Não é, não. Nunca é tarde demais.

Meu namorado não diz nada. Está claro que não quer discutir o futuro naquele momento.

O Sr. Riley pigarreia.

— Então você está me dizendo que está preocupado com os sentimentos de Josie? Se ela vai ter que devolver o vestido ou não?

— Não devolver. Ela vai encontrar outra pessoa com quem ir, tenho certeza. — Richie estica a mão em direção à maçaneta da porta. — Me sinto muito mal por Josie. Me sinto mal pela família toda. Mas acho que você não se importa, né? Por que se importaria?

Antes que o Sr. Riley tenha chance de responder, Richie sai do carro.

— Obrigado por me dar um lugar para me esconder hoje. Me deseje sorte.

Dezoito

Depois que Richie se entrega, passa por horas de interrogatório que parecem não levar a lugar nenhum. É verdade, as pessoas ricas são tratadas de maneira diferente, principalmente na nossa cidade. O pai de Richie leva o advogado dele até a delegacia e, depois de uma reunião, Richie sai com dois anos de condicional. Para a sorte dele, o Sr. Wilson fez uma doação vultosa à comunidade alguns anos antes, e a generosidade dele permitiu que a cidade construísse um novo quartel policial. Como resultado, ele tem bastante influência com a força policial local. Como é o primeiro crime de Richie, e como a arma não estava carregada e ele a entregou ao Sr. Riley voluntariamente, e depois aos policiais, todo mundo concorda que é melhor não piorar demais a situação. As drogas são guardadas como provas, a arma é devolvida ao pai de Richie (que é o proprietário) e o cartão de memória fica com Joe Wright.

Dentro de uma sala da delegacia, depois do interrogatório de Richie, com as janelas bem fechadas, Joe olha as fotos com óbvia relutância em me ver em posições tão comprometedoras. São as mesmas fotos do meu computador: Vince e eu. Ao olhar para elas, percebo com asco que Josie deve ter dado o cartão de memória a Richie para garantir que ele ficasse com ela.

— Por favor — imploro a Alex enquanto estamos de pé atrás de Joe —, por favor, não olhe.

Ele não diz nada; apenas concorda e se vira.

Meu coração se parte ao pensar em Richie me vendo dessa forma. Há quanto tempo ele tem as fotos? Semanas antes de eu morrer? Meses? Como pôde olhar nos meus olhos sabendo o que eu andava fazendo? Como pôde ainda me amar? A única resposta em que consigo pensar é que ele é *Richie*. Ele me conhece desde sempre. Assim como não consigo deixar de amá-lo por ele talvez estar envolvido com Josie pelas minhas costas, não espero também que ele deixe de sentir o que sente por mim.

Os dias se transformam em semanas sem muita coisa acontecer depois da prisão de Richie. Setembro segue e chega outubro; as folhas mudam, o tempo fica ainda mais frio e a vida continua, de certa forma, para meus amigos e minha família. Richie ainda corre todas as manhãs. Ainda vai até a casa de Alex e olha para ela por muito tempo sem qualquer sinal de compreensão.

Ele visita meu túmulo. Não fala muito, mas às vezes se senta no chão e se encosta na minha lápide (que finalmente foi fixada, seis semanas depois da minha morte), segurando nela como se estivesse me abraçando. Ele acha que estou debaixo do chão, debaixo dele, mas estou bem ao seu lado.

Recebo muitos visitantes; meu pai vai às vezes, quando não está passando longos períodos no barco. Meu túmulo fica ao lado do de minha mãe. A lápide dela é grande, com entalhes elaborados em volta, e diz:

Analisa Ann Valchar
Amada Mãe e Esposa
1968-2001

Meu pai parou de botar flores no túmulo dela há anos. Depois que se casou com Nicole, me pareceu que ele queria deixar tudo para trás em todos os aspectos; os únicos remanescentes que ele mantinha eram a casa e o barco.

Minha lápide, agora que foi colocada no lugar, está coberta de frases sentimentais. A pedra em si é enorme, maior do que a da minha mãe, e tem uma borda entalhada no formato de hera e meu nome em delicadas letras cursivas. O local do túmulo ainda está uma confusão de flores, mesmo tantas semanas depois do meu enterro. Seria quase constrangedor se eu não estivesse tão chocantemente alegre com a demonstração. Ao que parece, mesmo na morte sou incrivelmente popular.

Com a quantidade de tempo que passamos no cemitério (parece um local adequado para nós), Alex e eu vemos muitas pessoas sofrendo por seus entes queridos. Os pais visitam o túmulo dele uma vez por semana, todos os domingos depois da igreja. E recebo um fluxo quase regular de visitantes: pessoas da escola que eu mal conhecia aparecem para colocar flores no meu túmulo. Algumas levam coisas idiotas, como ursos de pelúcia e balões. No dia da primeira reunião de *cross country* da temporada, meus colegas de equipe (que não gostavam de mim em vida, mas parecem bem felizes em exercitar os músculos do luto agora que morri) deixam um par de cadarços amarrados em forma de laço. O Sr. Riley vai a cada duas semanas e faz uma oração. Mera e Topher sempre vão juntos, e Mera sempre está péssima e balbuciante quando vai embora.

Só uma vez, no meio de outubro, Karen Riley faz uma visita. Ela vai com Hope. A mim, parece mórbido; quem leva um bebê a um cemitério? Mas a garotinha brinca de correr em volta dos túmulos enquanto a mãe fica perto do meu e olha para o chão sem dizer nada. Ela não leva flores. Não fica por muito tempo. Como sempre, não está de maquiagem; o cabelo está preso em um rabo de cavalo frouxo. O jeans está gasto, alguns centímetros curto demais, e mostra um par de meias brancas saindo do tênis. Ela se ajoelha por um momento em frente à minha lápide e toca nela, passando os dedos pelas letras, como se quisesse ter certeza de que sou eu mesma lá embaixo.

Em seguida, ainda ajoelhada, ela coloca as palmas das mãos contra a terra.

— Eu devia ter sido mais gentil com você — sussurra, e olha para a filha, que está correndo em círculos atrás de uma mariposa ao redor de um túmulo recente. Hope é alta e magra, como o pai. Já tem cabelo louro sedoso e perfeitos olhos azuis. Vai ser lindíssima um dia. Suponho que Karen Riley já saiba disso.

Karen chora um pouco.

— Você era apenas uma garotinha — diz ela. — Me desculpe por odiar você.

Depois que ela vai embora, Alex e eu ficamos em silêncio por muito tempo. Essa era minha época favorita do ano. O tempo estava sempre perfeito para correr: só um pouco frio, com o ar leve e refrescante, e eu amava o modo como meus pés esmagavam as folhas quando eu corria pelas ruas. Mas agora vivo com frio, mais do que nunca. Pelo menos ainda posso me deitar na grama e olhar para as estrelas. Ainda posso tomar conta do meu próprio túmulo.

Sempre tem uma pequena parte de mim que espera que eu consiga ver minha mãe: a aparição dela, o fantasma, o que for. Mas ela não está em nenhum lugar. Éramos tão parecidas em vida; na morte, estamos em locais completamente diferentes. O fato de que, mesmo agora, ela não está aqui para me dar alento me faz sentir incrivelmente sozinha. Quanto mais o tempo passa, mais sinto que jamais a verei de novo. Tenho muito medo de ficar presa aqui na Terra para sempre, com Alex, com nós dois assombrando Noank enquanto todo mundo segue em frente e esquece que existimos.

Em uma manhã particularmente fria de meados de outubro, depois de passarmos o dia no cemitério vendo o enterro de uma senhora que morreu dormindo (seus parentes quase não choram e comentam mais de uma vez que era a hora dela), Caroline chega ao entardecer e segue em silêncio até meu túmulo.

Ela está usando o uniforme de líder de torcida; hoje deve ter tido um jogo de futebol americano, e ela deve ter vindo direto da escola. Parece ridiculamente deslocada no cemitério sombrio: o cabelo está preso em dois rabinhos e as bochechas estão com as letras NH pintadas, de "Noank High". Os pompons estão em suas mãos. Ela os coloca no chão ao lado do meu túmulo e olha para ele com desconfiança, como se esperasse que eu esticasse a mão para pegá-los.

Como tantas outras pessoas que vão me ver no cemitério, ela se ajoelha em frente à lápide e passa os dedos sobre as letras do meu nome.

Alex observa Caroline.

— Parece que ela realmente sente a sua falta. Você disse que ela era uma de suas melhores amigas, não foi?

— Era mesmo. — Olho para Caroline e desejo poder abraçá-la. Está claro que ainda está perturbada com a minha morte. — Era mais do que uma boa amiga — digo a Alex. — É uma boa pessoa, quer você acredite, quer não.

Espero que Alex dê uma resposta mordaz, mas ele não diz nada.

Caroline fica de pé, estica o amassado inexistente na saia perfeitamente passada e aperta a jaqueta em volta do corpo.

— Oi, Liz — diz ela, e mexe na terra com a ponta do pé. — Me desculpe por não ter vindo ver você antes. Não gosto de cemitérios. — Ela olha ao redor. — Quando pequena, meu pai dizia para mim e minhas irmãs que tínhamos que prender a respiração quando passássemos em frente a um cemitério, senão inalaríamos as almas dos mortos e seríamos possuídas. Sei que é idiota, mas isso sempre me assustou. — Ela faz uma pausa. — Você acharia besteira, eu sei. Mas acho que você não ia querer me possuir, mesmo se estivesse por aqui. — E olha para as próprias pernas. — Você jamais entraria em um corpo com canelas tão grossas.

"Mas eu só queria contar umas coisas pra você — prossegue. — São coisas que eu jamais contaria quando você estava viva. Porque, Liz, você deveria saber... era difícil ser sua amiga. Você queria ser legal, sei disso. Não estava tentando ser uma pessoa ruim. Mas às vezes eu me perguntava por que eu passava tanto tempo com você. Você se lembra das festas que fiz ano passado? Meus pais estavam no Egito. Lembra? Eles viajaram o mês inteiro, e você e Josie me convenceram de que eu devia fazer uma festa todos os fins de semana em que eles estavam viajando. Prometeram me ajudar a arrumar depois, mas você só ajudou uma vez, no primeiro fim de semana. Depois disso, você ia embora de manhã e pronto.

"Nunca contei isso, mas lembra-se do último fim de semana, quando você ficou bêbada e vomitou na minha sala? Você vomitou no tapete oriental. E nem se ofereceu para ajudar a limpar. Simplesmente foi embora. Fiquei preocupada de você não conseguir chegar bem em casa porque tinha bebido, mas você prometeu me mandar uma mensagem de texto quando chegasse em casa. É claro que não mandou. Só consegui falar com você na noite seguinte. Fiquei morrendo de medo. Mas você sabe de tudo isso, eu acho. O que nunca contei foi que... o tapete no qual você vomitou era uma antiguidade. Meus pais o compraram em um leilão em Pequim. Valia dezenas de milhares de dólares, e você o estragou. Você bebeu vodca com suco de cranberry a noite toda e depois trocou por cerveja, e foi aí que ficou enjoada. A mancha era vermelho vivo. Não consegui tirar. E, quando meus pais voltaram e viram o que aconteceu, levei toda a culpa.

Ela respira fundo, e uma nuvem de neblina se forma em frente ao rosto dela.

— Não contei o que tinha realmente acontecido porque eu sabia que eles contariam aos seus pais. Eu sabia que iam querer que seus pais pagassem pelo dano e fiquei com muito medo. — Ela começa a chorar. — Fiquei com tanto medo de você não querer mais ser minha amiga, de você e Josie ficarem com raiva de mim se eu arrumasse confusão para você. Então acabei ficando de castigo por um mês. E agora meu pai perdeu o emprego, e meus pais estão começando a vender as antiguidades para pagar a hipoteca. Outro dia, minha mãe disse que, se ainda tivessem o tapete para vender, ele pagaria por três meses da nossa casa. Você acredita nisso?

Eu me sinto mal por Caroline, é claro. E me sinto pior ainda pelo modo como agi e por ela não ter tido coragem de me contar o que aconteceu com os pais e o tapete.

— Ela devia ter evitado a confusão. Eu teria continuado sendo amiga dela — digo a Alex. — Ela devia saber. Meus pais teriam pago pelo tapete.

— Tem certeza? — Ele está me encarando com atenção. — E quanto a Josie? Ela disse que tinha medo de você e Josie ficarem com raiva dela.

— Não sei o que ela quer dizer. Josie é uma boa pessoa. Só gosta de ser popular, só isso.

— Gosta mesmo — concorda Alex, mas não elabora.

— De qualquer modo — diz Caroline, limpando os olhos —, nada disso importa agora. Você se foi, e meus pais provavelmente ainda vão perder a casa, e Josie contou para *todo mundo* da escola que meu pai perdeu o emprego. Nem tenho par para o baile. Josie vai com *Richie*. Você morreu há poucos meses e ele foi preso poucas semanas atrás, e seus pais vão deixar que ela vá com ele como se não fosse nada. — Ela treme. — É horrível. Tudo é terrível sem você. — Ela faz uma pausa. — Mas era terrível mesmo quando você ainda estava viva. Sei que parece loucura, mas, durante meses antes de você morrer, foi quase como se houvesse uma... sensação de que uma coisa ruim ia acontecer.

Ela pega os pompons e dá uma sacudida para tirar as folhas que ficaram presas no plástico.

— Não sei por que, mas, quando ouvi Mera gritar naquele dia de manhã, soube que alguma coisa de ruim tinha acontecido com você. Eu simplesmente soube.

Em seguida ela abaixa a cabeça, faz uma rápida oração em silêncio e faz o sinal da cruz com o pompom na mão.

— Você estava desmoronando antes de morrer, Liz. Todo mundo percebeu. Espero que as coisas estejam melhores agora. Aqui, tudo está péssimo.

Caroline dá alguns passos para trás, como se fosse embora. Mas ela para, olha para o céu escuro e respira fundo devagar, olhando em volta para ter certeza de estar sozinha. Em seguida, em vez de se virar para seguir o caminho que a levará para fora do cemitério, vai pela grama para cima do morro, em direção à extremidade do cemitério que fica perto de um bosque.

— Para onde ela vai? — pergunto.

Alex fica tenso de repente e cruza os braços sobre o peito.

— Deve estar indo para casa.

— Não, ela está indo para o lado errado. — Começo a segui-la, mas Alex não se mexe. — Ei — digo a ele —, vamos.

Ele se abraça com mais força e balança a cabeça.

— Não quero.

Paro e olho para ele.

— Alex, venha! Qual é o problema?

Ele olha para o chão.

— Nenhum.

Caroline está quase no topo do morro. Ela vira para a esquerda em um dos caminhos estreitos de cascalho do cemitério e anda em direção a um amontoado de túmulos perto do bosque. Em um instante, fica claro: ela está indo para o túmulo de Alex.

Mas por quê? Ela não o conhecia. Foi ao enterro dele, como eu, mas muitos adolescentes que não o conheciam também foram. Não me lembro dela ter ficado muito perturbada na época. Eles não eram amigos; obviamente, não frequentavam os mesmos círculos. Não consigo imaginar que se conhecessem por qualquer outro motivo.

Mas lá está ela, ajoelhada em frente ao túmulo dele, mais de um ano depois da sua morte. Fico de pé ao lado dela, observando com perplexidade e fascinação quando ela se inclina para a frente e coloca as duas mãos sobre o túmulo dele. Ela apoia os joelhos na grama e inclina a cabeça até que a testa encoste na lateral da lápide.

Ela fica assim, com o corpo quase completamente parado, por muito tempo. Enquanto a observo, Alex se aproxima por trás de mim. Por um tempo, nenhum de nós diz nada.

Quando Caroline ergue a cabeça, vejo que seus olhos estão vermelhos. As letras pintadas em cada uma das faces dela estão manchadas pelas lágrimas. Ela olha ao redor de novo, verificando mais uma vez se está sozinha.

— Oi, Alex — sussurra ela. A voz está tão baixa que quase não consigo ouvi-la.

De pé ao meu lado, Alex sorri para ela. A expressão dele é gentil. Ele parece mais relaxado do que estava alguns minutos atrás.

— Oi, Caroline — responde ele.

Olho para ele, boquiaberta.

— Alex — pergunto —, o que está acontecendo? Me conte.

Caroline fica de pé, limpa os olhos e as faces com as costas da mão e mancha as letras pintadas, transformando-as em manchas vermelhas e brancas irreconhecíveis.

Alex leva um dedo aos lábios.

— Shh. — Ele continua a sorrir para ela.

— Sinto muito — diz ela em voz alta e estreita os olhos, parecendo prestes a chorar de novo. — Sinto muitíssimo, Alex — repete ela.

— Ela sente muito o quê? — pergunto. — De onde vocês se conhecem?

Alex olha para mim.

— Não é nada.

— Obviamente, é *alguma coisa*. Alex, pare com isso. Não é justo. Por favor, me conte.

Ele me ignora e continua a observá-la. Caroline baixa a cabeça, fecha os olhos e começa a falar de novo. Sua voz é doce e baixa, e suas palavras são como uma assombração quando ela as emite no cemitério silencioso e vazio.

— Ave Maria, cheia de graça, o Senhor é convosco. Bendita sois vós entre as mulheres e bendito é o fruto do vosso ventre, Jesus. Santa Maria, Mãe de Deus, rogai por nós, pecadores, agora e na hora de nossa morte... — Ela faz uma pausa. — Agora e na hora de nossa morte — repete ela. — Agora e na hora de nossa morte. Agora e na hora de nossa morte... Amém.

Ela abre os olhos.

— Descanse agora — diz ela, olhando para a lápide. — Encontre a paz.

Ela se inclina para pegar os pompons. Depois se afasta, descendo o morro em direção à saída do cemitério. Observamos a silhueta de Caroline ir diminuindo no cenário escuro da noite, com os passos lentos, passando pelas fileiras de túmulos. Ela não estava à vontade quando visitou meu túmulo, mas estava quando foi ao de Alex. E agora, mesmo de longe, ela parece calma.

— Certo — digo depois que ela se foi —, o que foi aquilo? O que ela sente muito?

Alex inclina a cabeça para o lado.

— Acho que ela sente muito tudo que aconteceu comigo, só isso.

Mas a explicação dele não me satisfaz; ainda não explica por que ela visitaria o túmulo dele nem o jeito estranho como recitou a ave-maria.

— Alex — repito, tentando parecer severa —, o que você não está me contando?

Ele suspira e passa a mão pelo cabelo.

— É difícil explicar. Mas eu poderia mostrar, se você quiser.

— Me mostrar? Você quer dizer...

— Sim. — Ele concorda. — Eu levo você. Pode ver por si mesma.

— Mas achei que você não quisesse que eu visse nada da sua vida.

Ele ainda está com o sorriso sonhador.

— Vou abrir uma exceção.

Antes que eu possa aceitar a proposta, uma coisa me ocorre.

— Não é a primeira vez que ela vai ao seu túmulo, é?

Ele balança a cabeça.

— Não.

Quase não consigo acreditar. Caroline. Aqui. Visitando Alex. Rezando por ele e dizendo que sente muito — mas por quê? Por mais perplexa que eu esteja, percebo que estou muito feliz por Alex, por ele ter ao menos outra visita além dos pais. Ele merece isso, pelo menos.

— Com que frequência ela vem?

— Não muita. Em intervalos de poucas semanas. — Se estivesse vivo, tenho certeza de que estaria vermelho. — Fiquei muito surpreso na primeira vez em que ela veio — diz ele. — É incrível que ela lembre. — E me lança um olhar de expectativa. — Quer saber? Eu mostro, mas só isso. Mais nada.

— Tudo bem. — Estico a mão na direção dele e seguro seu pulso. — Vamos.

Quando chegamos ao passado de Alex, abro os olhos e vejo que estamos no meio de um grande aposento cheio de longas mesas de madeira. Acho que estamos em algum tipo de porão; não há janelas e, na extremidade, depois das portas duplas, vejo uma escadaria.

— Onde estamos? — pergunto.

— Você não sabe? — Alex parece achar engraçado.
— Não.

Na parede com as portas duplas, reparo em uma imagem colorida de Jesus em tamanho natural. Seus braços estão bem abertos. Ele olha para baixo, onde um grupo de crianças está reunido a seus pés. Há um quadro-negro na mesma parede com vários versos da Bíblia escritos em uma bela caligrafia cursiva.

— É um tipo de igreja — digo. — Aqui é a escola dominical?
— É a aula de catecismo — diz Alex.

Olho para ele sem entender.

— Aula de catecismo — diz ele novamente.
— Catecismo — digo. — O que é isso?
— É uma coisa que as crianças católicas fazem. Você tem que frequentar as aulas de catecismo por um ano e depois faz a primeira comunhão. — Ele faz uma pausa. — Você sabe o que é isso, não sabe?

Faço que sim com a cabeça.

— Claro. Vinho e pão, certo?

Por um segundo, Alex parece que vai se engajar em uma explicação completa sobre a comunhão (obviamente há bem mais coisas do que sei), mas ele para de falar com um sorrisinho no rosto e balança a cabeça.

— Estou no primeiro ano — diz ele, indicando a sala. Tem umas oito crianças sentadas em cada mesa. Ele aponta para uma. — Bem ali.

Eu o vejo imediatamente. Coloco a mão sobre a boca.

— Alex — digo —, você é um fofo! — É verdade; Alex parece uma criança adorável. Tem bochechas grandes e rosadas. Está com uma camiseta que tem a imagem do Homem-Aranha na frente debaixo de um macacão jeans. O cabelo é liso e está um tanto comprido demais; o corte príncipe Valente cai sobre os olhos. — Aii — digo, cutucando-o. — Que gracinha você era.

— Pare — diz ele, constrangido. Mas está sorrindo também
— Todo mundo está tão quieto — comento.

Em uma sala cheia de crianças, era de se pensar que haveria barulho. Mas todos estão sentados de boca fechada e olhos baixos, como se estivessem esperando alguma coisa acontecer. Enquanto olho para eles, ouço um ruído atrás de mim e me viro. Há uma porta na parte de trás da sala; está só com uma fresta aberta. É dali que vem o som.

Juntos, Alex e eu vamos até a porta e olhamos para dentro. A sala é pequena, pouco maior do que um armário. Está vazia exceto por algumas prateleiras cheias de fitas de videocassete, uma velha televisão e um aparelho de videocassete em uma mesa portátil e uma cadeira dobrável de metal. Uma freira de meia-idade está sentada na cadeira. Sua expressão é de tédio; ela está escutando uma garotinha de jardineira xadrez de pé à sua frente recitando a Ave-Maria.

— Nós tínhamos que decorar — explica Alex. — Depois a irmã Barbara, essa que está aí, nos levava para esta salinha, um de cada vez, e tínhamos que recitar para ela.

— Ah. Entendi. — Observo a garota sair da salinha e ser substituída segundos depois por um garoto gordinho com cabelo preto encaracolado. — O que isso tem a ver com Caroline?

Estamos de volta à sala com as mesas e as crianças, todos esperando sua vez em silêncio, embora o jovem Alex não esteja em lugar nenhum.

— No corredor — diz Alex. Ele aponta para as portas duplas que levam à escadaria.

Antes da subida da escada, há um corredor escuro e estreito com três portas: uma para o banheiro masculino, outra para o banheiro feminino e uma terceira, fechada e sem sinalização.

Enquanto estamos ali de pé, o pequeno Alex sai do banheiro, limpando as mãos no macacão. Ele olha para baixo, repara que o cadarço desamarrou e se abaixa para amarrá-lo.

Nessa hora, escuto uma coisa.

— Escute — digo.

O pequeno Alex também ouve e para o que estava fazendo. Olha para a terceira porta e ouvimos de novo: um suave barulho metálico.

Olho para Alex ao meu lado. Ele está sorrindo; percebo que sabe exatamente o que vai acontecer.

Seu eu mais novo dá alguns passos para a frente, até estar perto o bastante para tocar na porta. Ele gira a maçaneta com hesitação e a empurra.

É um armário de casacos. Lá dentro, na ponta dos pés, tentando pendurar o casaco, está Caroline Michaels na época do primeiro ano.

O jovem Alex olha para ela.

— Achei que você não estivesse aqui hoje — diz ele.

Caroline não responde. Ela dá um rápido passo para trás e quase cai em uma prateleira cheia de túnicas de coral. Já aos 6 ou 7 anos, ela é linda. É pequena e magra, com os braços e pernas finos saindo de uma camiseta cor-de-rosa com gola e de uma saia jeans. O cabelo longo está preso em duas tranças, com as pontas enroladas e presas com laços rosa-claro. Ela olha para Alex, surpresa em vê-lo.

— Caroline? — diz o pequeno Alex. — O que você está fazendo no armário?

Ela continua a não falar. Aos pés dela há evidências de que está ali há algum tempo. Há uma mochila aberta, com o conteúdo arrumado em um semicírculo no chão. Uma garrafa térmica da Barbie. Um livro de colorir. Um saco quase vazio de torrada e queijo. Um vidro de esmalte com purpurina. Um dever de casa de matemática pela metade.

— Está escondida aqui? — insiste Alex. — Por quê?

Caroline parece apavorada.

— Eu-eu-eu... — Seu lábio inferior treme. — Não conte.

Alex olha para trás de si e fecha a porta.

— Qual é o problema? — pergunta ele, genuinamente interessado. — Não se preocupe. Não vou contar.

Caroline baixa a cabeça.

— Não posso ir à aula. — Ela começa a morder a ponta de uma unha pintada. — Não sei a oração.

Alex parece não saber o que fazer. Ele olha ao redor, como se estivesse procurando uma resposta.

— Ela estava aqui escondida o tempo todo? — pergunto a Alex.

Ele balança a cabeça.

— Todos vínhamos direto da escola todas as sextas-feiras. Fica a menos de uma quadra. Ela deve ter ficado longe de todo mundo quando viemos para cá e se escondeu no armário para que os pais não soubessem que ela matou aula.

Os dois estão sentados no chão agora, com as cabeças próximas.

— Ave Maria, cheia de graça — sussurra Alex.

— Ave Maria, cheia de graça — repete Caroline, mas seu rosto ainda está em pânico. — Sei quase tudo, Alex. É só o final. Sempre esqueço como é a última parte. E agora é tarde demais.

— Não é, não — diz Alex. — Vou ajudar você. Recite de novo.

Caroline aceita a ajuda.

— Ave Maria, cheia de graça — começa ela. — Bendita sois... bendita sois vós entre as mulheres e bendito é o fruto do vosso ventre, Jesus. Santa Maria, mãe de Deus... rogai por nós... rogai por nós... — Ela estreita bem os olhos. — Não sei o resto.

— Rogai por nós, pecadores — conclui Alex.

— Rogai por nós, pecadores — repete Caroline.

— Agora e na hora de nossa morte — diz Alex.

— Agora e na hora de nossa morte.

— Agora e na hora de nossa morte — repete ele.

— Agora e na hora de nossa morte.

— Agora e na hora de nossa morte — diz ele de novo.

Caroline abre os olhos e olha para ele.

— Agora e na hora de nossa morte.

Alex sorri para ela.

— Amém.

Nós os observamos enquanto permanecem sentados no armário por mais alguns minutos e Caroline treina a oração. Por fim, os dois ficam de pé e voltam para a sala de aula.

Alex e eu ficamos sozinhos no armário de casacos.

— Caroline se lembra desse dia — diz ele —, depois de tantos anos. Você acredita? Nunca fomos amigos, nem quando crianças. Acho que nunca voltamos a nos falar depois que isso aconteceu. Foram só alguns poucos momentos das nossas vidas, mas foram importantes. — Ele faz uma pausa. — Para nós dois.

— Ela nunca me contou — digo —, nem quando fomos ao seu velório. Era de se imaginar que diria alguma coisa.

Ele dá de ombros.

— O que havia para contar? — Ele olha em volta por um momento, depois olha para mim. — Então, agora você sabe — diz ele.

Dou um sorriso.

— Obrigada por me mostrar.

Acima de nós, a luz fluorescente no teto zumbe. Sem outra palavra, encostamos um no outro e deixamos o passado se dissipar.

De volta ao cemitério, concordamos estar prontos para uma mudança real de cenário. Enquanto andamos, não consigo parar de pensar em Caroline no túmulo de Alex e no quanto a experiência compartilhada deles era doce. Quero conversar mais um pouco sobre isso, quero entender melhor o passado de Alex, mas não quero forçar o assunto. Ele já me mostrou mais do que eu esperava obter dele.

Alex parece estar pensando em alguma coisa também. Fica quieto por muito tempo enquanto andamos. De repente, do nada, ele diz:

— Ei, Liz? Quando estávamos conversando antes, na minha casa, achei que você tivesse dito que não pressentiu que uma coisa ruim ia acontecer com você.

— É isso mesmo — digo.

— Mas como é possível? — pergunta ele. — Quero dizer, até Caroline sabia. Como você pode não ter tido ideia?

— Não falei isso, não exatamente. Falei que estava familiarizada com a morte. Mas eu estava falando a verdade, Alex. Quero dizer, não me lembro de sentir que uma coisa ruim fosse acontecer.

— Pense — diz ele. — Se esforce.

— Como posso fazer isso? Como posso me esforçar?

— Você sabe como. Feche os olhos. O que você vê?

Dezenove

Tenho 17 anos e estou no penúltimo ano da escola. Sei disso porque há um exemplar do guia de leitura de *Macbeth* na minha mesa de cabeceira, sem dúvida para a aula de inglês. O guia não foi aberto. Meu rosto indica que não dormi a noite toda; meu rosto está inchado, meus olhos estão vermelhos e tremem nas órbitas. Estou com uma aparência péssima. Permaneço deitada na cama com a coberta até o queixo, olhando para o teto, esperando que o sol nasça. Quando coloco os pés no chão, demoro um longo tempo apertando a mão contra o estômago e a outra na testa. Obviamente, não me sinto muito bem.

Eu normalmente acordaria cedo e iria correr, mas não hoje. Hoje, me levanto e tomo um banho. Eu me visto. Estou usando um jeans novo; a etiqueta ainda está pendurada na cintura. É um skinny, muito na moda no momento, com pedras nos bolsos de trás e cintura baixa que exibe minha barriga chapada. Coloco uma blusinha curta esvoaçante cor-de- rosa que Nicole comprou para mim em uma loja de consignação de luxo em Manhattan e um par de sapatos de salto baixo em couro lustroso (as pedras nos saltos são um belo toque em combinação com os detalhes no jeans); estou *linda*. Tenho certeza de que sei disso. Eu me lembro de ficar de pé em frente ao meu espelho de corpo inteiro e me olhar. Às vezes me ocorria que eu poderia não ter esse corpo para sempre. Mas aqui está ele agora: forte, magro, lindo. Uso minhas medidas como combinação no armário da escola: 81-58-81.

O cabelo e a maquiagem consomem 45 minutos todos os dias, e embora pareça que me sinto péssima agora, cumpro minha rotina como sempre: um tratamento para a pele de quatro passos que foi receitado por um dermatologista, embora eu nunca tenha tido problema com acne. Meus poros são quase invisíveis. Passo o sabonete, um tonificante, um hidratante e o creme para a área dos olhos. Eu me lembro que minha mãe costumava passar muito tempo se olhando no espelho, lamentando as olheiras. Mas eu não. Desde muito cedo, aprendi o conceito de manutenção preventiva.

Depois vêm a base, o pó bronzeador, o blush e uma camada de pó que coloca tudo no lugar. Mais uma vez, os tons são feitos sob medida: três vezes por ano, Nicole leva Josie e eu a Nova York para uma consulta com um maquiador cujos clientes só são atendidos com hora marcada. Temos o melhor do melhor. Meu pai revira os olhos ante nossa rotina tediosa de cuidados, mas sempre dá de ombros e acaba por dizer:

— Garotas são garotas.

Passo sombra, em três tons: uma neutra na pálpebra toda, uma escura perto dos cílios e um iluminador perto da sobrancelha. Depois esfumaço e passo delineador. Em seguida, aplico cílios postiços com cola pré-aplicada que grudam tão bem que a sensação na hora de tirar é de um ataque de abelhas. Uma camada de rímel; espero alguns segundos, passo o pente e aplico outra camada. Aplico com cuidado o delineador de lábios, um batom fosco e o gloss. Por fim, coloco nas orelhas um par de brincos de meio quilate de diamantes que pertenceram à minha mãe. A não ser que eu esteja usando outro par de brincos que tenha sido dela (o comprido de prata e diamantes é um dos meus favoritos), quase nunca vou a lugar nenhum sem eles.

Foram presente do meu pai no primeiro aniversário de casamento. Em um ano, serei enterrada com eles.

Meu cabelo é outra história bem diferente. Ao contrário de Josie, que foi amaldiçoada com cachos sem vida e sem graça, tenho uma linda cabeleira loura que só precisa de um bom secador e algumas escovadas para cair perfeitamente. Meu cabelo sempre foi minha melhor característica, na minha opinião. Meus pés certamente não eram.

Meus pais não estão em casa, então só tem Josie e eu na mesa do café da manhã. Deve ser sábado ou domingo; não parecemos estar com pressa de ir para a escola. Josie está bebendo suco de laranja, comendo um pãozinho com pasta de amendoim e folheando um exemplar da revista *People*.

— Isso é lixo. Essa merda vai direto para sua bunda, sabe. — Devo estar falando da pasta de amendoim. *É claro* que estou falando da pasta de amendoim.

— Cale a boca. É proteína.

— É só gordura. Você engole como se não fosse nada.

Ela para no meio da mastigação. Ainda está de pijama.

— Para que você está tão sexy? Não vai correr?

Eu me encosto na bancada de granito, cruzo os braços e olho para ela.

— Vou ver Richie. Preciso levar o carro para consertar.

Silêncio. Com uma expressão tensa, Josie olha para o que sobrou do pãozinho antes de empurrar o prato para longe. Ela bate as unhas de acrílico na superfície da mesa.

— Como Richie vai ajudar com o carro?

— Falei com ele ontem à noite. Ele conhece um mecânico que mexe com lataria.

— Liz. Você tem certeza de que foi uma boa ideia envolver Richie? Temos que ter cuidado.

— Estou tendo cuidado.

Ela observa as unhas como se estivesse procurando partes de esmalte descascado.

— Não sei. Se você fizer besteira...

— Não vou fazer besteira! Ninguém vai saber aonde fomos. Exceto você. Trarei o carro de volta sem que Nicole e papai saibam que saí com ele.

Ela ergue uma sobrancelha depilada.

— É mesmo? Tem certeza de que vai trazê-lo de volta em dois dias?

Dois dias até que meus pais voltem para casa. Eles devem estar fora da cidade.

— Tenho — digo. — Trago de volta em dois dias.

— E o que aconteceu com seu carro, Liz?

Pisco os cílios.

— Você sabe o que aconteceu. Quando estávamos nos outlets semana passada, bati em um parquímetro. Richie já viu na escola. Fez um amassadinho.

— Mas papai mataria você se soubesse que bateu com o Mustang.

Concordo com a cabeça lentamente.

— É verdade. Ele ficaria furioso.

— Então você precisa consertar imediatamente, sem ninguém saber.

— Preciso.

Ela olha para o relógio da cozinha.

— A que horas ele espera você?

— A loja abre às nove. O cara é cliente dele.

— Cliente. Você quer dizer que...

— É comprador, sim. — O que quero dizer é que Richie fornece drogas para o cara. Talvez erva. Não devo ter perguntado especificamente, porque não quero saber. Só percebo que o cara está fazendo um favor a nós: vai consertar o carro rápido e aceitar mercadoria no lugar de dinheiro, mantendo tudo em segredo.

Richie deve entender a situação. O Mustang foi presente no meu décimo sétimo aniversário. Eu nem mesmo tinha carteira de habilitação ainda, só a permissão provisória, mas meu pai o deixou na garagem na manhã do meu aniversário, com um enorme laço vermelho amarrado. Eu só o tenho há algumas semanas. Tecnicamente, de acordo com a lei de Connecticut, ainda não posso dirigir com passageiros, embora meus amigos e eu façamos isso o tempo todo. Meu pai confia em mim; ele espera que seja seguro. Ele ficaria doido se soubesse que já bati com o carro.

— Espere um minuto — diz Josie, ficando de pé. Ela vai até o armário na extremidade da cozinha, olha dentro por alguns segundos e tira um enorme muffin de blueberry enrolado em filme plástico. — Tome — diz ela, esticando em minha direção.

Faço cara de nojo.

— Eca. Você espera que eu coma isso?

Muffins, penso enquanto observo nós duas, *são famosos pelo alto teor de gordura e conteúdo calórico. É uma medida inteligente evitá-los.*

Josie revira os olhos e enfia o muffin na minha mão.

— Claro que não — diz ela. — É para Richie.

— Oh. — Olho para o muffin. — Certo. Obrigada.

Quando estou saindo pela porta, olho por cima do ombro e vejo Josie ainda na cozinha. Ela está na cadeira de novo, comendo pasta de amendoim direto do pote, com uma colher.

— Garotos não cantam garotas de bunda grande! — grito. Eu me lembro que costumava dizer isso para ela o tempo todo.

— Foda-se, Barbie! — grita ela em resposta.

Devo saber que os pais de Richie não estão em casa, embora seja fim de semana, então não me dou ao trabalho de bater na porta da frente. Ele ainda está na cama. Espero um minuto, olhando para ele dormindo em paz, com o cabelo despenteado e o rosto oleoso, as mãos unidas em um quase gesto de oração entre o rosto e o travesseiro. Eu o amo tanto que, mesmo sendo fantasma, esse amor às vezes ainda me dói por dentro. Ao me ver observando Richie, quero deitar com ele na cama e ficar lá para sempre, enlaçar os braços no seu corpo quente e adormecido e ficar lá por cem anos, até que tudo que esteja acontecendo ao nosso redor vire uma lembrança distante.

Na verdade, o meu eu vivo tira o sapato e vai até o lado dele na ponta dos pés. Tiro o cabelo da testa dele e, quando as pontas dos meus dedos tocam nele, suas pálpebras se abrem.

— Oi, linda. — Ele boceja. — Já é de manhã?

— Aham. Temos que ir.

Ele se levanta, pega um jeans amassado no chão do quarto e veste. Uma camiseta, um moletom, uma passada de mão no cabelo e ele está pronto.

— O que é isso? — pergunta ele, apontando para o muffin, que ainda está na minha mão.

— Ah, é. — Jogo para ele. Ele o pega com uma das mãos. — Para você. Café da manhã.

Ele sorri para mim.

— Você é tão atenciosa. Cuida muito bem de mim. — Ele coloca o muffin sobre a mesa de cabeceira. — Não estou com fome ainda, vou comer depois. Quer ir?

Franzo o nariz para ele.

— Não vai nem escovar os dentes?

Ele dá de ombros.

— Tem chiclete?

— Somos uma combinação péssima, sabe. — Mas enfio a mão na bolsa e jogo um chiclete de menta para ele.

— Então você devia me largar — diz ele, mastigando. — E sair com um jogador de polo. — Ele faz uma bola. — Você se divertiria com um cara desses. Vocês poderiam ir fazer compras juntos, fazer limpeza de pele, ir à manicure...

— Já tenho amigas suficientes. Além do mais, sua aparência compensa sua falta de cuidados. — Beijo a ponta do nariz brilhoso dele. — Eu te amo.

Richie suspira.

— Eu sei. Sou irresistível. É uma maldição... e uma bênção.

Quando estamos passando pela porta, eu paro.

— Espere um minuto. Desodorante?

— Pensei em deixar você apreciar completamente a sedução dos meus feromônios naturais.

Franzo a testa.

— Richie. Por favor. Por mim?

Ele ri.

— Espere até ver quem vai consertar seu carro. Depois disso você me dá sermão sobre higiene pessoal.

Dirijo o Mustang até a oficina, seguindo Richie, que vai na frente em seu carro. Nos arredores de Groton, em uma parte da cidade que sei que jamais iria, nem morta, há uma oficina chamada Fender Benders. O local parece vazio a princípio; não passa de um enorme prédio de concreto com várias portas de garagem, ferramentas penduradas em três das paredes e algumas luzes fluorescentes no teto. Um rádio no canto do aposento toca um noticiário da NPR. A oficina toda tem cheiro de fumaça e há um cigarro aceso em um cinzeiro lotado perto do rádio. Um buldogue gordo que baba, e claramente precisa de banho, está preso a uma coluna no meio do aposento. Não tem ninguém por perto, muito menos carros.

Meus saltos estalam no chão de cimento, criando um eco apavorante.

— Richie — digo, rindo e claramente nervosa. — Onde diabos você me trouxe? Isso aqui parece um círculo do inferno.

— É meu negócio de família. Mas, obrigado, docinho. Agradeço o elogio.

Eu me viro e vejo um homem alto e gorducho de pé, usando macacão e botas. Suas mãos estão imundas, e várias unhas estão pretas, machucadas. Um par de óculos de segurança está preso no alto do cabelo muito oleoso e escuro. Um cigarro apagado está preso atrás da orelha direita; um cigarro aceso está pendurado nos lábios, e não consigo imaginar de quem é o que está aceso no cinzeiro. O nome dele, VINCE, está bordado no macacão.

Viva e de pé ao lado de Richie, é impossível esconder meu asco. E não me culpo por isso. Vince não é um homem; é um *espécime*. Dou um passo para mais perto de Richie, passo o braço pela cintura dele e dou um beliscão. Ele faz uma careta; devo ter beliscado com força, para garantir que ele soubesse que não estou feliz.

Fico na ponta dos pés e encosto a boca no ouvido de Richie.

— Quero ir embora — sussurro. Está claro que não ligo de Vince conseguir ver tudo que estou fazendo e que pode até conseguir me ouvir.

— Quer seu carro consertado ou não, Liz? — murmura Richie. — Fique calma. Fique tranquila.

— Qual é o problema, docinho? — Vince deixa o cigarro entre os lábios enquanto fala e exala pelo nariz. — Não está acostumada a andar por este bairro?

O cachorro se senta como se tivesse levado um susto e late alto. Ele corre em nossa direção, mas é puxado para trás pela correia. Fica de pé nas patas de trás, ofegando, com a baba pendurada em tiras brancas e caindo pelas gengivas. Ao observar a cena se desenrolar, quase engasgo. Não fico surpresa ao me dar conta de que desejo que Alex estivesse comigo. A presença dele seria reconfortante agora, ou pelo menos me distrairia um pouco.

— Esse é Rocky — diz Vince, sorrindo ao ver meu asco. — É um bom cachorro, não é, Rocky? — Para Richie, ele diz: — Essa é mesmo sua namorada?

Richie enfia as mãos no bolso.

— É, ela é mesmo minha namorada.

Ele dá um sorriso tímido. Ao me observar, ao observar minha expressão estúpida, consigo adivinhar o que estou pensando: eu sempre soube que as atividades extracurriculares de Richie significavam que ele passava tempo com pessoas inadequadas, mas nunca imaginei nada assim. Provavelmente vou tomar um banho assim que chegar em casa, para tentar tirar o mau cheiro desse lugar do meu corpo.

— Pois bem, vamos dar uma olhada no carro. Você precisa que seja consertado rapidamente, não é?

— Preciso que seja consertado para ontem — explico. — Foi presente de aniversário. Bati em um parquímetro. Só tem um amassadinho no para-choque da frente, então tenho certeza de que será fácil consertar. — Olho ao redor, pela oficina vazia. — Você não parece muito ocupado.

— Hum? — Vince estreita os olhos. — Qual é o problema? Não quer que papai descubra que você bateu o carro? Está com medo dele tirar seu cartão de crédito no fim de semana?

Olho para ele com expressão de raiva.

— Vou para a escola. Preciso de um meio de transporte.

Vince umedece os lábios lentamente e os curva em um sorriso doentio.

— Não pode ir de vassoura?

Deixamos meu carro com Vince com a promessa de que ficará pronto em 24 horas. Quando Richie e eu estamos no carro dele, ele fica sentado em silêncio por um minuto, com os olhos fechados. O rádio toca "Scarborough Fair", de Simon e Garfunkel, que é a banda favorita de Richie. O CD é parte de um mix que fiz para ele alguns meses atrás. Pequenos detalhes como esses, que se materializam na minha mente parecendo vir do nada, sempre trazem pontadas de tristeza que beiram o desespero. Se eu ao menos soubesse como tínhamos pouco tempo juntos... as coisas teriam sido diferentes, tenho certeza disso. Eu teria apertado a mão dele com mais força. Teria ouvido com mais atenção a letra da música; teria tentado apreciar o significado dela. Depois dessa faixa, sei que tem um cover do Radiohead para uma música da Carly Simon, "Nobody does it better", que é nossa música. Cada palavra dela é a verdade verdadeira em relação a nós; agora entendo isso. Mas, naquela época, eu estava tão distraída... Por quê? Pelo meu carro? Minha preocupação parece tão dolorosamente absurda.

— Qual é o problema? — pergunto a ele, revirando minha bolsa e pegando um vidrinho de gel antisséptico. — Você está tão quieto.

— Liz. — Ele olha para a frente, para o estacionamento do Fender Benders, onde Vince anda devagar em volta do meu carro, observando com atenção o pequeno dano. — Você não precisava ser tão rude. Você foi uma vaca presunçosa.

— Não me chame de vaca. Você não me disse que íamos encontrar o cara mais babaca do universo. — Ofereço gel antisséptico a ele. Ele recusa, e eu pego a mão dele e coloco um pouco da substância transparente. — Agora esfregue uma na outra — ordeno.

— Richie, não consigo acreditar que você faça negócio com esse cara. Ele é baixo nível.

— Então, por que não contou ao seu pai sobre o carro? E daí se ele se aborrecer? Qual é a pior coisa que poderia acontecer? Ficar de castigo por algumas semanas? Além do mais, você bateu em um parquímetro. Não é nada demais.

Reparo que minhas mãos estão tremendo de leve.

— Não quero ter que encarar meu pai. Você sabe que ele gastou muito com o carro. Ele ia insistir para que fizéssemos boletim de ocorrência. Dessa forma é menos problemático, pode confiar.

Richie dá de ombros.

— Você que sabe. Só estou dizendo que você poderia ao menos ter sido educada com o sujeito. Ele está fazendo um enorme favor, e você o tratou como lixo.

— Eu o tratei como lixo porque ele é lixo!

— É um *ser humano*, Liz.

Cruzo os braços.

— Me leve para casa.

Seguimos para Noank em silêncio. Mas, quando chegamos a nossa rua, Richie para o carro na entrada da garagem da casa dele, desliga o motor e estica a mão para tocar no meu rosto.

— Você estava certa — diz ele. — Somos uma combinação péssima.

Franzo a testa, mas há uma sombra de sorriso no meu rosto, nos meus olhos.

— O que planeja fazer quanto a isso? Terminar comigo? Vou namorar um jogador de polo e você pode namorar... Não sei. *Quem* você namoraria?

Ele sorri.

— Ninguém. Se não pudesse ter você, não ia querer ninguém.

Pego a mão dele.

— É sério?

— É sério. — Ele beija minha testa. — Lembra? Nós combinamos.

— Isso mesmo. — Apoio meu rosto no dele. — Combinamos mesmo — sussurro, com os lábios perto do ouvido dele.

Ficamos sentados ali por alguns minutos, curtindo a sensação da pele um do outro, até que me afasto e pergunto:

— Tem certeza? Mesmo eu dando tanto trabalho? Mesmo eu sendo uma vaca presunçosa?

Ele não responde, mas diz:

— Como bateu em um parquímetro? Você costuma dirigir bem.

— Eu não estava prestando atenção. Estava conversando com Josie. — Com o indicador e o polegar, tiro o chiclete da boca e olho para ele. — Foi como se tivesse aparecido do nada.

Entrar e sair de lembranças é sempre bem cansativo, mas, quando volto ao presente, me sinto mais exausta do que o habitual. Rapidamente, conto tudo a Alex.

— Eu devia ter levado você comigo — digo. — Teria sido mais fácil do que ter que explicar tudo.

Ele dá de ombros.

— Tudo bem. A lembrança é sua.

— Na próxima vez, levo você — digo. Não consigo deixar de me sentir empolgada pelo que vi. Mais e mais pedaços do quebra-cabeça estão começando a se encaixar, e as novas lembranças parecem mais e mais significativas. Finalmente, sei como conheci Vince. Agora só preciso descobrir como fui parar na cama dele, sendo chantageada.

— Então você deve ter recebido seu carro de volta a tempo — diz Alex. — Você não teve problemas, teve?

— Não que eu me lembre.

— Por que não tenta...

— Não vou tentar me lembrar de mais nada. Não agora. Estou exausta. — Faço uma pausa. — Você acha que foi mais cansativo ver essa lembrança porque ela é tão importante? Porque é mais importante do que as outras coisas que estou lembrando? — A ideia é animadora. — Estou chegando perto, Alex. Vou descobrir.

Ele balança a cabeça.

— É. Acho que vai.

— E depois? — Olho para ele. — O que acontece quando eu souber tudo?

Ele pensa na pergunta.

— Não sei. Talvez a gente vá para outro lugar.

— Hum. Certo. — Nós dois sabemos que não quero fazer a pergunta mais óbvia: para onde mais podemos ir?

— Não consigo acreditar que você não queira tentar se lembrar de mais coisas imediatamente — diz Alex, mudando o rumo da conversa. — Não está curiosa? Não quer saber como passou de odiar Vince a... bem, àquelas fotos?

Estamos voltando juntos para a cidade — lentamente, para impedir que a dor nos meus pés fique insuportável —, indo para nenhum lugar em particular.

— É claro que quero saber. Só preciso me recuperar um pouco. — Naquele momento, uma coisa me ocorre. — Sei que você não quer que eu veja suas lembranças — digo a Alex. — Mas você pode ao menos me contar se descobriu alguma coisa importante? — E, quando digo as palavras, olho para a frente e vejo um poste telefônico com a foto de Alex. Estão na cidade toda há mais de um ano. É a foto do anuário do segundo ano, ampliada e impressa em cores. Abaixo, a legenda diz: MORTO POR UM MOTORISTA QUE NÃO PRESTOU SOCORRO. RECOMPENSA DE $10.000 POR INFORMAÇÕES QUE LEVEM À PRISÃO.

Nesse pôster em particular, alguém (sem dúvida um dos atletas menos sensíveis da nossa escola) tinha desenhado um par de asas nos ombros de Alex a caneta. Seus olhos foram pintados de preto. O ato é incrivelmente cruel; mas o que parece pior é que ninguém se deu ao trabalho de substituir o pôster por um novo.

— Sabe o que seus pais deviam fazer? — pergunto, tentando ajudar. — Deviam alugar um outdoor. Talvez na rodovia. Alguém deve ter visto *alguma coisa* naquela noite, você não acha?

— Já passou mais de um ano, Liz. Não vão pegar ninguém. — Ele faz uma pausa. — Mesmo se alguém soubesse de alguma coisa, dez mil dólares não são exatamente muito dinheiro por aqui.

— Então deveriam oferecer mais.

— Eles não *têm* mais. Não têm uma casa cheia de antiguidades que possam vender para obter dinheiro. — Ele está falando mais rápido e ficando obviamente aborrecido. — Caroline parecia uma garotinha mimada. E daí que o pai dela perdeu o emprego em Wall Street? Existem coisas piores.

Pressiono os lábios por um momento.

— Alex. Você não sabe como é a vida dela.

— Você não sabe como era a *minha* vida.

— Que bom. Fico feliz. Eu não trocaria de lugar com você por nada. — Não sei por que estou reagindo assim; a atitude confrontadora de Alex está me deixando na defensiva.

Estamos perto da minha casa, perto do cais.

— Talvez você se surpreenda em saber, Liz — diz ele —, mas eu não trocaria de lugar com você também. Seria bom ser rico e ter tantos amigos... mas eu não aceitaria. Você pode ter tido tudo que queria do mundo material, mas parece que era uma pessoa muito infeliz. E todo seu dinheiro não lhe comprou outra vida, não é?

Olho para ele com raiva. É incrível como consigo ir rapidamente de curtir a companhia de Alex a desejar estar em qualquer lugar menos com ele. Sei que ele está zangado porque sugeri que os pais dele oferecessem uma recompensa maior, porque imaginei que seria fácil para eles, quando na verdade acho que a oferta deles já deixaria o orçamento apertado. Foi insensível, eu sei. Mas também acho que ele está exagerando. Foi um engano honesto.

Ele hesita.

— Olhe... sinto muito. Estamos nos dando tão bem.

— Eu também. — Faço uma pausa. Sei que ele tem razão quanto aos meus amigos, ou ao menos quanto a alguns deles. — Mas você não devia ter dito aquilo sobre Caroline. Ela é uma boa pessoa. Você sabe.

— Tudo bem. Você está certa. — Percebo que ele está tentando manter o tom gentil. — Ei. Veja quem está aqui.

Meu pai está sentado sozinho no convés do *Elizabeth*. Estamos no meio da tarde. Há uma quantidade razoável de pessoas na nossa cidade que é rica o bastante para não precisar trabalhar, então há muita gente na rua, curtindo o dia, relaxando nos barcos e fazendo o melhor que podem para fingir que não veem meu pai olhando para a água, com uma cerveja aberta na mão e um charuto aceso na boca. Mas meu pai deveria estar no trabalho; ele sempre estava no trabalho quando eu estava viva. Imagino que esteja bem perto de ter usado todos os dias de férias atrasadas agora. Mas, por outro lado, ele não vai fazer uma grande viagem para Disney World no futuro breve.

Nicole sai pela porta dos fundos de casa. Está com uma saia branca esvoaçante que chega aos tornozelos, um top amarelo que expõe a barriga (que está só um *pouquinho* flácida) e uma jaqueta leve. O cabelo longo está preso em um rabo de cavalo bagunçado que lhe cai pelas costas. A cada passo, as características bijuterias turquesa balançam em seus pulsos, tornozelos e pescoço. Ao descer a rua em direção ao cais, ela é o retrato da serenidade. *Meu Deus*, penso, *o que os vizinhos devem estar falando sobre minha família.*

Ela vai até o barco, senta-se ao lado do meu pai e apoia a cabeça no ombro dele. Por bastante tempo, eles ficam ali, juntos, sem falar, com o barco balançando de leve na água, meu pai olhando para o mar com atenção e mal reparando na presença de Nicole.

— Marshall — diz ela —, isso não é vida. Você não pode ficar aqui sentado dia após dia. — Ela esfrega a bochecha dele com as costas da mão. — Quando foi a última vez em que você se barbeou? Quando foi a última vez em que tomou banho? Eu acordo de manhã sozinha. Sinto sua falta. — Ela hesita. — Não importa o quanto você esteja infeliz, isso não vai trazê-la de volta. Sei que você está arrasado, querido, todos nós estamos. Mas somos uma família e deveríamos passar por isso juntos. Preciso de um marido. Josie precisa de um pai.

Ele não olha para ela. Quando fala, a voz mal se eleva acima de um tom de sussurro.

— Podíamos ter impedido isso. É o que todos estão dizendo. Se tivéssemos arrumado ajuda para Liz antes de ela ficar tão frágil ou se tivéssemos dito que ela não podia fazer a festa no barco...

— Você tentou, Marshall. Ela se recusou. Foi firme. Além de interná-la em um hospital contra a vontade dela, o que você podia ter feito?

— É *isso* que eu devia ter feito, Nicole. Eu devia tê-la internado. Mas não internei. Eu a abandonei. Não prestei atenção o bastante. Se eu não estivesse no trabalho o tempo todo, teria reparado que as coisas estavam ficando muito ruins. Se tivesse obrigado Liz a fazer terapia, talvez se eu mesmo tivesse levado minha filha às consultas...

— Se, se, se... Marshall, não existe *se*. Só tem o que *aconteceu*. Você não acha que sei o que as pessoas estão falando de nós? Acha que não lamento dia após dia o fato de não termos feito mais para ajudar Liz? Não tínhamos como prever o futuro. Ela passava o tempo todo com as amigas. Queria uma festa de aniversário. São adolescentes legais. Nós as conhecemos desde pequenas. Como poderíamos imaginar que uma coisa assim ia acontecer?

— Não devíamos deixar Josie ir ao baile com Richie. A ideia é péssima. Ele está em condicional, caramba. E era namorado de Liz. — Ele toma um grande gole de cerveja. — Sabe, estou surpreso de os Wilson deixarem que ele chegue perto de Josie. Meu Deus, eles nos odeiam tanto.

— Ele e Josie estão consolando um ao outro. Os dois perderam a melhor amiga. — Gentilmente, ela tira a cerveja da mão dele e a coloca de lado. — Você e eu sabemos como é isso. Quando você perdeu Lisa...

— Quando perdi Lisa e me casei com você, todo mundo na cidade concluiu que você e eu tínhamos um caso antes dela morrer. E Josie diz que ela e Richie estavam ficando quando Liz ainda estava viva. Você não entende o quanto isso é errado? Não consegue imaginar o que as pessoas estão dizendo?

Dói saber o quanto ele está certo. Todo mundo está falando disso. Todo mundo vem falando da minha família há anos.

Nicole só dá de ombros.

— A cidade é pequena. As pessoas falam. Quer se mudar daqui? Tirar Josie da escola no meio do último ano, ir para um lugar onde ninguém saiba nada sobre nós? Não podemos fazer isso com ela. Ela já passou por muita coisa.

Meu pai estica a mão para trás de Nicole e recupera sua cerveja. Depois, volta a se sentar.

— Você já pensou que é possível que alguém tenha feito alguma coisa a Liz naquela noite? Que a coisa toda com Richie... e agora ele e Josie?

— Conhecemos Richie desde bebê. Ele não agrediu Liz — diz Nicole com firmeza. — Se você começar a acreditar nisso, é igual a todo mundo nesta cidade.

— Talvez estejam certos.

— Não estão certos. — Nicole hesita e esfrega a pedra grande do colar, pensativa. — Marshall, sei que você não quer ouvir isso, mas tenho ido à Igreja Espiritualista mais do que você imagina. Tem pessoas lá com ligação com o outro lado. Conversei com eles sobre Liz.

— Você está certa. Não quero ouvir.

— Será que você pode ouvir? Por mim? — Nicole sorri. — Ela está em paz, Marshall. Está em um lugar melhor, agora. Em vez de ficar sentado aqui, dia após dia, imaginando sua filha na água, quero que você tente, apenas tente, imaginá-la em um lugar tranquilo, onde não há trevas nem tristeza. Imagine que ela não está mais correndo durante horas e fazendo tudo o que pode para ficar magra. Imagine que está com a mãe, que estão juntas, talvez olhando por nós. Tenho certeza de que iam querer que você fosse feliz. Acredito nisso de verdade.

Dou uma risada debochada.

— Não consigo acreditar que ela acredita nessa merda — digo a Alex.

Ele ri.

— Bem, como ela pode saber que não é assim?

— Eu sei, mas é tudo tão... *melodramático*. Como a ideia de eu e minha mãe estarmos juntas no céu. Nicole não podia estar mais distante da verdade.

Alex concorda.

— Mas você não espera que ela esteja certa um dia?

Não respondo. Já pensei nisso. Mas, agora, parece bom demais para ser possível.

Os olhos do meu pai estão vidrados e úmidos. Ele joga o charuto na água.

— Ela tinha acabado de fazer 18 anos. Era só um bebê. Era nosso dever protegê-la, mas nós falhamos. *Eu* falhei. Assim como falhei com Lisa. Prometi ficar ao lado dela na saúde e na doença, mas ela ficou doente e eu *a deixei morrer.*

— Como você podia tê-la ajudado? Você fez tudo o que podia. Levou-a a médicos. Tentou fazer com que comesse. Você a amava. Ficou com ela.

Ele olha com intensidade para Nicole.

— Você e eu estávamos passando bastante tempo juntos enquanto ela definhava.

Nicole pressiona os lábios. Eu espero, ansiosa para ouvir se ela vai dizer alguma coisa que confirme que ela e meu pai estavam tendo um caso antes de minha mãe morrer. Mas tudo que ela diz é:

— Marshall, eu também amava Lisa. — Ela fica de pé. — O universo funciona de maneiras misteriosas. Você não sabia que eu voltaria à sua vida depois de tantos anos separados. Nos tornamos amigos. O que aconteceu depois foi orgânico. Foi natural. Você acha que, se eu pudesse voltar no tempo e mudar o modo como as coisas aconteceram, eu não preferiria Lisa viva, saudável e casada com você, mesmo significando que você e eu jamais ficaríamos juntos?

Meu pai não responde e limpa os olhos com a mão gorducha. Toma um último gole de cerveja, virando a garrafa até ficar vazia.

— Foda-se o universo — diz ele, ficando de pé. Ele vai para dentro do barco, provavelmente para pegar outra cerveja. — E não quero ouvir mais uma palavra sobre essa igreja, entendeu? Nem uma maldita palavra.

Vinte

É a noite do baile, no primeiro fim de semana de novembro. Como era de se esperar, apesar das circunstâncias, meus amigos juntaram dinheiro para ir de limusine. Lá estão Mera e Topher, é claro. O vestido vermelho de Mera é *exatamente* da mesma cor da gravata de Topher, e seus brincos são idênticos às abotoaduras dele. Caroline conseguiu a companhia do irritante porém razoavelmente popular Chad Shubuck, o mesmo Chad que deu o memorável peido durante o momento de silêncio por Alex na escola. E lá estão também Richie e Josie. O motorista da limusine os pega por último. Não há comemoração no jardim em frente à minha casa como nos anos anteriores; não há pais tirando fotos do grupo sorridente, não há mães ajeitando flores nas lapelas nem ajeitando alças de vestido. Em vez disso, Josie e Richie saem separadamente de suas casas e andam apressados até a limusine, onde o motorista os espera com a porta aberta.

Os pais de Richie observam por trás da porta quando ele entra, mantendo distância, mas prestando atenção. Desde a prisão e a sentença de condicional do filho, eles passam bem mais tempo em casa, o que definitivamente não é uma coisa ruim.

— Os pais dele estão falando — diz Alex, enquanto esperamos que todos se ajeitem na limusine. — O que estão dizendo?

Eu pisco; de repente, estou de pé ao lado da mãe de Richie.

— Juro pelo túmulo de Lisa Valchar, que ela descanse em paz, que, depois desta noite, nunca mais quero meu filho perto de Josie — diz a mãe de Richie para o pai.

— Ele gosta dela — responde o pai de Richie. — O Dr. Andrews disse que é importante que ele mantenha amizades.

O Dr. Andrews é o psicólogo de Richie. O mesmo que compra maconha dele com regularidade. Agora que Richie está em condicional e, presumidamente, não está vendendo drogas, eu me pergunto se o bom doutor vai aumentar o preço da consulta.

— Não ligo de ele gostar dela. — A Sra. Wilson treme. — Se tivermos sorte, eles vão se mudar em breve. Não sei como ainda podem morar naquela casa depois de tudo que aconteceu. Ela deve estar cheia de espíritos enraivecidos. Não consigo acreditar que essas pessoas têm coragem de dar as caras na cidade.

— Tudo bem. Entendi. Já chega. — O pai de Richie faz uma pausa. — O que você quer para o jantar? Sushi?

Dentro da limusine, meus amigos passam uma garrafa de gim de pêssego que Chad tirou do bolso interno do paletó.

— Ei, Richie — diz Chad, dando um grande gole na garrafa e fazendo uma careta ao sentir o álcool queimar a garganta —, tem erva aí?

— Estou em condicional. — Richie balança a cabeça. — Parei com isso. — Ele dá um sorriso amargo. — Estou mais limpo do que sabonete, agora.

— Pare com isso. — Chad franze a testa. — Não tem nada? Nem um baseado?

Richie sempre é um cara legal, difícil de aborrecer, e costuma ser muito tolerante com os atletas da escola, mas sei que não suporta Chad.

— Nada significa "nada" — esclarece ele, pronunciando as palavras como se Chad fosse idiota, o que ele é mesmo —, nem aspirina.
— Mas, quando a garrafa de gim chega a Richie, ele toma um gole com apenas uma pequena hesitação.

Todas as minhas amigas estão lindas. Josie está com um vestido cor-de-rosa tomara que caia e com o cabelo preso em um coque sem graça que levou três horas para ser feito no salão. Ela e Richie estão sentados um ao lado do outro, mas não estão de mãos dadas nem dão demonstrações de afeto. Tenho certeza de que meu namorado está sem jeito por estar com minha irmã postiça, mas, como todo mundo vive dizendo, parece que ela o consola.

Mera está, como sempre, lindíssima com os seios fartos exibidos em um vestido decotado vermelho. Parece uma Jessica Rabbit loura. Ela apoia a cabeça no ombro de Topher, e seus dedos estão entrelaçados em sinal de solidariedade casual. Eu me lembro como era estar assim com alguém, com Richie. Era tão fácil, tão reconfortante ter um companheiro em todos os momentos.

Caroline está usando um vestido longuete preto e prateado que tem aparência de *caro*.

— Onde você comprou? — pergunta Josie, com o tecido entre os dedos. — É sedoso. — Seus olhos brilham de admiração. — Bonito.

— Em uma butique. — Caroline parece intencionalmente evasiva.

Josie ergue uma sobrancelha perfeitamente depilada.

— Como está seu pai? Já arrumou emprego? Esse vestido não pode ter sido barato.

— Meu pai está ótimo. — Caroline afasta a mão de Josie. — E o vestido custou quatrocentos dólares.

Alex, espalhado como um rei no banco de trás da limusine e incrivelmente deslocado com a camiseta suja do Mystic Market e jeans, diz:

— Quatrocentos dólares. Imagino onde ela conseguiu esse dinheiro.

Olho para o vestido, para a expressão instável de Caroline, para a autoconfiança vulnerável. Talvez ela planejasse usar o dinheiro que roubou de mim para ajudar a família, mas não me surpreenderia nem um pouco se o guardasse para comprar um vestido novo. Que outra opção ela teria? Ela não poderia ir ao shopping comprar um vestido em uma loja de departamentos. Eu sei que minhas amigas *não* compram vestidos de baile no *shopping*.

Eu adorava os bailes da escola. Adorava tudo neles: sair para comprar o vestido certo semanas antes; o modo como eu passava o dia inteiro me aprontando, desde o cabelo até a maquiagem; posar para fotos com Richie em frente a um cenário brega enquanto um fotógrafo profissional nos dizia que formávamos um casal lindo; tudo isso era mágico.

Esta noite, o ginásio da escola foi transformado em uma explosão de purpurina, balões e papel crepom. Uma enorme discoball está pendurada no teto e gira lentamente para criar sombras na multidão de alunos. Há uma mesa comprida cheia de biscoitos, sanduichinhos e ponche. Não há sinal de morte nem de tristeza em nenhum lugar. Há alegria. Tudo está normal. É a escola de ensino médio do jeito que deveria ser.

Quando saem da limusine, meus amigos já acabaram com a garrafa de gim e estão todos alegres.

— Quero dançar — diz Mera para Topher, puxando a manga dele. — Vamos.

— Ei, Richie — diz Chad. Seu braço está em volta de Caroline, que parece pouco à vontade apesar de estar muito bonita. — Não danço muito bem. E você?

— Hã? — Richie mal parece perceber que Josie está de pé ao seu lado, segurando sua mão. Ele avalia a multidão, procurando... o quê? Não faço ideia.

— Falei que nunca dancei muito bem. Sempre achei que dançar era coisa de boiola. — Chad dá uma cotovelada em Caroline. — Esse cara se diz traficante, mas não traz erva. Dá para acreditar?

Caroline olha para a pista de dança lotada. Ela e eu fizemos vários tipos de aulas juntas quando crianças: balé, sapateado, jazz, ginástica olímpica. Ela é *líder de torcida*; é claro que quer dançar.

— Meu tio favorito é gay — diz ela —, e ele também não gosta de dançar. — Ela olha para Chad. — Não gosto dessa palavra. *Boiola*. Não a use, tá?

Chad olha para ela sem entender.

— O que você está dizendo? Está dizendo que quer mesmo que eu dance com você? Que vá lá sacudir a bunda? — Ele dá de ombros. — Tudo bem. Se vai fazer você relaxar...

Assim, ficam apenas Richie e Josie, sozinhos perto das arquibancadas, com Richie ainda olhando para tudo, distraído.

— Qual é o problema? — Josie o cutuca. Ela parece querer se enroscar nele, para mostrar para todo mundo que ele está com *ela* agora.

Ele sabe o que ela quer. Olha para os dedos entrelaçados, olha para o resto do salão e pergunta:

— Você acha que as pessoas estão falando de nós?

— O que você quer dizer? Porque estamos juntos?

— É.

— Talvez. — Ela dá um pequeno passo para mais perto dele. Seus umbigos quase se tocam. Ela fica na ponta dos pés e sussurra no ouvido dele: — Que falem, Richie. Somos um bom par. Você me faz feliz. — Ela se afasta um pouco e franze a testa para ele. — Não faço você feliz?

— Faz. — Mas não há convicção na voz dele. Ele dá um longo suspiro e olha para o teto. — Eu não devia ter bebido. Posso ficar encrencado.

— Quer relaxar? — Ela ri. — Desde quando está preocupado com encrencas? Fique comigo. Ninguém vai saber de nada. Vamos dançar.

Ele balança a cabeça.

— Hã-hã. Não gosto de dançar. Não danço bem.

— Ah, pare com isso. Você precisa relaxar. Se divertir. — Ela faz uma pausa. — Liz ia querer que você se divertisse. Ia querer que você fosse feliz, Richie.

Estou começando a ficar muito irritada com todo mundo falando sobre o que eu ia querer. Como sabem? Josie está errada; quero que Richie seja feliz, mas não com ela. Neste momento, mais do que nunca, não consigo *suportar* vê-los juntos.

Mas por que eles não deveriam ser felizes? Ela é minha irmã. Eu a amo. E, se eles gostam um do outro, por que me incomoda tanto?

— Nunca dancei com Liz. — Richie faz uma pausa. — Bem, só às vezes. Nas músicas lentas.

— É verdade? — Alex está meio afastado desde que chegamos aqui; ele parece quase paralisado por causa da multidão, embora obviamente ninguém possa vê-lo.

Eu sorrio.

— É, é verdade. Ele não dançava música rápida. Ele jamais admitiria, mas eu sabia que tinha muita vergonha. — Fecho os olhos. — Mas ele dançava música lenta. Era ótimo dançarino de música lenta. — Quase consigo sentir as mãos dele na minha cintura. Eu me lembro da sensação de apoiar o queixo no ombro dele. Tivemos tantos momentos assim juntos, desde nosso primeiro baile, no sétimo ano: bailes de volta às aulas, de inverno, de primavera, de Sadie Hawkins[2], de formatura.

Agora ele está aqui com minha irmã postiça, e ela o está puxando em direção à pista de dança.

---

[2] Tipo de baile em que as meninas convidam os meninos. (*N. da T.*)

— Vamos! Adoro essa música.

— Vá dançar com Caroline. Ela parece precisar de uma amiga.

— É verdade; Chad parece um polvo, botando as mãos em várias partes do corpo dela no meio da pista de dança. Uma das mãos dele está *bem abaixo* da linha da cintura e ele está esfregando os quadris no corpo dela. Ela parece constrangida e claramente embriagada, tentando manter o equilíbrio e simultaneamente impedir que ele enfie a língua em sua boca.

— Tudo bem — diz Josie, contrariada. — Mas volto para buscar você.

Richie vai até a mesa de comidas e bebidas, pega um prato cheio de biscoitos e um copo de ponche e se senta sozinho em uma das arquibancadas.

Alex e eu nos sentamos a alguns metros dele, observando a multidão sem dizer muito.

— Sei que você não... hum, que não pôde ir ao baile de formatura do ano passado — digo por fim —, mas e os outros bailes? Com quem você ia? Já teve namorada? — Assim que as palavras saem da minha boca, eu me lembro da lembrança de Alex no Mystic Market e da mentira que contou sobre ter namorada. Ainda não entendo por que ele fez aquilo. Eu jamais tocaria nesse assunto, mas me pergunto se ele está pensando na mesma coisa.

Se está, não demonstra. Alex balança a cabeça.

— É o primeiro baile a que vou. — Ele dá um sorriso tímido. — Ironicamente, vim com alguém que é areia demais para o meu caminhãozinho.

— Você quer dizer que nunca... nem *um* bailezinho sequer? Nem no ensino fundamental nem nada?

— Não. — Ele olha para os alunos. — Mesmo se eu quisesse, não poderia. Meus pais. Você sabe. Por causa da religião e tal.

— Mas você é católico. Católicos podem dançar.

— Liz, acho que você não entende. Meus pais são *super*-religiosos. Eu não podia ir a bailes nem sair com garotas... nada assim. Minha mãe achou uma *Playboy* no meu quarto uma vez. Sabe o que ela fez?

— Ah, por favor, me conte.

Ele não quer ou não consegue olhar para mim.

— Ela arrancou algumas páginas. As piores. Você sabe, a *Playboy* tem fotos de mulheres que estão...

— Alex, já vi a *Playboy*.

— Certo, então você sabe como é. Pois então, ela arrancou algumas das fotos e prendeu na geladeira. Você já foi à minha casa. Sabe que não temos sala de jantar. A mesa fica na cozinha. Então, naquela noite, enquanto estávamos jantando, eu tive que ficar lá com meus pais e olhar para aquelas fotos com eles. Minha mãe disse: "Se não tem nada de errado com o que você está olhando, então não devia ter vergonha de colocarmos assim, para todo mundo ver."

Meu queixo cai.

— Isso é horrível. Quero dizer, a *Playboy* é bem ruim, mas... Meu Deus, Alex. Isso que é repressão.

Ele concorda.

— Eu sei. E quer saber a parte mais nojenta?

— Ah, fica pior? Fabuloso.

— Sabe a *Playboy*? Encontrei na cômoda do meu pai. Ele nunca assumiu que era dele. Agiu como se estivesse chocado.

Não sei o que dizer. Quase não consigo imaginar algo que seja mais humilhante. Olho para meus colegas de escola: para Richie sozinho, tomando ponche e olhando para os sapatos marrons, para Caroline e Josie balançando as mãos no ar e sacudindo os quadris com a indiferença das garotas bonitas e populares, para Topher e Mera dançando de rosto colado, embora a música seja rápida. Será que algum deles está pensando em mim hoje? Richie está, tenho certeza. Ele parece querer estar em qualquer outro lugar. Mas, se eu ainda estivesse viva, será que ainda estaríamos juntos, sabendo o que fiz com Vince?

— Acho que todo mundo tem seus segredos — digo.

— É. — Alex estreita os olhos para me observar na escuridão. — Acho que sim.

A música muda; o DJ começa a tocar uma lenta. Quase sem pensar, pego Alex pela mão.

— Venha — digo. — Fique de pé.

Ele faz uma careta quando toco nele.

— O quê? Por quê?

— Porque sim. — Dou um sorriso. — Estamos no baile. Juntos. E quero dançar com você.

Ele balança a cabeça.

— Liz, não. Não posso. Eu nunca...

— Você pode e vai. Alex Berg, Elizabeth Valchar quer dançar com você. Levante-se e mostre a ela como é se divertir.

Ainda segurando a mão dele, eu o levo até o meio da pista de dança.

— Coloque as mãos na minha cintura — digo, posicionando os braços dele —, assim.

— Liz...

— Nada de discussão. — Passo os braços pelo pescoço dele. — É fácil — sussurro. — Apenas... balance.

Meus amigos estão em volta de nós. Josie arrastou Richie para a pista, e eles estão a poucos metros de nós.

— Está vendo? — Minha boca está próxima do ouvido dele. — Não tem segredo.

Alex fica muito tenso no começo. Mas, depois de algum tempo, sinto que relaxa um pouco. É tranquilo. A sensação é de que estamos fazendo a coisa certa, é gostoso e é muito ridículo que, em vida, eu jamais consideraria compartilhar o espaço da pista de dança com alguém como ele.

Ele pisa no meu pé.

— Me desculpe. Não sou bom nisso.

— Você está indo bem. Confie em mim, seria bem pior se eu estivesse usando sapatos *peep-toe*.

Tento não fazer uma careta. Não quero que ele saiba o quanto realmente dói.

Acima de nós, a bola de espelho gira e lança sombras no salão todo. Apoio minha cabeça no ombro de Alex e fecho os olhos, mas antes reparo em Mera e Topher sozinhos em um canto, mal se mexendo, se abraçando com força. Topher beija a testa de Mera. Ela sorri para ele. Fico feliz por eles.

— Minha mãe estaria rezando pela minha alma se pudesse me ver aqui — murmura Alex.

Dou um sorriso.

— Como está sua alma agora?

— Está bem. — Ele me puxa para mais perto. — Está muito bem, na verdade.

A música não se estende o bastante. Ela termina e é seguida quase imediatamente por um rufar de tambores eletrônico. Nossa diretora, Dra. Harville, sobe na plataforma na frente do salão. Assim que os alunos reparam nela, começam a gritar.

— O que está acontecendo? — pergunta Alex.

Dou um sorriso.

— Estamos no baile. É hora de coroar a rainha.

Noank High não tem rei do baile. Sempre tem só uma rainha, selecionada todos os anos dentre o grupo de garotas do último ano. No começo de outubro, há um processo de votação em que todos os alunos do último ano escolhem quem vai concorrer. Todos os anos, elegem dez garotas. No baile de volta às aulas, todas as que estão concorrendo pegam uma rosa em uma pilha de flores dentro de caixas. Dessas dez, só uma das rosas é vermelha; as outras são brancas. Quem pegar a rosa vermelha fica com a coroa.

A ideia do sorteio de uma rosa aleatória serve para evitar a ideia de a coroação não passar de um concurso de popularidade. Mas, quando pensamos bem, não passa de um concurso de popularidade mesmo assim, só que todo mundo vota nas dez mais populares. Nos anos anteriores, sei que a lista de garotas foi extraoficialmente organizada pelos garotos do último ano em um ranking de melhor rosto, melhor bunda, melhor qualquer coisa. O que se pode fazer? É o ensino médio.

Em um vestido longuete preto de alças e sapatos altos que fazem com que não pareça *nada* uma diretora de escola, a Dra. Harville pega o microfone com o DJ.

— Boa noite, senhoras e senhores — diz ela, sorrindo para a multidão. — Acho que todos sabemos o que vai acontecer agora. As senhoritas que estão concorrendo podem subir ao palco, por favor?

Não fico surpresa em ver que todas as minhas melhores amigas, Caroline, Mera e Josie, estão no grupo. Tem também Grace Harvey, Kelly Zisman, Alexis Fatalsky, Anna e Mary Stevens (que são gêmeas), Julia Wells e... acabou.

— Só tem nove — diz Alex. — Quem é a número dez?

— Como todos sabemos, nossa comunidade perdeu uma pessoa muito especial este ano — diz a Dra. Harville, com o tom de voz solene. — Como diretora, fiquei extremamente emocionada quando vi o nome de Elizabeth Valchar escrito em tantos votos que ficou claro para mim que precisávamos incluí-la no grupo deste ano, mesmo ela não podendo estar conosco esta noite.

Os alunos fazem silêncio. As garotas no palco abaixam as cabeças, de mãos dadas, já com ar de derrotadas. Não é preciso ser um gênio para entender o que vai acontecer agora. Percebo que não há rosas no palco; não vai haver processo de seleção este ano.

— Depois de muita reflexão, como ficou bastante claro o que a perda de Elizabeth significou para o corpo discente, o corpo docente e eu decidimos homenageá-la postumamente, elegendo-a rainha do baile.

Todo mundo aplaude. As outras integrantes do grupo de candidatas aplaudem com educação, embora eu tenha certeza de que vão reclamar muito depois do quanto a homenagem foi injusta. Nem mesmo Josie parece emocionada pelo que aconteceu; ela está com um sorriso rígido no rosto, mas os olhos estão endurecidos como pedra, e ela olha diretamente para a frente. Acho que não a culpo. Independentemente do quanto eu podia ser especial, tenho certeza de que todas as garotas no palco queriam ser rainhas, principalmente Josie.

Mas elas não são rainhas. Eu sou. E estou aqui.

— Venha — digo a Alex, segurando a mão dele de novo. Desta vez, ele não se afasta.

— Por quê? — Ele me segue pelo meio da multidão. — Você está brincando?

— Não, não estou brincando. — Eu o puxo para o palco. Ficamos de pé atrás da Dra. Harville juntos, olhando para o mar de alunos.

— Sou a rainha — digo, ainda segurando a mão dele, apreciando o longo momento de aplausos. — E vou coroar você rei.

Depois da cerimônia, ainda tem mais uma hora de baile. Depois que sai do palco, Caroline consegue fugir de Chad no meio da multidão. Ele a procura por um tempo, depois desiste, pega um prato de biscoitos e se senta na arquibancada para olhar as garotas de vestidos apertados.

Caroline encontra Richie no corredor do lado de fora do ginásio. Ele está sozinho, sentado no chão ao lado de uma máquina de refrigerantes, com as costas contra a parede e a cabeça abaixada.

— Ei, você — diz Caroline, empurrando o pé dele. — Alegre-se. É um baile, não um enterro.

— Podia muito bem ser — diz ele, olhando para ela. — Mas eu sabia que ia acontecer. Quando eu soube que Liz recebeu votos, soube que o corpo docente ia fazer uma coisa assim. — Ele dá um meio sorriso. — Se ela estiver por perto, tenho certeza de que estará no sétimo céu. Só Liz para ser eleita rainha do baile depois de morta, né?

— Aham. — Caroline tira os sapatos, e seus pés estão inchados e vermelhos. — Estes saltos estão me matando. — Ela desce até o chão ao lado de Richie. — Você não tem ideia do que as garotas têm que passar para ficarem bonitas, Richie. Eu devia ter ficado em casa. Chad é um idiota.

— Eu podia ter falado isso.

— Eu sei. — Ela dá um sorriso de lado para meu namorado. — Você está bem? Deve ser difícil ser preso.

Richie não diz nada, nem quando Caroline apoia a cabeça no ombro dele. É um gesto doce e inocente que não me faz sentir ciúme algum.

— Não acredito que você tinha uma arma, Richie — diz ela. — Ia mesmo matar alguém? Aquele cara que você acha que tinha um caso com Liz?

— Vince — murmura ele.

— Certo. — Ela mexe os dedos dos pés e olha para o esmalte cor-de-rosa transparente. — Vince.

Richie olha para o teto.

— Eu não teria usado a arma. Eu queria, mas não conseguiria ir até o final. Mas serei honesto, Caroline. Eu gostava de ter a arma. De poder segurá-la, de *imaginar* fazer alguma coisa com ela. Me fazia sentir... não sei, como se eu finalmente estivesse no controle das coisas, para variar. Tudo anda tão louco ultimamente.

— Eu sei — diz ela. — Anda mesmo. — Em seguida, pergunta: — Você estava com aqueles comprimidos quando o policial pegou você?

— Os comprimidos que você me deu para vender? Estava. Agora eles são prova. — Ele faz uma pausa. — Sinto muito.

— Tudo bem. Mas o dinheiro teria sido útil. — Ela está mascando chiclete. Faz bolas com nervosismo, e cada estalo rompe o silêncio arrepiante do corredor.

— De quanto você precisa? — Ele começa a mexer na flor da lapela. Primeiro, tira a rosa vermelha do paletó e depois começa a arrancar as pétalas, uma de cada vez, deixando-as cair no chão.

— Por quê? — Ela dá um meio sorriso. — Quer me emprestar dinheiro?

— Eu emprestaria se pudesse.

— Roubei os comprimidos do banheiro de Liz, Richie. — Ela faz uma pausa. — Isso não é tudo. Também roubei dinheiro dela.

Meu namorado solta a flor. Ela cai no meio do amontoado de pétalas entre as pernas dele.

— Você fez o quê?

— Roubei dinheiro dela. Estava no banheiro com os comprimidos. — Caroline fecha os olhos enquanto continua a fazer sua confissão. — Quinhentos dólares. Você sabe o que ela estava fazendo com tanto dinheiro?

Richie coça a cabeça. Não consigo evitar um sorriso pelo fato de ele não ter feito praticamente nada no cabelo; continua a mesma confusão de cachos que ele usa normalmente, só que hoje parece que ele gastou um minuto passando um pente neles.

— Não tenho ideia — diz ele e deixa a cabeça pender de novo. — Mas ela estava guardando muitos segredos. De mim. De todo mundo.

— É mesmo. — concorda Caroline. — Ela estava diferente havia um tempo. — Ela morde o lábio. Percebo que está pensando muito em alguma coisa. — Ei, Richie? Você se lembra da festa que dei ano passado, quando meus pais estavam viajando?

Ele balança a cabeça lentamente.

— Talvez. Qual? Você dá muitas festas... Todas começam a se misturar depois de um tempo.

— É — concorda Caroline. — Eu sei. Mas essa... Ah, deixa pra lá. — Ela balança a cabeça. — Não importa mais. Esqueça que toquei no assunto, tá?

— Tá — concorda Richie, sem muito interesse. — Claro.

Caroline fica de pé, ajeita o vestido e olha os sapatos com hesitação, que ainda estão no chão.

— Richie, ela não era uma pessoa ruim. Todo mundo sabe sobre ela e aquele outro cara, mas acho que deve ter alguma explicação. Você não acha?

Ele olha para Caroline e balança a cabeça.

— Não sei. Já pensei nisso mil vezes.

— Você começou mesmo a sair com Josie antes de Liz morrer?

Richie dá de ombros.

— Mais ou menos. Não exatamente. Foi Josie quem me contou sobre Vince. Ela achava que eu tinha o direito de saber. Estava cuidando de mim. Acho que fiquei tão furioso com Liz, e Josie estava por perto... e agora, estamos juntos, eu acho. Ela me faz lembrar de Liz, sabe? São irmãs. Às vezes, se eu fingir muito, é quase como estar com Liz.

Caroline faz uma bola pequena de chiclete, estoura e fica com tiras de chiclete cor-de-rosa nos lábios.

— Acho que faz sentido.

Ele sorri.

— Deixa meus pais enlouquecidos. Minha mãe *odeia* Nicole. Ela a chama de destruidora de lares, e acho que ela meio que é mesmo. Mas isso é passado. Não foi culpa de Josie. — Ele olha de novo para Caroline. — Não é terrível, é? Eu estar com Josie? A sensação é boa. Josie é legal. É quase natural.

Caroline se inclina, pega os sapatos no chão e os carrega pendurados na mão. Não responde a pergunta de Richie sobre Josie.

— É só boato que elas são irmãs. Ninguém tem certeza. E você sabe que Liz não achava que era verdade.

— Meus pais acreditam. E Josie e o Sr. Valchar realmente se parecem.

Caroline se afasta em passos lentos.

— Vejo você lá dentro, tá? O baile está quase acabando. Tenho certeza de que Josie está procurando você. — Ela faz uma pausa. — E, Richie? Os pais não sabem de tudo.

Ele suspira fundo.

— E não é que isso é verdade? — murmura ele.

Vejo minha amiga andar em direção às portas duplas do ginásio. Ela e Richie ainda estão sozinhos no corredor. Antes de abrir a porta, Caroline para e olha por cima do ombro para meu namorado. Ele está juntando as pétalas da rosa despedaçada na mão.

— Ei — diz Caroline —, posso perguntar uma coisa?

— Claro. — Richie parece não pretender ficar de pé para voltar ao baile. Ele abre e fecha a mão em volta das pétalas e observa enquanto murcham no calor da pele.

— Quando você votou nas candidatas a rainha, escreveu o nome de Liz?

Ele encosta a cabeça na parede. Fecha os olhos. Por um segundo, quase penso que vai chorar.

Mas ele não chora. Em vez disso, mantém os olhos fechados. Inclina a cabeça em direção ao teto. Sorri. Sei que está pensando em mim.

— Sim — diz ele. — Escrevi.

A mão de Caroline está na porta. Ela a abre alguns centímetros. O barulho do ginásio chega ao corredor, uma cacofonia de vozes adolescentes e uma música alta do Black Eyed Peas, com a acústica ruim do salão fazendo tudo parecer meio confuso.

— Eu também — admite ela.

Richie abre os olhos. Olha para Caroline. Os dois estão quase sorrindo um para o outro.

— Ela era linda — diz meu namorado. — Não era?

Caroline continua sorrindo. Mas não diz nada. Ela se abaixa e calça os sapatos. Fica de pé na passagem vazia, visivelmente ajustando a postura, alisando o vestido, ajeitando o penteado para que tudo fique no lugar. Em seguida, entra no baile, deixando Richie sozinho no corredor.

Só então, quando não tem ninguém por perto, ele se permite chorar. Não emite som nenhum.

Quando o baile termina, meus amigos vão até a limusine que está esperando lá fora. Assim que o motorista os vê, rapidamente enfia uma garrafa de bebida (mal escondida em um saco de papel) no bolso do casaco.

— Muito beeeem — diz Chad, sorrindo. — Andou se divertindo enquanto nos esperava?

O motorista se apoia na limusine e cruza os braços.

— O que mais posso fazer? — Ele dá uma risada zombeteira. — Ler a porra de um livro?

— Estamos prontos para ir — diz Caroline. Ela tirou de novo os sapatos e os entregou para que Chad segurasse. — Consegue nos levar a uma festa sem bater o carro?

— Vocês querem ir a uma festa? — O motorista olha para o relógio. — Já são onze horas. Vocês só pagaram até a meia-noite.

— Pagamos um pouco mais — diz Topher. — Não é problema.

— Espere. — Josie segura no braço de Richie. — Não vou entrar nessa limusine se ele andou bebendo.

Richie parece entediado e cansado, com o efeito da bebida já tendo passado.

— São uns 3 quilômetros até a casa de Chad — diz ele. Concluo que a festa vai ser lá. — Não é nada demais. Vamos ficar bem.

Josie balança a cabeça.

— Não. Eu não vou. Prefiro ir andando a entrar em um carro com ele.

— Josie, você está exagerando. — Topher acende um cigarro, nem um pouco incomodado pelo fato de que há professores e funcionários da escola no estacionamento. — Ele vai devagar. Não vai acontecer nada.

— Vai demorar um século se formos andando — diz Richie. — Além do mais, você está de salto. Vamos, Josie. Entre no carro.

— Não! — Ela se afasta do grupo e olha em volta pelo estacionamento, que está cheio de alunos se aprontando para ir embora, a maioria provavelmente indo para festas. — Vou pegar carona com outra pessoa. Não ligo. Não vou entrar em um carro com ele dirigindo. Richie, por favor. Fique comigo.

Caroline olha para ela.

— Até parece que você nunca andou de carro com um motorista bêbado, Josie.

— Ei, ei, ei — interrompe o motorista. — Vamos esclarecer uma coisa. Não estou *bêbado*. Estou *alto*. Tomei uns golinhos para não morrer de tédio aqui fora. Este não é o melhor trabalho do mundo, garotos. — Mas as palavras dele se arrastam durante o protesto, o que parece deixar Josie ainda mais determinada a não chegar perto da limusine.

Ela olha para Richie. Quando fala, a voz está firme.

— Você vai ficar? Estou vendo Shannon e James logo ali. — Ela aponta para o outro lado do estacionamento. — Eles vão nos dar carona até a casa de Chad. Tenho certeza.

Richie olha para a limusine e para Josie. Ele parece intrigado pela recusa inflexível dela em entrar no carro. Todos estão.

Por fim, ele dá de ombros.

— Tudo bem. Vamos pedir a Shannon.

Alex e eu observamos meus amigos entrarem na limusine e irem embora. Observamos Josie e Richie sentarem no banco de trás do carro de Shannon. Ficamos de pé juntos na noite fria enquanto o estacionamento se esvazia, depois da festa terminada, até estarmos sozinhos no lado de fora da escola. As luzes agora estão acesas no ginásio, as portas duplas de metal que levam para o exterior estão escancaradas, e vejo o zelador da escola começando a arrumar a bagunça da noite.

Olho para Alex.

— E aí? O que você quer fazer? Podíamos ir para a festa e ver todo mundo encher a cara.

Ele não sorri.

— Não. Tenho outra ideia.

— Que ideia? — A temperatura deve ter caído vinte graus desde o começo da noite. Estou congelando.

— Tem um lugar aonde quero levar você.

— Tudo bem — digo, sorrindo. — Vamos.

Mas ele fica ali de pé, olhando para mim. O olhar dele é tão fixo e permanece tanto tempo que começo a me sentir desconfortável e meu sorriso desaparece.

— Alex, o que é? Por que você está me olhando assim?

— Só quero que você saiba — diz ele — que me diverti muito com você.

— Obrigada. — Dou outro sorriso hesitante. — Você é um bom dançarino.

Ele balança a cabeça.

— Eu não estava falando só de hoje. Estava falando de tudo. Tudo isso. — Ele engole em seco. — E tem outra coisa que quero dizer para você. É sobre a lembrança que vimos juntos, quando eu estava no trabalho.

Não consigo acreditar que ele tocou nesse assunto.

— O quê? — pergunto.

— Tenho pensado muito nela — diz ele — e acho que cometi um erro. Eu não devia ter dito aquelas coisas para Chelsea. Eu devia ter saído com ela. Mas é que... não consegui. Estava com medo. — De repente, ele parece sem jeito e abaixa a cabeça. — Estou sendo bobo. Me desculpe.

— Você não está sendo bobo. Acho que está certo quanto a Chelsea. Você provavelmente teria se divertido. — Faço uma pausa. — Seja como for, estou feliz por termos nos divertido juntos. Você merece. — Olho para o céu. A noite está sem nuvens e as estrelas brilham intensamente. A lua está quase cheia. — Para onde vamos?

— Você vai saber quando chegarmos lá. — Ele coloca a mão no meu braço. — Pronta?

Fecho os olhos. Quando os abro, tenho uma sensação imediata de desorientação. Estou cercada de terra, em um bosque em algum lugar.

— Alex? — Não consigo mais sentir a mão dele nem o vejo mais. — Onde estamos? — Começo a me sentir enjoada.

Quando ele fala, o som da voz está longe.

— Que ro que você encontre uma lembrança — diz ele. — O que vier à sua cabeça. Apenas feche os olhos e a receba.

— Onde estamos?

— Foi aqui que morri.

A sensação é de frieza e desolamento. A terra em volta é úmida e cheia de folhas mortas e gravetos quebrados. Os galhos das árvores são baixos. Tenho uma sensação horrível. Tenho medo do que posso ver.

— Feche os olhos — diz ele, ainda parecendo distante. — Estarei bem aqui, Liz. Vou esperar por você. Vá.

Vinte e um

Estou sozinha na lembrança. Alex não está por perto. Imediatamente percebo que estou com aparência diferente. Estou mais nova, claro, mas isso não é tudo: estou pelo menos 7 quilos mais pesada do que nas semanas antes da minha morte. Meu longo cabelo louro está cheio de vida e volume. Minhas bochechas estão rosadas.

E estou bêbada. Estou de pé no saguão da casa de Caroline com a palma da mão contra a testa, olhando para o teto. Quando sigo meu olhar, vejo que estou olhando para um enorme e reluzente candelabro de cristal. Meus olhos estão apertados; estou tentando me concentrar na luz apesar do caos em volta. A casa está cheia de corpos em movimento, adolescentes dançando e esbarrando uns nos outros, todos segurando grandes copos vermelhos de plástico com seus nomes escritos com tinta preta.

— Oh, Deus — digo, balançando de leve enquanto seguro o copo de um jeito tão torto que está quase derramando.

Ninguém consegue me ouvir; ninguém repara que estou perturbada. "40 Ounces to Freedom", de Sublime, toca nos alto-falantes da sala, e o som ocupa todo o andar de baixo. A música, que é um rock animado, é um contraste enorme com a casa suntuosa de Caroline. As paredes do saguão são forradas de papel de parede com estampa de hera verde-escura. O piso é de madeira escura e está coberto de tapetes orientais que são antiguidades. Na parede ao lado da porta de entrada, há um chafariz, um anjo de pedra observando silenciosamente os acontecimentos da festa, com água caindo em uma piscina em volta dos pés descalços e delicados dela.

— Aí está você! Liz, procurei em todos os lugares... Ah, não. Qual é o problema?

É Josie. Minha irmã postiça está bem alegrinha ao segurar o copo e olhar para mim com olhos arregalados e curiosos, vidrados como os de alguém sob influência de alguma substância.

— Não sei. Estou enjoada — digo a ela, dando um passo para a esquerda, em direção à sala de jantar. Temos que gritar para ouvir uma a outra.

— Liz, a sala está girando? Escolha alguma coisa para ser seu foco. Não feche os olhos.

Ela está tentando ajudar, mas faço um sinal irritado para que se afaste ao dar outro passo.

— A casa toda está girando — grito.

— O quê? — grita ela em resposta.

— Eu disse que a casa toda... deixa pra lá.

— Para onde você vai? — Josie está logo atrás de mim, com a mão na minha cintura. — Está com vontade de vomitar?

Faço que sim com a cabeça. Está bem mais tranquilo na sala de jantar. Há um alívio óbvio na minha expressão quando nossos ambientes mudam e se tornam bem mais calmos.

— Vá para o banheiro. — Ela aponta. — No fim do corredor.

— Sei onde é o banheiro — digo, apoiando as mãos nos joelhos. Meu copo vira de lado e derramo espuma de cerveja no tapete oriental. — Por que é tão longe? Onde está Richie? Josie, você pode ir...

Estou usando saltos de dez centímetros que tornam quase impossível que eu ande reto. Dou outro passo cambaleante e vomito com toda *força* no tapete.

— Droga! Liz chamou o raul! — É Chad Shubuck, claro.

Estou inclinada para a frente, com os cotovelos nos joelhos agora, e, pelo que parece, estou fazendo o melhor que posso para não cair.

Chad me dá um tapinha nas costas.

— Vá em frente, querida. Ponha tudo para fora. Sempre me sinto melhor depois de vomitar.

— Richie — murmuro, limpando a boca e com os olhos vermelhos e úmidos. — Por favor, encontre Richie.

— Oh, meu Deus. Liz, qual é seu problema? — É Caroline. Ela corre para o meu lado e vê a sujeira no tapete. — Meus pais vão me assassinar — sussurra ela, com medo genuíno na voz. — Vão me matar mesmo. Pelo amor de Deus, não dava pra ir até o banheiro?

Fico de pé, encontro uma cadeira e me sento.

— Me desculpe — digo a ela enquanto limpo a boca. Mas as palavras parecem vazias; estou distraída pelo vômito no chão e pelo fato de que acabei de passar vergonha na frente de todos os meus amigos. — Oh, meu Deus. Isso é tão humilhante.

Richie entra correndo no aposento.

— Liz, o que aconteceu? — Ele olha para o tapete. — Ah, entendi.

— Caiu na minha roupa? — Olho para minha roupa. Com mãos trêmulas, toco nas peças que estou usando: um vestido branco curto com detalhes cor-de-rosa com uma legging rosa.

— Eu estava certo ou estava certo? — pergunta Chad, passando entre Richie e Josie. — Você se sente melhor, não é?

Sorrio para ele.

— É. Estou me sentindo bem. — E dou um sorriso para os meus amigos. — Além do mais, não caiu na minha roupa.

Josie dá um sorriso largo.

— Muito bem, Liz! Parabéns pelo vômito projetado.

Sorrio para ela. Ela e eu batemos as mãos.

Richie me entrega um copo d'água, que ele parece ter materializado do nada. Mas ele é assim: sempre cuida de mim.

— Está se sentindo melhor agora? — Ele está preocupado, mas também está doidão. Como os meus, os olhos dele também estão vermelhos. Mas ele fede a maconha e cigarros.

Faço que sim com a cabeça e franzo o nariz por causa do cheiro dele.

— Estou. Que horas são?

— Hora de ir para casa. — Josie morde o lábio, e seu olhar permanece no grande relógio que fica na parede oposta da sala de jantar. — São quase dez horas. Temos que ir pra casa, Liz. — Para Richie, ela diz: — Nossos pais vão para o congresso de papai amanhã de manhã cedo. Querem nos ver antes de partirem.

Meu namorado estreita os olhos.

— Ela não deveria dirigir, Josie. Vocês duas deviam passar a noite aqui.

Fico de pé. Termino minha água, balanço a cabeça e digo:

— Estou bem. — Respiro fundo. — Acho que tirei todo o álcool do corpo — digo aos meus amigos. — Estou bem.

Richie cruza os braços e franze a testa, discordando.

— Não, Liz. Você não pode dirigir. O teste do bafômetro indicaria que está bêbada. Você não devia tentar ir pra casa assim.

— Richie, são menos de cinco quilômetros. — Dou meu melhor e mais confiante sorriso. — O que devo fazer? Ligar para os meus pais e dizer que estou bêbada demais para dirigir até em casa? Nós iremos. Tudo vai ficar bem.

Ele olha para Josie.

— Pode dirigir o carro dela?

Josie balança a cabeça.

— O Mustang tem câmbio manual. Não aprendi a dirigir com ele ainda. Você não sabia?

— Não sabia. Então vocês deviam ir com meu carro. — Ele esfrega a testa com preocupação. — Meu Deus. Eu não devia ter deixado você beber tanto. Devia ter observado. Isso é uma péssima ideia.

Josie dá um sorrisinho.

— Richie, pare de bancar a mamãe. Liz, você está bem, certo? Concordo com a cabeça.

— Estou.

— Mas e o tapete? — implora Caroline, parecendo quase histérica. — Você me prometeu que ajudaria a arrumar a casa de manhã! Não me disse que tinha que ir para casa!

— Sinto muito. Olhe só, diga aos seus pais que foi o cachorro.

Josie me dá a chave do carro. Com Richie logo atrás, andamos em direção à porta da frente. Quando estou começando a ir atrás de nós, ouço Caroline dizer baixinho, longe do meu eu vivo:

— Não *temos* porra nenhuma de cachorro, Elizabeth.

Quando o Mustang sai pelo longo caminho da garagem de Caroline, a chuva começa a bater no para-brisa e as gotas ficam cada vez mais grossas. Mas não ligo os limpadores. Enquanto observo meu eu vivo, com as mãos segurando o volante com força e o corpo ligeiramente inclinado para a frente para poder ver a rua melhor (*por que* eu não ligo os limpadores?), fica óbvio para mim que eu não deveria ter sentado ao volante. Assim que estamos na rua principal, vejo que estou tendo dificuldade em ficar à direita das linhas amarelas duplas. Tenho habilitação há pouco mais de um mês e o Mustang há poucas semanas; não sou muito boa motorista e definitivamente não sou muito boa em dirigir um carro com câmbio manual. Por duas vezes quase vou para a outra pista. Tenho sorte, quase não há tráfego. Noank é uma cidade sonolenta; não acontece muita coisa depois das 21h.

— Ligue os limpadores, Liz — instrui Josie.

— Ahhh... Onde *ficam*? Não consigo encontrar.

— À sua direita. Tente se concentrar.

Por fim, eu os encontro.

— Uau, assim é bem melhor — digo, rindo.

Ela aumenta o volume do rádio.

— Que bom. Você está bem?

Concordo com a cabeça.

— Estou. Estou ótima.

Mas consigo sentir que estou mentindo. Não estou bem; ainda estou bêbada.

Independentemente disso, com a música alta, Josie e eu começamos a cantar a música do R.E.M. "Losing my religion". O limite de velocidade é 40 quilômetros por hora. Olho para o hodômetro no painel à frente do meu eu vivo e fico atônita em ver que estou indo a mais de 80 quilômetros por hora. A chuva está ficando cada vez mais forte. Está virando um temporal.

— Vá devagar, Liz — murmuro para meu eu vivo. Embora saiba que é apenas uma lembrança, tenho uma crescente sensação de medo. Estamos indo rápido demais, e não tem nada que eu possa fazer.

Aparece do nada. Minha visão está embaçada, e, a princípio, ao ver a cena se desenrolar, acho que atropelei um pequeno animal, ou talvez tenha sido uma pedra, mas me dou conta quase imediatamente de que foi outra coisa. Maior. Assim que aparece em minha linha de visão, há um baque denso e some.

— Merda — digo, encostando o carro e olhando em volta. Não tem nenhum outro carro por perto. — Merda. O que foi aquilo? Acho que atropelei alguma coisa.

Josie abaixa a música, mas não desliga.

— O que você disse?

O som da chuva caindo em volta cria uma atmosfera densa e barulhenta.

— Falei que acho que atropelei alguma coisa. — Faço uma pausa. — Deve ter sido um cervo. Será que devíamos sair e olhar?

Josie olha pela janela.

— Está chovendo muito.

— Eu sei.

E nós duas ficamos sentadas ali, olhando uma para a outra. Ao nos observar, tenho uma sensação pesada de decepção que se transforma em asco. Não queremos sair do carro porque não queremos nos *molhar*.

Por fim, eu digo:

— Josie... a gente devia ir ver.

Ela olha para o banco de trás.

— Você tem guarda-chuva?

Balanço a cabeça.

— Não. Vamos tomar banho depois, de qualquer maneira. Venha.

Ela pressiona os lábios e torce o nariz.

— Por que não vai você?

— Não. Não vou sair sozinha. Josie, por favor?

Ela desliga o rádio e olha em volta, pelo para-brisa molhado.

— Você acha mesmo que era um cervo?

— Era *alguma coisa* grande. Vamos. Temos que ir ver.

Minha irmã postiça dá um longo suspiro. Ela demora para colocar a mão em um nicho no painel e pegar um elástico de cabelo. Prende o cabelo com força, para que não fique encharcado. Quando termina, revira os olhos para mim e diz:

— Tudo bem. Vamos, então.

Saímos do carro. Estamos a mais ou menos 400 metros do Mystic Market, que já fechou. Não tem mais nada à nossa volta além do bosque, uma rua de duas mãos onde o vento sopra bastante e a chuva.

— Desligue o carro — instrui Josie. A chuva está caindo com tanta força agora que não faz sentido tentar ficar ao menos um pouco seca; nós duas ficamos imediatamente encharcadas. — Desligue os faróis.

Enfio a mão no carro e faço o que ela manda. Em seguida, pego uma lanterna no porta-luvas.

Faço um gesto em direção ao bosque.

— Não posso ir lá de salto. Esses sapatos custaram 300 dólares. — Franzo a testa. — A lama vai estragá-los.

— Tire os sapatos — diz Josie.

— Mas aí meus pés vão ficar cheios de lama.

Ela olha para o céu escuro com frustração, e a chuva escorre pelo rosto dela.

— O que estamos fazendo, Liz? Foi você quem quis sair. Agora você quer olhar ou não? Decida, estou com frio.

Aponto a lanterna para o bosque. O facho de luz é fraco; não consigo ver nada além das árvores mal iluminadas.

— Se atropelei um cervo — digo a ela —, provavelmente não tem nada que eu possa fazer agora. Certo?

— Espere — diz ela, olhando para meu carro. — Ah, nossa. Veja só.

Atropelei *alguma coisa*, sim. Tem um amassado no lado direito do para-choque dianteiro.

— Não tem sangue — diz Josie. — É um bom sinal, né? — Ela olha para mim na escuridão. — Mas talvez a chuva tenha lavado.

— Acho que preciso vomitar de novo — digo a ela.

— Não precisa. — Ela está curiosa, agora. Quer saber o que aconteceu. — Venha, Liz. Temos que descobrir o que era.

Com óbvia relutância, tiro os sapatos, coloco-os no chão do banco da frente e nós duas começamos a andar em direção ao bosque. Depois de menos de dez passos, ficamos paralisadas. Ao lado do meu eu vivo, eu também paro.

— Ai, meu Deus — digo. — Josie. Onde está seu celular?

Na área pequena que minha lanterna ilumina, uma roda de bicicleta gira em seu eixo traseiro sob a chuva intensa. Nós três corremos em direção a ela. Imagino que descalça eu consiga sentir as pedras e os galhos na terra cortando meus pés, mas obviamente não me importo. Minha respiração, audível apesar da tempestade, está intensa e apavorada. Não pareço mais nem um pouco bêbada.

A bicicleta está toda embolada, de cabeça para baixo no chão com a frente esmagada contra uma árvore. Mas não tem ninguém nela. Quem estava naquela bicicleta não está no meu campo de visão.

Do nada, a chuva diminui e vira um chuvisco.

—·Fique quieta — ordena Josie. — Escute.

Sei que o que ouço a seguir permaneceu comigo desde esta noite, porém só estou me dando conta disso agora. Mesmo antes de vê-lo, entendo o que aconteceu. Simplesmente sei. Não é o som da respiração, mas o jeito úmido de ofegar, o barulho de uma luta terrível. Eu nos observo seguindo o som e encontrando-o no chão, com os membros retorcidos em ângulos cruelmente estranhos. O rosto está tão cheio de sangue que, a princípio, não o reconheço. Consigo ver o crânio abaixo do cabelo dele. Consigo ver seu cérebro.

— Josie, ele está respirando.

Ele *mal* respira. Seus olhos estão abertos. Eles nos encaram, me encaram, implorando ajuda, pela vida, por alguma coisa que não posso dar a ele.

— Vá pegar seu telefone, Josie — sussurro, com a voz falhando. — Ligue para a emergência.

Ele respira mais uma vez com esforço. Josie espera. Não faz nada.

— Josie, o que você está fazendo? Vá buscar o telefone!

— Liz, estamos bêbadas. — O tom dela não tem emoção nenhuma.

— E daí? — Minha voz treme de pânico. — Ligue para alguém! Ele vai morrer!

Olho para ele. É a coisa mais curiosa do mundo ver a vida de alguém se esvair. Nossos olhares estão presos um ao outro, e, naquele momento, sei que ele me vê, me reconhece.

— Nós o conhecemos — digo, incapaz de parar de olhar. — Josie, eu o reconheci. Ele é da nossa escola.

— Qual é o nome dele? — sussurra ela.

Meu eu fantasma é tomado por frustração.

— Façam alguma coisa! — grito para mim e para Josie. — Ele vai morrer! Ajudem-no!

Mas não fazemos nada.

— Não sei o nome dele — digo a minha irmã postiça.

Ele respira de novo. É seu último suspiro. Em seguida... nada. Fica completamente parado. Gotas de água escorrem pelo rosto dele, caindo como incontáveis lágrimas silenciosas.

— Meu Deus, estamos ferradas — digo. Dou um grande passo para trás. Quase caio.

— Não. Não estamos. — Josie olha para mim, estica a mão, desliga a lanterna e somos imediatamente cercadas pela escuridão. — Vamos voltar para o carro. Vamos para casa.

Eu a encaro.

— O que você quer dizer?

— Liz. — O tom dela é calmo e firme. — Você acabou de tirar sua habilitação. Ainda não pode dirigir com passageiros. Nós duas estamos bêbadas. Se alguém descobrir o que aconteceu aqui, isso vai acabar com nossas vidas. Entende?

Balanço a cabeça.

— Josie, não podemos simplesmente ir pra casa. Não podemos deixá-lo aqui sozinho. Além do mais, foi um acidente. Ele apareceu do nada. As pessoas vão ter que entender...

— Não vão, não. — Ela estica a mão e pega a minha. — Não estou brincando, Liz. Não temos escolha. Temos que ir *agora*, antes que alguém passe aqui.

Meu coração morto se parte por Alex, deitado ali na terra. Como pudemos simplesmente deixá-lo? Percebo que esse ato vai me destruir de dentro para fora. Vai me consumir nos meses a seguir.

Josie puxa minha mão.

— Vamos. Vamos para casa.

E nós vamos. Coloco o carro na garagem e o estaciono perto o bastante da parede para meu pai não perceber o pequeno amassado. Vou me preocupar com o conserto depois. Por enquanto, nós duas concordamos, o mais importante é agir normalmente.

Naquela noite, sem conseguir dormir, fico sentada na cama e examino o anuário, procurando o rosto cujo nome não consegui lembrar. Depois de páginas e mais páginas, acabo por encontrá-lo, olhando para mim com um sorriso tímido, um garoto caladão e nada popular que eu mal sabia que existia quando estava vivo: Alexander Berg.

— Alex Berg — sussurro para meu quarto vazio.

Estamos juntos no mesmo lugar onde, pouco mais de um ano antes, trocamos olhares quando Alex deu seu último suspiro. Obviamente, ele não está mais sangrando nem quebrado. Não está mais molhado da chuva. Está calmo agora, quase sorrindo para mim quando fica claro o que lembrei.

— Eu matei você — digo a ele.

Ele balança a cabeça.

— Eu sei.

— Você sempre soube? O tempo todo em que estivemos juntos?

Ele hesita só por um segundo.

— Sim.

— Por que não me contou? Quando estávamos juntos na sua casa, perguntei: "O que fiz a você?" Você podia ter me contado nessa hora. Podia ter me contado em mil ocasiões.

Ele está sentado de pernas cruzadas no chão.

— Não funciona assim. Se você soubesse desde o começo, teria agido de modo diferente comigo.

— E daí?

— E daí que acho que é um processo. Acho que é para se desenrolar de uma maneira específica. Pelo modo como você se lembrou das coisas, pouco a pouco... Você não estava pronta para encarar o que fez, não imediatamente. Tinha que entender certas coisas primeiro. E eu ajudei você, Liz. Talvez você não tivesse conseguido sem mim. Talvez tenhamos sido reunidos por um motivo.

— Que motivo?

O olhar dele está firme e calmo.

— Para que eu perdoasse você. Sabe, Liz, achei que já tinha perdoado, mas me enganei. Tive um ano para pensar nisso. Repassei aquela noite mil vezes na minha mente. Achei que tinha deixado para trás. Mas, quando pude falar com você de novo, no dia em que você morreu, toda a raiva voltou com força total. Percebi que, embora tivesse tentado perdoar você, não deu certo. Eu ainda odiava você. Não só por... me atropelar naquela noite, mas também pelo modo como me tratou quando eu estava vivo... como se eu nem existisse. Porque você nem sabia meu nome. — Ele dá de ombros. — Então ali estávamos nós, juntos, e ficou óbvio que você não se lembrava de nada do que tinha acontecido. Eu apenas segui isso.

Enquanto ele fala, uma coisa fica clara.

— Foi por isso que você não quis que eu tocasse em você no começo, não foi? Por isso que não queria que eu entrasse nas suas lembranças. Estava com medo que eu visse alguma coisa que me fizesse perceber antes da hora o que aconteceu.

Ele concorda.

— Sim.

— Quando você soube? — insisto. — Quanto tempo depois que morreu você se deu conta de que fui eu que te atropelei?

— Eu sempre soube — admite ele. — Tinha muita coisa que eu não conseguia lembrar, assim como você, mas, desde o começo, aquela noite ficou clara na minha mente. Eu me lembro de olhar para você e Josie na chuva. Me lembro de olhar nos seus olhos. Seu rosto foi a última coisa que vi antes de morrer.

— E depois disso — pergunto —, você me observou? Enquanto eu estava viva?

Ele concorda com a cabeça.

— Sim. Eu observava você o tempo todo. Parecia obcecado. Eu precisava saber que você sentia alguma coisa pelo que tinha feito comigo. Vi você correr todos os dias. Parecia que estava tentando fugir do que tinha acontecido, como se, correndo para longe, conseguisse deixar tudo para trás. Vi você com o Sr. Riley na casa dele todas aquelas manhãs. Eu estava lá, Liz. Estava observando tudo. Sei o quanto você se sentia culpada. — Ele engole em seco. — Estava matando você. De certa forma. — Ele me dá um sorriso fraco. — E, então, você morreu. Mas, Liz, acho que tem mais uma coisa. Acho que não se trata só de eu *perdoar você*. Acho que também tem a ver com... com você. Você se perdoar. — Ele hesita. — Você se perdoa pelo que fez a mim?

— Não sei. — Mas percebo imediatamente que não é verdade; eu *sei*, sim. — Não. Eu não me perdoo. Alex, você tem que entender. Como eu poderia me perdoar? Eu dirigi bêbada. Dirigi em alta velocidade. E, depois do que aconteceu, eu podia ter ajudado você. Podia ter chamado a emergência, podia ter ido à polícia...

— Mas não fez. As coisas aconteceram como aconteceram. — Ele olha para mim com tristeza. — Você se esforçou tanto para esquecer. Mesmo depois que morreu, você tentou contar a si mesma outra história. Tentou *me* contar outra história. Lembra? No seu velório, você falou que mudou a rota de corrida *cross country* depois que encontraram meu corpo. Mas não é verdade, Liz. Você mudou *antes* de me encontrarem.

Fecho os olhos por um segundo. Ele está certo. É claro que mudei antes. Como eu poderia ter continuado a passar correndo por ele, sabendo que ainda estava naquele bosque? Sabendo que eu era responsável por colocá-lo ali? A verdade era tão horrível que não consegui encará-la. Eu queria muito acreditar na mentira. E, por um tempo, funcionou. Quase.

Quando olho para Alex de novo, o olhar dele está inalterado.

— E agora estamos aqui — diz ele. — E você ainda não consegue lembrar o que aconteceu a você na noite em que morreu.

— Então você me observou o ano todo que passou — digo devagar.

Ele sorri com o que percebo.

— Sim.

— Viu o que aconteceu depois que você morreu? Me viu correndo, indo à casa do Sr. Riley, me encontrando com Vince?

— Vi.

— O que mais você viu, Alex? Viu o que aconteceu naquela noite no barco?

Alguma coisa está mudando. Ele começa a ficar insubstancial, quase transparente.

— O que está acontecendo com você, Alex?

— Fiquei muito tempo preocupado com meus pais — prossegue ele, ignorando minhas perguntas. — Principalmente minha mãe. Você sabe, ela ia visitar meu túmulo muitas vezes. Acendia velas para mim pela casa toda. Mas está melhorando. Meus pais não vão tanto ao cemitério. Vão descobrir o que aconteceu comigo naquela noite. Vai ficar tudo bem. Vão finalmente saber a verdade toda, e suas vidas prosseguirão sem mim. Me sinto bem com isso. Nada mais vai ser igual, Liz, você sabe tão bem quanto eu, mas vai ficar tudo bem. Isso não faz você se sentir melhor? Você não fica feliz de todo mundo finalmente saber a verdade sobre tudo?

— Quando vão saber? Alex, por que você não me conta o que aconteceu? Quando todo mundo vai saber a verdade?

Ele continua a sumir.

— Em breve — diz ele. — Você tem que ser paciente. Lembre-se, é como um quebra-cabeça. Você tem todas as peças, agora. Não vai demorar até que entenda tudo. Você vai ficar bem sem mim, Liz.

— Para onde você vai? — Estou totalmente em pânico. — Alex, você não pode ir embora. Me diga o que viu na noite em que morri!

— Não é meu mistério, Liz. — Ele sorri de novo. — Eu realmente me diverti com você. Você não é uma pessoa horrível como eu achava que era. Eu perdoo você, Liz. De verdade. Por tudo.

— O que você viu? Alguém me matou? Alex, por favor, espere...

— Está tão quente, Liz. — Ele está desaparecendo rapidamente, agora. — Acho que finalmente vou descansar. Você vai gostar quando for sua vez. — Ele me dá um último e adorável sorriso. — Foi divertido passar um tempo com a rainha do baile. Mas toda festa precisa acabar alguma hora.

— Alex...

— Adeus — diz ele.

E, *assim*, ele se vai.

Fico sentada sozinha no bosque, sentindo o frio e a umidade. Sinto falta de Alex. Estou tomada de arrependimento. Se ao menos eu não tivesse dirigido para casa naquela noite... Se ao menos eu tivesse pegado carona com alguém... Mas eu tinha 17 anos, era cheia de vida e não achava que alguma coisa ruim pudesse acontecer — não a mim, a rica e popular Elizabeth Valchar. Como minha vida pôde cruzar o caminho do *insignificante* Alex Berg de uma maneira tão significativa? Como pude ter o poder de tirar a vida dele com uma colisão momentânea?

Para que lugar se pode ir daqui? Espero por um tempo, na esperança de que Alex possa reaparecer, mas no fundo sei que ele se foi para sempre agora, sem dúvida para um lugar melhor.

Completamente sozinha pela primeira vez desde a minha morte, eu me levanto. Vou para casa. Deito na cama e olho para o teto, esperando que a manhã chegue, esperando que a luz do dia traga alguma coisa além de mais uma sucessão de intermináveis horas.

Vinte e dois

Não há nada a fazer além de observar. Em uma manhã de sábado no começo de novembro, alguns dias depois que Alex desaparece, observo Josie caminhar pela rua em direção à casa de Richie e bater na porta.

A Sra. Wilson atende. Ela fica de pé atrás da porta de tela sem fazer sinal de que vai abri-la. Também não sorri para Josie.

— Oi, Sra. Wilson. Richie está em casa?

A Sra. Wilson olha por cima do ombro, em direção à escada.

— Na verdade, Josie, não está.

Josie franze a testa.

— Mas seus carros estão aqui. E ele me disse que estaria.

— Josie... — A Sra. Wilson parece estar reunindo coragem. — Como está o pai de Liz?

Josie olha para ela por um bom tempo. Em seguida, em tom de desafio, diz:

— Meu pai está bem. Vai ficar bem. — Ela engole em seco e continua olhando. — Nós todos vamos ficar bem, Sra. Wilson. Richie também.

A Sra. Wilson começa a fechar a porta pesada.

— Acho que você precisa ir para casa, Josie.

— Mas quando...

Minha irmã postiça está de pé na varanda, perplexa, quando a porta se fecha na cara dela.

A lembrança me suga como se eu fosse feita de líquido. De repente, está à minha volta e não posso fazer nada para impedir.

Tenho 5, talvez 6 anos. Josie, Richie e eu estamos no chão da sala da casa dos meus pais. Josie e eu estamos brincando com Barbies, mas Richie está tentando nos convencer a brincar de batalha com um punhado de soldados de plástico.

— A gente pode lutar! — diz ele, enfileirando-os no chão. — Liz, você e Josie podem ser uma equipe. Eu serei o inimigo. Vocês podem ser as boazinhas. Ou então podemos todos brincar juntos, invadir Fort Knox e roubar todo o ouro! Meu pai diz que é lá que o governo guarda o dinheiro. — Quando fica claro que não estamos prestando atenção, ele desiste da ideia de soldadinhos. — Tenho o jogo dos Hipopótamos Comilões em casa — propõe ele. — Posso ir lá pegar. Querem brincar com ele? Poderíamos também brincar de cartas. Liz, quer brincar de Uno?

— Ela está brincando de Barbie — diz Josie, sem olhar para ele. — Deixe a gente em paz.

Mas meu eu mais jovem olha com timidez de Josie para Richie, pensativa. Quando ele e eu fazemos contato visual, eu fico vermelha. E digo:

— Podíamos todos brincar de salão de beleza. Richie, você precisa cortar o cabelo. Eu e Josie podíamos ser as cabeleireiras.

Ele se anima.

— Tudo bem. Onde querem que eu sente?

Nossos pais estão recebendo em casa. Estão tomando vinho e comendo queijo brie com torradas. Meu pai está na cabeceira da mesa. À direita dele está minha mãe. À esquerda, Nicole. O Sr. e a Sra. Wilson estão sentados um de frente para o outro. O pai de Josie, Sr. Caruso, está na extremidade oposta da mesa.

Os adultos falam alto e provavelmente estão meio bêbados. Já passou da nossa hora de dormir, mas eles sempre nos deixam ficar acordados até mais tarde quando se reúnem assim, o que acontece com frequência. O único que está em silêncio à mesa é o pai de Josie. Ele nunca falou muito, não que eu me lembre.

A mãe de Richie fica de pé.

— Que tal outra garrafa de vinho? — pergunta ela e olha para minha mãe. — Lisa? Vou até a cozinha. Quer vir? — E coloca dois dedos sobre os lábios em um gesto silencioso. Ela quer dizer *cigarro*.

— Já vou, um minuto — diz minha mãe.

Seus cotovelos estão sobre a mesa, e ela está inclinada para a frente, com o olhar interessado embora os olhos estejam entediados, ouvindo meu pai contar uma história de alguma coisa que aconteceu no trabalho. Ela nem mesmo tocou no prato de queijo e torradas. Está tão magra que é difícil olhar para ela.

A mãe de Richie para na sala de estar quando está indo para a cozinha. Ela sorri para nós.

— Estão se divertindo?

— Estamos, sim. — Richie está sentado imóvel em uma cadeira, com um pano de prato sobre os ombros como em um salão de beleza, enquanto Josie e eu fingimos que nossos dedos são tesouras. Estamos tão ocupadas "cortando" o cabelo dele que mal olhamos para ela.

— Que bom — murmura ela e suspira. — Ah, ser jovem e sem preocupações novamente. Vocês não sabem como é bom.

Ela vai para a cozinha sozinha. Abre uma garrafa de vinho e enche a taça até a borda. Em seguida, abre um pouco a porta que leva ao quintal, acende um cigarro e se encosta à moldura, apreciando o momento de solidão.

Mas só por um momento. Enquanto está ali de pé, observando a conversa na sala de jantar, seu corpo se enrijece. Ela se inclina só um pouco para a frente. Estreita os olhos. Sigo o olhar dela e fico imediatamente agradecida pelo que está acontecendo debaixo da mesa ficar fora do campo de visão do meu eu bem mais jovem.

A Sra. Wilson está olhando para um ponto sob a mesa: os pés do meu pai. Minha mãe está tão magra que consegue sentar com as pernas cruzadas sobre a cadeira, em posição de lótus, de forma que seus pés não toquem o chão. Mas a mãe de Josie enfiou os pés *dela* perto dos do meu pai. Por baixo da mesa, está acariciando a panturrilha dele com os dedos dos pés.

Bem ali, na sala de jantar. Qualquer um podia olhar debaixo da mesa e ver o que estava acontecendo: minha mãe, o pai de Josie, qualquer pessoa que estava ali. E tenho certeza de que a mãe de Richie repara. Ela toma um grande gole de vinho e continua a tragar o cigarro, mas não está mais sorrindo e não parece nada relaxada.

Meu pai continua contando a história como se nada estivesse acontecendo. Só uma vez, por um momento, seu olhar vai em direção à mãe de Josie. Ele dá um sorriso rápido e de reconhecimento. Só por um segundo. Mas é o bastante. Eu me sinto enjoada ao entender. Todos os rumores são verdade.

Quando minha mãe se levanta para ir à cozinha, a mãe de Josie afasta os pés do meu pai, os coloca debaixo da própria cadeira e entrega a taça vazia para minha mãe.

— Lisa? Pode encher pra mim?

— Claro. — Minha mãe leva a taça de Nicole para a cozinha com a sua.

— Muito bem — diz ela à mãe de Richie —, me dê um cigarro desses. — Ela o acende rapidamente e dá uma longa e dramática tragada. — Ahhh. Isso que é bom. — Ela tem o cuidado de soprar a fumaça pela porta aberta e de ventilar o ar com a mão. — Não sei por que Marshall fica tão irritado quando fumo. Ele tem os preciosos charutos, e não o perturbo por isso.

— Falando em Marshall — diz a mãe de Richie, tomando outro gole de vinho —, como vocês estão?

— Ah, você sabe. Bem, eu acho. Por quê?

— Por nada. Nicole voltou à ativa, só isso.

Minha mãe fecha os olhos e traga o cigarro de novo.

— É mesmo?

— Me desculpe, Lisa. Mas ela tem muita coragem de brincar de pezinho com ele bem debaixo do seu nariz...

— Eles estão brincando de pezinho? — sussurra minha mãe.

A mãe de Richie confirma.

— Você devia fazer alguma coisa. Bote as garras de fora. Ele é seu marido.

Minha mãe olha para o chão.

— Aquela vaca.

— Por que você a convidou? Por que não para de passar seu tempo com eles de uma vez? Ela tem o casamento dela. Ela e Marshall namoraram durante três anos na época da escola, terminaram e ele se casou com você. E fim. Se ela o quisesse tanto, devia ter ficado com ele quando pôde.

— Ah... Não sei. Sinto quase como se ela não pudesse evitar. Ela fica bêbada e parece que acha que não tem problema flertar. — Minha mãe olha em direção à sala de jantar. — Marshall jamais faria qualquer coisa que nos magoasse. É um bom homem.

— Se você diz. — A mãe de Richie joga o cigarro no quintal. — Mas vou dizer uma coisa, Lisa... — A expressão severa desaparece do rosto dela. — Só quero que você seja feliz. Você está magra demais. Está claramente estressada. Não precisa de alguém flertando com seu marido além de tudo o mais que anda passando.

Minha mãe dá um sorriso fraco.

— É só flerte. Ele é meu. E fui ao médico semana passada. Ganhei quase um quilo!

A mãe de Richie parece não saber bem como encarar o comentário.

— Isso é bom pra você?

O sorriso da minha mãe hesita.

— É. — E ela pega uma garrafa de vinho para voltar à sala de jantar. — Vamos. Sejamos boazinhas.

Passei muito tempo em casa desde que Alex foi embora. Meu pai quase não fica lá (normalmente fica no barco), e Nicole se ocupa com trabalho voluntário na Igreja Espiritualista, fazendo seja lá o que for que faz. Lendo auras. Participando de sessões espíritas. Prestando atenção nos maridos das outras mulheres, caso uma das esposas morra.

Como falei antes, o assunto da paternidade de Josie nunca era discutido na nossa casa, embora eu perceba agora que sempre esteve presente, sob a superfície. Eu era muito nova quando perdi minha mãe e sempre amei Josie. Nicole sempre foi muito boa comigo. Devo ter crescido ouvindo rumores de que ela e meu pai tinham um caso, mas achava que sabia a verdade; achava que era impossível. Nunca acreditei que meu pai fosse capaz de trair minha mãe.

Mas, obviamente, ele era.

Ver Nicole esfregando seu pé no do meu pai embaixo da mesa do jantar, debaixo do nariz da minha mãe, foi repugnante. Principalmente agora que sei o que o estresse pode fazer com uma pessoa que tem tendência a uma doença alimentar. Afinal, quando fiquei consumida pela culpa por causa da morte de Alex, parei de comer e me dediquei à corrida. Todo mundo supôs que eu estava seguindo o caminho da minha pobre mãe morta. Ninguém somou dois mais dois. Se tivessem feito isso, tudo poderia ser diferente agora. Bem, não tudo. Alex ainda estaria morto. E ainda seria por minha culpa.

Com Alex tendo partido, sinto desespero pelo encerramento do meu tempo vagando por esta cidade. Vivo esperando que ele reapareça, que faça um comentário crítico sobre mim ou sobre meus amigos, mas, depois de vários dias sozinha, observando, entrando e saindo de lembranças da minha infância, fica claro que ele não vai voltar. Onde quer que esteja, espero que seja bonito. Espero que seja tranquilo. Espero que seja bom pra ele.

É uma tarde ensolarada. Josie e Nicole estão na cozinha fazendo fritadas. Com ovos *de verdade*. Mesmo sendo fantasma, eu me encolho. A quantidade de gordura (sete gramas). A contagem calórica (setenta calorias por ovo). Acho que nunca comi um ovo inteiro depois dos meus 10 anos. Algumas coisas que aprendemos com nossos pais simplesmente passam a fazer parte da gente. Minha mãe, minha mãe *verdadeira*, tinha pavor de gordura. E eu também. Mesmo antes de matar Alex. Havia um problema; agora eu vejo. Crianças de 9 anos não deviam contar gramas de gordura. Garotas de 9 anos deviam poder comer ovos. Deviam poder comer pasta de amendoim.

Nicole dá um sorriso furtivo para a filha.

— Isso é legal. Não relaxamos assim desde... bem, há séculos. — Ela pisca. — Quer uma mimosa?

— Mãe! — Josie fica vermelha. — Papai vai ficar puto.

— Papai não está aqui, está? — Nicole abre a geladeira e pega uma caixa de suco de laranja. Está abrindo uma garrafa de Moet quando, como se planejado, meu pai entra pela porta da frente.

— Merda! — murmura Nicole. Mas está rindo. A espuma do champanhe escorre pela lateral da garrafa e faz poças no chão. Ela faz duas mimosas em taças de champanhe (com muito champanhe e pouco suco de laranja) e se volta para a fritada, tomando goles da bebida e fingindo não reparar quando meu pai entra na cozinha.

Ele está usando uma camisa de flanela de botão e calça de moletom cinza. A barba está grande o bastante para uma família de esquilos adotá-la como moradia. Não usa as lentes de contato há meses, desde que morri, então está de óculos. Ele fica de pé na porta da cozinha, observando enquanto minha irmã postiça de 17 anos toma mimosa e folheia um exemplar da revista *Self*.

Nicole está de costas para o meu pai. Ela se balança levemente para a frente e para trás diante do fogão, com a saia branca de algodão se agitando ao redor dos tornozelos. Seus pés descalços são macios e bronzeados. Está usando três anéis de dedos dos pés, e as unhas dos pés estão pintadas de azul vibrante. É uma cor ridícula para uma mulher adulta.

— O que estamos preparando? — Percebo que meu pai está fazendo uma tentativa de agir com normalidade. Não está dando muito certo. Ele parece que não toma banho há dias, talvez semanas. Não parece que deveria estar nem na mesma *casa* que Nicole e Josie, muito menos no mesmo aposento.

— Fritada. — Nicole olha por cima do ombro e sorri para ele. — Você devia comer um pedaço, querido. Perdeu muito peso.

— Josie. — A atenção do meu pai se dirige à minha irmã postiça. — O que você está tomando?

— É só uma mimosa. — Ela toma um gole. — Quase não tem álcool.

— Não quero saber. Jogue fora.

— Marshall... — Nicole começa a protestar, mas, antes que consiga formar uma frase, meu pai vai em direção a Josie, pega a taça e joga na pia.

Quando digo "joga na pia", não quero dizer que derrama a mimosa e coloca a taça de lado com delicadeza. Na verdade, ele meio que joga a taça inteira. A taça de champanhe se despedaça. Um silêncio denso e furioso toma conta da cozinha toda.

Por fim, Nicole diz:

— Não sei por que você fez isso. Era só uma bebida. Não estou embriagando Josie.

— Caso tenha esquecido — diz meu pai, com tom de conversa mas permeado de sarcasmo —, apenas alguns meses atrás nós concordamos que não era nada demais deixar um bando de adolescentes em um barco tomarem algumas bebidas para comemorar o aniversário de Elizabeth. E aquilo não terminou muito bem.

Nicole olha para o chão. Josie finge prestar atenção na revista. A fritada começa a queimar.

— Marshall. — A voz de Nicole mal passa de um sussurro. Ela começa a juntar os pedaços de vidro quebrado na pia. — As coisas precisam voltar ao normal em algum momento. Já conversamos sobre isso. Você tem que trabalhar. Temos que ser uma família. Você não pode ficar sentado naquele barco, dia após dia, olhando para a água...

— Vou vender a casa — anuncia meu pai.

Os dedos de Nicole escorregam. Um caco de vidro corta fundo o indicador. O sangue aparece rapidamente e pinga na pia.

— Mãe, você está bem? — Josie corre em direção a Nicole para ajudá-la e olha para meu pai com raiva.

— Já conversei com uma corretora. Ela virá aqui hoje à tarde para colocar uma placa.

— Vai vender a casa? — diz Nicole, com o dedo enrolado em uma folha de papel-toalha. — Você planejava falar sobre isso comigo? E Josie? E a escola? Ela está no último ano.

— Josie pode terminar o ano letivo. Depois vai para a faculdade.

Nicole, cuja taça ainda está intacta e quase cheia, toma a bebida toda de uma vez só.

Em seguida, ela joga a taça na pia. *Joga*. A taça quebra, como a de Josie.

— Onde vamos morar, Marshall? O que vamos fazer?

Meu pai tira os óculos. Sob a armação, os olhos dele estão extremamente cansados: com olheiras profundas e escuras, pálpebras pesadas e sem brilho algum no olhar que já foi intenso.

Ele esfrega os olhos.

— Não sei. Não sei o que vai acontecer comigo e com você, Nicole. Só sei que não posso mais morar nesta casa.

— Mas que ótimo. — Nicole começa a chorar. — Josie, vá para o quarto.

— Mas, mãe...

— Vá!

Josie desce o corredor rapidamente e sobe a escada, mas para no final e se senta em silêncio, prestando atenção.

— Fiz tudo que podia para fazer você feliz. Estou tão arrasada quanto você em relação a Liz. Você sabe disso. Marshall, ela era como uma filha para mim. Eu a amava. Faria qualquer coisa para tê-la de volta.

— Não é isso. — Meu pai balança a cabeça. Ele vai até Nicole, pega a mão machucada dela e faz pressão no papel-toalha, onde um ponto vermelho intenso está aparecendo conforme o corte sangra. — Ultimamente, tenho tido a sensação de que tudo isso foi um erro.

Nicole inspira fundo.

— O que você quer dizer?

— Estou falando de tudo. Você. Eu. Esta família que tentamos criar. Parece... parece uma espécie de tragédia grega. Sinto que estamos sendo punidos.

— Nós nos apaixonamos. Não fizemos nada de errado.

— Você sabe o que a cidade toda está dizendo? — pergunta meu pai. — O que dizem há anos? Os Wilson mal olham para nós. Se passassem mais tempo em casa, jamais teriam deixado Richie chegar a 3 metros de distância de Liz e Josie.

— Eu te amo. — Nicole olha com desespero para meu pai. — Você é o amor da minha vida.

— Eu sei. — Ele faz uma pausa. — Sei que você pensa isso.

Ela apoia a cabeça no ombro dele e soluça baixinho.

— Me desculpe — diz meu pai. — Acho que não consigo mais. Está me matando, Nicole. Você consegue entender? Não consegue ver? Está me matando.

Sem Alex, percebo que as lembranças vêm mais rapidamente, com menos aviso. É como se estivessem ganhado velocidade. Em um minuto, estou de pé na cozinha do meu pai vendo o casamento dele com Nicole desmoronar e, no momento seguinte, estou na cozinha aos 17 anos, muito viva, beliscando em um prato de arroz integral enquanto o restante da minha família se entope de comida chinesa de restaurante.

Fico de pé e empurro o prato para longe.

— Acho que vou correr.

Meu pai e Nicole olham para mim, surpresos. Josie continua a comer. Percebo que estou nos observando pouco tempo depois que Alex morreu, logo quando comecei a ir ladeira abaixo. A culpa já estava me destruindo.

— São quase sete horas. Está escuro — diz meu pai.

— Vou usar o equipamento noturno. Você sabe que corro de noite às vezes.

— Sim, mas, Liz, você correu hoje de manhã antes da escola. Correu depois da escola no treino de *cross country*. Por que precisa ir de novo? — O olhar do meu pai percorre meu corpo. — Você não está tentando perder peso, está? Porque não precisa. Está magra como um palito.

Josie para no meio do processo de mastigar. Engole. Mas não tira o olho do prato.

— Não é isso. Estou estressada. Não vou demorar. Vejo vocês em breve, tá?

E vou correndo até o andar de cima para trocar de roupa. Enquanto me vejo seguindo para o saguão, ouço Nicole dizer:

— Ela provavelmente vai se encontrar com Richie em algum lugar, Marshall. Não se preocupe.

A voz de meu pai está tomada de preocupação.

— Se ela quisesse se encontrar com Richie, podia ir se encontrar com ele. Não teria que esconder de nós. Acho que talvez ela precise de um psicólogo.

Sabendo o que sei agora, a verdade sobre por que eu saía tanto para correr, quase sinto raiva do meu pai e de Nicole. Por que *não* me obrigaram a ir a um psicólogo? Por que ninguém tentou me ajudar?

Bem, isso não é completamente verdade. De sua própria maneira, meu pai tentou me ajudar. Mas eu me recusei a ser ajudada. Eu queria sofrer. Queria ser punida pelo que fiz a Alex. Agora entendo isso.

Tenho um colete que reflete a luz, que visto sempre que corro depois do pôr do sol e mesmo durante o dia, se vou correr no meio-fio de uma rua, mas, assim que saio de casa, eu o tiro e deixo na varanda. Agora, consigo supor o que passava pela minha cabeça. Quem liga se alguém me atropelar? Seria meu carma, certo?

Primeiro corro pela cidade, percorrendo ruas ladeadas por belas casas antigas. Depois, à beira da praia, até a extremidade, viro e volto pela beira da rua, cruzo a pequena ponte e viro à direita para pegar o caminho de 8 quilômetros até Mystic. Como sempre, sofro por não poder correr ao lado da minha lembrança; só posso observá-la acontecer como um sonho vívido enquanto meus pés latejam dentro das botas. Se eu for até Mystic e voltar, vai passar das 21h quando eu chegar em casa. Vou ter corrido mais de 16 quilômetros hoje, o que é muita coisa, provavelmente demais. Está óbvio que não me importo.

Estou a um terço do caminho até Mystic quando um carro se aproxima por trás, diminui a velocidade e acaba parando. O motorista abaixa a janela do lado do passageiro.

— Liz — diz ele, mantendo a voz baixa. — Liz Valchar. Sente essa bunda neste carro.

É o Sr. Riley.

Mas eu não paro. Fica evidente que não quero. A questão é que correr esvazia a cabeça. Não quero pensar em nada: nas placas no caminho até Mystic, com pôsteres de Alex Berg oferecendo uma recompensa por qualquer informação que leve à prisão de quem o matou. No fato de que nem Richie, que é a pessoa mais íntima de mim neste mundo, sabe o que aconteceu, nem pode saber. Não quero pensar se o que fiz me torna uma assassina. Não quero pensar, ponto.

Então balanço a cabeça para o Sr. Riley e continuo correndo. Ele segue com o carro ao meu lado, com a janela aberta.

— Onde está seu equipamento noturno? Está querendo ser atropelada? Você correu hoje de manhã também? O que está fazendo, Liz?

— Me deixe em paz. — Ainda correndo, olho para ele. Ele continua a me seguir.

— O que está fazendo aí, hein? — pergunto.

— Tentando fazer Hope adormecer. E, se você não entrar, vou ter que gritar, e ela vai acordar. — Ele sorri. — Quer isso na sua consciência?

Ao nos observar juntos, a ironia da piada me deixa um pouco enjoada. Mas eu o conheço há anos. Ele é insistente, é uma das coisas que o tornam um grande treinador. E, como não estou usando equipamento noturno, ele não vai me deixar correndo no escuro. Entendo isso. Portanto, eu entro.

Por um breve momento, Hope se mexe na cadeirinha. Mas, antes mesmo de abrir os olhos para ver que barulho foi aquele, ela adormece de novo.

— Então... estava dirigindo por aí com sua bebê? — pergunto.

Ele dá um meio sorriso.

— Se você fosse mãe, entenderia. As crianças... Bem, os bebês, se você os coloca em movimento, eles dormem em dez segundos. Se não for assim, ela não dorme bem. Minha esposa está quase ficando louca. Hope acorda a noite toda e passa a maior parte do dia desperta. Estou fazendo o que posso para ajudar. Mas então vejo você aqui. O que está pensando? Mal consegui te ver. Você sabe que não deve correr de noite assim.

Embora o carro dele não esteja muito quente, estou suando em bicas. Quando meu corpo começa a esfriar, começo a tremer. Está claro que *não* quero ter essa conversa com ele agora.

— Você não conseguia me ver? — pergunto.

— Quase não conseguia. A primeira coisa que pensei foi: "Quem é essa idiota correndo à noite sem equipamento?"

— Como soube que era eu?

Ele puxa meu rabo de cavalo comprido e sorri.

— Precisa perguntar? Foi o cabelo.

— Ah. — Puxo os joelhos para perto do peito. — Pode me levar para casa?

— Para quê? Para sair correndo de novo?

Eu hesito. Por um segundo parece que estou pensando em mentir para ele, só para que me deixe em paz. Mas percebo em minha expressão pensativa e séria que uma pequena parte de mim quer que ele saiba que alguma coisa não está bem. Tem uma pequena parte de mim que precisa contar *alguma coisa* a alguém, precisa dar uma pequena pista de que meu mundo foi tirado do eixo.

— Sim — digo ao Sr. Riley. — Se você me levar para casa, vou sair correndo de novo.

— Por quê? — Ele olha para o meu corpo na escuridão do carro. Estamos seguindo lentamente em direção a Mystic. Embora esteja escuro, a estrada ainda está cheia de tráfego de turistas de outono. — Está tentando perder peso? Porque, se estiver...

— Não estou passando fome. Eu como. — Faço uma pausa. — Mas é importante manter o controle, só isso.

— Existe controle e existe inanição. E há diferentes tipos de inanição, Liz. Você pode chegar a isso por ficar sem comida ou por fazer exercícios demais. Algumas pessoas são melhores em uma coisa ou em outra. — Ele volta a olhar para mim. — E algumas pessoas são boas nas duas.

Eu me reclino no assento do carro e viro a cabeça para olhar para ele.

— Não estou tentando perder peso. Não se preocupe comigo.

— Estou preocupado com você. — Ele vira à esquerda, em direção às colinas de Mystic, como se fosse fazer o retorno. — Vou levar você para casa. E, se você tentar sair correndo de novo, vou bater na porta da sua casa e conversar com seus pais.

Minha voz está baixa.

— Pode me deixar na casa de Richie? São duas casas depois da minha. Eu me sentiria melhor se pudesse conversar com ele um pouco hoje.

Sei que não vou contar nada a Richie, mas entendo que só quero vê-lo, ouvir a voz dele, sentir os braços dele em volta do meu corpo. Richie sempre me deu tanto alento. Mesmo agora, na morte.

— Richie Wilson não é para você, Liz. Qualquer pessoa pode lhe dizer isso. — O Sr. Riley balança a cabeça. — Eu devia ter uma conversa com seus pais sobre *ele*. Eles sabem o que ele faz... no tempo livre?

Finjo inocência.

— O quê? Está perguntando se sabem que ele é um dos melhores da turma? Que quer ser escritor um dia? Que o poeta favorito dele é John Keats e que o livro favorito é *O apanhador no campo de centeio*? Sim, eles sabem como Richie é incrível.

— Tudo bem. Entendi. Liz Valchar, garota popular. Não tem tempo para uma conversa sincera com o treinador. Quer quebrar todas as regras? Vá correr à noite sem equipamento, namore um traficante... tudo bem. Você não vai conseguir o que quer para sempre. — Ele olha para mim ao entrar na rua principal de Mystic, seguindo de volta em direção a Noank. — Você sabe disso, não sabe?

Ele é tão perspicaz que, se eu pudesse tocar nele agora, quase ia querer dar um tapa nele. Mas o que meu eu vivo faz é piscar, rapidamente e sem parar, para não chorar.

Dirigimos o resto do caminho quase todo em silêncio. Quando estamos virando na High Street, o Sr. Riley diz:

— Liz, tem certeza de que não tem nada que queira conversar?

Percebo que isso foi antes de eu começar a correr até a casa dele. Antes de ele decidir que, seja lá o que estivesse errado, era grande demais para que ele permitisse entrar em sua vida.

Respiro fundo. Limpo os olhos.

— É essa, à direita — digo. — Duas casas antes da minha.

Ele para na frente da casa de Richie. A única luz vem do quarto do meu namorado. A janela da frente está aberta. Ele está sentado nela, com uma perna em cima, fumando um cigarro.

— Que ato clássico. Que partidão você arrumou. — O Sr. Riley faz uma pausa. — Aqui estamos. Acho que vejo você amanhã.

— Acho que sim.

— Tem certeza de que não tem nada...

— Tem — respondo. — Mas não agora. Tá?

Ele balança a cabeça.

— Tá.

Abro a porta para sair, mas, antes mesmo de tirar um dos pés do carro, o Sr. Riley coloca uma das mãos no meu ombro.

— Liz, meu Deus.

— O quê? — A luz do carro está acesa, pois eu abri a porta, e ele está me olhando sem acreditar. — O que foi? Por que está me olhando assim?

Ele pega uma mecha de meus cabelos com os dedos.

— Meu Deus do céu — murmura ele e ergue a ponta do meu rabo de cavalo para me mostrar. — Você está ficando grisalha.

Vinte e três

Periodicamente (em intervalos de poucos dias), Joe Wright faz uma visita ao apartamento de Vince Aiello, ostensivamente para dar uma verificada nele e para se certificar de que meu namorado o está deixando em paz. É uma das condições da condicional de Richie que ele não chegue a 150 metros de Vince, mas este não parece ser o tipo de cara que telefona para a polícia por uma violação de distância mínima.

Nunca acreditei, nem por um momento, que eu estava tendo um caso legítimo com Vince. Agora que sei que fui eu quem matou Alex, me parece claro o que deve ter acontecido. De alguma forma, Vince descobriu que meu carro estava envolvido no acidente daquela noite e estava me chantageando por causa disso. Sabendo o que sei agora, a explicação parece bem óbvia. Mas, pelo que posso perceber, Joe não sabe nada disso. Como poderia? E, embora eu tenha conseguido juntar as peças, ainda não tenho lembranças sólidas que confirmem tudo de que desconfio.

Mesmo quando as lembranças vierem, se vierem, o que vou fazer com elas? Não há muito que eu possa provar direto do além. Não tenho ninguém a quem contar. Nem Alex.

É uma tarde chuvosa de terça-feira em meados de novembro quando Joe aparece no apartamento de Vince. Eu o vi saindo da delegacia e tive a sensação de que deveria segui-lo. Estava certa: ele foi direto para Covington Arms.

Faz mais ou menos uma semana que meu pai anunciou que ia colocar a casa à venda, e desde então as coisas por lá andam no mínimo desagradáveis. Meu pai está morando no barco quase o tempo todo. Ainda não está trabalhando. Josie vai à escola, e Nicole encaixota coisas. Mas para ir aonde? Não sei se vão se divorciar ou se vão simplesmente se mudar juntos. Não sei de nada. Eu me sinto perdida. *Estou* perdida.

Vince está assistindo ao Nature Channel, envolvido em um documentário sobre elefantes. Está sozinho, em companhia somente do cachorro, Rocky, sentado aos seus pés, com a cabeça sobre as patas, dormindo. Ao que parece, o cara adora animais. Penso que saber a diferença entre bom e mau é complicado dessa forma: não é nada óbvio como eu gostaria de acreditar. Aqui está Vince, que sei que é um cara mau, vendo elefantes brincarem em poças de água, com um pequeno sorriso de apreciação no rosto. Não está fazendo nada claramente de mau gosto. Não está vendo uma *Playboy* nem usando drogas. Eu me dou conta de que a personalidade de alguém nunca é preta e branca. Tem muitos tons de cinza.

Quando Joe bate na porta, Vince olha em direção ao som com evidente irritação por ser interrompido. Embora ele não esteja fazendo nada de ruim, eu odeio estar neste lugar; preferiria estar em qualquer outro. Mas sinto que não tenho muita escolha. Tenho que ouvir o que dizem. Tenho que lembrar. Mesmo se não fizer diferença, tenho que saber exatamente o que aconteceu. É o único modo de eu sair deste lugar, ir para além desta vida, para onde Alex está — e talvez para onde minha mãe está.

Vince está praticamente colocando o pulmão pela boca de tanto tossir quando abre a porta, com um cigarro recém-aceso pendurado nos lábios.

— Ah, é você. — O sarcasmo dele é óbvio. — Que surpresa agradável!

— Bem, achei que você estaria com saudade de mim.

Joe se recosta no batente da porta. Aprendi que os policiais são como vampiros; não podem entrar se você não os convidar. Acho que, se tiverem motivos suficientes, podem invadir sem permissão, mas até agora Vince está frio como um pepino com Joe.

Vince olha para a televisão.

— Estou no meio de uma coisa. — Ele tosse de novo. — Estou descansando, hoje. Acho que vou ficar gripado.

— Bem, ouvi falar que fumar um cigarro atrás do outro não é bom para isso — diz Joe.

— Aham. Olhe só, Richie Wilson não está aqui. Não tem me incomodado. Você não precisa ficar vindo aqui assim. Sei me cuidar.

— É, tenho certeza de que sabe. — Joe olha para trás de Vince, para o apartamento nojento. Seu olhar para nos elefantes, que agora correm por uma paisagem desolada na tela da TV. — Posso entrar?

Vince estreita os olhos.

— Por quê?

— Tenho algumas perguntas.

— Sobre o quê?

— Sobre Liz Valchar. — Joe cruza os braços. — Ela era especial para você, não era? Não quer fazer tudo o que puder para ajudar no caso dela? — Reparo que ele não usa as palavras "íntima", nem "resolver", nem "assassinato".

Vince limpa o nariz escorrendo na manga da camisa.

— Claro que sim. Óbvio. Entre.

Eles se sentam no sofá. Joe se acomoda e espera que Vince lhe dê atenção total antes de começar a falar.

Mas, antes que Joe tenha a chance de dizer qualquer coisa, Vince começa.

— Eu tinha a impressão de que o caso dela estava encerrado. Ela caiu, não foi? Quero dizer, foi isso que você me disse.

— Claro, é o que pensamos que aconteceu. Mas é meu trabalho verificar tudo.

— Bem, tenho um álibi, se você precisar. Eu a amava. Não a teria matado. Está de olho em Richie Wilson? Acha que ele talvez a tenha empurrado?

Joe olha para ele.

— Você a amava?

— Bem... amava.

— Eu achava que Richie a amava. Ele diz que ela era o amor da vida dele. Não foi por isso que queria matar você? Por ter um caso com ela?

— Ai, não sei, cara. O garoto é claramente problemático. Você está perguntando para o cara errado. A garota dele sai com outra pessoa, alguém como eu, e é normal que ele perca a cabeça. — Vince balança a cabeça para cima e para baixo em um movimento frenético. — É, faz sentido. Tudo faz sentido, agora que você falou. O cara é um traficante de merda. É doido.

— Ele é *seu* traficante — diz Joe.

Vince hesita.

— Bem. É. — Em seguida, seus lábios se curvam em um sorriso lento e pequeno. — Mas não é mais.

Vince não está falando nada com nada. Está mentindo tão descaradamente que não consigo acreditar que Joe não o prenda imediatamente, nem diga nada. Ele podia estar tendo um caso comigo, mas é claro que não me *amava*.

No entanto, a única coisa que Joe faz é abrir o conhecido bloquinho espiral e começar a olhar as anotações.

— Você disse que começou seu envolvimento com Liz mais ou menos um ano atrás?

— Hum... é, isso mesmo.

— E ainda estava se encontrando com ela na época em que ela morreu?

— Estava. Sim. Já falei isso tudo, cara.

— Tudo bem. É só que... bem, estou curioso para saber como vocês dois se divertiam.

Os olhos de Vince brilham com o desafio.

— Tenho certeza de que você pode imaginar.

— Muito bem. Vocês faziam sexo?

— Com certeza.

Não *fazíamos*. Eu tenho certeza.

— E ela... gostava.

— É claro. — Vince dá o sorriso pavoroso de novo.

— Por que acha que ela gostava, Vince? Não quero ser grosseiro, mas um cara como você, uma garota como Elizabeth Valchar... Você sabe, não encaixa.

Vince dá de ombros.

— Chamam isso de mistura social. Já ouviu falar? Já ouviu aquela música do Billy Joel, "Uptown Girl"? — E ele começa a estalar os dedos enquanto cantarola a melodia.

— O problema é o seguinte, Vince. Você e Liz já foram ao cinema? A um restaurante? O que quero dizer é: vocês dois realmente saíam juntos?

Vince balança a cabeça.

— Ela gostava de ficar em casa. Se é que você me entende.

— Certo. Então ninguém nunca viu vocês dois juntos.

— Era assim que ela queria. Já falei, eu era o segredinho sujo dela.

Joe suspira. Pela primeira vez, reparo que está com um envelope pardo sob o braço direito. Ele o pega e coloca sobre a mesa de centro.

— Acho que está mentindo, Vince. Quer saber por quê?

Vince franze a testa.

— Por quê?

— Porque passei muito tempo conversando com Richie. Ele me contou coisas sobre Liz. Conversei com a família. Conversei com as amigas. Você conheceu alguma amiga dela?

Vince balança a cabeça.

— Já falei, não era esse tipo de relacionamento.

— Entendo. Liz tinha segredos. — Joe está quase sorrindo, mas não exatamente. — Sabe o que é engraçado sobre segredos, Vince? Eles não ficam bem escondidos. Não importa o quanto se tenta, alguém sempre tem uma pista. — Ele respira fundo, devagar. — Liz tinha uma amiga chamada Caroline. Conversei com ela durante muito tempo ontem.

— Ah, é? — Vince olha para a frente. — Deve ter sido uma boa conversa.

— Foi, sim. Essa amiga, Caroline, estava preocupada com Liz por um tempo antes dela morrer. Caroline sabia que alguma coisa estava errada, mas não sabia exatamente o quê. — Ele balança a cabeça para si mesmo. — Mas tinha um palpite.

Os dois ficam em silêncio por um momento enquanto Joe espera alguma reação de Vince. Mas ele fica ali sentado, sem se mexer, sem querer ceder mesmo com a verdade se revelando.

— Pois bem — diz Joe —, venho descobrindo tudo sobre Liz há meses, e não aceito a ideia de que ela ia querer se envolver com um cara como você. Acho que ela estava tendo um caso com você contra a vontade. Acho que você tinha informações que ela faria qualquer coisa para manter em segredo. — Ele faz uma pausa. — O nome Alex Berg significa alguma coisa pra você?

Vince morde a unha.

— Não.

— É mesmo? Que estranho. Porque, quando eu estava interrogando Richie na delegacia, ele mencionou uma coisa. Ele me disse que andava correndo por Noank pensando em Liz. E me contou que, quase sempre que saía para correr, acabava indo parar no mesmo lugar. Na casa de Alex Berg.

— E daí? — pergunta Vince, um pouco na defensiva. — O que isso tem a ver comigo?

— Não achei que tivesse a ver com você a princípio. Mas isso ficou me incomodando. Parecia que tudo tinha que se encaixar: você, Liz, Alex, Richie, Caroline. Eu só não sabia exatamente como. — Ele indica a mesa de centro. — Quero que olhe dentro daquele envelope agora.

Eu literalmente *bato palmas*.

— Sim! — grito, ficando nas pontas dos pés apesar da dor lancinante nos dedos. — Sim! Você descobriu! Descobriu!

Com mãos trêmulas, Vince abre o envelope pardo. Lá dentro espero ver as mesmas fotos minhas que já me embrulharam o estômago tantas vezes.

Mas não é para isso que estamos olhando.

Alex olha para nós. Está exatamente como me lembro de vê-lo naquela noite: molhado, sangrando, quebrado, morto. Vê-lo agora não é mais fácil.

Vince fica em silêncio enquanto olha as fotos. Depois de Alex, há cinco fotos diferentes da bicicleta: destroçada, retorcida, lançada longe do corpo dele.

— O que é isso? — pergunta Vince. A voz dele treme. Só um pouco, mas é o bastante.

— Continue olhando. — O tom de voz de Joe é suave, quase de conversa. — A próxima é a foto na qual você deve prestar atenção.

É uma foto da bicicleta de Alex de perto. Imediatamente percebo a que Joe se refere. Na parte de trás do pedal, tão pequena que é quase invisível, há uma mancha vermelha.

— Está vendo isso? — pergunta Joe.

Vince balança a cabeça.

— Sangue. E daí?

— Não é sangue. É tinta.

Vince solta as fotos no colo.

— É como já falei. Não sei o que isso tem a ver comigo.

— De acordo com você, com *você*, Vince, uma semana depois que esse garoto, Alex Berg, foi morto em um atropelamento sem socorro, você consertou o carro de Elizabeth para ela. Você mesmo me contou que foi assim que a conheceu. Lembra? Ela não queria acionar o seguro. Queria que o serviço fosse feito rapidamente. E queria segredo. Está certo?

Vince só concorda.

— Acho que você reparou em alguma coisa enquanto estava consertando o carro dela. Acho que descobriu, assim como eu, que foi ela quem matou esse garoto. Estava chovendo na noite em que ele foi atropelado. Liz provavelmente procurou sangue no carro, procurou algum sinal de que tinha estado envolvida no acidente. Mas não olhou a parte de baixo do para-choque da frente, olhou?

Vince morde o lábio com força, mas não diz nada.

— Acho que você encontrou tinta da bicicleta de Alex Berg debaixo do para-choque dela. Você sabia que ela era responsável pela morte dele. Acho que você a estava chantageando. O que fez? Ameaçou procurar a polícia se ela não dormisse com você?

Vince funga. Parece um animal enjaulado.

— Aquela putinha — diz ele — me tratou como se eu não chegasse aos pés da sujeira da sola do sapato dela.

— Me conte o que aconteceu — diz Joe. — Vamos lá. Alivie sua consciência.

Vince umedece os lábios e *sorri*.

— Lamento dizer que não tenho porra nenhuma de consciência — diz ele a Joe.

— Tenho certeza de que não tem. — Joe fica de pé e pega as algemas. — Levante-se. Você está preso.

Percebo qual é a lembrança quase na mesma hora em que ela aparece para mim: estou de pé no quarto de Richie, pedindo que ele vá comigo buscar o carro na Fender Benders.

Mas Richie não pode ir comigo até a oficina de Vince.

— Tenho dever de casa — diz ele com expressão de quem pede desculpas enquanto me aborreço no quarto dele.

— Que dever de casa? Richie, vamos demorar só uma hora para ir e voltar. Anda. — Estou com a chave do carro dele pendurada na mão. Estou arrumada e pronta para sair. Mas não posso ir no carro dele, a não ser que ele venha comigo. Não vou ter como trazê-lo de volta depois.

— Estou escrevendo um trabalho para a aula de literatura. É sobre *Macbeth*. Quer ler o que já escrevi? Precisa ter dez páginas, mas tenho um planejamento de doze. Vai ficar muito bom, Liz.

Franzo a testa. Estou prestes a chorar. Obviamente, ele não entende a gravidade da situação.

— Richie. Quem liga para *Macbeth*?

— Eu. Eu ligo. — Richie faz uma pausa. — Já leu a peça?

Bato o pé com agitação.

— Você sabe que sou do tipo que lê os resumos, Richie. É só uma peça idiota.

— Liz, lamento. O trabalho é para amanhã. Você não começou o seu ainda, não é?

O que entendo agora (e o que Richie não sabia naquela época e ainda não sabe) é que tenho coisas muito, *muito* mais sérias com que me preocupar. Preciso pegar o carro antes que meus pais reparem que não estava em casa. Além do mais, eu provavelmente consigo adiar o prazo do trabalho com uma conversa.

Richie passa uma das mãos no cabelo desgrenhado.

— Não podemos pegar o carro amanhã? Levo você depois da aula, prometo.

— Tem que ser hoje! — Estou quase gritando, desesperada para pegar o carro. — Richie, sei que você acha que estou sendo cricri e ridícula, mas preciso da sua ajuda. Por favor.

— Liz, não *acho* que você esteja sendo cricri e ridícula. Tome. — Ele coloca a mão no bolso e tira um punhado de moedas e cédulas. — Isso é mais do que suficiente. Pegue o ônibus. Vai demorar uns dez minutos só.

Meu queixo cai.

— Pegar o ônibus? Quem diabos eu pareço ser? Por acaso pareço ser uma sem-teto? E se alguém tentar me abordar? E se eu for assaltada? Você nunca viu aquele filme em que a mulher pega um ônibus que tem uma bomba?

— Está falando de *Velocidade máxima*? — Ele ri. — Sim, Liz, não vai ter bomba nenhuma. — Ele dá um passo para perto de mim e toca no meu cabelo. Depois, me beija nos lábios. — Acho que vai ser bom para você, enriquecedor. Vá de ônibus, querida, e, quando voltar, venha me contar como foi horrível.

Não tenho escolha, tenho? Pego o dinheiro da mão dele.

— Ah, acredite, vou contar tudo. — Quando estou saindo do quarto, falo por cima do ombro: — Se voltar viva!

Então aqui estou eu: sozinha, em uma tarde de domingo, na oficina Fender Benders, ainda deserta. Logo antes de sair, tentei convencer Josie de ir comigo, mas não teve jeito de convencê-la a ir de ônibus. Surpreendentemente, não foi tão ruim. Quase todo mundo parecia normal. Relativamente normal. Você sabe, para um ônibus.

Meu carro está estacionado do lado de fora da oficina. Parece novo em folha. Enquanto o examino, Vince anda até mim com o buldogue Rocky logo atrás. Reparo que Rocky não está de coleira nem de guia.

— Só quero minha chave — digo a ele. — Tenho que ir pra casa.

Vince balança a cabeça. Rocky olha para mim com baba pendurada nos cantos da boca. Dou um sorriso para o cachorro, mas isso só o faz latir alto.

— E então... a chave. Onde está?

Vince se encosta no meu carro, com o macacão imundo direto sobre a tinta vermelha lustrosa. Embora eu saiba que não tive muita escolha, ainda não consigo acreditar que fui até lá sozinha. Não consigo acreditar que *Richie* me deixou ir lá sozinha. De ônibus. Sei como sou e tenho certeza de que ele vai ouvir tanto sobre isso depois, tenha ele um trabalho para terminar ou não.

— Isso pode surpreender você — diz Vince, enfiando o dedinho na orelha —, mas sou um grande fã do noticiário local.

Cruzo os braços.

— E daí? Por acaso também lê os jornais? Que bom. Me dê a chave.

— Na verdade, leio o jornal, sim. Isso surpreende você, não é? Aposto que achou que eu era analfabeto.

Engulo o chiclete que estava mastigando. Embora esteja toda maquiada, embora meu cabelo esteja perfeitamente arrumado, meu rosto está com um tom cinzento e meus olhos estão vermelhos. Eu não ficaria surpresa se mal tivesse dormido na noite anterior. Imagino que devo ter ficado acordada, olhando anuários antigos à procura de outras fotos de Alex Berg. Eu me vejo observando-as, avaliando o rosto dele, tentando substituir a imagem que já está fixada no meu cérebro: rosto sangrento, olhos desesperados, boca trêmula, ofegando para dar o último e horrendo suspiro.

— Não achei que você era analfabeto. — Por que estou tendo essa conversa com ele? Eu devia pegar a chave da mão imunda dele e ir embora. Ela está bem ali, a menos de um braço de distância.

— Seja como for, é muito engraçado. Sabe, semana passada um garoto da sua cidade foi morto quando estava indo do trabalho pra casa de bicicleta. Encontraram o corpo alguns dias atrás. Você ouviu falar?

Coloco a mão sobre a barriga. Provavelmente, estou nauseada; ao me ver interagir com Vince, eu ficaria surpresa se *não* estivesse enjoada. Eu devia ter comido de manhã, mas começo a achar que não comi nada.

Controle. É preciso manter o controle. Ou, percebo agora, a ilusão de estar no controle. Provavelmente não vou me permitir almoçar, quando voltar para casa, depois desse encontro com Vince. Em vez disso, devo dar uma longa corrida. Isso depois que terminar de massacrar Richie.

— Ouvi falar sobre isso — digo, fazendo o melhor que posso para manter o tom leve. — Foi um atropelamento sem socorro. Terrível. O que tem a ver com a gente?

— Bem, tem a ver com muita coisa, Liz. Ou Elizabeth é melhor? Posso chamar você de Elizabeth?

— Não.

— Tudo bem, Elizabeth. Vou direto ao ponto. — Ele curva os lábios em um sorriso de satisfação. — Você atropelou aquele garoto, não foi? Eu sabia que você estava mentindo sobre o parquímetro, disso eu tinha certeza. Não fazia sentido. — Ele dá uma risada. — Que tipo de idiota bate em um parquímetro? E com o para-choque da frente? — Vince balança a cabeça. — Não. Não fazia sentido.

Meu corpo todo está tremendo. Chiclete, bile, seja lá o que tem no meu estômago, tenho certeza de que está se revirando agora.

— Está enganado. Eu não o atropelei.

— Bem, quem estava dirigindo seu carro foi quem o atropelou. Tenho certeza. Sabe, Elizabeth, mesmo tendo sido um trabalho por debaixo dos panos, tenho o hábito de tirar fotos dos meus consertos. Virou um hábito automático ao longo dos anos. E, enquanto eu estava tirando fotos, reparei *nisso*. — Ele pega uma foto impressa no bolso de trás e passa para mim. É uma foto da parte de baixo do para-choque dianteiro. Lá, em um ponto que não reparei quando inspecionei o carro, há uma mancha de tinta azul, cercada de vários pequenos arranhões no Mustang.

— Azul — diz Vince, como se qualquer explicação fosse necessária. — Azul como a bicicleta do garoto. Estou certo?

Olhamos um para o outro. Consigo me ver tremendo, meu lábio inferior tremendo. Nada disso estaria acontecendo se Richie estivesse aqui. Estaria? Ele não me protegeria? Mas ele não está, e estou sozinha com Vince e com o seu cachorro feio, e ele pode fazer o que quiser comigo. O que quiser. Isso é pior do que uma bomba no ônibus. É um pesadelo. E tem uma parte de mim que sabe que mereço. Matei uma pessoa. Não se escapa de coisas assim. Nem mesmo pessoas como eu.

— O que você quer? — pergunto.

Vince sorri de novo.

— Muitas coisas. Vamos começar com quinhentos dólares. Pode trazer ao meu apartamento no final desta semana. — O olhar dele percorre meu corpo. — Não. Não no final da semana. Venha amanhã. Talvez você e eu possamos nos divertir. O que acha?

— Quinhentos dólares — digo. — Só isso. Mais nada.

Vince ergue uma das sobrancelhas.

— Acho que você não decide mais as regras, Elizabeth. Quinhentos dólares. Você e esse seu corpinho gostoso, no meu apartamento, sozinha. Amanhã. Senão eu chamo a polícia e mostro essa foto Você não quer que eu faça isso, quer?

Balanço a cabeça. Estou chorando.

Vince me entrega a chave.

— Moro no apartamento nove de Covington Arms. Vejo você amanhã, sua piranha linda.

Paro no acostamento duas vezes na volta para Noank, indo para a direita de repente, e tenho como resposta uma onda de buzinas e gestos adoráveis dos outros motoristas. Estou chorando muito e tremendo com tanta violência que preciso encostar uma terceira vez antes de chegar à minha rua, para me recompor. Que escolha eu tenho? Além de fazer o que Vince queria — que sei que acabei fazendo mesmo —, a única outra opção é confessar que sou responsável pela morte de Alex. Sei que consigo arrumar dinheiro com facilidade, mas percebo que estou apavorada com a ideia do que ele pode querer de mim fisicamente. Pelo menos, sei que não vou fazer sexo com ele. Sou virgem, pelo amor de Deus. Estou me guardando para Richie. Não vou dormir com Vince Aiello. Não dormi com Vince Aiello.

Consigo me recompor o suficiente para, ao estacionar e ver Richie fumando na janela, acenar para ele e dar um sorrisinho.

— Você conseguiu — diz ele. — Está viva. — Ele sorri. — Concluo que não havia bomba nenhuma no ônibus.

Balanço a cabeça.

— Quer vir aqui? Quase terminei o rascunho. Adoraria que você lesse. — Ele joga a guimba do cigarro no gramado. — Você poderia aprender alguma coisa sobre *Macbeth*. É uma ótima história. Acho que ia gostar.

Faço sombra sobre os olhos ao olhar para ele.

— Vou dar uma corrida — digo.

— De novo? — Ele franze a testa. — Você não correu hoje de manhã?

— Estamos na temporada de *cross country*. — Dou de ombros. É uma justificativa ruim.

— Ah. Então você vem mais tarde? — Ele olha para o Mustang. — Aliás, o carro está ótimo.

— É, está, sim. É claro que passo aí mais tarde. De noite. Tá?

— Tudo bem. — Ele fica de pé e fecha a janela. Antes de terminar, diz: — Ei, me desculpe por não ter ido com você. Mas foi tudo bem, não foi? Vince não morde.

Fecho os olhos. Parece que vou começar a chorar de novo.

— Você estava certo — digo. — Foi tudo bem.

— Que bom. Amo você, Liz.

— Eu também amo você.

Dentro de casa, Josie está meio adormecida do sofá da sala. Uma lata aberta de refrigerante diet está sobre a mesa de centro, com uma tigela de pipocas pela metade. Ela está assistindo a algum reality show idiota enquanto tenta ler *Macbeth*. Reparo que ela mal passou das primeiras páginas. Ao olhar para ela agora, não fico surpresa. Richie é a única pessoa que conheço que ama Shakespeare. Eu me lembro que, antes de morrer, os livros dele sempre me davam sono. Ao que parece, tem o mesmo efeito em Josie.

— Ei. — Eu a agito com força. — Precisamos conversar. Agora.

— O que foi? — Ela se senta com expressão grogue. — Pegou o carro? Está consertado?

— Venha para o meu quarto.

— Mamãe e papai ainda não voltaram. Podemos conversar aqui.

— Não — digo com insistência. — No meu quarto. Agora.

Quando termino de contar tudo a ela, ela se senta de pernas cruzadas sobre a minha cama.

— Meu Deus — murmura ela. — O que você vai fazer, Liz?

— Não sei. Que escolha eu tenho? Vou pagar.

— E vai fazer... o que mais ele quiser?

Não digo nada.

— E quanto a Richie? — pergunta ela. — Se você fizer qualquer coisa com Vince, vai ser traição.

Faço uma careta ao ouvir a palavra "traição".

— Não vai ser assim. Não tenho escolha. Josie... você também estava no carro. — Fecho os olhos por um minuto. — Não parece justo.

Ela respira fundo e concorda.

— Acho que não. Mas, Liz... você estava dirigindo.

Meu queixo cai.

— Não é justo, Josie. Foi você que não quis chamar ajuda.

Josie balança a cabeça.

— Não teria feito diferença. Ele teria morrido de qualquer jeito.

— Talvez. — Faço uma pausa. — Mas não consigo parar de pensar nisso. Eu faria qualquer coisa para mudar.

— Mas você não pode. Aconteceu, e agora você tem que fazer isso ou nós duas estaremos na merda. Apenas... apenas vá lá amanhã e dê o dinheiro, e vai estar tudo acabado. Tá? E então poderemos deixar isso tudo para trás.

Olho para ela.

— E quanto a Alex? E quanto à família dele? Eles não vão deixar para trás. Josie, estragamos as vidas deles. Nós o matamos.

Ela morde o lábio. Fica em silêncio por muito tempo. Por fim, diz:

— Liz, nós não o matamos. Você o matou. Eu só entrei no carro com você.

— Sinto muito — digo, começando a chorar de novo. — Sinto muito por ter colocado você nessa confusão, sinto muito por Alex... Talvez eu devesse ir direto à polícia, sabe? Talvez devesse me entregar. Não sei se consigo fazer isso, Josie. Acho que não consigo fazer o que Vince quer. Não sei o que ele espera, mas, seja o que for...

— Não! Você tem que fazer o que ele quer. Liz, acabe logo com isso. — Ela acaricia minhas mechas louras com a mão pequena. Uma das unhas fica presa no meu cabelo, e eu me encolho quando ela puxa. — Você tem que fazer isso, Liz. Não pode contar a ninguém o que aconteceu. Ninguém. Nem para a polícia, nem para Richie, ninguém. Entendeu?

Concordo com a cabeça.

— Ficaríamos bem mais encrencadas. E estragaria nossas vidas. Qual é o sentido disso? — Ela está quase sem fôlego. — Estou cuidando de você — diz ela. — Sou sua melhor amiga. — Josie sorri sem entusiasmo. — Somos irmãs. Prometo que nada de ruim vai acontecer a você. Não vou deixar. Tudo isso vai acabar logo.

Vinte e quatro

A notícia da prisão de Vince — por chantagem, extorsão e exploração sexual de uma menor — se espalha quase instantaneamente. Sai no noticiário matinal. Eu vejo na casa de Richie, onde ele e os pais assistem impressionados, os três em silêncio e estupefatos, olhando para a televisão.

— A família daquele pobre garoto — diz a Sra. Wilson. Ela está falando de Alex.

O Sr. Wilson está vestindo o casaco. No noticiário, não há menção a nada específico sobre a noite em que Alex morreu, como o fato de que eu não estava sozinha. E, pelo menos de acordo com o âncora matinal, minha morte ainda é acidental. Foi um final terrível para uma tragédia horrível que se prolongou durante um ano inteiro.

— Eu achava que Liz tinha problemas com a comida — diz a Sra. Wilson. — Acho que concluí isso por causa do histórico da mãe...

— Fazia sentido. — O Sr. Wilson está pronto para sair pela porta. — Ela estava definhando. — Ele puxa o cotovelo da esposa. — Agora nós sabemos, não é? Está vendo o que uma consciência culpada pode fazer com você? — diz a Richie.

Richie não concorda. Não se move. Apenas olha para a televisão. Percebo que, na cabeça dele, as peças estão se encaixando. Assim como vêm se encaixando na minha a noite toda, desde que observei Joe Wright levar Vince Aiello para a cadeia.

— Seu pai e eu vamos à cidade. Só pelo período da manhã — diz a Sra. Wilson. Ela olha para o filho. — Richard? Você está bem?

Ele balança a cabeça devagar.

— Diga alguma coisa — ordena ela.

Ele pigarreia.

— Estou bem. Quero dizer... estou. É que estou chocado, só isso.

— Eu sei. É horrível. — Ela treme. — Mas os Valchar estão de mudança, agora. Isso é bom. Pois bem. Seu pai e eu voltaremos mais tarde, e tem dinheiro para comprar comida na cozinha. Você vai ficar bem sozinho?

Richie concorda de novo.

Em um tom mais gentil, a Sra. Wilson diz:

— Por favor, ligue se precisar de alguma coisa. Estamos a apenas um telefonema de distância. Amamos você. — Ela mexe no cabelo dele. Fecho os olhos, imaginando a sensação de passar os dedos naqueles cachos.

— E, faça o que fizer — diz a Sra. Wilson ao sair pela porta com o marido —, não vá até a casa dos Valchar. Você não deve ver Josie sob circunstância nenhuma. Entendeu?

Richie não diz nada.

— Richard. Quero uma resposta de você.

— Sim, mãe, entendi.

Ele espera os pais saírem da garagem. Observa pela janela quando o carro deles vira à esquerda para sair da High Street. Depois passa diretamente pela porta da frente, segue a calçada e vai até minha antiga casa.

Josie está sentada entre caixas. A televisão está desligada. É sábado, então não tem aula, e posso imaginar o quanto meus colegas de turma estarão falando na segunda de manhã. Eu me pergunto se vão revogar minha coroa de rainha do baile. A ideia me faz pensar em Alex, em nosso baile juntos e no tempo que passamos no palco. Apesar de tudo, sorrio. Podem tirar minha coroa. Nunca a mereci mesmo.

Richie entra sem bater. Josie está sozinha em casa. Meu pai está no barco, é claro, e Nicole não está por perto.

Ele fica de pé na entrada da sala de estar. Josie está sentada no chão, com as costas no sofá, olhando um velho álbum de fotos.

— Viu o noticiário? — pergunta Richie.

— Não tem noticiário nesta casa. Estou isolada do mundo. Não temos internet, meu pai cancelou meu plano de celular. Não temos TV a cabo também. Por quê?

— Prenderam Vince Aiello por chantagem. Por um bando de outras coisas também. Sabem que foi Liz quem atropelou Alex Berg.

Consigo ver a cor sumindo do rosto de Josie.

— O quê? — pergunta ela, com a voz carregada de uma pontada de pânico.

— É. — Richie balança a cabeça. — Está em todos os noticiários. A polícia deve estar falando com nossos amigos agora. Josie, aquilo foi na noite em que vocês duas saíram de carro da festa de Caroline, não foi? Me lembro de ter acontecido. Apenas alguns dias depois, Liz me procurou para falar do carro. A polícia vai descobrir, Josie. Vão descobrir que você estava no carro com ela naquela noite. Você vai ficar encrencada.

Josie abaixa a cabeça. As mãos dela apertam os cantos do álbum de fotos.

— Mas eu não estava dirigindo — diz ela. — Não fiz nada de errado.

— Você sabia o que tinha acontecido, mas não contou a ninguém. É crime.

— Eu era menor de idade — protesta ela. — Ainda *sou* menor. O que vão fazer, me jogar na prisão? Eu não sabia resolver as coisas.

O que eu deveria ter feito, Richie? Entregar minha própria irmã? Já foi horrível o bastante quando... — Ela para. Fecha a boca de repente.

— Quando o quê? — Richie dá um passo para dentro da sala.

— Nada. — Josie balança a cabeça. — Foi horrível, só isso. Tudo foi horrível.

— Você era a melhor amiga dela — diz Richie. — Ela contou a você o que Vince estava fazendo, não contou?

Josie não diz nada.

— Você me mostrou aquelas fotos. Me deixou acreditar que ela estava me traindo. Sabia que eu acabaria terminando com ela. Sabia que eu a confrontaria. E, quando eu a confrontasse, o que ela diria? Não ia me contar o que tinha acontecido. Você fez tudo de propósito, para que... para que, Josie? Para me roubar dela? Eu a amava. Ainda a amo.

Josie parece estar sofrendo.

— Você *me* ama — sussurra ela. — E eu amo você. Temos uma história de amor. É como minha mãe e meu pai. Fomos feitos um para o outro. Ela não merecia você.

— O que ela *não* merecia era morrer. Não merecia o que Vince fez a ela. Mas, se você acha que ela não me merecia, então não a conhecia de verdade. — Richie balança a cabeça. — Josie, não tem história de amor aqui. Eu gosto de você. Não quero ver você arrumar problemas, mas a esta altura, é inevitável. Eu não me surpreenderia se a polícia estivesse a caminho daqui agora. Você vai ter que encarar o que aconteceu.

Minha irmã limpa os olhos.

— Você está certo. Acho que vou.

— Eu só gostaria... Meu Deus, eu queria tanto que Liz tivesse confessado. Queria que ela tivesse ido diretamente à polícia naquela noite, sabe? Talvez ainda estivesse viva. Talvez tudo tivesse sido diferente.

Josie fica com um olhar distante.

— Talvez.

Começo a me sentir tonta. Tão tonta que, sem pensar, estico o braço para me apoiar em Richie.

Assim que fazemos contato, o corpo dele todo se enrijece. Pela primeira vez desde que toquei nele depois da minha morte, tenho certeza de que ele também consegue sentir. Ele pode não saber que sou eu, mas sabe que é *alguma coisa*.

— Richie? — pergunta Josie, fungando, ainda chorando. — Qual é o problema? Você está estranho.

Ele balança a cabeça. Eu me afasto dele. Ainda me sinto tonta, mas consegui me equilibrar nas botas (essas *malditas* botas) e me sentar no chão ao lado de Josie. A sala está quase girando. Sinto como se fosse desmaiar. Respiro fundo e luto para me recompor.

— O que está olhando? — pergunta Richie. Ele ainda parece abalado pelo meu toque.

— Nada. Um álbum velho de fotos. É de bem antes de minha mãe se separar. É meu álbum de bebê.

— Fotos de bebê, hein? Posso ver? — Percebo que ele está apenas sendo simpático. Ele quer sair da minha casa. Quer se afastar de Josie. Mas Richie é um cara legal, não vai simplesmente deixá-la sozinha, não assim.

— Claro. Sente-se.

Nós três estamos no chão juntos, com Josie sentada no meio. Ela está olhando para as fotos dela de recém-nascida, nos braços da mãe. Nicole e o primeiro marido parecem muito animados de estarem com a filha. Não há sinal de infelicidade nos olhos deles e nenhuma indicação de que sejam qualquer coisa diferente de uma família feliz.

Mesmo quando recém-nascida, Josie tinha olhos grandes. Ela olha para a câmera. Uma penugem ruiva cobre a cabeça dela.

Em um instante, eu me lembro. Eu entendo. Aqui está: a última peça do quebra-cabeça.

— Que estranho — diz Richie.

— O quê? — Josie apoia a mão na perna dele como se fosse a coisa mais natural do mundo.

É como se alguém tivesse mexido em um interruptor e acendido as luzes. Tudo está claro agora. Tudo faz sentido. É claro. Esta é a verdade. Sempre esteve ali, esperando que eu me lembrasse.

Saia!, quero gritar. Mas, em vez disso, quase instintivamente, estico o braço pelo corpo de Josie e seguro o de Richie. Tenho dúvidas se vai funcionar, mas preciso tentar. Quero que ele saiba. Quero que perceba. Preciso que entenda o que sei que estou prestes a ver.

— Cuidado com a ruiva disfarçada — diz Richie. — Não foi isso que você me contou que o médium disse a Liz? Na Igreja Espiritualista aonde vocês foram?

— Ah. É, acho que foi. — Josie tira a mão da perna de Richie. — Mas só tive cabelo ruivo até os 4 anos. Quando cresci, foi ficando... bem, assim. — Ela puxa as mechas louro-escuras. — Eu pinto há anos.

— Mas você já teve cabelo ruivo — diz Richie, olhando para ela.

Eu o seguro com o máximo de força que consigo. Eu me empenho. Eu me concentro. *Por favor*, penso, *por favor, lembre-se. Estamos conectados. Mostre para mim. Mostre para ele.*

Já passa da meia-noite. Quase todo mundo no *Elizabeth* está dormindo. Todo mundo menos Josie e eu.

— Nossos amigos são fracos — reclama ela, dando um grande gole em uma garrafa de cerveja quase vazia. — Você acredita que eles nem mesmo ficaram acordados para o seu aniversário de verdade? Quanto tempo temos, menos de duas horas?

Fico de pé. Parece óbvio que estou tonta, instável.

— Preciso de ar — digo a ela, saindo para o convés do barco.

— Venha comigo.

Descemos os degraus que ligam o barco ao cais e ficamos de pé na superfície de madeira juntas. A noite está silenciosa, e todos os nossos amigos dormem lá dentro. Tenho quase 18 anos e estou com um problema enorme.

— Precisamos conversar, Josie — digo a ela.

Ela me lança um olhar duvidoso.

— Sobre o quê?

— Você sabe. Alex. O que fizemos. Não aguento mais — digo. — Não aguento nem mais um dia.

A expressão da minha irmã postiça é de alarme.

— O que você falou?

Minha fala está um pouco arrastada.

— Vou contar ao Sr. Riley o que aconteceu, Josie. Não sei o que farei depois disso. Provavelmente vou procurar a polícia.

Ela balança a cabeça.

— De jeito nenhum. Liz, pense bem. Você não vai contar nada a ele. A coisa com Vince acabou. Foram só algumas fotos e dinheiro.

— Ele nunca vai parar, Josie. Posso dar o quanto for, ele sempre vai querer mais. Toda vez que faz contato comigo, ele quer mais dinheiro, e agora quer sexo. — Dou uma risada alta. — Dá para acreditar que espera que eu faça *sexo* com ele? Não vou fazer. — balanço a cabeça. O cais sacoleja gentilmente sobre a água. Por um momento, parece que quase perco o equilíbrio. Mas as botas são lindas. Sei que não teria como eu tirá-las, não pela simples questão do equilíbrio. Elas completam o traje.

Percebo que Josie está fazendo o melhor que pode para ficar calma.

— Liz, me escute. Você está bêbada. Vamos pensar em alguma coisa. Mas você não pode contar a ninguém. Já conversamos sobre isso. Nós duas teríamos problemas sérios. Faz mais de um ano. Apenas... apenas durma com ele. O quanto isso pode ser ruim?

— Não sei — digo a ela. — Sou virgem. Você sabe.

— Bem, você vai ter que perder a virgindade algum dia.
— Quero perder com Richie.
Ela ri. Não diz nada.
Coloco as mãos nos joelhos.
— Estou tão tonta. — Respiro fundo. — Acho que vou desmaiar, Josie.
— Coloque a cabeça entre os joelhos — instrui ela. — Respire fundo.
— Josie — murmuro. — Preciso de suco. Pode pegar suco para mim? Vou desmaiar.
— Posso. Espere. — Ela vai até o barco, até a parte fechada. Por um longo momento, minha irmã postiça olha em volta. Observa meus amigos adormecidos: Topher e Mera, com os braços enlaçados um no outro, compartilhando um saco de dormir. Richie, dormindo no sofá. Caroline, encolhida como uma bola no chão. Todos estão apagados. Ninguém sabe que ainda estamos acordadas, juntas no cais. Ninguém vê nada.

Josie não vai até a geladeira pegar suco. Em vez disso, ela sai de novo, pisando devagar no cais, e fica olhando para mim.

Estou bêbada. Estou exausta; devo ter corrido 16 quilômetros hoje, talvez mais, e, fora uma pequena mordida do bolo de aniversário, não devo ter comido mais nada. Além disso, tem o baseado que fumamos. Lembro de tudo muito claramente agora. Não consigo acreditar em como tratei meu corpo. É como se eu quisesse que alguma coisa terrível me acontecesse. E, agora, vai acontecer.

Olho para ela.
— Onde está meu suco?

Dou um passo para trás. Ela anda na minha direção. Dou outro passo para trás, trêmula e instável, e começo a perder o equilíbrio quando ela se aproxima.

— Liz, você não pode contar a ninguém. Vai estragar tudo. Você vai ficar encrencada. — Ela engole em seco. — Vai *me* encrencar. Não é justo.

— Tenho que contar a alguém. Vou contar ao Sr. Riley. Ele vai me ajudar. Vai entender. Josie, não consigo mais viver assim. Sinto que guardar esse segredo está me matando.

Eu me balanço para trás, tentando desesperadamente recuperar o equilíbrio, e a ponta da minha bota se prende na lateral do cais. Estico os braços para Josie, tentando me segurar nela.

Ela olha para mim pelo que parece ser um longo tempo, embora sejam apenas alguns segundos. E não faz nada.

Eu caio na água. Por um momento, meu corpo todo desaparece. Em seguida, volto à superfície, fazendo barulho e gritando para que ela me ajude.

A água está gelada à noite nessa época do ano, sem dúvida fria o bastante para me deixar sóbria. Continuo a me debater na água por alguns segundos, tentando me segurar na beirada do cais para sair. Minha irmã postiça só olha, observa, pensando. Decidindo.

Ela fica de joelhos. Estica um braço, como se fosse me puxar para cima, e, por um momento, minha expressão passa a ser de alívio quando estico a mão para ela, agradecida pela ajuda.

Josie coloca uma das mãos no meu ombro e a outra em cima da minha cabeça. Ela me empurra para debaixo da água. Está em silêncio, com lágrimas nos olhos e uma expressão de determinação ferrenha no rosto.

Ela me segura debaixo da água por muito tempo. Em algum momento, vou ter que respirar. Enquanto assisto, me lembro claramente. É quase como se estivesse revivendo tudo. A água nos meus pulmões, no meu nariz, em todas as partes. Ela queima muito, e minha boca está aberta em um grito silencioso debaixo da água, com o mundo todo ficando preto nos meus olhos.

Esta noite, na véspera do meu décimo oitavo aniversário, eu morro.

Josie fica de pé. Está usando uma camiseta e um short jeans, portanto quase não se molhou. Os braços estão vermelhos por causa da água fria. Ela entra no barco, vai até o banheiro e se seca em silêncio. Olha para o reflexo no espelho, respira fundo várias vezes e sai do banheiro. Apaga as luzes do barco e entra debaixo do cobertor em uma das camas.

Ela fica ali deitada por um tempo, com os olhos arregalados, olhando para o teto do barco. Apenas alguns minutos antes da hora em que eu oficialmente faria 18 anos, minha irmã postiça adormece.

Quando abro os olhos e vejo Richie, percebo imediatamente que ele entendeu. Pode não ter visto tudo como vi, mas sentiu. Ele sabe.

— Você — sussurra ele, ficando de pé e se afastando de Josie devagar. — Você matou minha Liz.

Josie encosta o dedo indicador nos lábios fechados. Não diz nada.

— Por que fez isso? — pergunta Richie, ainda sussurrando. — Por que faria mal a ela?

— Ela tinha tudo. — A voz de Josie está tão calma que me assusta. — Era linda. Tinha você. E tinha nosso pai. Todo mundo sabe que sou filha dele, *todo mundo*. Mas ele nunca admitiria. Até minha mãe me disse que era verdade. Mas Liz tinha todas as atenções. Liz era a bonita. Liz era a rainha da escola. Era tão fácil para ela. Nunca foi fácil assim para mim. Ela tinha tudo, Richie. Tinha tudo até quando não merecia.

A voz dela vai ficando mais alta conforme ela fala, ganhando mais convicção a cada palavra.

— Você mal sabia que eu estava viva antes de descobrir que ela estava traindo você. Talvez não fosse traição *de verdade*, mas era quase isso. Richie, eu não teria feito isso com você! Você não entende? A vida segue um padrão. Liz era como a mãe dela. Eu sou como a minha. Você é como meu pai. Você não vê? Fomos feitos um para o outro.

Richie olha em volta, como se estivesse tentando pensar em uma estratégia de fuga. Mas não há para onde ir. A única coisa que ele pode fazer é ouvir.

— Liz tinha tudo — repete Josie —, e ela ia jogar tudo no lixo por causa de uma noite idiota de bebedeira. — A voz dela começa a tremer, mas só um pouco. — E ia me levar junto. Eu amo meu pai, Richie. E amo você. Eu também amava Liz. Ela era minha irmã. Mas ela tinha uma vida boa. Estava na hora de outra pessoa ter essa oportunidade. — Ela fecha o álbum de bebê e o coloca de lado. — Era minha vez. Ela ia nos delatar, ia *me* delatar. Eu não estava dirigindo naquela noite. Não atropelei Alex. Não merecia ter problemas por causa do que ela fez.

— Você não queria ser incriminada. — Os olhos de Richie estão arregalados. — É disso que se trata, não é? Admita. Ela ia contar a verdade, e você não aceitou.

— Sim. — Josie parece febril. Ela balança a cabeça, concordando. — Claro. Acho que é isso mesmo, Richie.

— Você é doente — diz meu namorado. Meu Richie. O amor da minha vida.

Josie balança a cabeça de novo.

— Talvez seja.

Richie se inclina e respira fundo, tentando se recompor. Enquanto olha para o chão, ele repara em uma coisa.

Sigo o olhar dele e sufoco um gritinho.

Em volta do tornozelo de Josie está a pulseira de "Melhores Amigas". Ela ainda a usa. Embora tenha me matado.

Em um movimento rápido, com mais raiva no rosto do que já vi, Richie vai para cima dela. Antes que Josie tenha a chance de se afastar, ele pega a pulseira e a arranca do tornozelo dela, arrebentando a corrente.

— O que está fazendo? — grita ela, afastando a perna.

Ele segura a pulseira no punho fechado. Há uma fúria genuína no olhar dele, junto com várias outras emoções: dor, sofrimento. Mas não compaixão. Não tinha pena de Josie.

— Devolva isso — sussurra minha irmã postiça, olhando para a mão fechada dele.

Ele balança a cabeça.

— Não. Você nunca vai usa-la de novo. Nunca.

Há uma batidinha leve na porta da frente.

— Acho que é a polícia. — Richie está sem fôlego. Ele não se move.

Josie parece calma, mas sua respiração está intensa e pesada. Os olhos dela brilham de emoção, embora seu tom seja inflexível.

— Não vai abrir a porta?

— Liz teria feito qualquer coisa por você.

— Liz ia estragar minha vida.

— Por isso você a matou.

Josie pisca.

— Abra a porta, Richie. Estou cansada de esperar. — Ela suspira. — A vida é um tédio sem Liz. Se eu soubesse disso antes, talvez as coisas tivessem sido diferentes.

Vinte e cinco

Eu me lembro de tudo tão claramente agora, minha vida em uma série de lembranças claras à minha frente parecendo uma exibição de slides. Posso consultá-las a qualquer momento. Não há mais lacunas. Não há falhas. A sensação de desamparo que me persegue desde a minha morte, a frustração de não conseguir lembrar, tudo sumiu.

Eu me lembro de ter 12 anos, no primeiro dia do sétimo ano, quando o Sr. Riley reparou no meu corpo magro e perguntou:

— Você já pensou em fazer corrida *cross country*?

— Quer dizer corridas de longa distância? — Mesmo naquela época, eu já era uma garotinha mimada. — Meu pai diz que não corre a não ser que tenha alguém atrás dele. — Faço uma pausa. — Mas minha mãe corria.

A princípio, como com qualquer coisa nova, foi difícil. Percebi que meu corpo nunca tinha encontrado seu ritmo até aquela primeira tarde. E depois entendi por que as pessoas se apaixonavam por corrida, assim como eu me apaixonei: pela primeira vez na vida, eu sentia que podia fazer qualquer coisa. Conforme minhas pernas foram encontrando a passada certa e comecei a entender como achar o ritmo confortável, aprendi como era ficar com a mente completamente vazia. Passar horas sem pensar em nada.

Quando eu estava correndo, não precisava me preocupar com a minha aparência nem com quem talvez fosse mais popular. Não me preocupava com os rumores que circulavam sem parar, na cidade e na escola, sobre o caso que meu pai e Nicole tinham antes de minha mãe morrer. Não pensava se Josie era mesmo minha meia-irmã. Não pensava na minha mãe, inconsciente, morrendo em uma poça de água e sangue e vidro. Eu simplesmente seguia em frente, inspirando e expirando, colocando um pé na frente do outro. Não dá para imaginar como eu me sentia livre quando corria.

Mas, depois que matei Alex, nenhuma quantidade de tempo passado correndo podia apagar da minha mente a imagem do corpo dele morrendo. Eu me esforcei muito; corri maiores distâncias cada vez com mais intensidade, fazendo a única coisa que eu sabia para aliviar a mente. Não havia como escapar. Mesmo antes de Alex me encontrar na morte, ele estava em todos os lugares. Aquele último suspiro. Aqueles olhos me observando. Não havia como esquecer, independentemente de quantas milhas eu corresse.

Corri até meus pés sangrarem e se encherem de bolhas. Até o próprio Sr. Riley me dizer que era muito, que eu estava me enterrando e que tinha que diminuir. Àquela altura, eu já sabia que não estava funcionando mesmo.

Por que esperei tanto para decidir confessar meu segredo? De que eu tinha tanto medo? Agora sei que qualquer coisa teria sido melhor do que ter o fim da vida de Alex na minha consciência. Qualquer coisa, até minha própria morte.

Já fomos uma família feliz. Por mais de sete anos, meu pai e Nicole, comigo e Josie, moramos da maneira mais normal possível nas nossas circunstâncias. Reconhecer que meu pai e Nicole quase certamente tinham um caso antes de minha mãe morrer me irrita agora, mas não me faz o amar menos. Faz com que eu sinta pena da minha mãe. Talvez, se Nicole não tivesse voltado para Noank ou se meus pais não tivessem voltado depois da faculdade. tudo teria sido diferente.

Mas aí eu não teria conhecido Richie. E, se tem uma coisa na minha vida da qual não me arrependo, nem por um momento, é Richie.

É um belo dia do fim de novembro. Em alguns dias, vai ser o Dia de Ação de Graças. Não sei por que ainda estou aqui, para ser sincera. Depois que a polícia levou Josie, esperei desaparecer até o nada, ir para onde Alex foi. Mas nada aconteceu. Continuo aqui, semanas depois. Estou esperando alguma coisa, claro, mas não sei o quê.

Muita coisa mudou, mas muita coisa permaneceu igual. Quando superaram o impacto de descobrir que Josie foi responsável pela minha morte, meus amigos voltaram facilmente às antigas rotinas. O pai de Caroline conseguiu um emprego novo, que parece ser bem melhor do que o último. De todos os meus amigos, até Richie, é ela quem mais visita meu túmulo. Sei que deve estar aliviada por todo mundo saber a verdade sobre o que aconteceu com Alex e comigo e por não precisar mais carregar a desconfiança sozinha. Quando ela me visita agora, nunca diz muito. E, quando termina, anda pelo cemitério para visitar Alex. Apesar de todos os seus defeitos (do roubo do dinheiro e dos remédios, da fixação em popularidade e status), ela continua sendo uma boa amiga.

Mera e Topher continuam exatamente iguais ao que sempre foram: Topher ainda fuma, depois escova os dentes e passa o fio dental obsessivamente; ele e Mera ainda são o casal dos sonhos da escola. O carinho entre eles costumava me deixar sempre muito irritada, mas não me incomoda mais. Fico feliz por eles. Merecem ser felizes.

E tem também Richie. Nesta manhã em particular, ele sai pela porta da frente e se encosta em uma coluna da varanda, alongando a panturrilha. Ele se tornou um corredor convicto ultimamente. Entendo por quê.

Ele olha para minha antiga casa. Como Josie não vai terminar o ano letivo na Noank High, meu pai disse que quer vendê-la rapidamente. Já recebeu algumas propostas, mas rejeitou todas. Não sei por quê. Ele e Nicole mal se falam agora, e suponho que vão se separar mais cedo ou mais tarde. Uma vez, logo depois que Josie foi presa, meu pai confrontou Nicole e perguntou se ela sabia que Josie era responsável pela minha morte. Ela insistiu que não fazia ideia. Quero acreditar nela. Quero mesmo. Mas não tenho certeza. Durante anos, ela fingiu ser amiga da minha mãe enquanto tinha um caso com meu pai. Que tipo de pessoa faz isso? No meu coração, sei que tem chance de ela ter uma certa noção do que Josie fez. Se ela *soubesse*, tenho certeza de que teria ficado quieta para proteger a filha.

Contudo, mais do que qualquer outra coisa, meu coração está partido por meu pai. Ao longo da vida, ele perdeu duas esposas e duas filhas. Como uma pessoa segue vivendo depois de uma coisa assim? Não consigo imaginar o que ele vai fazer. Por enquanto, ele ainda passa a maior parte do tempo no barco, embora esteja muito frio em Connecticut, onde o inverno chega cedo e quase sempre fica mais tempo do que deveria.

Richie começa a descer a rua correndo devagar. Enquanto o observo, sinto um formigar familiar nas pernas. É o desejo de correr, eu sei; sinto isso todos os dias desde que morri. Mas, desta vez, alguma coisa está diferente. Desta vez, a sensação é encorajadora, em vez de frustrante. Parece possível.

Tiro as botas. Já fiz isso muitas vezes antes, mas, até agora, nunca consegui ficar sem elas. Bastava eu olhar para baixo e lá estavam elas de novo, apertando meus dedos em uma dor tão constante e intensa que nunca me acostumei.

Mas não hoje. Hoje, elas não voltam para os meus pés. Agito os dedos com animação, sem medo de correr descalça. Mordo o lábio e sorrio, esperançosa. Ele ainda está indo devagar. Sou bem mais rápida. Não demoro a alcançá-lo e passo a correr ao lado dele. As pedras da rua não incomodam em nada meus pés.

Quando Richie chega ao fim da rua, faz uma pausa. Se ele for para a direita, vai para a cidade; se for para a esquerda, vai em direção à praia e também ao cais, onde ele e eu olhamos para meu pai, sentado no convés do *Elizabeth* de suéter e casaco, tomando alguma bebida em uma garrafa prateada e olhando para a água. Apenas olhando. *Ah, papai.*

Richie olha em volta. Por um instante, olha diretamente nos meus olhos. Embora não possa me ver, abro um largo sorriso para ele.

— Amo você, Richie Wilson — digo a ele. — Sempre amei. Sempre amarei.

É nessa hora que ele decide. Ele vira à esquerda e corre em direção ao cais. Quando chega ao *Elizabeth*, fica de pé sem dizer nada na frente do meu pai, com o silêncio constrangedor, apesar de ele e meu pai se conhecerem há tantos anos. A princípio, parece que meu pai nem o vê. Mas aí ele olha, guarda a garrafa e diz:

— Richie. Oi.

— Oi, Sr. Valchar. — Richie recupera o fôlego. — Vi o senhor sentado aqui e pensei... Bem, não sei. Achei que o senhor precisava de companhia.

Richie foi à minha casa mil vezes, conversou inúmeras vezes com meu pai ao longo dos anos. Mas a conversa de agora é desconfortável, com os dois se entreolhando, com tanta dor silenciosa entre eles.

— Gosto de ficar sozinho — diz meu pai. — Ficar aqui... me faz sentir mais próximo de Liz, às vezes. — Ele faz uma pausa. — Não sempre. Mas às vezes. E isso basta.

— Sr. Valchar — diz Richie —, já tem um tempo que quero conversar com o senhor. Eu queria dizer que lamento. Se eu não tivesse levado Liz àquela oficina para o conserto do carro, ela não teria conhecido Vince Aiello. Tudo poderia ter sido diferente. — Ele olha para o cais. — Às vezes sinto que é tudo minha culpa.

— Você não pode pensar assim — diz meu pai. — Já acabou, agora. Você não sabia de tudo. Só estava tentando ajudar.

Com as mãos Richie cobre os olhos por causa do sol intenso quando olha para meu pai.

— Mesmo assim. Lamento. Queria que o senhor soubesse que penso nela todos os dias. O que aconteceu entre mim e Josie não foi nada. Eu me sentia consolado por ela, sabe? — Ele balança a cabeça. — Não consigo acreditar, mas é verdade. Saber que as duas eram meias-irmãs...

— Não eram — interrompe meu pai, alerta de repente.

— O que o senhor quer dizer? — Richie está confuso. — Todos pensávamos... Quero dizer, até meus pais achavam que você era pai de Josie.

Meu pai pega a garrafa de novo e toma um pequeno gole.

— Quando vocês eram pequenos, não existia ainda essa coisa de teste de DNA. Nicole sempre me falou que não tinha certeza e, quando ela e eu nos casamos, porque o pai de Josie tinha ido morar tão longe... não sei. O pai de Josie certamente achava que eu era o pai. Mas nós achamos que seria melhor não sabermos. Achei que Josie merecia um pai de verdade. Tentei ser pai dela. Achei que havia uma boa chance. Mas, depois... depois que ela foi presa, pedi um exame de sangue. — Ele balança a cabeça. — Você acredita? Depois de tantos anos, descubro que ela não é minha filha. — Ele toma outro gole, faz uma careta e engole. — Liz sempre amou ter uma irmã. Irônico, não é?

Richie não diz nada.

— Então toda aquela besteira em que Josie acreditava sobre destino, sobre as coisas acontecerem por um motivo... Josie achou que estava ganhando alguma coisa quando atacou Liz, seja lá qual fosse o destino que achava ter. E o modo como foi atrás de você... Como se quisesse ser igual à mãe dela. Como se tivesse alguma importância ou não tivesse problema se ela *fosse* minha filha! Era tudo besteira. Não existe destino. Não existe alma gêmea. — Meu pai olha em volta. — Só existe um monte de gente morta.

Richie respira lentamente.

— Lamento, Sr. Valchar, mas tenho que discordar do senhor quanto a isso. Liz era minha alma gêmea. Foi a única garota que amei. Eu queria amá-la para sempre. *Vou* amá-la para sempre.

Meu pai balança a cabeça.

— Sei que vai. Eu também.

Há mais momentos de silêncio. Fecho os olhos por um segundo e penso em Richie. Ele pode ter sido o amor da *minha* vida, mas ainda tem muita vida pela frente.

— Como você está? — pergunta meu pai. — Sei que as coisas estão difíceis para você, mas acha que vai ficar tudo bem?

Richie parece que quer chorar.

— Tenho corrido bastante — diz ele, não exatamente respondendo. — Me ajuda a esvaziar a mente. Às vezes, quando estou correndo, passo muito tempo sem sofrer. Sem pensar em Liz. — Ele faz uma pausa. — Ajuda. Por muito tempo, achei que não ficaria bem. Nunca. Mas, agora, acho... acho que é possível. Talvez algum dia. — Ele observa meu pai. — E o senhor? Vai ficar bem?

Meu pai não responde imediatamente. Por fim, sem olhar para Richie, ele diz:

— Liz ia querer que sim, não ia? Ia querer que seguíssemos a vida. Ia querer que vivêssemos nossas vidas, que nos lembrássemos dos momentos felizes que tivemos juntos. — Ele toma outro gole de bebida. — É difícil me lembrar deles, às vezes, mas *houve* muitos momentos felizes. Não é?

— Sim. — Richie assente. — Muitos.

Desde a minha morte, as pessoas comentam com frequência sobre o que eu ia querer para elas. Muitas dessas vezes se enganaram. Mas meu pai e Richie estão certos. Tudo o que quero é que vivam. Que sigam em frente com a compreensão de que cada momento é precioso; cada dia é uma bênção. Que vejam a vida pelo que ela realmente é: uma série de possibilidades infinitas, não só de grandes sofrimentos, mas também de grandes alegrias.

Por fim, entendo por que ainda estou aqui. Para libertá-los.

— Você vai ficar bem, Richie — sussurro.

Meu pai se recosta na cadeira e dá um sorriso triste para Richie.

— A vida continua.

Por enquanto, sei que as palavras dele vão ter que ser suficientes. Não são exatamente uma resposta à pergunta de Richie. Mas são o bastante.

Há uma longa pausa. Richie pergunta:

— Então o senhor vai se mudar?

— É o que parece. Vamos ver o que acontece. — Meu pai se mexe na cadeira. Embora somente agora esteja reparando o quanto está frio, ele treme. — Você devia ir correr logo, se faz você se sentir melhor. Não quero atrapalhar.

— Tudo bem. Nos vemos por aí. Certo? Pelo menos por um tempo?

— Certo. — Meu pai consegue dar outro sorriso. — Vá. Corra

Observo Richie voltar pelo cais até a rua e começar a correr quando chega ao asfalto. Não sinto desejo nenhum de ir atrás dele.

Meu pai coloca a garrafa no bolso do casaco e fica de pé como se estivesse se preparando para entrar.

— Papai — digo a ele —, amo você.

Ele não faz nenhuma pausa, nem faz careta, nem dá qualquer sinal de ter me ouvido. Mas, quando entra no barco, sinto a mais incrível sensação de calma. Como se eu tivesse feito tudo que posso para melhorar as coisas. O resto depende deles.

Sem perceber, fui até a beirada do cais. Reparo que é quase exatamente o mesmo lugar onde caí na água na noite em que morri.

O mar está calmo e limpo. Olho para baixo, esperando ver meu reflexo.

Mas ele não está lá. O que vejo é o rosto da minha mãe. Ela está jovem, feliz, sorrindo para mim. Está com aparência saudável.

Não preciso prender a respiração. Olho em volta uma última vez. Balanço os dedos dos pés, agradecida por estarem livres, enfim.

Pulo na água. Tudo está quente e luminoso. Não sinto medo nenhum.

Agradecimentos

Este livro não teria sido possível sem a ajuda e o apoio de tantas pessoas que acreditaram nele desde o começo e que foram entusiastas incríveis enquanto ele se desenvolvia até chegar ao produto final. Meus agradecimentos sinceros vão para minha editora, Stacy Cantor Abrams, que continua a ser uma das minhas pessoas favoritas para trabalhar, e para minha maravilhosa agente e grande amiga, Andrea Somberg. Também quero agradecer a Rebecca Mancini pelo trabalho incrível, assim como a Deb Shapiro e a todos na Walker. Sou extremamente agradecida por ser parte dessa maravilhosa equipe. Além disso, quero expressar minha gratidão a Rachel Boden pelos palpites fabulosos. Este livro não teria sido o que é sem cada uma dessas pessoas; fico muito empolgada e orgulhosa de todo o trabalho que desenvolvemos juntos!

Este livro foi composto na tipologia Warnock
Pro, em corpo 11,5/16, e impresso em
papel off-white no Sistema Cameron da
Divisão Gráfica da Distribuidora Record.